David Gray · Sarajevo Disco

David Gray wurde 1972 in Leipzig geboren. Er nahm an der friedlichen Revolution teil, arbeitete für verschiedene regionale Tageszeitungen und machte anschließend eine Ausbildung zum Drehbuchautor in Berlin. Sein historischer Roman „Wolfswechsel" war ein eBook Verkaufshit. Bei Pendragon ist mit „Kanakenblues" der erste Band der Boyle-Reihe erschienen.

SARAJEVO DISCO

DAVID GRAY

PENDRAGON

Pray for me because I am beyond fear.
James O'Leary | IRA-Terrorist

Wer ohne Dunkelheit ist, der werfe den ersten Stern.
Hellmuth Opitz | Lyriker

1. Teil

Boyle
Hamburg, 5. Juni 2004

1

Boyle stand vor dem Spiegel in seinem Bad. Aus dem Duschkopf tropfte immer noch etwas heißes Wasser und die Glastüren der Dusche waren beschlagen.

Er war sich sicher, dass er spätestens morgen früh bereuen würde, was er vorhin getan hatte. Aber morgen war morgen und jetzt lag Francesca Bellini, die Besitzerin der Abendzeitung, nackt in seinem Bett und schlief.

Sascha, Boyles Exfreundin und Mutter seiner Tochter Zora, würde nicht begeistert davon sein, dass er sich ausgerechnet mit Bellini eingelassen hatte. Die beiden waren wie Feuer und Wasser. Besser er sorgte dafür, dass Sascha vorerst nichts davon erfuhr, obwohl er sich schon fragte, was sie eigentlich gegen Bellini hatte.

Nicht dass Sascha noch in einer Position gewesen wäre, irgendwelche Ansprüche in Bezug auf Boyles Sexleben zu stellen. Sie hatten sich vor fast zwei Jahren getrennt. Mehr oder weniger einvernehmlich. Zumal ihre Tochter Zora sie beide immer verbinden würde – im Guten wie im Schlechten waren sie aneinandergefesselt.

Boyle trat zum Klo und pinkelte. Er fragte sich, ob er noch ein Bier im Kühlschrank hatte. Wahrscheinlich nicht. Er kam so gut wie nie zum Einkaufen. Und zum Kochen schon gar nicht. Er aß entweder in der Kantine im Präsidium oder in Restaurants – je nachdem, was sich gerade anbot. Und seine Drinks nahm er in Bars. So oft trank er auch gar nicht. Er brauchte den Alk nicht wirklich. Nicht so jedenfalls, wie eine Menge anderer Bullen ihn brauchte.

„Dein Telefon klingelt!", rief Bellini verschlafen aus dem Schlafzimmer herüber.

Mist, dachte Boyle, schlang sich ein Handtuch um die Hüften und taperte ins Wohnzimmer. Jetzt hörte er das Telefon auch.

Boyle war Chef der Hamburger Mordkommission. Heute war Samstag. Dass sein Handy klingelte, konnte eigentlich nur bedeuten, dass irgendwo in der Stadt irgendein armes Schwein ins Gras gebissen hatte.

„Ja!", meldete er sich.

„Boyle? Okay. Hör zu: Ich habe gerade eine Meldung aus Winsen bekommen. Du bist der Erste, der sie hört. Mal abgesehen von dem Diensthabenden in der Zentrale, der mich informiert hat …", sagte Henner Köhler, der Dezernatsleiter des Kriminaldauerdienstes. Boyle begriff nicht, was dieser Anruf sollte. Denn Winsen lag in Niedersachsen und damit außerhalb der Zuständigkeit der Hamburger Polizei.

„Winsen? Ist nicht meine Baustelle", sagte Boyle gereizt.

„Irgendetwas ist mit Becker. Sein Nachbar hat angerufen. Er sagt, er hätte Becker seit gestern nicht mehr gesehen, war aber heute Abend mit ihm verabredet. Becker tauchte aber nicht auf. Da ist er zu Beckers Haus rübergegangen und hat durchs Terrassenfenster gesehen. Angeblich sitzt Becker neben seiner Frau auf der Wohnzimmercouch und rührt sich nicht mehr."

Becker war Kriminalrat und leitender Polizeidirektor. Fast ein Jahr lang hatte er nach dem Tod des ehemaligen Polizeipräsidenten Dr. Carl Stiller dessen Amtsgeschäfte geführt, bis ihn ein Bonze der Schutzpolizei ausbootete und Bürgermeister Mahlmann ihn ablösen ließ. Becker hatte sich vor drei Wochen als Polizeidirektor pensionieren lassen.

Und jetzt war er offenbar tot. In Boyles Hirn begannen unwillkürlich eine Menge Rädchen zu klickern. Becker war der Mann, der ihn einst zur Polizei geholt hatte, bis er sich eines Tages als ein noch größeres Arschloch entpuppte als der Rest der Chefetage. Vor allem aber drehten sich Boyles Hirnrädchen auf Hochtouren, weil Becker damals, als er vom Bürgermeister gegangen worden war, angeblich sein privates Aktenarchiv mitgenommen hatte. Irgendwo in diesem Archiv mussten sich zwei Dossiers befinden, die Boyle seine Karriere kosten konnten. Oder ihn in den Knast bringen.

„Da betritt mir keiner das Haus, verstanden, Köhler!", befahl Boyle. „Meine Jungs und ich sind die ersten vor Ort. Keine Schupos. Keine Reporter. Ich bin in einer halben Stunde dort. Ich ruf dich dann von da aus an."

Boyle legte auf, griff sich ein altes T-Shirt und eine Jeans von dem Ledersessel, auf dem er seine Klamotten aufbewahrte, so es sich dabei nicht um Anzüge oder gebügelte Hemden handelte. Er steckte seinen Polizeiausweis in die Jeans und suchte nach dem Wagenschlüssel. Er erschrak, als Bellini plötzlich in der Wohnzimmertür auftauchte. Nackt.

„Was ist denn los, Boyle?", fragte sie verschlafen.

„Ich muss los. Es ist Kaffee im Schrank. Aber die Espressomaschine ist ein bisschen zickig. Du kannst bleiben, solange du willst. Ich weiß nicht, wann ich zurückkomme", sagte er, fand den Wagenschlüssel und rannte zur Tür hinaus.

Auf dem Weg durchs Treppenhaus fragte er sich, ob irgendetwas in der Wohnung herumlag, das Bellini besser nicht zu sehen bekam. Ihm fiel nichts ein. Und wenn schon, dachte er, während er in den dunkelblauen BMW stieg, was immer sie bei mir an Akten finden könnte, kann nichts sein im Vergleich zu denen, die Becker in Winsen gebunkert hatte.

Um diese Zeit, halb elf Uhr abends, brauchte er maximal dreißig Minuten bis zu Beckers Haus. Und sollte er das Blaulicht aufs Dach klemmen, etwas weniger. Doch das würde nur unnötig Aufmerksamkeit erregen.

Boyle kannte Becker seit fast zwanzig Jahren.

September 1984

Teddy war zäh und sehnig. Boyle war einen Kopf größer und hatte deutlich mehr Muskelmasse auf den Knochen. Sie hatten an diesem Abend jeder einen Boxkampf im Club ausgefochten. Teddy gewann seinen durch k.o., Boyle verlor knapp nach Punkten. Als er, zerschlagen und mit einer geklammerten Augenbraue, nach fast zwei Stunden Bus- und S-Bahnfahrt nach Hause kam, fand er seine Mutter betrunken auf dem Küchenboden. Sie lag auf dem Bauch und trug ein Nachthemd mit Micky Maus darauf. Es roch, als hätte sie sich eingepinkelt.

Am Küchentisch saß ein Fremder, der ungerührt eine Zigarette rauchte und den letzten Rest Aldi-Wodka gleich aus der Flasche trank. Der Fremde war etwas älter als Boyles Mutter, sein Vokuhila blond gefärbt und das Netzhemd, das er zur Jeans trug, spannte sich über seiner Brust und an den Oberarmmuskeln.

Er sah Boyle an und sagte: „Hallo. Du musst der Sohn sein. Sie hat mir vorhin von deinem Alten erzählt. Beinah wäre mir deswegen das Ficken vergangen. Hast du Kohle?“ Der Fremde hob die Wodkaflasche etwas an. „Wir brauchen Nachschub.“ Er war vielleicht Ende dreißig, trank und rauchte und sah nicht so aus, als ob er außer Hanteln zu stemmen sonst noch irgendetwas tat, um sich fit zu halten. Der Mann wies auf Boyles zerschlagenes Gesicht. „Fresse vollgekriegt? Passiert den Besten von uns.“

Boyle beugte sich herab, drehte seine Mutter sanft auf den Rücken, prüfte, ob ihr Atem regelmäßig ging. Dann sah er zu dem Fremden am Küchentisch auf. „Sie hat sich bepisst und es ist kalt auf dem Fußboden. Warum hast du ihr nicht geholfen?", fragte er.

Der Mann zuckte mit den Achseln. „Ich bin hier zum Saufen und zum Ficken. Dafür hab ich die Schlampe bezahlt. Kann ich doch nix für, wenn sie nix verträgt. Was ist mit meinem Nachschub? Sie hat meine Kohle irgendwo versteckt."

Boyle bemerkte blaue Flecken auf den Schenkeln seiner Mutter. Sie konnte sie sich geholt haben, als sie vom Stuhl kippte. Doch es konnte auch sein, dass sie von Schlägen stammten. Oder davon, dass der Fremde sie vergewaltigt hatte.

„Was ist Junge, wo bleibt der Alk?", fragte der Fremde und erhob sich drohend.

Boyle war an diesem Morgen um sechs Uhr aufgestanden, zehn Kilometer gelaufen, dann zur Schule gegangen und am Nachmittag zum Boxclub gefahren, um vor seinem Kampf eine Runde leichtes Training zu absolvieren, einige Stunden später in den Ring gestiegen und nach der bisher härtesten Tracht Prügel, die er je bei einem Fight hatte einstecken müssen, trotzdem nur zweiter Sieger geworden. Es gab keinen Muskel an ihm, der ihm nicht wehtat. Aber jetzt lag seine Mutter hier vollgepinkelt und mit blauen Flecken auf dem Küchenboden und dieser Typ, der sich nicht einmal vorgestellt hatte, versuchte ihn dazu zu bringen, noch mehr VON

DIESER FLÜSSIGEN SCHEISSE zu beschaffen, an der seine Mutter allmählich krepierte.

„Was jetzt? Wo bleibt mein Nachschub?“, brüllte der Mann.

Boyle sah rot. Zwei Minuten lang funktionierte er nur noch – tat, was er im Ring und am Sandsack gelernt hatte. Doch er tat es mit mehr Zorn und mehr Aggressivität als je zuvor.

Der Vokuhila stöhnte auf dem Küchenboden blutend vor sich hin.

Boyle versetzte ihm einen Nachtritt ins Gesicht, hob seine Mutter auf, trug sie ins Schlafzimmer und legte sie in ihr zerwühltes Bett, das nach Sex und Schnaps stank.

Als Boyle in die Küche zurückkehrte, warf er einen langen Blick auf den blutenden Mann am Boden. Dann griff er nach dem Telefonhörer, um Teddy anzurufen. Das Telefon blieb stumm. Die Rechnung war nicht bezahlt. Also zog Boyle seine Jacke an, beugte sich über den Mann und tastete dessen Jeanstaschen ab. Da war eine Geldbörse. Boyle öffnete sie, zog die drei Zwanziger darin heraus und steckte sie ein. Dann packte er den Typen am Arm und schleifte ihn hinter sich her zur Wohnungstür, ins Treppenhaus und zu dem Lift, der mit Parolen und Telefonnummern beschmiert war, und schickte Vokuhila in den Keller. Eine breite Blutspur zog sich von seiner Wohnung über das Treppenhaus bis zum Aufzug. Verdammt. Boyle lehnte sich an die Korridorwand und schloss die Augen.

Sein erster Impuls war, sich zu bewegen, in die Woh-

nung zurückzukehren und das Blut wegzuwischen. Dann jedoch dachte er, dass es sowieso keine Rolle mehr spielte. Er war der Einzige auf seinem Gymnasium, der aus den Betonbunkern stammte, weder seine Mitschüler noch seine Lehrer hatten ihn je wirklich in ihr Herz geschlossen. Dazu war er zu klug, zu arrogant, zu sperrig, hatte den falschen Namen und die völlig verkehrte Hautfarbe. In drei Wochen begannen die Abiturprüfungen. Doch Boyle bezweifelte, dass er daran noch teilnehmen würde, nachdem er diesem Fremden derart die Fresse poliert hatte, dass der von Glück reden konnte, falls er irgendwann mal wieder als Mensch durchging.

Er sank zu Boden und legte seine Hände aufs Gesicht. Der Schmerz in seinem linken Handgelenk steigerte sich von einem dumpfen Pochen zu einem stetigen Stechen.

Er erwachte aus seiner Starre, weil Teddy sich über ihn beugte und ihn an der Schulter rüttelte. „Ich wusste es, Mann! Du hast dem Wichser, den die Bullen gerade aus dem Keller schaffen, die Fresse poliert!" Teddy wies auf die Blutspur am Korridorboden. „Los, beweg dich! Wir müssen hier weg!"

Boyle hätte sowieso nicht gewusst, wohin er gehen sollte. Zurück in die Wohnung zu seiner Mutter? Das hätte er nicht ertragen. Abgesehen davon hätten ihn die Bullen dort zuerst gesucht. Es war furchtbar genug, sie so gesehen zu haben – vollgepinkelt und zerschlagen auf dem Boden.

Teddy warf ein Beutelchen Pillen auf Boyles Schoß.

„Die Erste geht aufs Haus, Schnarcho! Ist gut gegen Schmerzen."

Teddy hatte sie von einem der Punker, mit denen er nachmittags zwischen den Betonburgen abhing, seit er kurz vorm Abschluss von der Hauptschule geflogen war. Boyle warf eine der Pillen ein. Sie machte seinen Kopf leer und half gegen das Stechen in seinem Handgelenk.

Teddy und Boyle liefen die Treppe herunter und durch den Haupteingang auf den grauen Betonparkplatz. Da stand ein Krankenwagen und zwei Streifenpolizisten hantierten bei ihrem Grün-Weißen mit dem Funkgerät herum.

Teddy schlug vor, einen Wagen zu klauen und nach Hamburg zu fahren, eine Punkband namens Paranoia spielte in einem illegalen Club in der Bernhard-Nocht-Straße. Aber Boyle hatte keinen Bock auf Autoklau und meinte, sie könnten auch die S-Bahn nehmen und auf dem Weg ein paar Bier drücken. Teddy fand, dass S-Bahn scheiße sei. Dazu waren sie viel zu cool. Er knackte deswegen nur drei oder vier Häuser weiter einen Scirocco mit Kieler Nummer. Aber der Wagen sprang nicht an, also warfen sie einen Papierkorb in dessen Heckscheibe und rannten davon. In einem Imbiss kauften sie von Boyles Geld einen Kasten Bier, eine Flasche Racke Rauchzart und nahmen dann doch die S-Bahn nach Hamburg hinein. Sie waren so aufgedreht von den Pillen, dem Bier und dem Whisky, dass sie einen Kontroletti mit leeren Flaschen bewarfen. Einer der übrigen Passagiere zog die Notbremse. Der Zug hielt kurz vor dem neuen Bahnhof Hammerbrook auf offener Strecke. Teddy und Boyle verpissten sich in die Dunkelheit. Hammerbrook war noch beschissener als Harburg und sie hatten keinen Bock, den Bierkasten weiter mit sich herumzuschleppen. Zumal Boyle genug Kohle von dem Fremden geklaut hatte, um einen neuen zu kaufen, falls sie irgendwo einen Laden fanden, der noch geöffnet war. Also bewarfen sie einige Straßenlaternen mit den restlichen Bierflaschen. Jeder hatte drei Schuss, beide schafften es, jeweils eine Laterne auszuknipsen.

Die Bullen erwischten sie in der Nähe des S-Bahnhofs.

Teddy wehrte sich nicht, als man ihn festnahm. Aber Boyle rannte davon, geriet in einen Innenhof, aus dem es keinen Ausweg gab und ergab sich schließlich dem Bullen, der ihn verfolgt hatte. Während er Boyle Handschellen verpasste, atmete er so heftig, als stünde er kurz vor einem Herzinfarkt. Sein Kollege knallte gerade Teddys Kopf auf die Dachkante des Streifenwagens, als Boyle dort ankam.

Kein guter Start.

Auf dem Weg ins Revier würgte Teddy so lange herum, bis er es schließlich ganz ohne den Finger in den Hals zu stecken fertigbrachte, den Streifenwagen vollzukotzen. An seiner Stirn wuchs eine mächtige Beule und eine Hälfte seines Gesichts war bläulich angelaufen.

Für die Polizei waren Jugendliche, die nach Punk aussahen, leichte Beute. Keiner machte den Beamten einen Vorwurf, falls sie härter zupackten. Oft nicht ein-

mal die Eltern der Kids. Teddy sah mit seinem grünlichen Haarschopf schwer nach Punk aus und Boyle trug eine alte Lederjacke, auf die er mit einem weißen Edding „Fuck Future" geschrieben hatte. Für die Revierpolizisten war das genug an einschlägiger Symbolik, um die beiden als Abschaum abzuhaken und für mehr als drei Stunden in Zellen wegzuschließen.

Der Bulle, der sie dann verhörte, trug einen Anzug und stellte sich als Heinz Becker vor. Er setzte sich ihnen gegenüber an den Tisch in dem Verhörraum und starrte sie einfach wortlos abwechselnd an.

Boyle, der sich so zerschlagen und fertig fühlte wie nie zuvor in seinem Leben, wäre es lieber gewesen, in die Zelle zurückgebracht zu werden. Dort konnte er wenigstens schlafen.

Teddy markierte den Harten und provozierte den Kripobullen. Der ging jedoch nicht auf dessen Masche ein. Was Teddy wiederum als Herausforderung begriff und ihn dazu brachte, den Kripomann nur noch mehr anzuzicken.

Irgendwann stand der Bulle auf, ging hinaus und kehrte mit einer Schachtel Zigaretten und einem angeschlagenen Kaffeebecher zurück. Er steckte sich eine Kippe an und trank dazu von seinem Kaffee. Sonst tat er nichts. Das ging so fast eine Dreiviertelstunde. Danach hatte sogar Teddy genug, verschränkte seine Arme vor der Brust, lehnte sich zurück und starrte den Bullen genauso wortlos an, wie der ihn anstarrte.

Der Bulle begann endlich zu reden. Er sagte, dass

er wisse, wer Boyle und Teddy seien und er bewies es ihnen, indem er ihre Geburtsdaten, vollen Namen und Adressen laut hersagte.

Er wartete ab, welche Wirkung das zeigte. Dann machte er ihnen ein Angebot: Er würde den Blödsinn, den sie in Hammerbrook und der S-Bahn angestellt hatten, vergessen. Doch er wollte auch etwas dafür haben. Nämlich, dass Boyle in einem Prozess gegen den Fremden, den er zusammengeschlagen hatte, aussagte. Der hieß Josef „Jopie" Bindner, war ein kleiner Auftragsschläger und Einbrecher und stand angeblich schon ewig auf Beckers Liste an Typen, die er besser heute als morgen im Knast sehen wollte. Alles, was Boyle zu tun hätte, um sich selbst und Teddy jeden weiteren Ärger zu ersparen, war vor Gericht auszusagen, dass Bindner ihn angegriffen hatte, als Boyle von dem Boxkampf nach Hause kam.

Boyle und Teddy wechselten einen langen Blick, dann fragte Boyle leise, wo er zu unterschreiben hätte.

Becker holte ein Diktiergerät aus seinem Jackett, schaltete es ein und ließ Boyle seine Version der Prügelei in der Küche seiner Mutter aufsagen. Da er mit der ersten Version nicht zufrieden war, löschte er sie und forderte Boyle auf, alles noch einmal zu berichten. Das Ganze wiederholte er vier Mal. Mit der letzten Aufzeichnung war er zufrieden. Bevor er den Raum verließ, um das Band abtippen zu lassen, fragte ihn Teddy, was an dem Loser, den Boyle in Harburg verdroschen und mit dem Lift in den Keller geschickt hatte, so interessant sein sollte, dass er sie laufen ließ, nur um ihn zu kriegen.

Becker gab keine Antwort darauf.

Als er mit der Abschrift der Aussage zurückkehrte, unterschrieb Boyle und Becker ließ sie wie versprochen laufen.

Boyle musste nicht vor Gericht erscheinen, weil Jopie Bindner wegen der Sache mit Boyles Mutter nie angeklagt wurde. Dafür machte Bindner in einem anderen Prozess eine Aussage gegen einen Gangster namens Harald „Mickey" Putzner, den er dabei beobachtet hatte, wie der eine Gelegenheitsnutte in einer Kneipe totschlug.

Als Boyle schließlich seine Abiturprüfungen ablegte, wurde Teddy wegen drei geklauter Autos und einer schweren Körperverletzung verhaftet und in Untersuchungshaft geschickt.

Boyle wusste nicht, was er für Teddy hätte tun können. Er rief auf dem Revier an, in dem Becker sie verhört hatte, aber dort sagte man ihm, dass Becker da nicht mehr arbeitete. Das war auch schon alles, was Boyle erfuhr. Zwei Tage später stand Becker plötzlich vor Boyles Wohnungstür, bat um einen Kaffee und meinte, er hätte ihm einen Vorschlag zu machen.

Es war halb zwei Uhr nachmittags und Boyles Mutter lag volltrunken in ihrem Bett. Ihr Schnarchen war so laut und durchdringend, dass es bis in die Küche zu hören war, wo Boyle und Becker sich an den Tisch setzten und abwarteten, bis der Kaffee in der alten Maschine durchgelaufen war. Wie damals im Revier steckte Becker sich eine Zigarette an und rauchte sie in aller Ruhe zu Ende, bevor er zu sprechen begann.

Teddy, meinte er, sei nicht mehr zu helfen. Er würde bis zum Prozess in U-Haft bleiben und auch nicht mit Bewährung davonkommen. Nicht bei dem Richter, dem sein Fall zugewiesen worden war.

Boyle war sich nicht sicher, ob er Becker glauben sollte. Aber er begriff, dass Becker sowieso nichts weiter dazu sagen würde.

Weil es ihm unter den Nägeln brannte und er Beckers anschließendes Schweigen nicht ertrug, sagte er, ihm sei klar, dass Becker ihn benutzt habe, um Jopie zu einer Aussage gegen Mickey Putzner zu erpressen.

Becker antwortete, dass das korrekt sei.

Boyle fand das seltsam.

Becker zog ein Faltblatt der Hamburger Polizei aus der Tasche, mit dem man an Unis und Gymnasien über die Karrierechancen bei der Polizei informierte.

Boyle war sich sicher, dass er einen Witz machte.

Bloß lachte Becker eben nicht.

In dem BMW durch die Dunkelheit zu fahren, hatte etwas Beruhigendes. Boyle hatte das immer schon gemocht – allein durch die Nacht zu fahren, irgendwohin, wo ihn ein neuer Tatort und ein neues Drama erwarteten. Meistens gab er dann dort den Schiedsrichter. Ab und an reichte es auch nur zu einer Rolle als Souffleur. Doch hin und wieder machte das, was er da tat, auch wirklich einen Unterschied.

Er verdankte Becker, dass er einen Weg aus dem

Sumpf herausgefunden hatte, in den er hineingeboren worden war. Seit er die Ausbildung als einer der Besten seines Jahrgangs abgeschlossen hatte, war er von Becker – mal von hinter den Kulissen aus, mal ganz offen – gefördert worden. Ohne ihn wäre Boyle nicht dort, wo er heute war. Trotzdem blieb da ein bitterer Nachgeschmack in seinem Mund, wenn er daran dachte, dass am Ende auch Becker ihn eines Nachts einen „Nigger mit Marke" genannt und ihm gedroht hatte, dass er alles verlieren würde. Doch Boyle hatte Glück gehabt und den richtigen Riecher bewiesen, als er vor drei Jahren vor allen anderen, die danach suchten, vor allem aber vor Becker und dem früheren MoKo-Boss Haffner, einige geheime Akten seines Ex-Partners Tommy Graf fand.

Tommy hatte darin so viele miese Kompromisse und peinliche Geheimnisse des Präsidiums gesammelt, dass Becker gar nicht anders konnte, als weiter seine Hand über Boyle zu halten, falls er nicht riskieren wollte, dass Senat und Polizeibehörde von einem Skandal erschüttert wurden, den keiner der Bonzen im Präsidium und dem Rathaus unbeschadet überstanden hätte.

Trotzdem war Boyle klar, wie absurd das war: Seine Karriere bei der Polizei hatte mit einem Verbrechen begonnen, kam später durch eine Lüge erst so richtig in Fahrt und wäre an einem entscheidenden Punkt beinah daran gescheitert, dass er vor drei Jahren zwei weitere Straftaten beging, um seine Haut zu retten und einige mächtige Männer dieser Stadt zu einem Kompromiss zu zwingen, der im Grunde so faul und wackelig war, dass jede Erschütterung der fragilen Machtbalance auf dem Kiez, im Präsidium und dem Rathaus ihn vernichten könnte.

Er schaltete den BMW einen Gang höher, trieb den Wagen jetzt, da er auf die Bundesstraße gewechselt hatte, bis auf 180 Kilometer pro Stunde.

Obwohl Tommy Grafs Akten an einem sicheren Ort verwahrt waren, wusste Boyle, dass Becker nie aufgehört hatte, auf eigene Faust geheime Ermittlungen zu den Schweinereien anzustellen, die Tommy damals in seinen Dossiers so akribisch aufgelistet und mit Belegen und Theorien untermauert hatte. Eine von Tommys Akten enthielt Hinweise darauf, dass Boyle sich einst auf einen illegalen Deal mit dem Paten Nicolas Premuda eingelassen hatte. Sollte darüber je irgendetwas bekannt werden, dann hatten sowohl Premuda als auch Boyle und Teddy mit einigen Jahren Gefängnis zu rechnen. Premuda war Boss der mächtigsten Gang der Stadt und er hatte Boyle damals ganz offen gesagt, dass er ihn eher töten lassen würde, bevor er wegen ihm auch nur eine einzige Stunde im Gefängnis verbrachte.

Eigentlich konnte Boyle jetzt nur noch beten, dass er wirklich der Erste in Beckers Haus war und dort dessen privates Aktenarchiv fand und sicherstellte.

Erst als er von der Bundesstraße abbog und auf Winsen zufuhr, fragte er sich einen Moment lang, ob es ihn zu einer Art Monster machte, dass er in der Dreiviertelstunde, seit er von Beckers Tod erfahren hatte, nicht für eine Sekunde wirklich um ihn getrauert hatte.

2

Boyle war bisher nur einmal hier bei Beckers Haus gewesen. Das war Jahre her und damals hatte Becker ihn nicht hereingebeten, sondern war mit ihm einige Hundert Meter die Straße hinunter bis zu einer Pferdekoppel gegangen, um mit ihm einen Fall zu besprechen.

Er parkte den Wagen vor der Garage und sah einen Mann in Cordhosen, blauem Hemd und Weste, der vom Gartentor des gegenüberliegenden Hauses her aufmerksam herüberstarrte.

Boyle winkte ihm zu und ging auf Beckers Haus zu. Köhler vom KDD hatte bei seinem Anruf etwas von einer Terrasse erwähnt und einem großen Fenster. Boyle ging also um das Haus herum in den Garten. Er war erstaunt, wie ordentlich dort alles gehalten war. Angefangen vom Rasen, der auf britische Einheitsnorm gestutzt worden war, bis hin zu den eingefriedeten und sauber gejäteten Beeten. Dabei war Becker im Büro nie solch ein Ordnungsfanatiker gewesen. Der Garten fällt offensichtlich in den Kompetenzbereich von Beckers Frau, dachte Boyle.

Vor den beiden hohen Fenstern, die auf den Garten hinauszeigten, waren keine Vorhänge. Boyle konnte ungehindert in Beckers Wohnzimmer sehen. Dort brannte eine Stehlampe. Sie stand hinter der Couch, auf der Becker und eine blonde, deutlich jüngere Frau zu sehen waren. Becker trug einen seiner grauen Dreiteiler und ein lachsfarbenes Hemd, die Frau ein weißes Kleid. Boyle hatte schon zu viele Leichen in allen möglichen Zuständen gesehen, um sich darin zu irren: Er wusste, dass die beiden tot waren.

Boyle sah auf seine Uhr. Er hatte ein paar Minuten, bis er Köhler zurückrufen und seine Beamten herbestellen musste. Zusammen mit irgendwem vom Revier in Winsen, das hier zuständig war.

Alles, was er von nun an tat, war riskant. Aber notwendig. Er warf einen Stein, den er von einem der Beetränder aufhob, in das Glas der Terrassentür, trat dann die Reste aus dem Rahmen und machte einen Schritt in Beckers Wohnzimmer. Das Knirschen der Scherben, auf die er dabei zwangsläufig trat, ging ihm durch und durch.

Auf dem Couchtisch lagen drei Briefumschläge. Beschriftet und zugeklebt. Einer war an Beckers erwachsene Tochter Elena, der zweite an den Polizeipräsidenten und einer an einen Anwalt adressiert, von dem Boyle wusste, dass er hin und wieder Polizisten in Schwierigkeiten vertrat.

Die beiden mussten schon einige Zeit tot sein. In Beckers Hand war ein Medizinfläschchen. Ein Opiat. Von der Sorte, die nur bei extremen chronischen Schmerzen verschrieben wurde. Außerdem standen eine Flasche Wein und zwei Gläser auf dem Tisch. Die Flasche war zu einem Drittel geleert, die Gläser benutzt. Sie hatten die Pillen geschluckt, dann Wein getrunken. Oder umgekehrt, dachte er. Nichts hier wirkte wie Fremdverschulden.

Boyle fragte sich, ob er die Briefe öffnen sollte. Wenigstens den an Beckers Nachfolger und den an den Anwalt. Doch so viel Zeit hatte er nicht. Irgendwo musste Beckers Arbeitszimmer sein. Und dort war vermutlich auch das Archiv. Boyle machte sich auf die Suche danach.

Es roch merkwürdig im Haus. Nicht aufdringlich seltsam, aber dennoch ungewöhnlich. Hatte man hier etwas verbrannt? Der Kamin im Wohnzimmer war leer. Weder Asche noch Holz darin. War ihnen eine Mahlzeit angebrannt?

Im Schlafzimmer war das Bett zerwühlt. Einige Pillendosen und Tablettenpäckchen lagen auf dem linken Nachttisch. Noch mehr davon fand Boyle gleich darauf im Badezimmer. Einer der beiden musste ernsthaft krank gewesen sein. Becker wirkte jedoch völlig gesund, als Boyle ihn vor einigen Wochen das letzte Mal sah. War es dann seine Frau?

Egal.

Da war das Arbeitszimmer. Und von hier ging dieser merkwürdige Geruch aus. Der Raum war eindeutig Beckers Refugium. Mitten im Zimmer stand ein großer Papierkorb aus Stahlblech, der voller Asche war. Boyle entdeckte darin Reste der typischen grünen, gelben und roten Aktendeckel, die man im Hamburger Polizeipräsidium und bei der Staatsanwaltschaft verwendete. Hatte Becker sein gefürchtetes Privatarchiv verbrannt? Schien so.

Boyle trat zum Schreibtisch. Außer einem Aschenbecher, einigen Kugelschreibern, einer Schreibunterlage aus grünem Leder und einem Stapel Druckerpapier lagen da nur zwei aufgeschlagene Aktendeckel. Beide enthielten nur jeweils ein Vorblatt und den Namen des Vorgangs auf dem Deckel. Auf der ersten Akte stand „Nicolas Premuda", auf der zweiten „Lewis Boyle" und in dem Vorblatt war neben Namen und Geburtsdaten auch der Umfang der Akten vermerkt. Angesicht seiner jahrzehntelangen Gangsterkarriere war es eigentlich ein Wunder, dass Premudas Akte nur knapp dreihundert Seiten stark gewesen war. Boyles Akte hatte siebzig Seiten enthalten.

Hatten sich die Seiten aus Premudas und Boyles Dossiers in Asche verwandelt? Anzunehmen, aber warum hatte Becker die beiden Aktendeckel da liegen lassen? Weil er wusste, dass man sie finden musste und daraufhin einige Leute anfangen würden, Fragen zu stellen? Und zwar welche von der Sorte, die weder Boyle noch Premuda wirklich beantworten könnten.

Boyle hörte, dass irgendwer auf die Scherben im Wohnzimmer trat. „Scheiße!", fluchte eine Stimme, die er nicht erkannte. „Ruf den Boss an. Jetzt!“, antwortete eine zweite Stimme, die Boyle sehr wohl erkannte – Claas Mohler vom Dezernat Organisierte Kriminalität beim Hamburger LKA. Er hatte ein volles Jahr verdeckt gegen Boyle ermitteln lassen, weil er ihn für einen Zuträger Premudas hielt.

Boyle hatte nur ein paar Sekunden, um eine Entscheidung zu treffen. Er griff die beiden Aktendeckel, schob sie unter sein T-Shirt und schloss dann seine Jacke darüber.

Der Kriminaltechnische Dienst der Freien und Hansestadt war notorisch unterbesetzt und finanziell klamm. Doch man konnte sich nie wirklich sicher sein, was die Wissenschaftler so draufhatten, falls sie von einem der Oberbonzen im Präsidium so richtig freie Hand erhielten. Womöglich konnten sie dann einen Teil der Dokumente, die Becker da zu Asche verwandelt hatte, wiederherstellen.

Also kickte Boyle den Papierkorb um und zertrat die größten Stücke an Papierasche, die zu sehen waren.

„Mohler? Ich bin hier“, rief er dabei.

Boyle hörte ihn näher kommen.

Als Mohler in den Raum trat, richtete er seine Waffe auf Boyle und sah dabei so aus, als wäre er in echter Versuchung abzudrücken.

Boyle hob die Hände.

„Übertreib’s nicht“, sagte er.

3

Innerhalb der nächsten Dreiviertelstunde brach das übliche Tötungsdelikte-Chaos über Beckers Haus in Winsen herein. Nach der Spurensicherung kam der Notarzt, nach dem Notarzt die Kollegen der Dienststelle in Winsen und zusammen mit ihnen ein Fotograf und ein Reporter, der müde vor Beckers Haus an seinem Volvo lehnte und auf eine Gelegenheit für Fotos und ein Interview lauerte.

Becker hatte über dreißig Jahre für das Präsidium gearbeitet. Aber keiner hier kam auf die Idee, Beckers Tochter Elena zu informieren oder die beiden Toten zu bedecken, sobald die Spurensicherung und der Notarzt mit ihnen durch gewesen waren. Die vorläufige Einschätzung des Arztes zur Todesursache deckte sich mit Boyles: „Erweiterter Suizid. Schwer zu sagen, wer von beiden zuerst die Pillen eingeworfen hat. Aber einer von beiden hatte Krebs im Endstadium. Den Meds nach, die im Bad und Schlafzimmer sind, müsste es entweder Magen, Darm oder Leber gewesen sein."

Boyle sorgte dafür, dass eine der niedersächsischen Beamtinnen zu Beckers Tochter Elena nach Hannover fuhr, um diese über seinen Tod zu informieren. Trotz der Verachtung, die er zuletzt für Becker empfunden hatte, wollte Boyle nicht, dass sie vom Tod ihres Vaters aus dem Radio oder der Zeitung erfuhr.

Dass man ihn ohne eine Befragung gehen lassen würde, war trotzdem unwahrscheinlich. Er war als Erster vor Ort gewesen und ganz sicher glühten bereits eine Menge Drähte in Hamburg, einige Herren im Innensenat und dem Präsidium fragten sich zweifellos, ob er hier irgendwie an irgendetwas gedreht haben könnte.

Boyle war also nicht erstaunt, als der dunkelblaue Audi A6 mit Hamburger Kennzeichen vorfuhr, der so laut nach höherem Dienstgrad schrie, dass der Reporter vor Beckers Haus gar nicht wieder aus dem Knipsen herauskam.

Boyle hätte nur nicht damit gerechnet, dass die Lamettaträger ausgerechnet Nick Heitmeyer vom LKA schicken würden, um ihm die Daumenschrauben anzulegen. Der war nämlich eher der Typ grobe Kelle und breiter Knüppel. Aber vielleicht hatten die Bosse ihn einfach nur deswegen auserkoren, weil sie keinem anderen trauten und Heitmeyer stand immerhin in der Hackordnung eine Stufe über Boyle.

Heitmeyer grüßte ihn knapp, ging an Boyle vorbei und befragte die SpuSi-Beamten, dann den Notarzt, bevor er Boyle zunickte und ihn etwas zur Seite zog. Weg von den anderen.

Ohne eine Einleitung begann er, Boyle mit Vorwürfen zu überhäufen. „Du hättest nicht allein hier reingehen dürfen. Du hast den Tatort versaut, indem du die Tür eingeworfen hast und dann da drin rumgestiefelt bist. Das war's, Boyle. Du bist fertig.

Kannst froh sein, wenn sie dich auf der Davidwache noch beklaute Touristen trösten lassen …"

Heitmeyer zog eine Schachtel Kippen hervor und bot Boyle eine an. Er griff zu. Ließ sich von dem LKA-Mann Feuer geben.

„Kriech zurück in das Loch, aus dem du gekommen bist, Heitmeyer. Ich habe hier gerade einen Freund verloren und keinen Bock auf deinen Mist."

„Mach's dir doch nicht unnötig schwer, Boyle. Sag ihnen einfach, wo du Beckers Archiv versteckt hast und alles ist gut. Glaubt doch kein Mensch, dass er es in dem Papierkorb verbrannt hat, wie die SpuSi-Clowns behaupten."

In der Beziehung hatte Heitmeyer ins Schwarze getroffen, dachte Boyle. Denn auch wenn Becker einen Teil seines Archivs verbrannt hatte, die wirklich brisanten Dokumente zu vernichten, passte nicht zu ihm. Dazu war Becker zu rachsüchtig. Und zu clever. Dieser Papierkorb voller Asche war ein Ablenkungsmanöver. Die beiden leeren Aktendeckel, die er auf seinem Schreibtisch ausgelegt hatte, bewiesen das.

Boyle rauchte die Zigarette. Die Drohungen, die Heitmeyer dabei weiterhin ausstieß, waren bald nur noch Hintergrundrauschen.

Nein, dachte Boyle, keines der Dokumente war noch hier. Becker hatte sie zweifellos schon vor Tagen irgendwem zukommen lassen, dem er blind vertraute. Er konnte das eigentlich nur aus zwei Gründen getan haben: Entweder um an Boyle und Premuda

Vergeltung zu üben oder demjenigen, der diese Akten jetzt besaß, die Gelegenheit zu verschaffen, Boyle und Premuda zu erpressen. Das würde zu Becker passen. Nur, fragte sich Boyle, wer in der Stadt mochte wohl so dicke Eier in der Hose haben, dass Becker ihm zutraute, es gleichzeitig mit dem Chef der Mordkommission und dem mächtigsten Gangster der Stadt aufzunehmen?

„Ich lege 'n gutes Wort für dich ein, Boyle. Kein Ding. Wirklich. Wird alles vielleicht gar nicht so heiß gekocht, wie es gegessen werden muss …", blubberte Heitmeyer weiter Worte in Boyles Gesicht.

„Ich habe nach Vorschrift gehandelt. Du hast nichts, womit du mich drankriegen könntest, Heitmeyer. Das Einzige, was du mir vorwerfen könntest ist, dass ich nicht sofort die Kollegen aus dem zuständigen Revier informiert habe. Viel Erfolg dabei, einen Staatsanwalt oder Richter zu finden, der mir daraus einen Strick drehen wird …", sagte Boyle und schnippte die Zigarette durch die eingeschlagene Terrassentür nach draußen in den dunklen Garten.

„So einfach ist das nicht, Boyle. Und das weißt du genau", versuchte sich Heitmeyer an einer neuen Drohung.

„Doch. Genau so einfach ist das …", knurrte Boyle, trat an Heitmeyer vorbei und ging über die Glasscherben hinweg in den Garten hinaus.

Dort stand er eine ganze Weile bei einer großen alten Tanne, kehrte dem Haus und all den Kollegen, die dort ihrer Arbeit nachgingen, den Rücken zu, starrte in die Dunkelheit und fragte sich, wem der notorisch misstrauische Becker so weit vertraut haben konnte, dass er ihm die Kronjuwelen seines Privatarchivs hatte zukommen lassen, bevor er sich mit einem Glas mittelprächtigen Rotweins neben seine Frau auf die Wohnzimmercouch setzte und gemeinsam mit ihr ein paar tödliche Pillen einwarf.

Boyle kam Beckers Haus, der Garten, die Eigenheimsiedlung hier am Rande der Kleinstadt plötzlich so unglaublich eng vor. Weshalb hatte er den Mann, der das hier – dieses Apfelbäumchen- und Koniferenglück – offenbar gebraucht hatte, je bewundern und für fast ein Jahrzehnt sogar als Freund betrachten können, fragte er sich. Aber er spürte gleichzeitig, wie sich, noch während er darüber nachdachte, ein Knoten in seinem Bauch bildete – härter wurde, kleiner, schwerer.

Sein Telefon klingelte: Kripochef Andres Himmel. Sein direkter Vorgesetzter. Boyle fragte sich, ob es drin war, den Anruf zu ignorieren.

Boyle ging ran. „Andres? Ich stehe vor Beckers Haus. Sieht nach erweitertem Suizid aus. Wir haben starke Krebs- und Schmerzmittel gefunden. Die Kollegen aus Winsen sind vor Ort. Das LKA auch. Unseres. Nicht die Niedersachsen."

„Na, dann läuft's ja. Habt ihr Beckers Archiv gefunden?"

„Da war ein Haufen Asche in einem Papierkorb

im Arbeitszimmer. Aktendeckel aus dem Präsidium“, erklärte er.

Einige Zeit herrschte Schweigen.

„Hm, ist wahrscheinlich besser so. Hat der alte Dinosaurier am Ende doch noch ’nen reinen Tisch hinterlassen, was?“

„Scheint so“, antwortete Boyle.

„Wen haben sie vom LKA hingeschickt?“, fragte Himmel.

Boyle grinste in sich hinein.

„Zuerst Mohler, diese Obernull. War keine fünf Minuten nach mir vor Ort. Dann rauschte Heitmeyer an.“

„Und der ist noch dort?“

„Tut wichtig. Telefoniert. Hat mir mit ’nem Verfahren gedroht, weil ich angeblich den Tatort versaut hätte. Pillepalle, Kindergarten. Da ist nichts, Andres. Die einzige Frage, die sich mir stellt, ist, wer so tollkühn war, mir ausgerechnet Heitmeyer auf den Hals zu hetzen.“

„Er ist der neue Wasserträger vom Präsidenten im LKA. Von mir und Köhler mal abgesehen, traut dir doch keiner in der Chefetage, Boyle. Und tu jetzt bloß nicht so, als wären das erschütternde Neuigkeiten für dich.“

Die Geier kreisten längst über Beckers Nachlass. Und sie ziehen ihre Kreise immer tiefer, dachte Boyle. Heitmeyer stand in seinem mittelscharfen grauen Anzug in Beckers grell beleuchtetem Wohnzimmer und schaute zu ihm in den Garten hinaus. Immer dasselbe ermüdende Spiel, stellte Boyle nicht zum ersten Mal fest, während du damit beschäftigt bist, nach alten Feinden über die Schulter nach hinten zu schauen, sammeln sich vor dir schon wieder neue Gegner und wetzen ihre Messer. Wenn es etwas gab, was Boyle in all den Jahren auf der Straße gelernt hatte, dann war es, dass Pech hauptsächlich die Leute traf, die zu ängstlich oder zu bequem waren, einigen der eher bitteren Wahrheiten des Lebens wirklich ins Auge zu sehen. Eine dieser Wahrheiten lautete: Wer seinem Gegner klaglos die andere Wange hinhielt, konnte sich verdammt sicher sein, dass darauf auch eine Ohrfeige landete.

Er hatte dieses Spiel sein Leben lang gespielt. Nicht immer hatte er es in gerader Haltung durchgezogen. Aber bisher hatte er immer gewonnen. Wenn nicht durch k.o., dann nach Punkten.

Heitmeyer hielt sich für einen Helden, war aber in Wahrheit auch nur ein Würstchen. Genauso wie der Präsident mit seinem Superbüro mit Stadtparkblick in Winterhude.

Jale
Hamburg, 6. Juni 2004

4

„Nein, ich habe keine Zeit. Was? Ja. Hab ich doch gerade gesagt, Mama, keine Zeit. Wegen Dienst. Ich hab Schichtdienst. Was? Ja, klar. Weißte doch. Wieso fragst du überhaupt? Irgendwas passiert? Wie? Abendessen? Ach, du hast da wen eingeladen. Extra wegen mir? Nein, Mama, geht trotzdem nicht. Frag doch, bevor du jemanden extra wegen mir zum Essen einlädst. Kann doch so schwer nicht sein …“, sagte Jale Arslan in ihr Handy, während sie die Tür ihres Kühlschranks öffnete und wegen dem plötzlichen grellen Licht, das aus dessen Inneren in die dunkle Küche drang, ein paarmal blinzeln musste.

Es war zwei Uhr nachts an einem Sonntagmorgen. Dass ihre Mutter um diese Uhrzeit nicht schlief, sondern Jale mit einer Einladung zum Sonntagsessen nervte, lag daran, dass sie ständig irgendwo hinflog und im Grunde seit zehn Jahren einen einzigen überlangen Jetlag schob, der dazu führte, dass sie meistens um vier Uhr morgens so wach und energiegeladen war wie andere nach dem Frühstück um halb zehn morgens. Jale zog eine Schnute, als sie erkannte, dass ihr Kühlschrank außer einem Stapel Aldi-Tiefkühlpizzen nichts hergab, was ohne den Umweg über eine Mikrowelle verwertbar gewesen wäre.

Sie war vor zwanzig Minuten von einer Party bei einer Freundin heimgekommen, hatte geduscht und war eben von einem Heißhungeranfall getroffen worden. Auf der Party hatte es zwar Wein, Bier und Gras satt gegeben, aber zu essen nur vegane Gourmethäppchen, die der Lover ihrer Freundin angeschleppt hatte, dessen Eltern ein Cateringunternehmen betrieben.

Ihre Mutter plapperte weiter, während Jale die Kühlschranktür schloss, zum Fenster trat und hinunter auf die Straße schaute, weil sie die geringe Hoffnung hegte, dass der Dönerladen schräg gegenüber vielleicht doch noch geöffnet sein könnte. Aber dort war das Licht aus.

„Nein, Mama, ich kann wirklich nicht. Wo ich jetzt bin? Weshalb das so still ist? Ich bin im Revier. Ja. Ist jetzt spät, Mama. Da ist hier nicht viel los. Ja. Klar. Ich mach das doch nicht mit Absicht. Du hast den Typen eingeladen, ohne mich zu fragen. Wie? Seine Familie wird sauer sein? Ist nicht mein Problem, Mama. Der wird schon irgendwo was anderes zu essen finden. Nein, ich muss jetzt Schluss machen. Ja, ich dich auch. Sicher, Mama. Ich bin vorsichtig und passe auf mich auf. Wie immer. Güle güle, Mama!"

Was jetzt, fragte sich Jale, doch die Mikrowelle anwerfen und Aldi-Pizza oder hungrig ins Bett?

Ihr Telefon klingelte. Nicht das Handy. Festnetz. Und Festnetz bedeutete: Dienststelle. Jedenfalls meistens.

Jale fluchte und hob ab.

„Jale?“

„Ja?“

„Sandra hier. Eigentlich wollte ich ja bloß auf deine Mailbox sabbeln. Aber wenn du schon rangehst um diese Zeit. Na ja, weil du hast doch gefragt, wann der nächste ...“

Jale hatte keine Ahnung, wer diese Sandra sein sollte, obwohl die ihre Festnummer hatte und an einem Sonntagmorgen um kurz nach zwei bei ihr anrief.

„Jale? Biste da?“, fragte Sandra wieder.

Endlich fiel Jale ein, wer sie war: diese mollige, gepiercte Fakeblondine aus der Beschaffung, mit der sie vor ein paar Wochen mal auf einer Weiterbildung gewesen war und über die letzten drei Metallica-Alben gelästert hatte. Wie kam die dazu, jetzt hier bei ihr anzurufen?

„Oh, öhm ... Ich wusste gerade nicht, wer du bist ...“, antwortete Jale lahm.

Sandra lachte. „Lange Nacht gehabt, was?“

Je nachdem, was man unter langer Nacht versteht, dachte Jale.

„Hör mal, du wolltest doch wissen, wann die bei euch das nächste Mal die Pinkelbecher verteilen. Ich hab da gerade zufällig was läuten hören ...“, sagte Sandra gut gelaunt.

Jale erinnerte sich: Sandra hatte irgendwie Zugang zu den streng vertraulichen Daten des Mitarbeiterdrogentests der Hamburger Polizei.

„Also ich würde heute und morgen nicht an was Süßem oder Saurem naschen, Jale. Das könnte peinlich werden …“, sagte Sandra. Süßes und Saures waren ziemlich durchsichtige Bullencodes für Gras und Speed.

Jale fragte sich, wie viele Joints sie auf der Party gedreht hatten? Fünf? Oder doch bloß vier? Am Donnerstag während der Doppelschicht hatte sie zwei Pillen Speed eingeworfen, um die Müdigkeit in den Griff zu kriegen. Jeder Drogentester hätte mit ihrer Blutprobe eine Party feiern können. Das heißt, falls er noch dazu in der Stimmung gewesen wäre, nachdem er die Ergebnisse ihres Urintests gesehen hatte.

„Alles klar, Sandra. Danke für den Tipp! Ich weiß das echt zu schätzen … Tschü und klar, bis bald mal wieder“, beendete Jale das Gespräch.

Ihr Heißhunger war verschwunden. Verdrängt von einem Gefühl unbestimmter Furcht. Sie hatte sich vier Jahre lang den Arsch aufgerissen, um es bis zur Kommissarin bei der Kripo zu bringen und schon zwei Verwarnungseinträge in ihrer Personalakte. Ein positiver Drogentest würde sich sehr mies auf ihre Dienst- und Eignungsbewertung auswirken. Das hieß dann Karrierewarteschleife und bedeutete, dass sie eine Ewigkeit beim Kriminaldauerdienst festhängen würde.

Jale war ganz sicher nicht die Einzige, die von Sandra über den Pinkelbechertest informiert worden war. Nur hatten die Männer im Revier einen klaren Vorteil bei dem Spiel. Der nannte sich Volker Assmann und war mit einer vollbusigen evangelikalen Christin namens Thea verheiratet, die auf völliger Drogenabstinenz bestand, weswegen Volker nicht mal Kaffee trank. Er verkaufte am Pinkeltesttag seine Pisse für achtzig Euro pro hundert Milliliter an jeden, der das nötig zu haben glaubte. Für Volker war Pinkelbechertag ein bisschen wie Weihnachten. Aber Männerpisse und Frauenpisse waren unterschiedlich und dies konnte das Labor feststellen. Volkers Service kam für Jale also nicht infrage. Eine Frau, die sein Geschäftsmodell kopierte, gab es aber auch nicht auf dem Revier. Jale dachte daran, ihren Streifenpartner Holger Schönert anzurufen. Sie stellte sich vor, wie er sich behäbig im Ehebett umdrehte, nach dem Telefonhörer griff und sich verschlafen meldete.

„Jale hier. Morgen ist Drogentest auf dem Revier. Becherpinkeln für die Freie und Hansestadt. Bloß wird das bei mir nicht gut ausgehen."

„Shit, Jale."

„Ja, Mist. Kennst du 'ne Nonne auf Sankt Pauli, die mir ihre Pisse verkauft?"

„Was macht dich so sicher, dass du auf Sankt Pauli eine Nonne findest, die keine Drogen nimmt, Jale?"

An dem Punkt schaltete sich Jales Fantasie aus.

Nein, Holger anzurufen kam nicht infrage.

Was dann?

Ihre Mutter oder eine ihrer beiden Schwestern um

einen Becher Pinkelstoff zu bitten, war undenkbar. Das käme einem familiären Super-GAU gleich.

In einigen der größeren Kiffershops gab's zwar neben Shishas, Bongs, Papers und Cannabisdünger auch künstlichen Urin zu kaufen, aber dem traute Jale nicht. Die Hamburger Polizei schickte ihre Drogentests zur Auswertung zum LKA-Labor. Das waren echte Profis, die führte man nicht mit Synthetik hinters Licht.

Trotzdem musste eine Lösung her und zwar pronto. Noch heute Nacht.

Scheiße, jetzt kam auch endlich der Kater so richtig bei ihr an, den sie mit den Cocktails vorhin auf der Party bestellt hatte. Jale rutschte an dem kalten Metall der Kühlschranktür zu Boden und blieb dort sitzen, den Kopf auf den Knien. So lange, bis sich das Karussell in ihrem Hirn mit dem Rest ihres Körpers auf eine halbwegs erträgliche Drehzahl geeinigt hatte.

5

Jale war sich nicht sicher, ob es so eine gute Idee gewesen war, hierherzukommen. Aber jetzt war sie nun mal da und entweder ging sie den einen Schritt aus dem Lift heraus und betrat Ninas Notaufnahmestation im Hafenkrankenhaus oder sie fuhr wieder herunter und haute ab. Aber abzuhauen wäre keine

Lösung gewesen. Also ging Jale auf die hellgraue Theke zu und hoffte, dass Nina heute Dienst hatte und nicht mit ihrem verrückten Grufti-Freund in dessen Bett lag. Oder ihrem eigenen.

Nina und Jale kannten sich aus der Grundschule und hatten sich vor ein paar Jahren unerwartet hier wiedergesehen, als Jale gekommen war, um einen Zeugen zu befragen, der bei einer Massenschlägerei am Hans-Albers-Platz verletzt worden war. Anschließend waren sie sich an einem Dienstag in einem Supermarkt zufällig wieder über den Weg gelaufen, hatten sich auf der Schanze volllaufen lassen und festgestellt, dass sie sich jetzt sogar noch besser leiden konnten als damals, als ihre drängendsten Probleme darin bestanden, ihre Sandkuchenformen gegen eine gut eingespielte Gang blond bezopfter Montessori-Kindergartenmädchen zu verteidigen. Nina hatte bei ihrem Besäufnis behauptet, dass deren Mütter damals wie Klone gewirkt hätten. Jale hatte vor Lachen ihren Gin Tonic über den Tresen verteilt.

Wenn es irgendwo Frauenpisse im Überfluss gab, dann ja wohl in einem Krankenhaus. Peinlich wäre nur, falls sie die einer Schwangeren erwischen würde. Sie konnte sich das breite Grinsen der Kollegen vorstellen, wenn die darauf bestanden, ihr die „frohe Nachricht" persönlich unter die Nase zu reiben. Aber damit würde sie schon umgehen können. Mit einer Verwarnung und einem Eintrag wegen Drogenkonsums jedoch nicht.

Dort stand Nina. Sie hatte ihre Haare schwarz gefärbt und raspelkurz rasiert und trug Lippenstift, der so scharf lila gegen ihre blasse Haut abstach, dass es fast schon wehtat.

„Hey, Nina", sagte Jale und kam sich blöd dabei vor.

Nina schaute sie an wie einen Geist, dann warf sie die Arme hoch, stürmte durch die schmale Klapptür in der Theke, streckte ihre Faust aus und rief: „Yo, Sis! Ghettofaust!"

Jale knallte ihre Faust gegen Ninas und wusste plötzlich, dass es die richtige Entscheidung gewesen war, hierherzukommen.

„Was geht? Tote, Verletzte, Vergewaltiger? Biste alleine?", plapperte Nina mit einem breiten Grinsen unbekümmert los.

Okay, dachte Jale, es gibt jetzt nicht wirklich viele Möglichkeiten, drum herumzureden. Sie holte tief Luft, sah Nina in die Augen und flüsterte: „Ich brauch so um die zweihundert Milliliter Frauenpisse. Drogenfrei. Und nicht schwanger. Falls sich das irgendwie machen ließe …"

Ninas Grinsen gefror. Sie war platt. Vollplatt, um es ganz genau zu sagen. Sie starrte Jale an, als hätte die ihr gerade verkündet, dass da draußen Dracula darauf wartete, mit einer Bluttransfusion versorgt zu werden.

Ein Mann mit Fünftagebart, der in einem hässlichen gestreiften Frotteebademantel seine Runden im Flur drehte, blieb vor Jale und Nina stehen, rülpste und legte seine Pranke auf Jales Schulter. „Haste mal 'ne Kippe, Digge?", fragte er.

Nina brach in Lachen aus. „Oh scheiße, Jale! Pinkelbechertest bei der Schmiere, oder wie?"

Jale schüttelte die Hand des Frotteebademantelträgers ab. Nina warf ihm einen scharfen Blick zu und bellte: „Hau ab, Maddel!"

Maddel zog den Kopf ein und trug seinen hässlichen Bademantel zum anderen Ende des Flurs weiter.

Nina schaute ihm nach, nahm dann Jales Arm, zog sie hinter die Theke und in einen Raum, der roch, als hätte man darin eine Kistenladung Zitronen ausgepresst und deren Saft anschließend über einem Riesenhaufen Alkoholikerkotze ausgeschüttet. Die Wände der Kammer waren von Medizinschränken mit Schlössern gesäumt. Doch auf einem zerkratzten Arbeitstisch standen in einem Träger auch etwa dreißig bis vierzig Plastikbecher voller gelblicher Flüssigkeit.

Nina betrachtete die Becherdeckel einige Zeit. Jale kämpfte gegen einen Brechreiz an. Wie man sich in diesem Kabuff länger als zwei Minuten aufhalten konnte, ohne sich herzhaft auszureihern, war ihr ein Rätsel.

„Eine mit Pille oder ohne? Hormonlevel. Können die feststellen bei der Analyse. Weißte, oder?", murmelte Nina und sah sich dann zu Jale um.

Jale wusste. „Öhm, ohne", antwortete sie und fühlte sich unangenehm dabei. Ohne Pille besagte, dass Jale derzeit keinen Grund dazu hatte, die Pille zu nehmen. Was den Schluss sehr nahelegte, dass sie kein Sexleben hatte, das der Rede wert gewesen wäre. Dass sie keinen festen Partner oder Lover hatte, wusste Nina. Männer und deren Macken waren neben Sandkastenschlachten mit biestigen kleinen Blondklonen das Hauptthema bei ihrem letzten Besäufnis gewesen. Jale schämte sich dafür, zugeben zu müssen, kein nennenswertes Sexleben zu haben. Gleich darauf schämte sie sich dafür, dass sie sich deswegen schämte. Verdammte Hacke, dachte sie, das war deutlich so gar nicht ihre Nacht heute.

Nina zog zwei Becher heraus und hielt sie Jale entgegen. „Wen willste? 'Ne dreißigjährige Hausfrau mit Nierensteinen und 'nem miesen Friseur? Oder eine libanesische Kopftuchträgerin mit intaktem Jungfernhäutchen?"

Jale betrachtete die beiden Becher skeptisch. Eine muslimische Jungfrau oder eine Hausfrau? Was passte besser zu ihr?

„Ich nehm die Jungfrau. Wer nicht poppt, der wirft ja wohl auch keine Pillen, oder?"

„Clevere Wahl. Wird eingetütet", entgegnete Nina, suchte ein Formular hervor, zerriss es in kleine Schnipsel, warf die in den Papierkorb und stellte ein neues aus, während Jale sich fragte, wie lange sie es noch in diesem Raum aushielt, ohne entweder auf den Boden zu kotzen oder in Ohnmacht zu fallen. Vielleicht wäre ja sogar beides drin?

„Hier verschwindet ständig Papierkram und Proben sowieso. Ich sach ja immer, wenn die Leute mal wüssten, was hier für ein Chaos herrscht, die würden es sich dreimal überlegen, herzukommen …"

Nina war fertig mit dem Formular und reichte Jale den Becher. Jale schob ihn erleichtert in ihre Handtasche.

„Du musst den Becher anwärmen, Jale. Nicht vergessen. Am besten schiebste den zehn Minuten zwischen die Möpse, dann wird das schon …", erklärte Nina, warf dazu aber einen leicht zweifelnden Blick auf Jales Champagnerbrüste, die ihr Shirt kaum genug ausbeulten, um als solche überhaupt wahrgenommen zu werden.

„Ich hätte dir ja auch selbst in 'n Becher gemacht, aber wir waren vorgestern auf 'nem Konzert und haben es da krachen lassen. Wäre deshalb wahrscheinlich noch schlimmer ausgegangen als mit deiner eigenen Pisse, Süße."

„Schon gut. Mensch, Nina. Ich weiß gar nicht, wie ich dir danken soll …", sagte Jale und meinte es auch genau so.

„Lass ma'. Bin doch froh, dass die so was wie dich bei der Schmiere überhaupt rangelassen haben. Und wir müssen zusammenhalten, wenn uns schon die Kerle immer noch wie Mist behandeln. Wird bei dir in der Wache nich anders sein als in dem Laden hier, oder?"

Obwohl Jale sich aktuell gerade wirklich nicht

beschweren konnte, stimmte sie Nina trotzdem zu. Schon weil alles andere unhöflich gewesen wäre. „Klar. Und wie gesagt: Danke."

„Hallo? Is wer da? HALLOOO?? Ich hab hier eine Verletzte …!" Eindeutig eine männliche Stimme.

Nina sah durch die Tür zur Aufnahme und ging hinaus. Jale folgte ihr. Hoffentlich war der Typ da draußen kein Bekannter von ihr, dachte sie.

Nina war bereits in den vollen Einsatzmodus übergegangen, als Jale hinter der Theke ankam. Der Fremde hielt mühsam eine Frau aufrecht, deren Gesicht von blutenden Schürfwunden bedeckt war, ihr blaues Kleid war zerrissen und voller Schmutz und Blutflecken. Sie war vielleicht um die fünfzig, so dürr, dass sie fast transparent wirkte und roch wie der schmuddelige Hinterhof einer Brauerei.

Nina half dem Fremden, die Frau auf eine Rollliege zu legen. Sie war volltrunken und unfähig, mehr als „Oh" und „Ah" von sich zu geben.

„Ich habe sie vor dem Elbschloss gefunden. Im Dreck. Keine Ahnung, was passiert ist, aber im ersten Moment habe ich gedacht, sie sei tot. Das ganze Blut. Ich habe sie mit einem Taxi hergefahren, weil beim Notruf keiner reagiert hat", erklärte der Mann. Er war etwa im selben Alter wie die Verletzte, aber seine Jeans, das Hemd und die Jacke wirkten sauber und er bewegte sich auch nicht so, als sei er betrunken. Jale fand es seltsam, was der Fremde über den Notruf erzählte. Es konnte an einem Wochenende zwar schon mal dauern, bis man da zu einem Beamten durchgestellt wurde. Aber jetzt war es fast drei Uhr morgens. Um die Zeit musste selbst an einem frühen Sonntagmorgen der Notruf reibungslos laufen. Andererseits lag das Elbschloss, eine Absturzkneipe auf der Simon-von-Utrecht-Straße, in einem berüchtigten Handyfunkloch. Daran könnte es gelegen haben.

Vor der Theke stand ein Rucksack voller Buttons, einige mit den Logos von Bands, andere mit Sprüchen. Einer lautete „Unter dem Pflaster liegt der Strand". Musste wohl dem Typen gehören, vermutete Jale. Denn obwohl auf dem Teil einige größere Blutflecken zu sehen waren, wirkte er zu teuer, zu neu und zu sauber, um zu der Säuferin zu passen, die der Mann gerade angeschleppt hatte.

Nina und der Fremde waren mit der Verletzten beschäftigt, die jetzt nur noch wimmerte und sich mit Händen und Füßen dagegen wehrte, auf der Trage liegen zu bleiben.

Jale fand, dass der Rucksack im Weg war. Sie hob ihn auf, um ihn auf die Theke zu legen. Der Reißverschluss des Rucksacks war nicht ganz geschlossen. Als Jale ihn auf Ninas Theke ablegte, rutschte eine Waffe aus ihm heraus: SIG Sauer P220, neun Millimeter. Das war kein Eisen für Angeber. Die schleppten sich mit riesigen Desert Eagles ab, die sie aus Hollywood-Actionfilmen kannten.

Das Teil war gespannt und schussbereit.

Die Verletzte strampelte, lallte und versuchte, zwischen Nina und dem Fremden hindurch von der Liege zu rutschen. Sie drehte sich aus Ninas Griff, rief irgendetwas Unverständliches und trat Nina in den Bauch. Die taumelte zurück und landete mit einem überraschten „Oh Gott!“ auf dem Hintern. Die blutende Frau starrte auf Nina herab, zeigte auf sie und brach in hysterisches Lachen aus.

Der Mann ließ die Säuferin los und beugte sich zu Nina herab, um ihr aufzuhelfen. Dabei fiel sein Blick auf Jale, die die Waffe aus dem Rucksack gerade entspannt hatte und deren Magazin aus dem Griff gleiten ließ. Es war voll bestückt. Sieben Schuss.

Der Fremde machte einen Fehler. Er zog ein Messer unter seiner Jacke hervor und sprang auf Jale zu. Er war schnell und er wog sehr viel mehr als Jale. Sie hätte vielleicht Zeit gehabt, nach links oder rechts an der Theke entlang auszuweichen. Vielleicht. Oder sie setzte blind darauf, dass der Typ wirklich ein Profi war und zusätzlich zu der Munition im Magazin auch eine Patrone in den Lauf der SIG Sauer geladen hatte. Statt auszuweichen, krümmte Jale den Finger um den Abzug.

Diese Stille nach dem Schuss. Die eigentlich gar keine war. Sondern ein Dröhnen, das einem in den Magen fuhr und die feinen Härchen auf den Armen stehen ließ.

Ninas blaues OP-Oberteil war voller Blut.

Die Säuferin lachte aus ihrem blutenden Gesicht heraus. Der Fremde lag am Boden. Jale sah ihn an.

Boyle
Hamburg, 6. Juni 2004

6

In dem Besprechungszimmer hing ein Porträt des Bürgermeisters in einem Holzrahmen. Gleich daneben hatte man das Bild des Polizeipräsidenten platziert, entschlossen schaute er über den Kragen seiner Uniformjacke hinweg in die Ferne. Boyle fand, dass das die passende Art von Blick für einen Lamettaträger darstellte – über seine Beamten hinweg.

Boyle lehnte neben der Tür an der Wand. Am Tisch saßen Kripoboss Himmel, KDD-Chef Köhler und eine Schutzpolizeikommissarin namens Jale Arslan, die vor etwas mehr als drei Stunden im Hafenkrankenhaus einen Mann erschossen hatte, der mit einem der besten gefälschten Ausweise unterwegs gewesen war, den Himmel, Köhler und Boyle je zu Gesicht bekommen hatten.

Nachdem man seine Fingerabdrücke genommen und ins System eingespeist hatte, klingelten keine zehn Minuten später Boyles und Himmels Telefone.

Da war es exakt 4 Uhr 52 und wer da anrief, war der Abteilungsleiter einer Zielfahndergruppe des BKA namens Brauer. Er hatte nicht viel zu sagen, außer, dass er gerade jetzt einen Heli bestellt hätte und sich auf den Weg von Berlin nach Hamburg machte und darum bat, dass man Röntgenaufnahmen vom

Brustbereich und rechten Unterschenkel des Toten anfertigte.

Andres Himmel wirkte so nervös wie lange nicht mehr und selbst unter Boyles Müdigkeit machte sich Unruhe breit. Er schaute auf seine Uhr. In zehn Minuten sollte der Kollege aus Berlin eintreffen.

Keiner hier wusste bisher, was Brauer dazu bewogen haben könnte, an einem Sonntagmorgen um fünf Uhr früh in einen Heli zu hüpfen, um sich nach Hamburg fliegen zu lassen. Aber keiner hier hatte bisher auch eine Ahnung, wer der Tote war, dem Jale Arslan den Kopf gelocht hatte.

Boyle dachte an eine andere Nacht vor vier Jahren, die zu sechs Toten und einer brennenden City geführt hatte und fragte sich, ob dieser Tag so enden könnte wie jene Nacht. Damals begann alles mit dem erschossenen Sohn des früheren Polizeipräsidenten Stiller. Erst vor ein paar Stunden hatten sie Becker und dessen Frau tot aufgefunden und kaum, dass Boyle aus Winsen zurück in der Stadt gewesen war, landete dieser Unbekannte mit einem Loch in der Stirn auf dem Boden der Notaufnahme im Hafenkrankenhaus.

„Ich habe nach Vorschrift gehandelt. Das war eine konkrete Bedrohung meiner Person, der Typ hatte ein Messer und sprang auf mich zu. Was hätte ich denn machen sollen?", sagte Jale Arslan.

„Du hast alles richtig gemacht, Kollegin", versicherte ihr Himmel.

Boyle betrachtete Jale.

Er schätzte sie auf deutlich unter einen Meter siebzig. Sie war so klein und zart, dass sie nur knapp den körperlichen Anforderungen der Hamburger Polizeibehörde entsprochen haben konnte. Ihre halblangen Haare waren naturrot, ihre Augen von einem irritierend hellen Grau und ihre Haut so weiß und durchscheinend, dass sie wie aus Schnee wirkte.

Er hatte vorhin einen Blick in ihre Personalakte geworfen. Ihr Vater war ein tscherkessischer Chirurg, der vor vierunddreißig Jahren nach Hamburg gekommen war und seither in der Uniklinik arbeitete. Ihre Mutter führte ein Reisebüro in Eppendorf. Jales ältester Bruder war Banker, ein anderer Strafverteidiger in Bielefeld, ihre ältere Schwester Hausfrau hier in Hamburg und ihre jüngere eine Künstlerin irgendwo in Berlin. Jale hatte einige Semester Kunstgeschichte studiert, aber ohne Abschluss die Polizeieignungsprüfung abgelegt. Sie war eine Frau, sie hatte Abitur und stammte aus einer gutbürgerlichen Migrantenfamilie – man hatte ihre Bewerbung mit Kusshand angenommen. Jale war reibungslos, wenn auch nicht hervorragend, durch die Ausbildung gegangen. Auf dem Schießplatz war sie gut genug, dass man sie für die Wettbewerbsauswahl der deutschen Polizeimeisterschaften aufstellen wollte. Sie lehnte höflich ab. Boyle fragte sich weshalb.

Das 12. Revier, dem man Jale für ihre praktische Ausbildung zuteilte, war keine Problemdienststelle.

Aber ein reiner Ponyhof auch nicht. Jale diente zwei Jahre dort und bekam durchweg gute Beurteilungen. Man setzte sie auf die Karriereschnellstraße. Sie absolvierte die Lehrgänge zum höheren Dienst und seit zwei Wochen stand ihr Name zusammen mit etwa zwanzig weiteren auf der Beförderungs- und Versetzungsliste, ohne dass bisher entschieden worden war, wo man sie weiter verwenden wollte. Ihr Revierleiter hatte sie jedenfalls zur Versetzung in den Kriminaldienst vorgeschlagen.

Boyle hatte mit dem Arzt gesprochen, der Jale nach dem tödlichen Schuss im Hafenkrankenhaus betreute. Einen Menschen zu töten, stellt eine enorme psychische und physische Belastung dar. Das Mindeste, was man nach dem Schuss bei Jale an körperlicher Reaktion hätte erwarten können, wäre ein Schock gewesen. Bloß behauptete der Arzt, dass etwa zehn Minuten nach dem Schuss nicht einmal Jales Puls erhöht gewesen sei.

Nichts in Kommissarin Jale Arslans bisheriger Laufbahn oder ihrem familiären Hintergrund deutete darauf hin, dass sie fähig sein könnte, einen Mann zu erschießen, ohne darauf wenigstens mit einem erhöhten Blutdruck zu reagieren. Boyle kannte Kollegen, die das Pech gehabt hatten, in Ausübung ihres Dienstes töten zu müssen. Bei jedem von ihnen hatte das eine tiefe psychische Erschütterung ausgelöst. Sie brauchten Monate, zuweilen Jahre, um sich damit auseinanderzusetzen und darüber hinwegzukommen.

Einige schafften es nie. Doch hier saß diese zarte Frau mit einer Haut wie Schnee und einem Gesicht wie eine Porzellanpuppe, hatte vor ein paar Stunden einen Mann erschossen und war dabei so gelassen geblieben wie eine Busfahrerin beim Türöffnen an der Haltestelle. Boyle fragte sich, ob Jale Arslan einfach nur eine verdammt lange Inkubationszeit für Schock aufwies. Oder vielleicht eine Soziopathin war.

Ein Beamter brachte einen Umschlag. „Die Röntgenaufnahmen aus der Gerichtsmedizin, die Sie angefordert haben", erklärte er und verschwand wieder.

Köhler öffnete ihn und hielt die Aufnahmen gegen das Fenster, durch das frühes Morgenlicht fiel. Alle sahen auf die Röntgenbilder, nur Jale blickte zu Boden.

Boyle fragte sich, ob sie die Aufnahmen nicht ansehen wollte, weil sie sich schämte, den Mann getötet zu haben, zu dem sie gehörten.

Brauer trat herein und er tat es, als sei er hier zu Hause, was keinem der Hamburger Beamten gefiel. Er war etwa Mitte vierzig, mittelgroß, blond und, was seine Figur betraf, eher auf der kräftigen Seite. Er hatte eine Akte dabei und trug einen Anzug, der aussah, als hätte er darin geschlafen. Und zwar öfter als nur eine Nacht.

„Ich weiß, wer Sie sind, Kollegen. Sparen wir uns also die Floskeln. Keiner hier hat Zeit zu verschenken", verkündete Brauer, warf die Akte, die er mitgebracht hatte, auf den Tisch, schlug sie auf und verteilte einen Stapel alter Fahndungsfotos und verwackelter Schnappschüsse auf dem Tisch.

Boyle fand, das Gesicht des Mannes auf den Fotos hatte eine entfernte Ähnlichkeit mit dem Angreifer, den Jale im Hafenkrankenhaus erschossen hatte. Doch musste er zu dem Zeitpunkt, als diese Bilder entstanden waren, mindestens fünfzehn Jahre jünger gewesen sein. Die Aufnahmen trugen Verfahrensnummern auf der Rückseite. Sie waren ziemlich lang und Boyle war sich sicher, solche Nummern nie zuvor gesehen zu haben. Weder hier im Präsidium noch beim Hamburger LKA waren derart komplexe Verschlüsselungen üblich.

Brauer griff nach den Röntgenbildern, hielt sie, genauso wie Köhler zuvor, gegen das Fenster und betrachtete sie schweigend.

„Jetzt machen Sie es nicht so spannend, Mann! Wer ist der Typ?“, platzte Himmel der Kragen.

Brauer schaute müde von einem zum anderen. „Natürlich muss seine Identität durch DNA-Tests und Fingerabdruckabgleiche noch bestätigt werden. Aber, hier unter uns: Bei dem Mann in Ihrer Leichenhalle handelt es sich mit an Sicherheit grenzender Wahrscheinlichkeit um Walter-Jens Schoops.“

Boyle sagte der Name gar nichts. Auch Jale Arslan reagierte darauf nur mit Fragezeichen in ihren stechend grauen Augen.

Doch Himmel und Köhler, die beide einige Jahre älter waren als Boyle, wirkten wie vor den Kopf geschlagen. Gleich darauf sprang Himmel auf, griff sich einige von Brauers Schnappschüssen und betrachtete sie erstaunt. Dann tauschte er einen Blick mit Köhler, der daraufhin mit den Achseln zuckte und wiederum Jale ansah. „Glückwunsch, Frau Arslan. Der Typ hat gekriegt, was er verdient hat“, sagte er.

Die Fragezeichen in Jales Augen wurden daraufhin eher größer.

„Klärt mich mal wer auf? Ich bin Chef der MoKo. Das hier ist immerhin erst mal noch mein Fall …“, meinte Boyle, lehnte sich zurück und verschränkte die Hände hinter dem Kopf.

„Schoops war einer der Köpfe der dritten RAF-Generation. Hat den Anschlag auf den Treuhandboss geplant. Dabei sind vier BKA-Männer umgekommen“, erläuterte Himmel.

Boyle erinnerte sich nur sehr dunkel an die Nachrichtenbilder von zwei total zerfetzten Mercedes-Limousinen vor einem hässlichen Betonbau irgendwo in Berlin.

„Stimmt“, bestätigte Brauer. „Opfer war Doktor Burkhard Möhler, ehemaliger Thyssen-Krupp-Spitzenmanager. Nach der Wende wurde er zum Vorstand der Treuhandanstalt berufen, die gegründet worden war, um die maroden DDR-Betriebe abzuwickeln. Schoops löste die Bomben aus, mit denen Möhlers Dienstwagen und der seines Begleitkommandos am 14. April 1991 in die Luft flogen. Wir haben Zeugenaussagen, die ihn zum Tatzeitpunkt am Tatort platzieren. Er hat ein Jahr später, im Februar 1992, in Aachen einen GI erschossen und war später wahrscheinlich an einer Serie von Banküberfällen beteiligt, bei denen im gesamten Bundesgebiet insgesamt 7,4 Millionen D-Mark erbeutet wurden. Bis heute Morgen Ihre Anfrage bei uns landete, vermuteten wir Schoops in Libyen", erklärte Brauer. „Ich fürchte, uns allen stehen eine Menge Überstunden bevor ..."

Das war nicht ganz richtig, dachte Boyle. Die Einzigen, denen Überstunden bevorstanden, waren Brauer und dessen Leuten in Berlin. Vielleicht auch Himmel, der von Brauer sicher benutzt werden würde, um hier in Hamburg die Lebensumstände von Schoops zu ermitteln. Doch Boyle und Jale waren aus dieser Ermittlung heraus. Ihm war das nur recht so. Die dritte Generation der RAF ging ihm so völlig am Arsch vorbei wie zwei jodelnde Volksmusikanten auf Speed. Das waren Spinner, deren Verfolgung beim BKA am besten aufgehoben war, während richtige Polizisten sich um richtige Fälle kümmerten.

Boyle warf einen Blick auf Jale. Sie schaute an Brauer vorbei aus dem Fenster und wirkte unerreichbar, versunken in ihrer eigenen Welt. Sein ehemaliger Partner Tommy Graf hatte einen ähnlichen Blick draufgehabt, damals, nachdem er einen Mann getötet hatte, der mit einem Fleischerbeil auf seine Tochter und Ehefrau losgegangen war. Tommy behauptete zwar steif und fest, dass es ihn nicht juckte, diesen

Typen getötet zu haben. Aber Boyle kannte ihn zu gut, um das zu glauben. Tommy war nie wirklich darüber hinweggekommen und Boyle hatte ihn damals kurz nach dem Schuss gesehen. Tommy saß mit einer silbernen Rettungsdecke um die Schultern in einem Krankenwagen und seine Hände zitterten so sehr, dass Boyle ihm die Büchse Cola aus der Hand nahm, die ihm der Notarzt gegeben hatte, damit Tommy die klebrige Soße nicht sinnlos verschüttete, bevor er sie auch nur in die Nähe seines Mundes brachte.

Aber Kommissarin Jale Arslans Puls war nun mal um keinen Tick erhöht gewesen, als sie vorhin Schoops in der Klinik umgelegt hatte. Möglich, dachte er, dass sie ja wirklich ein Monster war. Aber heute war auch Sonntag. Gestern war Samstag gewesen. Partytag. Und vielleicht gab es ja eine plausible andere Erklärung für Jale Arslans so auffällig normale Pulsfrequenz nach ihrem tödlichen Schuss.

Boyle zog sein Handy hervor und schrieb eine SMS an Andres Himmel, obwohl der keine zwei Meter entfernt von ihm am Tisch saß und dem BKA-Mann aufmerksam zuhörte: „Drogentest bei Arslan durchführen. So schnell wie möglich."

Himmels Handy vibrierte auf dem Tisch, er sah ungehalten nach, las Boyles SMS, runzelte die Stirn, tippte eine Antwort: „Okay. Mach das."

Boyle nickte Himmel zu.

„... ist zu erwarten, dass unser Mann nicht allein in Hamburg agierte, sondern sich mindestens zwei weitere Komplizen hier im Großraum der Stadt aufhalten. Ich schlage daher vor …“, sagte BKA-Brauer gerade.

Jale
Hamburg, 6. Juni 2004

7

Jale verabscheute das neue Präsidium sogar noch mehr als das alte. Das alte hatte ihr mit seiner Architektur jedes Mal, wenn sie dort zu tun gehabt hatte, das Gefühl vermittelt, eine winzige graue Maus zu sein. Das neue, moderne Präsidium jedoch vermittelte den Eindruck, dass jeder, der darin umherwuselte, im Grunde bloß irgendeine Nummer war. Außerdem verlief sie sich ständig in dem Ding. Dieser sternförmige Grundriss war einfach bloß ein total bescheuerter Architektenfurz.

Es war fast Mittag. Sie war seit beinah achtundvierzig Stunden auf den Beinen, hatte seit über zwölf Stunden außer Kaffee und Mineralwasser nichts in den Magen bekommen und das Gefühl, dass ihr jeden Moment die Augen zufallen müssten.

System shutdown. BKA-Brauer hatte sie fast zwei Stunden lang persönlich vernommen.

Himmel und Boyle hatten sich vorhin mit ihm gestritten, nachdem er ihnen mitgeteilt hatte, wer seiner Meinung nach der tote Typ gewesen war. Sie sorgten zwar dafür, dass Jale kein Wort ihrer Auseinandersetzung mitbekam. Trotzdem war sie sich sicher, dass es dabei um sie gegangen sein musste. Trotzig wehrte sie sich dagegen, einzuschlafen. Es gab nichts mehr, was sie zu Brauers Fahndung nach den übrigen RAF-Mitgliedern hätte beitragen können. Sie hatte Schoops Waffe in seinem Rucksack entdeckt, ihn angreifen sehen und instinktiv exakt so gehandelt, wie man es ihr während der Ausbildung beigebracht hatte.

Was Brauer ihr über seine bisherigen Ermittlungsergebnisse mitgeteilt hatte, war auch nichts, was Jale wirklich überrascht hatte. Die verletzte Frau im Krankenhaus war eine ehemalige Prostituierte, die sich jetzt als Putze eines legalen Puffs in der Breitfelder Straße durchschlug und als Quartalssäuferin aktenkundig war. Alle paar Wochen brach sie zu einem ihrer mehrtägigen Besäufnisse auf und landete dann in den Notaufnahmen verschiedener Hamburger Kliniken. Derzeit schlief sie im Hafenkrankenhaus ihren Rausch aus. Auch Jales Freundin Nina hatte nichts zur weiteren Aufklärung beitragen können. Sie war laut Brauer ziemlich fertig und vor einer Stunde endlich nach Hause geschickt worden, nachdem sie ihre Aussage zu Protokoll gegeben hatte.

Jale konnte nur hoffen, dass Nina den Kollegen nicht erzählte, weswegen sie an diesem Morgen bei ihr auf der Station gewesen war. Jedenfalls hatte sich Jale mit ihr kurz nach dem tödlichen Schuss darüber abgestimmt, wie sie antworten sollte, falls die Kollegen sie fragten, was Jale um diese Zeit bei ihr gewollt hatte. Nur ob sie sich auch daran gehalten hatte?

In ihrer Handtasche, die man bislang nicht durchsucht hatte, lag immer noch der Plastikbecher mit der Urinprobe der libanesischen Kopftuch-Jungfrau.

„Es tut mir leid, Herr Kriminalrat, aber ich bin seit gestern Morgen auf den Beinen, habe nichts gegessen und bin wirklich müde. Mehr ist nicht drin. Ich habe alles gesagt, was zu sagen war. Können wir nicht das Protokoll machen? Ich muss nach Hause in mein Bett. Ich habe morgen früh ab sieben Uhr Schicht im zwölften Revier“, sagte Jale.

Brauer nickte ihr abwesend zu und fragte dann zum x-ten Mal, was Jale die letzten vierundzwanzig Stunden getan hatte und weshalb sie um vier Uhr morgens an einem Sonntag in Ninas Notaufnahme aufgeschlagen war.

„Ich war zu Hause. Allein. Habe ferngesehen. Dann bin ich zur Party von einer Freundin gegangen. Als ich nach Hause kam, kriegte ich wahnsinnige Migräne, aber meine Medikamente waren alle, also bin ich zu Nina gefahren, um mir von ihr welche geben zu lassen. In der Nachtapotheke hätte ich ein Rezept dafür gebraucht.“

Brauer schaute während Jales Erklärung auf sein Handydisplay, aber nickte ihr hin und wieder aufmunternd zu.

„Auf dieser Party sind Drogen konsumiert worden?“, fragte er.

Auch das hatte Jale schon mehrmals beantwortet. „Ja. Cannabis und natürlich Alkohol. Aber ich habe nur etwas Wein getrunken.“

Brauer sah sie an und räusperte sich. „Trotzdem muss ich Sie um eine Urinprobe bitten. Das ist Ihnen doch klar? Daher noch einmal meine Frage: Sie haben während dieser Party wirklich keine Drogen konsumiert?“

Jale fragte sich, ob er etwas wusste. Hatte Nina geplaudert? Aber die riskierte ja selbst auch ihren Job, falls sie zugab, dass sie geholfen hatte, einen Pinkeltest zu faken. Oder hatte sie irgendwer von dieser Party verpetzt? Verdammt. Bisher ging es bei der Pinkelprobenübung nur darum, sich nicht mit einem Eintrag in der Personalakte ein paar Jahre Karrierestopp einzuhandeln. Aber seit sie Schoops in eine Blechbox in der Gerichtsmedizin befördert hatte, riskierte Jale bei einer positiven Probe ihre Entlassung. Und – falls sie nur ein bisschen mehr Pech hatte – wahrscheinlich sogar ein Strafverfahren. Bei Schusswaffengebrauch unter Drogeneinfluss verstanden weder die Chefetage des Präsidiums noch die Staatsanwaltschaft wirklich Spaß.

Brauer nickte Jale zu, stand auf, ging zur Tür, öffnete sie und sagte: „Danke, Frau Arslan. Das wäre zunächst alles. Wir melden uns bei Ihnen.“

Jale stand ebenfalls auf und ging zur Tür. Brauer reichte ihr nicht die Hand zum Abschied, sondern nickte ihr nur knapp zu.

8

Draußen wartete Andres Himmel auf Jale. Er hatte sich umgezogen, jetzt trug er einen Anzug und wirkte darin wie aus dem Ei gepellt. Wahrscheinlich hatte er sogar geduscht. Himmel war eine Ausnahme unter den Bossen, weil er zu seinen Leuten stand und kein Problem damit hatte, sie gegenüber der Chefetage zu verteidigen und auch mal ein Auge zuzudrücken, wenn's nötig war. Er machte Jale keine Sorgen. Im Gegenteil, dass er sie hier erwartete, beruhigte sie. Aber bei Himmel stand auch Lewis Boyle. Fast zwei Meter groß, mit raspelkurz rasierten Haaren und tiefblauen Augen, die so wahnsinnig klar aus seinem dunklen Gesicht herausstachen. Er war eine andere Kategorie von Oberbulle. Nicht nur wegen seiner Hautfarbe, sondern auch, weil er bei Weitem nicht so beliebt war wie Himmel. Es hieß, dass Boyle nicht sauber sei und nur deswegen von den Lamettaträgern auf seinen Posten gehievt worden war, um ab und zu deren Dreck unter diverse Teppiche zu kehren und dafür zu sorgen, dass der auch genau dort blieb.

Sie fragte sich nervös, was er hier zu suchen hatte. Nominell war er als MoKo-Boss zwar für die ersten Ermittlungen im Fall Schoops zuständig. Doch die hatten inzwischen Brauer und das BKA übernommen. Für die interne Prüfung von Jales Schusswaffengebrauch konnte Boyle nicht zuständig sein. Die lag beim LKA.

Also, was tat der hier?

Himmel legte ihr seinen Arm um die Schulter. „Ich weiß, dass Sie müde sein müssen, Frau Arslan. Wir wollen Sie auch gar nicht lange aufhalten. Nur einige Fragen, die Sie uns beantworten müssen, damit wir den Papierkram fürs LKA gleich fertig machen können. Und nur keine Angst. Das sieht absolut nach einem Schusswaffeneinsatz wie aus dem Bilderbuch aus. So wird das auch in unserer ersten Falleinschätzung stehen", sagte Himmel.

Bloß fühlte sich Jale davon nicht sonderlich beruhigt, weil bei Himmels Worten die ganze Zeit Boyles blauer Blick auf ihr lag und ihr nicht klar war, was dieser zu bedeuten hatte. Es stand nur fest, dass er ihr unangenehm war und sie heftig nervös machte. Jale registrierte am Rande, dass Brauer gerade den Vernehmungsraum verließ und auf eine Gruppe Männer und Frauen in Anzügen und Kostümen zuging.

„Der muss uns nicht hören, Andres!", meinte Boyle und öffnete eine Tür, durch die er Jale und Himmel in ein leeres Büro schob. Himmel schloss die Tür und lehnte sich dagegen, um sie zu blockieren. Boyle setzte sich auf die Schreibtischkante und ließ Jale dabei nicht aus den Augen.

Gar keine guten Zeichen, dachte sie.

„Während Brauer Sie in die Mangel genommen hat, habe ich mir Ihre Freundin Nina gegriffen und ihr ein paar Fragen gestellt. Ich kann das ziemlich gut. Damit verdiene ich mir nämlich mein Gehalt. Was heißen soll, dass ich nur ein paar Minuten brauchte, bis sie ausgepackt hat", sagte Boyle und streckte seine Hand aus. „Die Pinkelprobe!", forderte er.

Das war's dann, dachte sie. Aus die Maus. Du bist raus. Da Boyle nach der Probe fragte, wusste er definitiv, weswegen sie wirklich bei Nina gewesen war. Zu leugnen hatte keinen Zweck. Aber kampflos aufzugeben war auch nicht drin. Wenn schon Rauswurf, dann einer mit wehenden Fahnen. Sie liebte ihren Beruf. Der war, was sie wollte und entsprach darüber hinaus sogar ihren Talenten. Was ja auch keine Selbstverständlichkeit war. Mit der Schande des Rauswurfs würde sie vielleicht irgendwann zurechtkommen. Aber den ihrer Familie eingestehen zu müssen, wäre der blanke Horror.

„Wir haben nicht ewig Zeit", drängte Boyle.

„Ich auch nicht. Soweit ich das sehe, ist das keine Vernehmung und Sie haben kein Recht, irgendetwas von mir zu fordern. Schicken Sie mir eine offizielle Vorladung und einen Durchsuchungsbeschluss", eröffnete Jale die zweite Runde.

Himmel griff nach ihrer Tasche, zog sie von ihrer Schulter und warf sie an ihr vorbei zu Boyle. Der fing sie auf, rutschte von der Tischkante und schüttete ihren Inhalt auf den Schreibtisch.

Jale war wirklich nicht langsam. Das hatte sie mit ihrem Schuss auf Schoops bewiesen. Aber sie war auch müde, hungrig und eingeschüchtert. Und sie hatte nicht damit gerechnet, dass zwei Spitzenbeamte der Hamburger Polizei sich offenbar einen Scheiß um Recht und Gesetz scherten.

„He!“, rief sie wütend.

„Nicht so laut, verdammt!“, zischte Boyle, während er mit einem Kugelschreiber den Inhalt ihrer Handtasche auf dem Tisch hin- und herschob.

Als Jale auf Boyle zustürmen wollte, um ihr letztes bisschen Würde irgendwie zu wahren, griff Himmel nach ihrem Arm und zog sie zurück.

„Bleib hier, du Huhn! Boyle ist gerade dabei, deine Karriere zu retten, kapiert?“

Jale begriff zwar kein Wort. Aber Himmel wirkte nicht, als ob er log. Boyle hatte den Plastikbecher gefunden und steckte ihn ein. Er warf Jale einen eindeutig genervten Blick zu. „Gestern zwischen 22 und 23 Uhr hat Polizeidirektor a.D. Becker zusammen mit seiner Frau ein paar Pillen zu viel eingeworfen. Und das war eindeutig kein Versehen. Dann schießt du ein paar Stunden später ein Top-RAF-Mitglied über den Haufen. Das war ein blöder Zufall. Aber jeder Arsch, der einen Stift halten oder in eine Tastatur hacken kann und außerdem mal 'nen Presseausweis abgekriegt hat, sitzt gerade am Schreibtisch und hat Gierschaum vorm Mund wegen all der geilen Schlagzeilen. Und Presseleute haben 'ne Abneigung gegen Zufälle. Ist 'ne *Art déformation professionnelle.* Der Drogentest nach Schusswaffengebrauch ist obligatorisch. Aber in deinem Fall sieht die Presse dabei dem LKA-Labor extrem genau auf die Finger und den Technikern dort würde auffallen, dass du mit 'ner fremden Probe angetreten bist. Das LKA hat dann kein großes Problem zu ermitteln, dass die zu einer Palästinenserin mit libanesischem Pass gehörte. Es gibt Zufälle, die die Pressemeute vielleicht schluckt, falls wir ihnen die schön passend aufbereiten. Aber dass der ziemlich umstrittene ehemalige Polizeipräsident in derselben Nacht Selbstmord begeht, in der eine unserer Beamtinnen einen Top-Terroristen erschießt und dann auch noch mit der Pinkelprobe einer palästinensischen Libanesin zum Drogentest antritt, gehört zu der Art von Zufällen, die nicht mal ich hinnehmen würde, falls ich es nicht eindeutig besser wüsste. Unmögliche Zufälle öffnen bei jeder Art von Bekloppten Tür und Tor für Anschuldigungen und Verschwörungstheorien. Aber weil es Bekloppte gibt, auf die man im Rathaus ab und zu auch hört, führen Anschuldigungen und Verschwörungstheorien früher oder später zu Untersuchungsausschüssen. Die keiner von uns braucht. Also halt gefälligst den Ball flach und spiel einfach mit, okay?"

Jale spürte, dass sie rot wurde. Sie begann, ihre Sachen zurück in die Tasche zu stopfen. Ihr fiel nichts ein, was sie hätte sagen oder tun sollen.

Himmel und Boyle sahen ihr dabei eine Weile schweigend zu. Dann griff Himmel in sein Jackett und reichte ihr einen verschlossenen Plastikbecher. „Besser Sie fragen nicht, wie ich dazu gekommen bin. Aber die Urinprobe da drin stammt von einer

Frau, die Ihre Blutgruppe hat, etwa in Ihrem Alter ist und gestern zum Abendessen zwei Gläser Weißwein hatte. Sie gehen jetzt runter in Raum 21/11, geben das ab und unterschreiben die eidesstattliche Erklärung dazu."

Jale kam sich vor wie ein kleines Kind, das von seinen Eltern ausgeschimpft worden war, weil sie Tante Helgas Bodenvase zerbrochen hatte. Sie hasste das. Sie verachtete sich selbst dafür, dass ihr nichts weiter einfiel, als Boyle und Himmel eingeschüchtert zuzunicken und sich dann an Himmel vorbei durch die Tür auf den Korridor hinauszuschieben.

Boyle
Hamburg, 6. Juni 2004

9

Innensenator Malling schenkte sich gerade Kaffee aus einer silbernen Thermoskanne ein, roch daran und zog eine Grimasse. Er war Jurist und Anfang vierzig. Früher stürmte er für einen Vorstadtfußballverein. Heute ließ er sich hin und wieder auf einem Rennrad ablichten und behauptete dann, dass er für den Ironman trainieren würde. Mit seiner Fönfrisur sah er gut genug aus, um es bei der weiblichen Wählerschaft zu Spitzenwerten auf der Beliebtheitsskala zu bringen. Außerdem hatte er mit seiner irischen Ehefrau vier Kinder in die Welt gesetzt und war bisher nie auch nur in die Nähe irgendeines Skandals gekommen. Jeder erwartete, dass er eines Tages den Ersten Bürgermeister beerben würde.

BKA-Brauer, zwei seiner Männer, Andres Himmel, Köhler vom Kriminaldauerdienst, ein Polizeidirektor der Schupos, Boyle und ein Anwalt, der zusammen mit Bürgermeister Mahlmann gekommen war, sahen inzwischen vom Konferenztisch aus dem Polizeipräsidenten dabei zu, wie er den Raum verließ.

Brauer schob seine Papiere zusammen, Köhler und Himmel checkten ihre Telefone. Boyle streckte die Beine aus, lehnte sich zurück und fluchte still in sich hinein. Statt den Nachmittag zu einer zweiten oder dritten Runde Sex mit Bellini in seinem Bett zu nutzen, war er gezwungen gewesen, hier herumzuhängen und sich Brauers Lagebericht anzuhören. Und der war noch nicht mal besonders aufregend. Bisher gab es keine Spur von Schoops' RAF-Komplizen und auch was Beckers Suizid betraf, gab es keine Neuigkeiten, die ihn überrascht hätten. Sowohl die erste Auswertung des Tatorts als auch das vorläufige Untersuchungsergebnis der Gerichtsmedizin bestätigten, dass Becker und seine Frau Christine Suizid begangen hatten. Christine Beckers Körper war so voller Metastasen gewesen, dass sie den Herbst wohl nicht mehr erlebt hätte. Bemerkenswert daran, dachte Boyle, war eigentlich nur, dass es nicht Becker, sondern eben seine Frau gewesen war, die von der Krabbe derart angefressen worden war. Bei den Unmengen an Schlägen, Dreck und miesen Kompromissen, die Becker während seiner Karriere hatte wegstecken müssen, hätte Boyle eher erwartet, dass er es sein müsste, den der Krebs von innen her aufzufressen begann.

Bisher hatte keiner ein Wort über Beckers Archiv oder den Inhalt der beiden Abschiedsbriefe an seinen Nachfolger und den Anwalt verloren. Nicht einmal im Bürobuschfunk war etwas darüber zu hören gewesen. Auch wenn jeder hier die Bedeutung von Beckers Ende herunterspielte und so tat, als sei Schoops das Thema der Woche – wenn nicht des Jahres –, war sich Boyle sicher, dass dies nur Fassade war. Hinter den Kulissen schob sich irgendetwas zusammen, wovon er ausgeschlossen war. Absichtlich ausgeschlossen. Obwohl er es zu verdrängen versuchte, machte ihn das nervös. Umso mehr, da Malling, der sich die letzte Stunde zusammen mit dem Polizeipräsidenten Brauers Lagebericht angehört hatte, eigentlich nicht in diesen Raum und diese Runde gehörte.

Brauer schaute auf seine Uhr und bat darum, dass man sich im „kleineren Kreis" in zwei Stunden hier wieder traf. Die Erleichterung aller Anwesenden war förmlich mit Händen zu greifen. Es war Sonntagnachmittag. Die meisten hier im „Krisenstab S", wie Brauer ihre Runde getauft hatte, waren lange vorm Mittagessen ins Präsidium gekommen. Jeder hier hatte Hunger und war der Sitzung überdrüssig, zumal sie ja keine neuen Erkenntnisse gebracht hatte.

Man erhob sich also, räkelte sich, zog an den Gürteln und Hosenbünden oder gönnte sich einen Nachschlag an Koffein – der Droge, die die Welt am Laufen hält.

Boyle nahm sich wie alle anderen seinen Schuss Koffein und postierte sich etwas abseits von den übrigen bei den beiden Flipcharts, auf denen Brauer in ziemlich krakeliger Schrift seine Erkenntnisse zusammengefasst hatte.

Boyle hatte mehrfach versucht, Bellini zu erreichen. Doch die reagierte nicht auf seine Anrufe und SMS. Der Gedanke daran, dass sie vielleicht immer noch nackt und sexy in seinem Bett lag, machte ihn wütend auf sich selbst, seinen Job, Schoops, diese dumme Braut Jale und die BKA-Typen, die darauf bestanden, dass die Hamburger Kripoelite hier Männchen machte, obwohl sie die Ermittlungen längst selbst übernommen hatten.

Malling setzte sich nach dem Einschenkritual von den anderen ab und schlenderte scheinbar zufällig zu Boyle herüber.

Das brauche ich jetzt wirklich, dachte Boyle sauer: Smalltalk mit dem Innensenator.

„Boyle, wie geht's?“, fing Malling an.

„Könnte besser sein, Senator. Ganz allgemein würde ich sagen: zu viele Tote für einen Sonntagmorgen.“

Malling lächelte.

Boyle war sich nicht sicher, weshalb. So witzig war seine Erwiderung nicht gewesen.

„Tragisch, was mit Becker geschehen ist. Ich habe ihn sehr geschätzt. Und wie man hört, hat er Ihnen ja auch über den einen oder anderen Karrierestolperstein geholfen.“

Boyle war sich sicher, dass er sein Pokerface bewahrte, als Malling von Becker anfing. LÄCHELND. Was sollte diese Übung, fragte er sich. Selbstmord war ja wohl kein allgemeines Smalltalkthema. Nicht einmal in einem Polizeipräsidium.

„Kriminalrat Becker hat sich immer sehr um den Beamtennachwuchs gekümmert. Das stimmt.“

Malling nickte und legte Boyle dabei kumpelhaft die Hand auf die Schulter.

Boyle mochte das nicht. Jede Geste, die der Senator hier brachte, wurde von den Übrigen im Raum registriert und interpretiert. Und Boyle hatte keinen Bock darauf, von Malling vereinnahmt zu werden. Die meisten Bullen mochten nicht, wenn sich einer von ihnen zu sehr der Bonzenschaft an den Hals warf. Man achtete in der Chefetage jedoch sehr auf Distanz zwischen der Führungsebene und den unteren Rängen. Jeder Beamte beäugte daher misstrauisch jeglichen Kontakt zwischen den unteren, mittleren und oberen Rängen. Und gerade musste es für alle Übrigen schwer danach aussehen, als seien Boyle und Malling plötzlich eher gute Freunde als beste Feinde.

Der Senator drängte Boyle etwas näher zum Fenster. Weiter weg von allen anderen.

„Lassen wir die Höflichkeiten, Boyle. Ich weiß, dass Sie der Erste in Beckers Haus gewesen sind. Diesen kleinen Vorsprung haben Sie mir zu verdanken. Ich habe Heitmeyer und Mohler aufgehalten. Und soweit ich höre, haben Sie den auch genutzt. Oder woher sonst kam die Asche in Beckers Papierkorb?"

Boyles Hirn: KLICK. KLICK. KLICK. Der Senator wusste von Beckers Archiv. Das war keine große Leistung. Davor hatte sich schließlich das halbe Präsidium gefürchtet. Doch Malling hatte dafür gesorgt, dass ausgerechnet Boyle als Erster zu Beckers Haus kam und dort fand, was es zu finden gab. Weshalb? Welches Interesse konnte er daran gehabt haben, Boyle einen Vorsprung zu verschaffen?

„Was soll das, Senator? Als ich in Beckers Arbeitszimmer kam, waren die Dokumente schon verbrannt. Ich habe in dem Haus nichts verändert. Und schon gar keine Beweise vernichtet, wie Sie mir offenbar unterstellen!“

Malling nahm Boyles Antwort auffallend cool. „Niemand wirft Ihnen vor, Sie hätten Beweise vernichtet, Boyle. Alles, was ich sage, ist: Es wäre für einige Leute ziemlich peinlich geworden, falls Beckers private Aktensammlung in die falschen Hände geraten wäre. Diese Leute wissen zu schätzen, was Sie getan haben und werden Ihnen das nicht vergessen.“

Während Malling an seinem abgestandenen Kaffee nippte, klickerten in Boyles Hirn die Rädchen. Das Ergebnis jenes Klickerns fiel jedoch erschreckend unklar aus. Aber Fakt blieb, dass er sich hier auf sehr dünnem Eis bewegte.

„Fest steht, irgendwer hat Beckers Archiv verbrannt und zwar BEVOR ich in sein Haus kam. Wenn es Becker nicht selbst getan hat, muss vor mir jemand dort gewesen sein. Es kostet mich einen einzigen Anruf, zehn Blaue für eine neue Nachbarschaftsbefragung nach Winsen zu schicken. Die Kollegen in Niedersachsen wären mir wahrscheinlich sogar dankbar dafür. Winsen ist ’ne Kleinstadt. Irgendeiner hat da immer etwas gesehen. Die Frage wäre nur, wollen Sie überhaupt wissen, ob da jemand etwas gesehen hat, Senator?“

Malling trank Kaffee und schaute aus dem Fenster. „Uns beiden ist klar, dass die Personaldecke hier in Hamburg schon dünn genug ist. Selbst ohne diese RAF-Geschichte. Weshalb sollte ich es da befürworten, dass Sie Beamte für eine ziemlich aussichtslose Operation nach Niedersachsen beordern?"

Boyle begriff, was Malling zwar nicht aussprechen wollte, aber ihm dennoch gerade zu verstehen gegeben hatte. Irgendwer war tatsächlich schon vor ihm in Beckers Haus gewesen und hatte dessen Archiv gefunden. Wer immer das war, dachte Boyle, hatte einen Teil davon vernichtet, das war offensichtlich. Aber einige der Akten hatte er zweifellos auch mitgehen lassen. Die beiden aufgeschlagenen, aber leeren Aktendeckel auf Beckers Schreibtisch stellten einen Hinweis auf Boyle und Premuda dar. Wer war also vor ihm in Beckers Haus gewesen?

Während Boyle sich den Kopf darüber zerbrach, trank Malling tapfer weiter von seinem abgestandenen Kaffee. Schließlich wandte Boyle sich Malling zu und schaute ihm einen langen Moment in die Augen.

„Sie waren in Beckers Haus, stimmt's, Senator? Becker hat Sie angerufen, bevor er sich umgebracht hat."

Malling ließ Boyle nicht aus dem Blick. „Da geht aber Ihre Fantasie ganz schön mit Ihnen durch, Hauptkommissar. Ich war gestern Abend auf einer Party in den Kammerspielen. Der Bürgermeister war auch da. Und diese blonde Sexshowmoderatorin aus dem Fernsehen. Meine Frau hat mit ihr getanzt. Können Sie heute in den Klatschspalten nachlesen."

Boyle glaubte Malling kein Wort. Und so wie der Senator ihn ansah, war das auch genau so von ihm beabsichtigt. Boyle war klar, dass es keinen Nachweis für das Treffen zwischen Becker und Malling gab. Dazu war der alte Sturkopf Becker zu clever und vorsichtig gewesen. Was Boyle nicht begriff war, weshalb Becker ausgerechnet Malling vertraut haben sollte. Der hatte schließlich, zusammen mit dem Ersten Bürgermeister, Becker von seinem Posten entfernt und aufs Altenteil abgeschoben.

„Ist mir ehrlich gesagt scheißegal, wann und wo Ihre Frau mit der Kiezpromillenz tanzt, Senator. Was ich nicht begreife ist, weshalb Becker ausgerechnet Sie angerufen hat."

Der Senator stellte seine Tasse aufs Fensterbrett und wandte sich ab. Im Gehen drehte er sich noch einmal nach Boyle um. „Schönen Tag noch, Hauptkommissar", sagte Malling. „Ich bin mir sicher, dass wir uns in nächster Zeit öfter über den Weg laufen werden."

Boyle sah ihm nach, wie er auf dem Weg zur Tür Kripoboss Himmel knapp zuwinkte, dann Brauer die Hand schüttelte, ein paar Worte mit ihm wechselte und anschließend den Raum verließ.

„Was wollte der von dir, Boyle? Sich bei den Bodentruppen einschmeicheln?", erkundigte sich Himmel mit einem Blick, aus dem Boyle mehr Verwunderung als Vorwurf herauslas.

„Keine Ahnung. Hat mir erzählt, dass seine Frau

gestern in den Kammerspielen mit der blonden Sexshow-Transe aus dem Fernsehen getanzt hat."

Himmel zuckte mit den Achseln und schaute wie Boyle auf die geschlossene Tür. „Manchmal zweifle ich wirklich an der Demokratie, wenn dabei Heuler wie der auf solche Posten gewählt werden."

Boyle antwortete nicht, sondern holte sich frischen Kaffee. Während er auf den schwarzen Spender der Thermoskanne drückte, fragte er sich, wie groß die Gefahr wirklich war, die von Malling für ihn ausging. Der Schluss, zu dem er dabei kam, ließ sich in einem einzigen Wort zusammenfassen: Scheiße. Es machte auch nichts besser, dass ihm eingefallen war, weshalb Becker sich ausgerechnet Malling als Erben für sein Archiv herausgepickt haben könnte. Eine der Maximen Beckers hatte gelautet: „Der Feind meines Feindes ist mein Freund". So sehr er Malling und dessen Clique verachtet haben mochte, als er sich sicher war, dass er den dicksten nur denkbaren Schlussstrich unter seine Karriere und sein Leben ziehen wollte, hatte Becker dem Innensenator alles, was er über Premuda und Boyle an Dreck, Gerüchten und Indizien gesammelt hatte, anvertraut.

„Ich brauch was zu essen, Boyle. Heute kriege ich wahrscheinlich sogar den Kartoffelsalat in der Kantine herunter", meinte Himmel.

Boyle trank seinen Kaffee aus. In langsamen, bedächtigen Schlucken.

Jale
Hamburg, 6.–7. Juni 2004

10

Jetzt war es ungefähr Mitternacht, glaubte Jale. Vor ihr auf dem Tisch lag eine bunte Pizzaverpackung und ein Päckchen Tempos. Die Tempos lagen dort, weil ihr das Küchenkrepp ausgegangen war. Die Pizza, weil sie vor ungefähr fünf Stunden gedacht hatte, dass sie hungrig sei, aber dann keinen Bissen herunterbekam.

Sie war sich nicht sicher, woran das lag. Irgendwo in ihrem Hinterkopf pochte ein leiser, dunkeldumpfer Schmerz. Nicht wie ein Kater, bestimmt auch kein erstes Anklopfen einer Migräne. Irgendetwas dazwischen. Irgendetwas Neues. Das ihr unheimlich war.

So fühlte man sich also, wenn man jemanden getötet hatte: appetitlos, schlaff und mit einer komischen neuen Art von Kopfschmerz im Hinterkopf, die sich ein bisschen so anfühlte, als hätte man winzige, wimmelnde Würmer im Hirn.

Jale hatte sich diese ersten Stunden DANACH schlimmer vorgestellt. Eindeutig dramatischer. Natürlich hatte das LKA sie offiziell für die Dauer des obligatorischen Ermittlungsverfahrens suspendiert. Aber das war nur eine Formalität. Der LKA-Kollege, der sie vorhin nochmals wegen ihres Schusswaffengebrauchs befragt hatte, war so rücksichtsvoll mit ihr umgegangen, dass sie erwartet hatte, er könnte sie jeden Moment einfach in den Arm nehmen und ihr sacht übers Haar streichen. Kein Vergleich jedenfalls zu BKA-Brauer, der sie zuvor in die Mangel genommen hatte.

Am späten Nachmittag waren die ersten Berichte über DIESE SACHE, wie sie den Vorfall nannte, in den Medien aufgetaucht. Sie waren noch vage und weder tauchte Schoops' Name darin auf noch erwähnte man seine Mitgliedschaft in der RAF. Aber bis das durchsickerte, war es nur eine Frage der Zeit. Sowohl Brauer als auch das LKA hatten ihr versichert, dass man alles tun würde, um ihren Namen so lange wie irgend möglich aus den Berichten herauszuhalten. Jale konnte und wollte sich darüber jetzt keine Gedanken machen. Obwohl sie demnächst ihre Eltern anrufen sollte, um denen zu erklären, was geschehen war. Dass die es aus der Zeitung, dem Radio oder Fernsehen erfuhren, war eine unerträgliche Vorstellung für sie. Doch den Mut, zum Telefon zu greifen und es hinter sich zu bringen, hatte sie bisher auch nicht gefunden. Sie fragte sich, ob dieser Wimmelnde-Würmer-Schmerz in ihrem Hinterkopf je wieder vergehen würde.

Sie erinnerte sich an einen Satz, den sie mal irgendwo gelesen und nicht wieder vergessen hatte: „Zu töten stellt den einzig echten Beweis dafür dar, dass man wirklich lebt.“ Seit letzter Nacht wusste sie, dass jedes Wort davon wahr war.

Es hatte ihr kein Vergnügen bereitet, Schoops zu erschießen. Natürlich nicht. Aber über Befindlichkeiten nachzudenken, war gar keine Zeit gewesen. Und sobald diese falsche Stille nach dem Schuss, die ihr in den Ohren dröhnte, vergangen war, spürte sie einen Moment lang eine unglaubliche Befriedigung. Vielleicht ja nur darüber, dass Schoops blutend auf dem Linoleumfußboden lag und nicht sie. Aber vielleicht ja auch darüber, dass sie ihm mit ihrem Schuss bewies, wie sehr er sich geirrt hatte, als er glaubte, sie mit seinem Messer einfach so abstechen zu können.

2. Teil

Hamburg, 2. September 2005

7 Uhr 02 – 13 Uhr 47

7 Uhr 02. Der dunkelblaue Mercedes-Van, der seit ungefähr fünfzehn Minuten am Parkplatzrand stand, regte Nachmann auf. Normalerweise war sein alter Golf der einzige Wagen, der um diese Zeit hier für länger parkte. Vielleicht saß in dem Van irgendein Handwerker, der zum Telefonieren gehalten hatte, dachte er zunächst. Doch das wäre ein ziemlich langes Telefonat gewesen. Außerdem entdeckte Nachmann auf dem Van keine Firmenaufschrift. Und nach inzwischen dreiundzwanzig Minuten, die der Van dort parkte, glaubte Nachmann selbst nicht mehr an seine Telefonthese.

Nachmann hatte Gründe, misstrauisch zu sein. Er verdiente sein Geld damit, den Angestellten der Bürohäuser, Versicherungen und Banken in der Nähe deren Tagespensum an Gras, Hasch, XTC und Koks zu verticken. Und bisher hätte er immer behauptet, er stelle das beste Beispiel dafür dar, dass der frühe Vogel wirklich den berühmten sprichwörtlichen Wurm fing, denn der Großteil seiner Konkurrenten ging um diese Tageszeit ins Bett, um sich nach einer langen Nacht auf dem Kiez und in den Vorstadtdiscos auszuschlafen. In Hamburg dauerte die große Touristenparty vom frühen Abend bis zum frühen Morgen. Doch

Nachmann war mit seinen fünfundvierzig Jahren zu alt, um sich die Nächte um die Ohren zu schlagen. Die Büroangestellten, die er hier aus seinem verbeulten Golf heraus versorgte, waren sowieso die bessere Klientel. Von denen diskutierte kaum einer über den Preis, sie waren auch nie angetrunken oder aggressiv wie die Touris auf dem Kiez, die Nachmanns Konkurrenz bediente, und er musste sich hier auch nicht mit den Türstehern und Gangs herumschlagen, die das Drogengeschäft auf Hamburgs Partymeilen beherrschten.

Er hatte heute schon einen Großteil seiner Kunden bedient. Das waren jüngere Leute, die früh mit ihrer Arbeit begannen und abends länger blieben, um sich bei ihren Vorgesetzten für eine Beförderung zu qualifizieren oder schlicht gezwungen waren, derart zu ackern, um ihre Jobs überhaupt halten zu können. Nachmann war seit über sechs Jahren im Drogengeschäft und nie erwischt worden. Bis heute Morgen war er sich sicher, dass die Polizei nicht einmal eine Akte über ihn führte.

Doch jetzt war dieser verdammte Van auf seinem Parkplatz aufgetaucht, keiner stieg aus, niemand stieg ein und durch die verdunkelten Scheiben war nicht zu erkennen, wer darin saß. Nur ab und zu glomm darin mal die Glut einer Zigarette auf.

Waren das also die Bullen, die seine Deals heimlich von dem Van aus filmten, um ihn demnächst verhaften zu können?

Nachmann blickte nervös auf seine Uhr. Er hatte fast zwei Drittel seiner Stammkunden bedient. Das waren locker über dreißig Verkäufe, und gut die Hälfte davon hatte die Vanbesatzung sehen oder filmen können. Wenn die Bullen seinen Kunden die Pistole auf die Brust setzten, würden die umfallen und zu reden beginnen, daran bestand gar kein Zweifel. Was er heute Morgen an Deals gemacht hatte, reichte für ein paar Jahre Knast. Sollte er also verschwinden? Das half nichts. Wo sollte er hin? In eine andere Stadt, um noch einmal von vorn zu beginnen? Womit und wie? Seine Gewinne reichten gerade so, um ganz bequem über die Runden zu kommen, aber Rücklagen konnte man davon keine bilden. Mehr als ein paar Hundert Euro für ein Flugticket und ein Hotel hatte er nicht. Aber zu einem Neuanfang brauchte er auch einen neuen Namen, Papiere, Kontakte, eine Wohnung und ein anderes Auto. Doch in den Knast wollte er auch nicht. Das würde er nicht durchstehen, so viel war sicher.

Nachmann hatte immer noch locker dreihundert Gramm an Dope und Kokain im Wagen und etwa dieselbe Menge an Gras. Jeden Moment konnten die Bullen aus ihrem verdammten Van springen und auf ihn zustürmen.

Er beschloss, dass er besser verschwand, die Bullen abhängte, falls sie ihm folgen sollten, und den übrigen Stoff irgendwo versteckte, bis er herausgefunden hatte, welche Sorte von Musik hier gespielt wurde.

Seine Kunden würde er schon nicht verlieren, nur weil er ein paar Tage nicht auftauchte. Selbst falls ihm einige davon absprangen, es gab genug andere Leute, die für ihre ewige Hetzerei im Bürohamsterrad seine kleinen Aufmunterer dringend nötig hatten.

Nachmann griff nach dem Zündschlüssel, um den Motor anzulassen, da öffnete sich die Schiebetür des Vans. Nur stiegen keine Polizisten aus, sondern drei Männer mit schwarzen T-Shirts, Cargopants und Baseballschlägern. Das war für Nachmann beängstigend genug. Aber was ihm wirklich den Angstschweiß auf die Stirn trieb, waren die Helmut-Kohl-Plastikmasken, die die drei trugen. Nachmann war Politik zwar ziemlich egal, aber dass die Typen Masken trugen und Baseballschläger schwangen, konnte für ihn nur auf eines hinauslaufen: dass sie hier waren, um ihn auszurauben.

Nachmann hatte keine Waffe dabei. Alles, was er tun könnte, war die drei über den Haufen zu fahren. Nur stieg da gerade ein vierter maskierter Typ aus. Und der hatte ein Sturmgewehr.

Nachmann begriff, dass es keinen Zweck hatte, sich zu wehren. Er hob die Hände.

Die drei Männer blieben vor seinem Golf stehen, der vierte von ihnen trat zu Nachmanns Fahrertür und klopfte ans Fenster. Nachmann ließ es herab. Er achtete dabei darauf, dass er sehr langsame Bewegungen machte und die Maskierten jede davon nachvollziehen und im Auge behalten konnten.

Der vierte Mann hielt ihm ein Handy entgegen, auf dessen Screen eine Nachricht erschien: „Du hast Glück gehabt!“

Nachmann las die Nachricht und fand, dass es schon eines sehr fiesen Humors bedurfte, um ihm ausgerechnet jetzt und hier zu bescheinigen, dass er Glück gehabt hätte.

Eine neue Nachricht erschien auf dem Display: „Wir haben was für dich! Gratis.“

Nachmann begriff nichts mehr. Was sollte der Scheiß? Ging diesen Arschlöchern einer dabei ab, ihn zu verspotten, bevor sie ihn ausraubten und ihn mit ihren Baseballbats vermöbelten?

Der Maskierte griff in eine der Seitentaschen seiner Cargopants, zog drei transparente Plastiktüten daraus hervor und warf sie durch das offene Wagenfenster in den Golf.

Nachmann sah, dass in den Beuteln bunte Pillen waren. Eine ganze Menge bunter Pillen.

Auf dem Handyscreen erschien eine weitere Nachricht: „Das sind 300 Pillen. XTC. Die sind nicht zum Verkauf gedacht. Sondern als Geschenk für deine Kunden. Wenn du unseren Stoff verkaufst, werden wir dich finden und dir sehr wehtun.“

Nachmann war sich sicher, dass er richtig gelesen hatte. Aber das hieß nicht, dass er auch wirklich begriff, was das sollte. Wer verteilte schon gratis Stoff?

Doch woran Nachmann nicht zweifelte war, dass die Maskentypen jedes Wort exakt so meinten, wie es da zu lesen war. Und angesichts der Baseballschläger und des Sturmgewehrs wurde ihm auch klar, dass diese offensichtlich Verrückten über die Mittel und Entschlossenheit verfügten, ihre Drohung in die Realität umzusetzen.

„Was ist, wenn ich euer Zeug einfach im nächsten Gully versenke?“, fragte Nachmann.

Der vierte Mann an seinem Wagenfenster klopfte mit zwei Fingern auf sein Sturmgewehr und wies auf seine Gefährten, die ihre Baseballbats locker gegen ihre Schenkel schlugen.

Das war deutlich genug.

„Okay. Begriffen“, sagte er.

Der Maskierte klappte sein Handy zu, steckte es weg und ging zusammen mit den anderen zum Van zurück, der daraufhin davonfuhr.

Nachmann öffnete eine der Pillentüten und roch an ihrem Inhalt. Anschließend schüttete er einige davon auf seine Handfläche und betrachtete sie eine Weile, zuletzt zermahlte er zwei der Pillen auf dem Armaturenbrett, rieb den weißlichen Staub zwischen Daumen- und Zeigefinger und roch wieder daran. Das sah aus und fühlte sich an und roch so, wie XTC sich anfühlen, riechen und aussehen sollte.

Eigentlich, dachte Nachmann, gab es nur eine vernünftige Erklärung für die unheimliche Großzügigkeit der Maskentypen: Sie waren dabei, ihr Produkt auf den Markt zu drücken. Und ihre Gratisgabe sollte dazu dienen, seine Kundschaft anzufixen. Sollten das jedoch wirklich dreihundert Pillen in den Tüten sein, dann waren diese Arschlöcher echt verschwenderisch, denn die hatten einen Marktwert von fast 1 500 Euro. Nachmann kannte seine Kunden, sie würden sich auf den Stoff stürzen wie Verdurstende auf Wasser. Vor allem aber, dachte er, würde sein Lieferant ganz und gar nicht begeistert davon sein, dass er die Ware der Konkurrenz verteilte. Und das auch noch gratis.

Doch grob überschlagen würde er zwei Wochen brauchen, um all die Pillen zu verteilen. Zwei Wochen war in Nachmanns Branche eine lange Zeit. So viel konnte in diesen zwei Wochen geschehen.

Er sah, wie der blaue BMW eines seiner Stammkunden auf den Parkplatz fuhr. Für Nachmann war der Mann im BMW nur *der Anwalt*, weil er so sprach und sich benahm, wie Nachmann glaubte, dass Anwälte sprachen und sich benahmen, wenn sie Drogen kauften. Der Anwalt war ein guter Kunde, er kam zwar höchstens zwei Mal pro Woche, aber dann kaufte er auch doppelt so viel wie gewöhnliche Kunden.

Nachmann gab ihm gratis zehn der neuen Pillen zu den fünfzig Gramm Koks und zwanzig Gramm Gras, die der Anwalt bei ihm kaufte.

Nachmann war längst nicht der einzige Kleindealer, dem die Kanzlergang an diesem Morgen ihre Gratisgaben aufdrängte. Von fünf Uhr morgens bis zum frühen Nachmittag verteilten sie mehrere Tausend dieser Pillen in Hamburg und dessen Umland.

Das Problem war: Die Pillen hatten einen Haken.

8 Uhr 32. Boyle stand einen Schritt hinter dem Innensenator auf einem Podium und dachte daran, dass er in spätestens drei Stunden in Francesca Bellinis Bett liegen wollte. Und zwar ganz sicher nicht, um dort nur ein Mittagsschläfchen zu halten.

„Ja, die Aufklärungsraten bei Tötungsdelikten sind in Hamburg seit Jahren stabil gewachsen. Unter anderem dank der Strukturreformen, die wir während dieser Wahlperiode in der Polizeibehörde durchsetzen konnten", behauptete Malling eben und wies dann auf den nächsten Journalisten in der überschaubaren Traube vor dem Podium.

Die meisten der Anwesenden waren von der Presseabteilung im Rathaus handverlesen worden. Jedem hier war das bewusst. Boyle eingeschlossen. Er fühlte sich nicht wohl dabei, für Malling Männchen machen zu müssen. Dies war keine Polizeipressekonferenz, sondern eine verkappte Wahlkampfshow für den Bürgermeister, den Boyle noch weniger mochte als Innensenator Malling. Aber er konnte es sich nicht leisten, den beiden einen Korb zu geben. Dazu war seine Vergangenheit zu schattig und Malling seit Beckers Tod darüber zu gut informiert. Boyle konnte froh sein, dass man nicht darauf bestand, ihn bei einem halben Dutzend weiterer dieser Veranstaltungen auf ein Podium zu zerren.

Zehn Minuten später war es vorbei. Ein Parteisoldat mit Sechstagebart eröffnete ein Büfett. Kellner mit dunklen Schürzen verteilten O-Saft und Sekt.

Boyle verabschiedete sich und ging zum Lift. Er sah auf seine Uhr. Mit ein bisschen Glück und Rückenwind konnte er sogar früher bei Bellini sein als geplant. Alles, was ihn jetzt noch vom Wochenende und Bellinis Loft trennte, waren einige überfällige Unterschriften und eine Besprechung mit Staatsanwalt Henning, der Boyle auf dessen Aussage bei einem Totschlagsprozess am kommenden Dienstag vorbereiten wollte.

Draußen schien die Sonne. Der Sommer lag immer noch in der Luft. Der Verkehr hielt sich in Grenzen. Boyle schaltete das Radio seines Dienst-BMWs an. Rapgedudel.

8 Uhr 43. „Da kam jede Hilfe zu spät. Überdosis. Goldener Schuss oder Pillenticket“, sagte der Notarzt und schaute Jale dabei an, als erwartete er ernsthaft, sie könnte irgendetwas daran ändern, dass hier vor ihnen der tote Kalle Klarsen lag. Und tot blieb.

Sie drängten sich zwischen einem Sanitäter und drei Schupos in einer Ecke des Hauptbahnhofs. Es roch nach alten Kippen, vergossenem Bier und den Pizzaecken, die der Imbiss bei der Rolltreppe zehn Meter weiter verkaufte.

Jale ärgerte sich, dass sie vorhin auf dem Weg zum Revier das Funkgerät im Dienst-Opel angeschaltet hatte. Es war zwar verpönt, nach Dienstschluss die Zivilwagen zu nutzen. Aber Jale hatte gestern nach fast zehn Stunden Dienst keine Lust mehr gehabt, sich in einen überfüllten U-Bahn-Waggon zu zwängen und dann auch noch in den Bus umzusteigen, der um diese Zeit nicht weniger überfüllt gewesen wäre. Daher war sie mit dem Dienst-Opel nach Hause gefahren.

Sie schaute den Notarzt grimmig an. Das konnte sie gut. Trotz ihrer Größe von gerade mal 1,63 und ihrem Gewicht von knapp über fünfzig Kilo spurten die meisten Männer, sobald sie diesen Blick aufsetzte.

Der Notarzt begriff. „Sie kannten ihn, oder?", fragte er.

Jale kannte Kalle Klarsen, Mitte vierzig, Gelegenheitsinformant, Fahrradkurier, Drummer in einer Punkband und Vollzeitjunkie. Und hatte ihn gemocht. Jedenfalls, soweit frau ein grabschendes, ständig bekifftes und noch dazu meist besoffenes Arschloch wie Kalle mögen konnte.

Jale fragte sich, ob sie ihm die Augen zudrücken sollte oder nicht.

„Soll er nun eingetütet werden, Frau Kommissarin, oder wie?", erkundigte sich der Sanitäter, der zu dem Notarzt gehörte.

Das da, dieser reglose nach Kotze, Bier und Drehtabak stinkende Haufen, war bis vor einer halben Stunde noch lebendig gewesen. Hatte Träume gehabt, Sorgen, Launen und Sehnsüchte. Jale beugte sich herab, streckte vorsichtig ihre Hand aus und drückte eines nach dem anderen Kalles Augen zu.

„Jetzt können Sie ihn abtransportieren."

Der Notarzt nickte dem Sanitäter zu. Zusammen

hievten sie Kalles Leiche auf die Trage, die sie aus ihrem Rettungswagen herbeigerollt hatten.

„Das war schon der Zweite heute Morgen", sagte der Notarzt noch, bevor er mit seinem Sanitäter abzog.

Jale einigte sich mit den beiden Schupos darüber, was diese in den Bericht schreiben sollten, um den Verwaltungsaufwand, den das Ableben Kalle Klarsens verursachte, möglichst gering zu halten.

Vor knapp zwei Stunden hatte Nachmann die XTC-Pille, an der Kalle Klarsen überdosierte, an seinen Stammkunden, den Anwalt, weitergegeben. Nur, dass der Anwalt eben kein Anwalt war, sondern Besitzer des Fahrradkurierdienstes, für den Kalle Klarsen hin und wieder arbeitete. Kalle hatte heute Morgen im Büro des Kurierdienstes nach einem Job gefragt, wie er das regelmäßig tat. Doch weil da Flaute herrschte und Kalle wusste, dass sein Boss die Drogen, die er ab und zu an seine Fahrer vertickte, in der obersten Schreibtischschublade aufbewahrte, hatte er sich ungefragt bedient.

8 Uhr 58. Boyle fuhr am Hauptbahnhof vorbei in Richtung Schanzenviertel und schaltete das Funkgerät dabei ganz bewusst nicht ein. Für ihn hatte unwiderruflich sein Wochenende begonnen. Er freute sich auf sein Date mit Bellini und danach – vielleicht – am Samstag ein Kurztrip ans Meer zu ihrem Strandhaus auf Sylt. Das Wetter war gut genug dafür.

Er wusste, dass eine Menge Leute im Präsidium es, gelinde gesagt, ungewöhnlich fanden, dass ein vergleichsweise einfacher Erster Hauptkommissar ein Verhältnis mit der Chefredakteurin und Besitzerin von Hamburgs größter Lokalzeitung pflegte. Andererseits war das auch dieselbe Sorte von Leuten, die fand, dass Hamburgs einziger schwarzer Kripobeamter besser niemals Chef der MoKo geworden wäre. Zumal er das auch noch in einem Alter deutlich unter vierzig fertiggebracht hatte.

Die Gerüchte, dass bei Boyles raschem Aufstieg irgendetwas nicht mit rechten Dingen zugegangen sein konnte, waren auch nie wirklich verstummt. Das allerdings konnte Boyle seinen Kollegen fairerweise nicht vorwerfen. Denn objektiv betrachtet verdankte er seine Karrieresprünge ja wirklich nicht nur seinen Talenten als Ermittler.

Sein Telefon klingelte. Bellini.

„Boyle?"

„Ich bin auf dem Weg zu dir. Absagen ist nicht mehr!"

„Ich will nicht canceln. Ich habe nur kein Bier mehr im Haus und kann jetzt auch keins mehr holen. Falls du also Bier willst, musst du dir deinen Stoff schon selbst mitbringen. Das war alles. Und falls du dich deswegen verspäten solltest, könnte es sein, dass ich richtig sauer werde. Also beeil dich gefälligst, Boyle!"

Canceln, dachte Boyle grinsend, sie hatte wirklich canceln gesagt. Total bescheuert.

„Solange Wein da ist, kann ich gut auf Bier verzichten."

„Aha, aber auch nur, weil ich mir besseren Wein leisten kann als du mit deinem bisschen Beamtengehalt", gab Bellini lachend zurück.

„Du willst mich ja nur abfüllen, willenlos machen und in dein Lotterbett ziehen. Spar dir die Mühe, Schönste, mit dir hüpfe ich da auch nüchtern und freiwillig rein."

„Nichts läge mir ferner, als dich abzufüllen. Ich brauch dich nüchtern und enthusiastisch bei dem, was ich heute mit dir vorhabe. Betrunkene Kerle bringen's einfach nicht so."

Boyle beendete das Gespräch und bog von der Hauptstraße ab, als ein Streifenwagen seinen BMW schnitt, einer der Kollegen hielt eine Kelle aus dem Beifahrerfenster. Die können nicht mich meinen, dachte Boyle und setzte zum Überholen an. Doch der Streifenwagenfahrer blockierte ihn. Das weckte einige sehr unangenehme Erinnerungen in Boyle. Doch anders als damals hatte er diesmal seinen Ausweis und sogar die Dienstwaffe dabei. Boyle hielt am Straßenrand, angelte seinen Dienstausweis aus der Innentasche seines Anzugs und machte sich wütend auf den Weg zu dem Streifenwagen, der etwa zwanzig Meter vor seinem BMW gehalten hatte. Er würde die beiden Trachtentruppenspinner heftig zusammenstauchen.

Beide Uniformierte stiegen aus und legten die Hand an die Schirmmützen, als Boyle sich ihnen näherte.

„Hauptkommissar Boyle?“, fragte der Ältere der beiden. „Man hat Sie vor zehn Minuten zur Fahndung ausgeschrieben. Sie seien nicht zu erreichen gewesen, behauptet die Zentrale. Kriminalrat Himmel erwartet dringend Ihren Rückruf.“

Scheiße, dachte Boyle. Dass Andres Himmel ihn zur Fahndung ausschreiben ließ, bedeutete mindestens eine Leiche. Und wahrscheinlich war es auch nicht irgendeine Leiche, sondern jemand, den er kannte oder der wichtig war. Er griff ins Innere des Streifenwagens nach dem Funkgerät, meldete sich, und hörte etwa zwei Minuten konzentriert Andres Himmel zu. Anschließend bedankte er sich bei den Kollegen, stieg in seinen BMW, schaltete die Sirene an und raste zurück Richtung Hauptbahnhof.

9 Uhr 12. Jale Arslan war im 12. Revier gerade damit durch, den ersten Schwung an Papierkram zu beenden, den Kalle Klarsens Ableben nach sich zog. Sie rollte ihren Bürostuhl vom Schreibtisch weg, streckte ihre Beine und Arme aus und gab ein Geräusch von sich, das ihren Kollegen Heiner Beierle an die schnurrende Katze seiner etwas überdrehten Schwiegermutter erinnerte.

Sie beide hatten noch sechs Stunden Dienst abzureißen, bis ihr Wochenende begann und so, wie Jale heute aussah, dachte Beierle, würde sie es wohl damit verbringen, sich einmal richtig auszuschlafen. Die letzten Wochen waren hart gewesen. Beierle wunderte sich oft darüber, wie locker die zarte Jale den Stress ihres Jobs trotz allem wegsteckte. Jale hatte nicht einmal einen festen Freund, was ihrer Familie offenbar nicht besonders gefiel.

Beierle war Anfang vierzig und ging sehr zum Missfallen seiner Ehefrau allmählich in die Breite. Er hatte fast zwanzig Jahre beim Kriminaldauerdienst auf dem Buckel und wurde regelmäßig bei den Beförderungsrunden übergangen. Anders als Jale, die es in Rekordzeit vom Streifendienst zur Kripo geschafft hatte. Sie war Türkin, also Migrantin, wie man das im Amtsdeutsch nannte, verfügte außerdem über ein ganz ordentliches Abitur, hatte einige Zeit studiert und war eine Frau. Sie entsprach daher jeder Beförderungsrichtlinie. Das Einzige, was sie noch schneller auf der Karriereleiter nach oben befördert hätte, wäre eine Behinderung gewesen. Aber Behinderte stellte man auch nur für den Innendienst ein.

Trotzdem haderte Beierle nicht mit Jales Aufstieg. Er hatte sich längst beim KDD so bequem eingerichtet, dass er es dort sicher und halbwegs gemütlich bis zur Pensionierung aushielt. Er war zufrieden, so lange ihn die Chefetage einfach in Ruhe ließ. Von Jale und Beierle abgesehen, schoben normalerweise noch drei weitere KDD-Beamte Dienst im zweiten Stock des 12. Reviers. Doch einer von ihnen war krank geworden, ein anderer im Urlaub und der Dritte mit einer Streife zu einem Einbruch unterwegs.

Beierles Telefon klingelte.

Jale wickelte ein Käse-Rucolasandwich aus, das er ihr vorhin aus dem kleinen armenischen Imbiss auf der Langen Reihe mitgebracht hatte, den einige ältere KDD-Kollegen seit Ewigkeiten als inoffizielle Kantine benutzten.

Beierle lauschte, wurde dabei zunehmend bleicher, legte dann auf und blickte Jale an.

„Issnlos?", fragte Jale, den Mund voller Sandwich.

Beierle schluckte einige Male trocken. „Das war Köhler. Wir können unseren Feierabend vergessen."

Köhler war Chef des KDD und wenn er sich dazu herabließ, die Außenstelle im 12. Revier persönlich anzuklingeln, war, wie Jale es ausgedrückt hätte, die Kacke so richtig am Dampfen.

„Echt? Scheiße!", sagte Jale, schluckte heftig, warf einen bedauernden Blick auf den Rest ihres Sandwichs und schaute dann wieder zu Beierle hinüber.

„Im Fleur du Mal ist Monster Lermontow von der Koscha Nostra erschossen worden."

Jale kniff ihre Augen etwas zusammen. „Dem Pärchenpuff?", fragte sie.

Beierle nickte. Das Fleur du Mal war einer der ältesten Swingerclubs der Stadt und gehörte zum Reich der Koscha Nostra, einer Gang von russischen Einwanderern, deren Boss Teddy Amin ein Jugendfreund des MoKo-Bosses Boyle war.

„Angeblich könnte es eine Hinrichtung gewesen sein."

Jale konnte allmählich nachvollziehen, weshalb

Beierle gerade so bleich geworden war. Eine Hinrichtung auf dem Kiez bedeutete Ärger. Und sie bedeutete Überstunden. Jede Menge davon. Sie konnte ihr freies Wochenende wohl wirklich vergessen.

„Hat das was mit uns zu tun?"

„Die MoKo ist derzeit unterbesetzt. Boyle hat zwei von uns zugewiesen bekommen. Wir haben jetzt deren Anrufe auch noch auf dem Hals ...", antwortete Beierle, öffnete seine Schreibtischschublade und griff sich die Thermosflasche Milchkaffee, die darin lag.

Manchmal, dachte Jale, entsprach Beierle so sehr dem Klischee eines deutschen Verwaltungshengstes, dass es fast schon zum Schreien komisch war.

„Sag mal, Beierle, heißt es nicht, dass Boyle irgendwie Verbindungen zur Koscha Nostra hätte?"

„Teddy Amin und Boyle sind zusammen aufgewachsen. Das ist der Hauptgrund, weswegen wir unser Wochenende vergessen können. Weil Köhler unsere Leute nämlich als Anstandswauwaus und Checker zu Boyle schickt. Köhler hat Boyle noch nie so richtig getraut. Und wir dürfen das jetzt ausbaden und die nächsten zwölf Stunden jeden Selbstmörder vom Pflaster kratzen und uns für zwei Reviere um jeden Scheißeinbruch und jede Schlägerei kümmern, die die Trachtentruppe nicht allein handhaben will."

Beierle schraubte seine Thermoskanne auf und schenkte sich einen Becher Kaffee ein. „Aber unser Bürgermeister meint ja, dass man bei der Hamburger Polizei noch Stellen streichen sollte."

Jale hob den Rest ihres Sandwichs, stupste es gegen Beierles Kaffeebecher und sagte grinsend: „Halleluja und Prost!"

Ihr Telefon klingelte.

9 Uhr 18. Bisher hatte Boyle geglaubt, widerwärtiger als der Gestank, der einem beim Öffnen einer Wasserleiche entgegenschlug, könnte gar kein anderer Geruch sein. Aber diese Mischung aus saurem Schweiß, Sperma, Vaginalsekret und der Kupfernote frischen Blutes, die ihm im Fleur du Mal entgegenschlug, toppte den Wasserleichengestank um Längen. Er hatte das Gefühl, der Geruch kroch ihm in die Kleider, legte sich auf seine Haare, seine Haut und würde nie wieder wirklich abzuwaschen sein.

Das war passiert: Kurz nachdem drei Frauen ihre private Gangbangparty im Fleur du Mal beendet hatten und nach Hause gegangen waren, hatte man Alexander „Monster" Lermontow erschossen, der als Geschäftsführer des Clubs eingetragen war, obwohl jeder auf dem Kiez wusste, dass er eigentlich als Teddy Amins rechte Hand und Boss von dessen Türstehern fungierte.

Jetzt stand Boyle neben einem protzigen goldgerahmten Spiegel des Pärchenpuffs, sehnte sich nach einer Zigarette und sah fünf SpuSi-Beamten in weißen Overalls dabei zu, wie sie mürrisch Fingerabdrücke sicherten, von denen es hier so viele gab, dass es im Grunde aussichtslos war, sich überhaupt damit abzumühen. Auf dem beigen Teppichboden lagen einige Flyer verstreut, die schreiend bunt für Clubpartys warben. Die Wand war mit einer rötlich-silbernen Streifentapete verziert, die wohl etwas Klasse in den Club bringen sollte. Boyle fand jedoch, dass sie damit deutlich überfordert war. Er passierte einen Raum, der außer einer Art niedrigen Bühne voller rot und blau bezogener Matratzen und jeder Menge Spiegeln an den Wänden keinerlei weitere Einrichtung enthielt. Auf den Matratzen lagen Kondomverpackungen, die ihn an Bellinis Bett erinnerten. Verdammt. Sie hatte ihn vorhin angerufen, um ihm sauer und beleidigt mitzuteilen, dass sie sich jetzt auf den Weg zu ihrem Ferienhaus machte. Doch selbst falls ihr irgendwann später an diesem Wochenende noch nach einem Ritt zwischen den Laken gewesen wäre, nach dem hier war Boyle die Lust darauf eindeutig vergangen.

Das Büro, in dem Monster Lermontow erschossen worden war, wirkte nicht weniger schäbig und abgenutzt als der Rest des Clubs. Nur war die Tür hier mit Lederpolstern beschlagen, die wohl Schallschutz gewähren sollten. Boyle konnte das nachvollziehen. Es war sicher nicht einfach, mit Lieferanten zu verhandeln, während sich nebenan irgendwer beim Sex die Lunge aus dem Hals stöhnte.

Manchen Toten sah man immer noch Schmerz, Angst und Erstaunen darüber an, dass sie hier und jetzt sterben sollten. Bei Lermontow war das nicht so. Denn sein Gesicht existierte nicht mehr. Als die Kugeln ihn trafen, musste er noch versucht haben, in Deckung zu gehen. Boyle war sich ziemlich sicher, dass die Erste davon in sein Gesicht ging. Die nächsten beiden trafen seine Brust.

Lermontow war ein Riese gewesen, so groß wie Boyle, doch mit dem Brustkorb einer Öltonne und den Oberarmmuskeln eines Bodybuilders. Sein Ruf auf dem Kiez war denn auch dementsprechend. Dass man ihn auf der Straße Monster genannt hatte, traf den Nagel auf den Kopf.

Jedes Mal aufs Neue wunderte sich Boyle über die Unmenge von Blut, die bei Schussverletzungen austrat. Die Wand hinter dem Kunstlederchefsessel, in dem Monster gesessen hatte, war fast bis zur Decke hoch von Spritzern übersät. Die Gewalt der Schüsse war so heftig gewesen, dass das erste Geschoss nicht nur Monsters Gesicht in eine Art eklige Blüte aus Blut, Knochen und Fett verwandelt, sondern auch den oberen Teil der Sessellehne abgetrennt hatte.

Neben Lermontows rechter Hand, die mit gespreizten Fingern auf einem rot gesprenkelten Lieferschein für französisches Baguette lag, entdeckte Boyle einen unfassbar weiß schimmernden Zahn. Er ahnte, falls er jetzt weiter auf die Leiche starrte, würde er den nächsten Würgereiz nicht mehr unterdrücken können. Daher konzentrierte er sich auf einfache, abstrakte Dinge und beschloss, dass er ein paar Leute abstellen würde, die die Dokumente und

Aktenordner in dem Büro durchsahen. Großartige Erkenntnisse erwartete er sich allerdings nicht davon. Monster Lermontow und sein Boss Teddy Amin waren zu sehr Profis, um hier irgendwelche Dinge aufzubewahren, die Aufschluss über ihre eigentlichen, illegalen Geschäfte gaben.

Einer der SpuSi-Beamten trat in das Büro, warf einen abgeklärten Blick auf Lermontow hinter dem billigen Ikea-Schreibtisch und nickte Boyle grüßend zu.

„'Tschuldigung", sagte der SpuSi-Mann und wandte sich ab.

„Bleib!", rief Boyle ihm halblaut nach und wies auf die Leiche. „Lass uns das hier mal durchgehen, okay?"

Der Kollege blieb zwei Meter von Boyle weg in der Tür stehen, schob seinen Mundschutz herunter und blickte Boyle erwartungsvoll an.

„Monster macht hier Büroarbeit. Die drei Hausfrauen, die hier ihren Gangbang hatten, sind gerade aus dem Club raus. Außer ihm ist kein weiteres Personal hier, weil die drei Broschen den Schuppen privat gemietet hatten und niemanden dabeihaben wollten, der ihnen zusieht, wie sie sich nacheinander von acht Männern durchvögeln lassen. Dass Monster hier sitzt und Bürokram macht, könnten theoretisch viele Leute gewusst haben, Stammgäste, Personal, Freunde, Verwandte des Personals. War also kein großes Geheimnis."

Der Beamte nickte.

Boyle wies auf die Leiche. „Was glaubst du war das für ein Kaliber?"

Der SpuSi-Mann schürzte die Lippen, legte die Stirn in Falten und sagte: „Sturmgewehr? Kalaschnikow, G3, M14, AR15, irgendwas in der Art. Aber selbst bei der üblichen Nato-Standardmunition habe ich solche Zerstörungen noch nicht gesehen. Also vielleicht doch eher eine Jagdwaffe mit richtig großem Bums. Kaliber 600 Nitro Patronen vielleicht? Damit stoppste sogar Elefanten. Und da ist drei Mal geschossen worden. Wer knallt denn drei Geschosse von dem Kaliber in einen Menschen? Bei der Geschossgröße ist doch schon beim ersten Schuss sichergestellt, dass sich danach in deinem Ziel nichts mehr rührt. Das ist Overkill. Außerdem kommt die Sorte von Munition auch nicht gerade billig. Das sind zwischen fünf bis acht Euro pro Knall."

„Stimmt. Das sieht nach Overkill aus", bestätigte Boyle. „Und, was immer er benutzte, muss echt groß sein. Eine Handfeuerwaffe kannst du verbergen, bis du sie brauchst. Aber ein Sturmgewehr oder eine Elefantenbüchse?! Die muss er offen hier hereingetragen haben. Und er muss sich außerdem sicher gewesen sein, dass die Eingangstür offen war. Oder habt ihr da Einbruchspuren gefunden?"

„Nein, an der Tür war nix", erwiderte der SpuSi-Beamte. „Hast du an den Rückstoß gedacht? So ein Monsterkaliber kann dir im Rückstoß die Schulter ausrenken, ganz gleich, wie gut die Waffe ist, mit der du schießt. Ich wette, der Schütze hat nicht zum ersten Mal so eine Knarre abgefeuert."

„Bestimmt nicht", bestätigte Boyle nachdenklich. „Der war den Umgang mit solchen Teilen gewohnt. Und noch etwas war er vielleicht gewohnt: Absolut sicherzugehen, dass sein Opfer auch wirklich hinüber ist." Er sehnte sich nach einer Zigarette. War das hier der erste Akt des Kiezkriegs, den jeder schon seit einiger Zeit erwartete? Dann gute Nacht, Hamburg. „Jemals das Gefühl gehabt, neben einer Bombe zu sitzen und dich nicht rühren zu können?", fragte er leise.

Der SpuSi-Mann schüttelte nachdenklich den Kopf. „Bis heute nicht."

9 Uhr 32. Beierle parkte den Opel in einer der schmalen Straßen, die vom Steindamm in Sankt Georg abgingen. Jale war sich sicher, dass sie zu Fuß schneller hier gewesen wären, aber Beierle bestand darauf, den Wagen zu nehmen, angeblich, weil einiges an Werkzeugen in dessen Kofferraum lag, das sich als ganz nützlich erweisen konnte, obwohl es sich dabei im Grunde nur um einige Dietriche, ein altes Brecheisen und drei angegammelte gelbe Warnwesten handelte. Beierle war einfach zu bequem gewesen hierherzulaufen.

Ein grauhaariger Polizeihauptmeister und dessen Kollege erwarteten sie vor einem mit Graffiti beschmierten Hauseingang zwischen einem Afroshop und einem vietnamesischen Imbiss, dessen Köche misstrauisch alles verfolgten, was vor ihrem Laden geschah.

„Blitzeinbruch. Etwa zehn junge Männer, mit Schals vermummt, Hip-Hop-Klamotten, haben die Haustür aufgebrochen, drei blieben unten für Schmiere, der Rest ist ins Haus, hat zeitgleich die beiden Wohnungstüren im Hochparterre zerlegt und ist in die Räume eingedrungen. In der linken Wohnung fehlt wohl Modeschmuck, ein Laptop, der Fernseher und zwei Schulrucksäcke. In der rechten fehlt offenbar nichts, da blieben sie nur so lange, bis sie die Leiche sahen, die dort auf dem Wohnzimmerteppich liegt. Bevor sie weg sind, haben sie eine Handvoll Feuerwerkskörper in den Imbiss geworfen", berichtete der Hauptmeister und wies auf einen der beiden vietnamesischen Köche. „Herr Nien Thrun – weiß nicht, ob das richtig ausgesprochen ist – hat angeblich eines der Gangmitglieder durch ein Gurkenglas verletzt, das er ihm nachwarf. Wie man sehen kann: Da liegen wirklich Gurken am Boden und in der Türlaibung sind Spritzer zu sehen, die Blut sein könnten. Gemeldet hat den Vorfall ein anonymer Anrufer. Das war vor exakt vierunddreißig Minuten."

Jugendliche, die sich zusammenrotteten, um in größeren Gruppen Einbrüche in Wohnungen, Tankstellen oder kleinen Supermärkten durchzuziehen, waren in den letzten Monaten bundesweit zu einer echten

Plage geworden. Vorbild war die berüchtigte Gullybande aus Berlin, deren Markenzeichen darin bestand, Gullydeckel in Schaufenster oder gegen Haustüren zu werfen, um dann im Rudel laut brüllend, Feuerwerkskörper werfend die Kassen oder Wohnzimmer auszuräumen, während geschockte Passanten, Wohnungsinhaber oder die Angestellten der Läden entweder das Weite suchten oder starr vor Angst einfach nur Stoßgebete gen Himmel sandten.

Bloß hatte Jale bisher noch von keinem Einbruch einer der Blitzgangs gehört, bei dem es zu Todesfällen gekommen wäre.

„Stopp mal, da ist eine Leiche? Lag die schon vor dem Einbruch dort oder erst danach?", fragte sie.

Der Obermeister war gut zwei Köpfe größer als Jale und wirkte, als gehörte er zur alten Schule, war mit anderen Worten ein Macho, der glaubte, dass Frauen in der Öffentlichkeit mit gesenktem Kopf und stets drei Schritte hinter ihren Ehemännern generell besser aufgehoben seien als hier an einem Tatort mit einem Polizeiausweis in der Tasche und einer scharfen Waffe im Clipholster.

„Die Kinners haben die Leiche doch bestimmt bloß gesehen", sagte einer der beiden Köche in schönstem Hamburgerisch. „Das ist diese Nutte, die nich grüßen kann und nie Trinkgeld gibt! Glaube nich, dass die Kinners die umgelegt haben."

Jale und Beierle wechselten einen längeren Blick. Beierle nickte Jale zu.

„Schon wer den Krankenwagen gerufen?"

Der grauhaarige Obermeister schüttelte den Kopf. „Die ist man tot. Da war nix mehr zu machen."

Beierle zückte sein Handy und rief den Notarzt an. Jale ging zusammen mit dem Obermeister durchs Treppenhaus zu der Wohnung mit der angeblichen Toten.

Es war noch weit vor zwölf und sie war im Begriff, die zweite Leiche an diesem Tag anzusehen. Das geht hoffentlich nicht so weiter, dachte sie.

Die Treppe war ausgetreten und ihr Handlauf wackelte, außerdem war das Treppenhaus im vergangenen Jahrhundert zum letzten Mal tapeziert worden. Das Muster der Siebzigerjahre-Tapete war zwar verblasst, aber immer noch furchtbar genug.

„Ich warte dann hier draußen, muss ja nicht sein, dass wir uns in der kleinen Buchte auf die Zehen treten, oder?", sagte der Obermeister.

„Klar", sagte Jale und streifte sich ein Paar hellblaue Latexhandschuhe über.

Als sie die Wohnung betrat, fragte sie sich, wie bescheuert diese Kids gewesen sein mussten, falls sie erwartet hatten, hier irgendetwas von Wert zu finden. Ihr genügte ein einziger Blick auf das Durcheinander an Sperrmüllmöbeln, ungewaschenen Klamotten, leeren Pizzakartons, Bier- und Weinflaschen, um das hier als Unterkunft eines Junkies zu identifizieren und diese Kids hätten dazu eigentlich auch fähig sein sollen. Die Leiche lag neben einem Haufen aus

Sweatshirts, Bettwäsche und Jeans auf dem dünnen Teppich.

Drogentote gingen Jale mehr an die Nieren als Selbstmörder oder die Unfallopfer, zu denen man die KDD-Beamten auch regelmäßig rief. Für sie existierte keine sinnlosere Art des Sterbens als eine Überdosis. Selbstmörder hatten sich wenigstens freiwillig für den Tod entschieden, Unfallopfer unglaubliches Pech gehabt oder sich womöglich auch dämlich angestellt. Das war traurig genug. Doch viele der Drogensüchtigen starben nur deswegen, weil sie ihre Widerstandskräfte überschätzten oder von ihren Dealern miesen Stoff angedreht bekamen.

Die Frau neben dem Kleiderhaufen war angesichts der Kunstlederstiefel, der einschneidend knappen Hotpants und des dünnen T-Shirts mit einem knallroten Kussmund darauf wohl wirklich eine Hure gewesen, wie der Vietnamese aus dem Imbiss behauptet hatte. So fertig und verlebt, wie sie aussah, hatte sie wohl eher auf dem Straßenstrich gearbeitet als in einem Appartement oder Bordell.

Dass sie an einer Droge gestorben war, lag für Jale angesichts ihrer bläulich angelaufenen Lippen und der erweiterten Pupillen auf der Hand. Ausgelöst worden war der Tod der Frau entweder durch giftige Beimischungen in ihrem Stoff oder einer zu heftigen Dosis, die ihren ausgemergelten Körper überfordert hatte.

Jale schloss der Toten die Augen, eine Höflichkeit,

die von der SpuSi und den Gerichtsmedizinern nicht gern gesehen wurde. Dann begann sie Arme, Hals und Zehenzwischenräume nach Einstichspuren zu untersuchen. Sie fand jedoch nur einige ältere Einstiche und unter ihrer Zunge nachzusehen, traute sie sich nicht. Dazu waren die Gerichtsmediziner besser geeignet und ausgerüstet. Nachdem sie am Körper der Frau zunächst keinerlei Hinweise auf die Art der Droge fand, an der diese gestorben war, begann Jale methodisch die direkte Umgebung der Toten zu untersuchen. Sie war so konzentriert darauf, dass sie überhörte, wie Beierle die Wohnung betrat. Er schaute kurz auf die Tote, dann zu Jale, die auf den Knien mit einer Stiftlampe zwischen den Zähnen um die Leiche herumkroch, und ging dann in die winzige Küche, wo er Schränke öffnete und schloss und mit Geschirr klapperte.

Endlich fand Jale etwas, das einen Hinweis auf die Todesursache der Frau versprach. Eine kleine Tüte mit Plastikzipper. Schmuckhändler benutzten solche Tütchen, um darin Ketten oder Ringe aufzubewahren. Aber ebenso beliebt wie bei Juwelieren war diese Sorte Tüte bei Dealern, die darin ihren portionierten Stoff verpackten. Das Tütchen war zwar leer, doch Jale hoffte, daran Fingerabdrücke finden zu können, die von dem Verkäufer oder Großhändler der Drogen stammten, an der die Frau gestorben war. Was sie sich außerdem davon erhoffte, waren Spuren der Substanz und ein Hinweis auf deren Zusammensetzung. Sie verzog den Mund, holte tief Luft und roch an dem Zipptütchen. Eindeutig, dachte sie, XTC. Der Chemiegeruch war unverwechselbar.

Sie hörte Schritte im Treppenhaus und sah auf. Der Notarzt, den Beierle vorhin gerufen hatte, war endlich eingetroffen. Jale kannte ihn. Er hieß Kamran Safiarian und stammte aus dem Iran.

„Hallo, Jale", sagte er.

Jale setzte sich auf und streckte ihm die Hand entgegen. „Tach, großer Mist hier. Mal wieder ...", sagte sie.

Kamran nickte beifällig. „Das ist schon die dritte ÜD mit Exitus heute Morgen. Was ist da los, Jale?", fragte er, während er sich zu der Toten herabbeugte.

ÜD mit Exitus war Medizinersprech für tödliche Überdosis. Jale überraschte Kamrans Ansage. „Drei am selben Morgen?", fragte sie erstaunt. „Hast du gerade drei gesagt?"

Kamran nickte wieder. Er war kein Freund von langen Erklärungen.

„Normalerweise haben wir doch bloß einen oder zwei pro Woche", sagte Jale, die sich erinnerte, dass die Anzahl der jährlichen Drogentoten in Hamburg zwischen fünfzig und sechzig schwankte. Drei an einem einzigen Vormittag war mehr als nur eine statistische Anomalie.

Beierle steckte den Kopf ins Wohnzimmer. „Ich hab was! Schau mal", sagte er und hielt dabei ein abgeriebenes Foto von Kalle Klarsen hoch. Derselbe

Kalle Klarsen, dessen vorzeitiges Ableben Jale heute Morgen dazu gezwungen hatte, eine ganze Reihe von Formularen und Dokumenten auszufüllen.

„Die kannten sich“, stellte Jale fest.

„Sind die dann auch beide an derselben Scheiße gestorben?“, fragte Beierle. „Würde mich nicht wundern.“

„Ich habe auch etwas gefunden“, sagte Jale und hielt ihrem Kollegen das Zipptütchen entgegen. „Das sollen die im Labor gefälligst heute noch analysieren.“

Beierles Gesicht war anzusehen, für wie wahrscheinlich er es hielt, dass die ständig überlasteten Labortechniker heute noch mehr mit der Tüte anstellen würden, als sie in ihrer Datenbank zu registrieren und dann auf einem großen Haufen anderer noch zu analysierender Beweismittel abzulegen.

10 Uhr 44. Boyle hatte bei Köhler Unterstützung angefordert, weil seine eigene Mannschaft aktuell unterbesetzt war. Köhler war überraschend zugänglich gewesen, angesichts der Tatsache, dass auch sein Dezernat nicht mit voller Besetzung arbeitete.

Boyle konnte sich zusammenreimen, was in Köhlers Kopf vorgegangen war: Teddy Amin war Boyles Freund. Jetzt lag Teddys Kapo ohne Gesicht und mit zwei fast faustgroßen Löchern in der Brust in der Gerichtsmedizin.

Köhler war zwar nicht Boyles Vorgesetzter, aber

er war Dezernatsleiter des KDD und verstand sich auffallend gut mit dem Polizeipräsidenten. Köhler war nur aus einem Grund so hilfsbereit gewesen: Er wollte, dass seine KDD-Leute Boyle überwachten. Aber das war Boyle bisher noch egal. Sollten sie nur. Falls es wirklich eng wurde und er gezwungen war, auf eher unkonventionelle Ermittlungsmethoden zurückzugreifen, fiel ihm schon irgendetwas ein, womit er Köhlers KDD-Beamte beschäftigen konnte.

Boyle hatte jeden seiner Männer und einige Streifenwagenbesatzungen zu einer Befragung der Nachbarschaft ausgesandt. Obwohl er sich davon ausgerechnet in dieser Gegend nicht viel versprach. Das hier war Kiez. Da redete man nicht mit den Bullen, wenn es nicht unbedingt sein musste. Mehr Erfolg versprach er sich da schon von der Vernehmung der drei Frauen, die letzte Nacht hier ihren Gangbang durchgezogen hatten.

Bis letztes Jahr war es erstaunlich ruhig auf dem Kiez gewesen. Die Jugos des alten Nicolas Premuda, die Russen von Teddys Koscha Nostra und die Türken des inzwischen in Istanbul ermordeten Halif Kahn, die in Sankt Georg, Sankt Pauli, Ottensen und dem Schanzenviertel ihre Reviere abgesteckt hatten, wahrten ihr Gleichgewicht des Schreckens, weil keine der Gangs allein stark genug gewesen war, eine der anderen Gruppierungen herauszufordern.

Selbst als Halif Kahn in Istanbul plötzlich starb, kam es zu keinerlei Auffälligkeiten, er wurde einfach von einem Mann namens Selim Güler ersetzt, der die Geschäfte eine Weile so weiterbetrieb, wie Halif das getan hätte, bis er einen Fehler machte, im Knast landete und seine Gang zerfiel.

Doch seit März letzten Jahres drängte sich eine Gruppe Hells Angels in die Hamburger Szene. Die Angels waren zwar seit Ewigkeiten in Hamburg aktiv, hatten jedoch gegen die übrigen Gangs lange kaum einen Stich landen können. Premuda heuerte die Angels schon mal als Schläger und Eintreiber an, aber sobald die Biker sich nach einem größeren Stück des Kiezkuchens streckten, verpassten auch dessen Jugos ihnen regelmäßig blutige Nasen. Laut der aktuellen internen Lagebeurteilung des LKA hatten die Angels sich allerdings Unterstützung aus Hannover geholt, wo sie das – im Vergleich zu Hamburg bescheidene – Milieu seit Längerem beherrschten. In der LKA-Analyse wurde als wahrscheinlichstes Angriffsziel der Biker Teddy Amins Koscha Nostra genannt, weil die von den drei dominierenden Gangs in Hamburg immer noch die kleinste war.

Seit Boyle die MoKo übernommen hatte, stand er unter ständiger Beobachtung. Ein Dezernatschef, der mit einem stadtbekannten Gangster Umgang pflegte, wäre auch in jeder anderen deutschen Großstadt ein Skandal gewesen. Also hatte man Boyle nach seiner Beförderung sehr deutlich zu verstehen gegeben, dass er seinen Kontakt zum Boss der Koscha Nostra besser einschränkte, falls er seinen Posten behalten wollte. Und Boyle wollte seinen Posten behalten. Boyle griff nach seinem Handy und wählte Teddys Nummer. Eigentlich hätte er jeden Kontakt mit ihm registrieren und melden müssen. Aber das würde heute nicht passieren.

Boyle lauschte dem Rufton. Nichts. Teddy hörte entweder nicht oder ignorierte den Anruf.

Verdammt.

Ein blauer Passat rollte durch die Toreinfahrt in den Hof. KDD-Boss Köhler und zwei seiner Beamten stiegen aus und betraten das Fleur du Mal.

Köhler war vor drei Jahren aus Hannover mit dem neuen Polizeipräsidenten nach Hamburg gekommen. Er hatte in Hannover gute Arbeit im Rotlichtmilieu geleistet und den Bikergangs dort mit einer Kombination aus harter Kleinarbeit und wuchtigen Razzien heftig eingeheizt. Aber Hannover war verglichen mit der Freien und Hansestadt bloß ein größeres Provinznest, das sich selbst zu wichtig nahm. Kein Vergleich zu Hamburg.

Man begrüßte sich. Boyle gab eine kurze Zusammenfassung des Ermittlungsstands. Köhler schickte seine Männer in den Club, aber nahm Boyle beiseite, bevor der sich ihnen anschließen konnte. „Ein Monsterkaliber? Und es waren drei Schüsse? Das habe ich so richtig verstanden?"

Boyle nickte. Köhler war einer der wenigen Männer, zu denen er nicht wortwörtlich herabsehen musste, weil dieser in etwa ebenso groß war wie Boyle, aber etwa zehn Kilo leichter. Köhler war Marathonläufer und das sah man ihm an. Er war nicht einfach nur schlank oder dürr, sondern wirkte regelrecht ausgemergelt. Meistens trug er Goretexjacken zu Cargopants und Turnschuhen.

„Weißt du, wo Teddy Amin gerade ist? Andres hat versucht ihn anzurufen, aber er wurde nur zu einer Mailbox weitergeleitet."

Boyle wusste, dass Teddy im Urlaub auf Ibiza war. Zusammen mit seiner Geliebten Rebekka Bahrenbaum, einer verheirateten Anwältin. Dass er ihn vorhin selbst auch nicht erreicht hatte, machte ihm jetzt umso mehr Kopfzerbrechen. Konnte es sein, dass Teddy auf Ibiza irgendetwas zugestoßen war, aber die spanischen Kollegen sie darüber bislang noch nicht informiert hatten?

„Was erwartet Andres von mir? Dass ich ihm Teddy aus dem Hut zaubere, wenn er ihn braucht?"

„Er erwartet, dass du in diesem Fall gefälligst objektiv ermittelst. Sollte Teddy irgendetwas mit Lermontows Tod zu tun gehabt haben, ist er dran."

Das war das Problem, dachte Boyle: Hatte Teddy etwas mit Lermontows Tod zu schaffen oder nicht?

„Unwahrscheinlich, dass Teddy ihn hat umbringen lassen. Lermontow war sein Chefeintreiber. Er hatte eine Menge Feinde auf dem Kiez. Außerdem hat er alles gevögelt, was bei drei nicht auf den Bäumen war. Schon mal daran gedacht, dass es auch private Motive gegeben haben könnte?"

Köhler blickte Boyle an, als zweifelte er an dessen Verstand. „Wer soll denn so bescheuert sein, Lermontow wegen irgendeines Ficks umzulegen, Boyle? Dass sie den Monster nannten, hatte doch 'n Grund. Wenn sich auf dem Kiez schon jeder in die Hose gemacht hat vor ihm, hat sich jeder Normalbürger erst recht vor ihm gefürchtet. Das war kein Amateur, Boyle. Das war einer von hier. Vom Kiez."

Boyle wusste zwar, dass die Wahrscheinlichkeit dafür wirklich hoch war. Aber vor ein paar Jahren hatte er einmal einen Killer gejagt, der so ziemlich jedem Gangster in Hamburg den Angstschweiß auf die Stirn getrieben hatte. Und zwar gerade *weil* er ein Amateur gewesen war. Selbst Premuda hatte dem „Kanakenkiller" damals grimmig Respekt gezollt.

„Das hier ist der Beginn des Kiezkriegs, Boyle. Ich rufe den Präsidenten an und sorge dafür, dass er die Überstundensperre lockert und den BGS in Bereitschaft hält. Dieser Scheiß muss im Keim erstickt werden. Jeder verfügbare Bulle muss auf der Straße präsent sein, das wird den Arschlöchern hoffentlich so viel Respekt einjagen, dass sie es sich zweimal überlegen, ob sie wirklich die Jagdsaison auf dem Kiez eröffnen wollen."

Boyle ging zu dem Kippenautomaten, der an Teddys Clubwand hing. Suchte in seiner Tasche nach Kleingeld und fütterte den Münzschlitz damit. Als die Schachtel in die Ausgabe fiel, griff er danach, öffnete sie und zog sich eine Kippe heraus. Die Zellophanumhüllung und jenes kleine Stück Silberpapier, die dabei anfielen, ließ er achtlos zu Boden fallen. Ein Gruß an Teddys Putze.

„Ich lass gerade die drei Broschen einsammeln und ins Präsidium bringen, die heute Nacht hier ihren Gangbang hatten, Köhler. Sehen wir mal, was bei deren Befragung rauskommt, bevor ihr die ganz große Keule schwingt. Okay?"

Boyle suchte in seinen Taschen nach einem Feuerzeug, fand da jedoch nichts, weil er seit sechs Wochen eigentlich zu rauchen aufgehört hatte. Also ließ er die Kippe unangezündet zwischen den Lippen.

„Angeblich waren die drei doch lange hier raus, bevor Lermontow seine Packung gekriegt hat. Ich würde mir von denen nicht zu viel erwarten."

Boyle entdeckte den Aluminiumkoffer eines der SpuSi-Beamten. Er war voll seltsamer Werkzeuge und Krimskrams. Boyle beugte sich zu ihm herab und durchwühlte ihn, bis er eine Schachtel Streichhölzer fand. Er steckte sich seine Zigarette an und blies Rauch gegen die Decke. Köhler verzog das Gesicht. Er war strikter Nichtraucher und Mineralwassertrinker.

„Die Tür war offen", sagte Boyle.

Köhler zuckte mit den Achseln und sah zum Eingang des Fleur du Mal.

„Na und?"

„Du verstehst nicht, Köhler. Entweder haben die Gangbangladys beim Hinausgehen vergessen, die

Tür zuzumachen. Oder Lermontow hat sie aufgelassen. Aber dann hat er hier bestimmt irgendwen erwartet. Jemanden, den er kannte und bei dem er keinen Grund zur Vorsicht sah. Vor Frauen hat Monster sich noch nie gefürchtet. Also tippe ich darauf, dass es eine Frau war, auf die er hier gewartet hatte …“

Köhler dachte einen Moment sichtlich widerwillig über Boyles These nach. „Bloß kam dann statt dieser Braut deren Macker mit einer richtig großen Wumme und hat ihm die drei Packungen gesetzt?“, fragte Köhler.

„Monster war ein Weiberheld. Der beste Werbeträger für Durex und Kondomi, den der Kiez je hatte. Aber Eifersucht ist ’ne schlimme Sache und kann selbst aus Kleingartenindianern und Bürohengsten Verlegenheitshelden machen. Die Munition, die hier verballert wurde, macht Riesenlöcher und kostet zwischen fünf und acht Euro pro Knall. Wer auf dem Kiez benutzt denn so was? Keiner. Aber ein Jäger könnte eine Knarre mit so einem Superkaliber im Schrank haben und auch wissen, wie man damit umgeht.“

„Das kann sein oder eben nicht, Boyle. Das Problem ist doch, dass der Kiezkrieg lange überfällig war. Es wird Premuda, Teddy und den Angels am Ende egal sein, weswegen Monster draufging. Als Kriegsanlass ist der Scheiß hier so oder so gut. Befrag du deine Gangbang-Broschen. Ich fahre zum Präsidium und rede mit dem Präsidenten wegen der

Überstundensperre und der BGS-Bereitschaft", entschied Köhler, wedelte dann Boyles Zigarettenrauch von seinem Gesicht weg und ging.

Boyle blies ihm eine Wolke Rauch hinterher und fragte sich, ob er nicht besser sofort Andres Himmel anrief, um diesen Wahnsinn zu stoppen oder so höflich sein sollte, damit wenigstens noch so lange zu warten, bis Köhler draußen in seinen Wagen gestiegen und losgefahren war.

„Boyle? Mann, du versaust uns den Tatort!", beschwerte sich einer der SpuSi-Beamten, als er sah, wie Boyle die Asche seiner Kippe achtlos auf Teddys beigen Teppich stippte.

„'Tschuldigung", sagte Boyle, zog sein Handy hervor und suchte Himmels Nummer heraus.

10 Uhr 58. Jale saß neben Beierle auf dem Beifahrersitz des Opels und drehte am Senderknopf des Radios, um etwas anderes hereinzubekommen als Nachrichten, langweilige Interviews oder Werbung.

Die Tote aus der Wohnung beim Steindamm hieß Julia Dorsten. Sie hatten vor ein paar Minuten noch dabei zugesehen, wie man ihre Leiche in einen Blechsarg gepackt und die Treppe heruntergetragen hatte.

Die Schutzpolizisten waren unterwegs, das Zipptütchen zum Labor zu bringen und dort den Laboranten so lange auf die Zehen zu treten, bis die zusagten, es sofort zu analysieren.

Beierle hielt an einer Ampel, fuhr dann aber plötzlich an den Straßenrand, ohne sich um das wütende Hupen der übrigen Autofahrer zu scheren. Zu solchen spontanen Aktionen neigte er sonst nicht.

„Was?“, fragte Jale.

„In der Tüte war entweder Koks, Crystal Meth oder XTC. Für alles andere eignet die sich nicht so gut, richtig?“, fing Beierle an.

Jale nickte.

„Genau das ist der Punkt, Teddy Amins rechte Hand fängt sich drei große Löcher ein und gleichzeitig könnte es sein, dass wir eine Lieferung von dreckigem Stoff entdeckt haben. Monster war Teddy Amins Chefeintreiber und Türsteherboss. Teddys Koscha Nostra vertickt Partydrogen. Meth und XTC sind Partydrogen. Seit Jahren fetzt sich die Koscha Nostra mit den Hells Angels, weil die mehr vom Markt wollen. Die Biker haben es aber nicht so mit Feinheiten. Deren Motto ist: Hau erst mal richtig drauf und schau, wen du da erwischt hast, nachdem der Staub sich wieder gelegt hat. Diese drei Kugeln für Monster waren schon ein heftiger Bums. Das passt zu den Angels. Ich wette, der dreckige Stoff, an dem Kalle Klarsen und diese Dorsten gestorben sind, stammte von den Angels.“

Beierle blickte Jale an, als erwartete er, dass sie ihm widersprach. Genau das tat sie auch. „Die Biker verticken Stoff, von dem ihre Kunden draufgehen? Erklär mir bitte die Logik hinter dieser Geschäftsphilosophie.“

„Die Drogenköche, mit denen die Koscha Nostra arbeitet, sitzen in Russland, Polen und der Tschechei. Die können dort fast so schalten und walten, wie sie wollen und kriegen daher auch ausreichend sauberes Material, aus dem sie ihre Pillen kochen. Die Koscha Nostra verkauft den besten Stoff am Markt. Deshalb hat sie sich ja auch so lange gehalten und den Bikern jedes Mal die Arschkarte gezeigt, wenn die versuchten, ein größeres Stück vom Drogenkuchen abzubeißen. Die Angels kaufen ihren Stoff bei ihren Bikerbrüdern. Aber das sind Stümper. Deren Stoff ist höchstens dritte Wahl. Wem würdest du also eher zutrauen, dreckigen Stoff unter die Leute zu bringen, den Angels oder der Koscha Nostra?“

Jale erachtete Beierles letzte Frage zwar als rein rhetorisch, aber beantwortete sie trotzdem. „Den Angels natürlich. Und du nimmst an, die Angels haben auch Monster umgebracht. Das wäre dann ein Überraschungsangriff auf die Koscha Nostra gewesen. Was soll das deiner Meinung nach werden, ein Kiezkrieg?“

„Ja. Und ich glaube, ich kann das sogar beweisen. Und zwar alles“, meinte Beierle nachdenklich und fädelte den Opel vom Straßenrand wieder in den Verkehr auf dem Steindamm ein. „Wolltest du nicht immer schon ein Tattoo?“, fragte er dabei.

Jale wollte noch nie ein Tattoo.

„Nö. Aber dir würde ein Arschgeweih bestimmt gut stehen. Das bringt so richtig neuen Schwung ins Eheleben, meinste nicht?“, grinste sie.

Als Beierle zehn Minuten später vor einem Geschäft hielt, dessen Tür aussah, als hätte man sie schon mehrfach mit Schrot beschossen und dessen Schaufenster von innen her weiß getüncht worden war, zweifelte Jale für eine Schrecksekunde lang an Beierles Verstand. Der Laden wirkte, als stünde er seit Jahren leer. Beierle ging trotzdem in seinem etwas watschelnden Gang auf die mit winzigen Einschüssen übersäte Tür zu und trat dann einige Male kräftig gegen das Türblatt.

Aha, dachte Jale, von Klingeln hält man hier wohl nichts. Als rein vorbeugende Maßnahme schob sie ihre Lederjacke etwas zurück und legte die Hand auf den Griff ihrer Dienstwaffe.

„Wagner? Mach deinen Stall auf!“, rief Beierle und trat dann wieder gegen die Tür.

Jale glaubte, Geräusche im Inneren des Hauses zu hören. Dann klapperte ein Schlüssel. Als sich die Tür öffnete, sah sie sich einem antiken Ungeheuer gegenüber. Die Lippen waren grotesk aufgespritzt worden, zwischen den breiten Nasenlöchern des Mannes hing ein massiver silberner Ring und seine Stirn zierten drei Reihen von Stabpiercings. Doch geradezu monströs waren die Schlangenschuppen-Tattoos, die jeden Zentimeter seines Gesichts, Halses und seiner Hände überzogen.

„Beierle, der Bulle?“, fragte das Schlangenmonster.

„Ja, lass uns rein. Wir müssen reden“, sagte Beierle und schob sich an Wagner vorbei ins Ladeninnere.

Das versetzte Jale den nächsten leisen Schock, denn es wirkte wie der OP eines der Kreiskrankenhäuser, in denen ihr Vater früher gearbeitet hatte. Wände und Boden waren von weißen, auf Hochglanz polierten Fliesen bedeckt.

Inmitten des Raums standen zwei Stahltische und, gegen die linke Wand gerückt, ein Gynäkologenstuhl. In dem saß eine üppige Frau in Spitzendessous und mampfte ein Stück Kuchen von einem Porzellanteller. Der String ihres Höschens war so schmal, dass weder Jale noch Beierle viel vom heiligsten Teil ihrer Weiblichkeit verborgen blieb.

Zwischen dem Gynstuhl und der Wand entdeckte Jale einen Grafikschrank aus grauem Stahlblech, auf dem Stapel von Zeichnungen lagen.

„Moin", sagte die Frau und verteilte dabei Krümel.

Aha, dachte Jale.

„Bitch, hau ab! Das sind Bullen, die wollen mit mir reden. Ist nix für dich", meinte Wagner.

„Ja, Meister", sagte die Frau, kletterte aus dem Gynstuhl und ging barfuß mit übertrieben schwingendem Po nach nebenan.

Wagner sah ihr nach.

„Unser Freund hier war mal ein großer Biker drüben im Osten, gleich nach dem Mauerfall. Koks, Nutten und Knarren. Alles, was dazugehört. Dann gab's Ärger mit seinen Leuten und 'ner anderen Gang. Also beschloss er, dass ein bisschen steife Nordseebrise gesünder für ihn sei …", erklärte Beierle.

Jale fand zwar, dass Hamburg eher selten mit wirklich frischer Nordseebrise aufwarten konnte, ließ Beierles Spruch aber unwidersprochen durchgehen.

„Was verschafft mir die Ehre? Ich bin artig gewesen. Frag den Weihnachtsmann. Der hat mir letztes Jahr 'n Haufen Geschenke gebracht", sagte Wagner. Das Spiel der Tattoo-Schuppen auf seiner Haut faszinierte Jale.

„Lässt Tuki immer noch seine Tattoos bei dir stechen?", fragte Beierle. Theo „Tuki" Hellmann war der Hamburger Hells Angels Boss. Ein Exboxer mit Wikingerbart und einem Hang zu schrill bunten Halstüchern.

„Wer will das wissen? Du oder deine Bosse? Mit denen red ich nich."

„Bloß ich. Erfährt sonst keiner was von", sagte Beierle.

„Und deine Alte hier?", meinte Wagner und wies auf Jale.

„Du nennst mich gefälligst Frau Kommissarin", stellte Jale klar.

Wagner musterte sie, als sei er sich nicht sicher, ob er ihr den Hals brechen oder ihr ein High five geben sollte. „Vorlaute Hühner sterben selten im Stall, du Wischmopp mit Lippenstift", sagte er. Doch zu Jales Überraschung klang es weder aggressiv noch bösartig.

Bevor sie irgendetwas erwidern konnte, mischte Beierle sich ein. „Was läuft dieser Tage bei den Rot-Weißen? Größere Lieferung an Pillen gekriegt? Irgendeine Party gefeiert? Neue Brüder von außerhalb im Clubhaus aufgetaucht?"

Rot-Weiß war Kiezsprech für die Angels, weil deren Vereinspatches in Rot und Weiß gehalten waren.

„Tuki feiert grad 'ne Party. Haste nicht gehört? Monster Lermontow hat's erwischt. War 'ne volle Breitseite, angeblich kratzen deine Bullenkumpel immer noch seinen Scheißrussenschädel vom Teppich im Fleur du Mal „, sagte Wagner und warf dabei einen langen Blick auf Jale. „Monster hat Tuki letztes Jahr den Arsch rasiert. Die brauchten angeblich zwanzig Stiche, um Tukis hässliche Fresse wieder so zurechtzurücken, dass seine bevorzugte Schlampe sich beim Rudelficken nicht vor ihm erschreckt, so hat Monster ihn damals downgegraded. War vorher schon nicht viele Liebe zwischen den Koschas und Rot-Weiß. Aber danach isses nun nicht wirklich besser geworden. Tuki hat alle seine Brothers von hier eingeladen, aber da kommen auch noch welche aus Hannover und Berlin angedüst", sagte Wagner.

Jale war noch dabei, die wirklich wichtigen Informationen aus Wagners Sprüchen herauszufiltern, da legte Beierle bereits mit neuen Fragen nach. „Wann genau hat Tuki heute mit dem Feiern angefangen, Wagner? Noch vorm Frühstück?"

Wagner wies achselzuckend auf die Tür, durch die sein dralles, krümelsprühendes Dessousmodel gerade verschwunden war. „Also meine Alte hat mir heute früh meine Morgenlatte schlaff geblasen, da war's so gegen acht oder so und dabei hat Tuki angerufen und unsere Steche heute abgesagt. Angeblich, weil er die Termine verwechselt hätte. Also wusste der um acht schon, dass Monster Geschichte is, nehm ich mal an."

Beierle öffnete den Mund, um etwas zu sagen, aber Jale kam ihm zuvor. „Wie war das? Die wussten schon vor acht, dass Lermontow tot ist?"

Vor acht bedeutete: die Rot-Weißen wussten noch vor der Polizei, dass Monster tot war. Und so viele Gründe, weshalb sie es um diese Zeit bereits wussten, konnte es dafür nicht geben.

Kiezkrieg, dachte sie, erster Akt. Rot-Weiß gegen Koscha Nostra: Eins zu null für Rot-Weiß. Jale sah Beierle an, dass ihm ganz ähnliche Gedanken durch den Kopf gingen. Obwohl der sich wahrscheinlich zusätzlich fragte, wie viele Überstunden ihn dieser Kiezkrieg kosten würde, sollte er denn tatsächlich gerade heute Morgen ausgebrochen sein.

„Du hältst die Klappe, Wagner. Wer auch immer danach fragt, du erinnerst dich nicht, dass du einen Termin mit Tuki hattest. Du erinnerst dich nicht, dass wir je hier waren und worüber wir gesprochen haben, kapiert?", beschwor Beierle den Schuppenmann.

11 Uhr 12. „Der gewünschte Teilnehmer ist im Moment nicht erreichbar, doch Sie können ihm gerne eine Nachricht hinterlassen ...", drang eine gleichgültig freundliche Frauenstimme aus Boyles Handylautsprecher an sein Ohr. Sie sagte ihren Spruch heute schon zum dritten Mal für ihn auf und jedes Mal machte es ihn erneut wütend.

Teddy war im Urlaub auf Ibiza, das wusste er. Und er sollte heute zurückkehren. Auch das stand fest. Nur war die Frage, wann und auf welchem Airport er landete. Vor allem aber fragte sich Boyle, ob Teddy vielleicht in eine Falle lief, sobald er in Deutschland angekommen war.

Boyle lehnte sich an die Korridorwand und schaute auf das Fenster gegenüber. Jede Menge Himmel zu sehen – klar, blau und warm mit ein paar harmlosen Schäfchenwolken darin.

In spätestens einer Minute musste er in dieses Besprechungszimmer zurück und dort irgendein wirklich gutes Argument präsentieren, weshalb es falsch war, heute Abend auf dem Kiez die dickste Razzia seit dem Kanakenkiller-Fall vor vier Jahren durchzuziehen. Kripo-Boss Himmel war dagegen, Boyle selbst war strikt dagegen, Köhler vom KDD war zwar dafür, aber womöglich noch offen für ein Gegenargument. Doch der Polizeipräsident war Feuer und Flamme für die Operation. Der wollte sich damit beim Bürgermeister einschleimen.

Doch ausgerechnet heute diese Razzia zu veranstalten, drohte das seit Monsters Tod extrem wackelige Machtgleichgewicht auf dem Kiez noch weiter zu gefährden. Und bisher wusste auch noch keiner, wer Monster umgelegt hatte und vor allem, weshalb. Alles, was sie hatten, waren Vermutungen. Aber davon immerhin mehr als reichlich.

Vor drei oder vier Minuten hatte Boyle sich aus der Besprechung aufs Klo abgemeldet. Keiner hatte widersprochen, als er sich entschuldigte und ging. Doch zumindest Andres Himmel war anzusehen gewesen, dass er Boyle nicht glaubte, dass der ausgerechnet jetzt so wahnsinnig dringend pinkeln musste. Andres war schon immer der cleverste der ganzen Bonzenbande gewesen, so viel stand fest.

Aus den Augenwinkeln heraus sah Boyle Köhler auf sich zukommen.

Verdammt, das fehlte ihm noch – ausgerechnet von Köhler beim Meetingschwänzen ertappt zu werden. Doch Köhler legte den Finger auf die Lippen und winkte Boyle zu sich heran. Er wirkte aufgeregt dabei.

Boyle löste sich von der Wand und ging ein paar Schritte auf ihn zu.

„Ich hab gerade einen Anruf von Beierle aus dem Zwölften gekriegt. Du erinnerst dich? Moppeltyp, arbeitet mit der zarten rothaarigen Türkin zusammen, Jale Arslan."

Und ob Boyle sich an Jale Arslan und Beierle erinnerte. Wenn auch aus ganz verschiedenen Gründen. Arslan hatte letztes Jahr unter Drogeneinfluss Schoops von der RAF erschossen und wäre deswegen um ein Haar zum Problem geworden. Was Beierle betraf, der war ein alter KDD-Hase, der schon seit Jahrzehnten seine innere Kündigung vor sich hertrug wie eine Tapferkeitsmedaille.

„Tuki Hellmann feiert mit seinen Bikerbrothers gerade 'ne Party. Anlass: Monsters Abtritt. Das ist erst mal noch keine Überraschung. Aber Beierle behauptet, er hätte vor ein paar Minuten einen Zeugen befragt, der Stein und Bein schwört, dass Tuki seine erste Bierbüchse noch vor acht heute Morgen aufgezippt hätte ..."

Boyle begriff: der Notruf der Putze, die Lermontow tot aufgefunden hatte, erreichte die Zentrale um exakt 7 Uhr 40. Wenn Tuki Hellmann bereits gegen acht wegen Monsters Tod in Feierlaune gekommen war, konnte das entweder bedeuten, dass Teddys Putze im Fleur du Mal extrem schwatzhaft war und außerdem über eine sehr kurze Leitung zu den Bikern verfügte oder das, was Tuki da feierte, war wirklich ein erfolgreicher Hit eines seiner Brüder gewesen. Dann war der Mord an Monster allerdings tatsächlich der Startschuss für den Kiezkrieg.

„Es passt alles zusammen, Boyle. Die Rot-Weißen sind dabei, die Koscha Nostra fertigzumachen. Der Turfwar hat angefangen", fügte Köhler überflüssigerweise noch hinzu. „Die haben damals in Hannover auch schon mit dem ganz großen Bums gearbeitet. Wir haben seinerzeit ja auch Kalaschnikows und M16 bei denen gefunden ..."

Für Boyle war auch das nichts Neues, Köhler ließ

seine alten Erfolge in Hannover schließlich oft genug heraushängen. Doch Monster war nun mal mit einer Munition erschossen worden, die sich mit Kalaschnikows, M16, AR15 und all den anderen Sturmgewehren nicht vertrug. Denn die ersten Ergebnisse der Spurensicherung und Obduktion deuteten stark darauf hin, dass das, was Monsters Kopf zerplatzen lassen hatte, wirklich ein Kaliber 600 Nitrogeschoss gewesen war. Hauptsächlich benutzt von Großwildjägern. Für Boyle passte das immer noch nicht wirklich zu den Bikern.

„Ein großer Knall braucht 'n starken Gegenhall, das ist meine Devise in der Sache, Boyle. Die Razzia ist der einzig richtige Weg. Stärke zeigen, den Arschlöchern beweisen, wer wirklich der Herr im Hause ist, bevor die Russen überhaupt auf die Idee kommen, ihren Gegenschlag zu planen."

Boyle wies zum Fenster, hinter dem immer noch dieser Postkarten-Sommerhimmel zu sehen war. „Siehst du das?", fragte er.

Köhler warf leicht verwundert einen Blick darauf.

„Himmel, Boyle. Ich seh da nur Himmel. Was hat das …"

„Was ich da sehe, ist das Symbol für Luftnummer, Köhler. Aber was ich damit eigentlich meine ist: Genau das wird eure Razzia werden. Stärke zeigen und mal wieder beweisen, wer hier wirklich der Herr im Haus ist? Das Milieu ist jetzt schon in Aufruhr wegen Monster. Aber ihr plant, zwei Hundertschaften Bullen in voller Kampfmontur über den Kiez zu hetzen? Ich weiß, was die Gangs dazu sagen werden: Fickt euch ins Knie, jetzt erst recht! Viel Spaß dabei, heute Abend jede Menge Verletzte vom Pflaster zu kratzen, sobald die erste bedröhnte Kiezgröße die Nerven verliert und anfängt, rumzuballern …"

Boyle konnte live und in Farbe dabei zusehen, wie sich Köhlers kaum verhohlene Antipathie für ihn in so etwas wie offene Verachtung verwandelte.

„Dass du korrupt bist, Boyle, ist scheiße genug. Aber für einen Feigling hätte ich dich nie gehalten", zischte Köhler, wandte sich ab und ging mit vorgerecktem Kinn auf den Besprechungsraum zu.

Boyle war egal, dass Köhler ihn für korrupt hielt. Daran hatte er sich gewöhnt. Er warf einen Blick auf das Fenster und dachte, dass der Himmel, außer für niedliche weiße Schäfchenwolken vor azurblauem Hintergrund, auch noch für etwas anderes gut war. Angeblich sollte er Heimstatt der Götter sein, jener seltsam launischen Überwesen, die sich ja womöglich ab und zu tatsächlich dazu herabließen, das ein oder andere Wunder zu bewirken. Boyle fürchtete, dass seine Stadt heute Abend solch ein Wunder nötig haben würde.

Doch noch für etwas anderes war jener Himmel gut, woran Boyle ausgerechnet jetzt nicht zu denken wagte. Er trug all jene Billigflieger, von denen jede halbe Stunde ein halbes Dutzend oder mehr in Fuhlsbüttel landete, sie alle waren voller Touristen, die nach Hamburg kamen, um auf dem Kiez zu tanzen, zu saufen, zu vögeln und Drogen zu schießen.

Boyle betätigte die Wahlwiederholung auf seinem Handy. Wartete, hörte dem Rufton zu. Dann: „Der gewünschte Teilnehmer ist im Moment nicht erreichbar, doch Sie können ihm gerne eine Nachricht hinterlassen …“

Scheiße.

11 Uhr 21. „Klingt wie ’n feuchter Traum, oder? ’Ne Gang Hirnamputierter mit Masken, die überall in der Stadt XTC umsonst verteilt? Digga, das ist Schwachsinn“, hörte Jale diesen Jungen mit den Rastas zu seinem Kumpel sagen. Der Kumpel hatte raspelkurze Haare und trug einen Hoodie, auf dem in großen weißen Buchstaben „Parental Advisory: Explicit Content“ aufgedruckt war. Beide standen sie vor Jale in der Schlange eines Pizzashops im Hauptbahnhof und gaben sich viel Mühe, mit ihrer betont coolen Haltung die vier Mädchen an einem Stehtisch zu beeindrucken.

Der Hoodiejunge griff in seine Tasche, zog ein Zipptütchen mit gelben und roten Pillen hervor und zeigte es dem Rastakid. „Hat Zacko mir vorhin gegeben. Und der hat’s von den Typen mit den Masken.“

Das Rastakid betrachtete das Tütchen, verzog den Mund und zuckte mit den Achseln. „Zacko ist ’n Whacko, weiß doch jeder, Digga“, antwortete er, zahlte und nahm seine Pizzaviertel auf dem Pappteller entgegen.

Jale fragte sich, ob sie den beiden wegen der Frechheit, hier direkt vor ihr diese Scheißpillen herumzuzeigen, so richtig den Tag versauen sollte, indem sie ihnen einen Trip auf dem Rücksitz ihres Dienstwagens zum Revier spendierte.

Beierle wartete an einem Stehtisch ein paar Meter weg von den Mädchen und stellte gerade mit Unschuldsmiene seine silberne Thermoskanne ab, öffnete sie und schenkte sich einen Kaffee ein. Der Typ hinter der Pizzatheke runzelte die Stirn deswegen.

Jale war dran, gab ihre Bestellung auf, wartete auf ihre beiden halben Pizzen und sah zu den Kids an dem Tisch hinüber. Verrückt, dachte sie, keiner von den beiden sah aus, als hätte er die Fantasie mit Löffeln gefressen, trotzdem behaupteten sie, dass ein paar maskierte Typen gratis XTC-Pillen verteilten? Und das an einem Morgen, der laut Notarzt Kamran Safiarian die Drogentotenstatistik sprengte?

Seltsam, dachte Jale und sah den Jungs weiter dabei zu, wie die vor den Girls die ganz dicken Macker gaben. Gerade zog der Hoodieclown sein Zipptütchen wieder hervor und wedelte vor den Mädchen damit herum. Mindestens drei der vier wirkten beeindruckt davon.

Jale hatte genug. Sie cancelte ihre Bestellung bei dem verblüfften Pizzadealer und warf einen langen Blick auf Beierle, der gerade sein Handy hervorzog und auf dessen Display sah. Er würde nicht wirklich erbaut von ihrem nächsten Zug sein, so viel stand fest. Trotzdem – irgendwer vertickte in der Stadt dirty Pillen und Jale hatte so gar keinen Bock, während ihres wegen des verlängerten Dienstes so schon verdorbenen Wochenendes womöglich auch noch eines dieser Kids in irgendeiner Kneipe, Disco oder Bar wegen einer Überdosis vom Fußboden kratzen zu müssen.

„Moin", sagte Jale zu den Kids. Die Blicke des Rastas verhakten sich zuerst in ihrem roten Haar, dann auf ihren Champagnerbrüsten. Seine Blickrichtung änderte sich erst, als Jale ihren Dienstausweis zückte und ihm entgegenhielt. „Spontane Unterrichtsverlängerung, Fach Lebenskunde. Lektion eins: So sieht 'n Polizeiausweis aus", sagte sie und nutzte das verblüffte Schweigen der Kids, um sich über den Tisch hinweg eine Handvoll vom Kragen des Hoodiejungen zu greifen.

11 Uhr 43. Der Polizeipräsident schob seine Meetingnotizen zusammen und nickte seinen Dezernatsleitern aufmunternd zu. Boyle tauschte Blicke mit Andres Himmel, der von dem Beschluss, die Razzia vorzubereiten, mindestens genauso angewidert war wie Boyle.

Der Präsident stand auf und ging zur Tür. Köhler, der Schupo-Chef und ein weiterer Dezernatsbonze hängten sich dabei so begeistert an seine Uniformschöße wie Pilotfische an einen weißen Hai.

Nur dass dieser Hai nicht wirklich einer war, dachte Boyle. Denn alles, worum es dem Präsidenten mit seinem Razziabefehl wirklich ging, war Bürgermeister Mahlmann so tief in den Arsch zu kriechen, dass all die Blechsterne auf seinen Uniformschultern hart über dessen Speiseröhre kratzen mussten.

Wenigstens hatte Boyle inzwischen mithilfe von Köhlers KDD-Verstärkung seine Beamten auf Monsters achtzehn Mann starke Türstehertruppe ansetzen können. Gerade jetzt wurden die von Zwei-Mann-Teams in drei verschiedenen Revieren und hier im Präsidium gleichzeitig verhört. Ergebnis bisher: Null.

Aber das konnte sich ändern. Der Tag war noch jung und sie hatten gerade erst damit angefangen.

Außerdem hatte er eine SMS von Teddys Bordellverwalterin Frauke Hansen erhalten, in der sie ihm versicherte, dass Teddys Ferienflieger in knapp anderthalb Stunden in Fuhlsbüttel landen sollte.

Köhler hatte vorgeschlagen, sowohl Teddy Amin als auch Tuki Hellmann und Ante Pula, Premudas Neffe und neuer operativer Boss der Jugogang, innerhalb der nächsten beiden Stunden zu einer Befragung in Sachen Alexander „Monster" Lermontow vorführen zu lassen. Bei der man – sozusagen als Vorgeschmack auf die Razzia – ihnen nicht nur in Bezug auf Monsters Tod auf den Zahn fühlen wollte, sondern auch eindeutig klarmachen, was man im Präsidium von einem Turfwar hielt.

Der Präsident hatte Köhlers Vorschlag enthusiastisch zugestimmt. Auf einen möglichen Diskussionsbeitrag von Boyle und Himmel dazu verzichtete man jedoch wohlweislich.

Boyle wusste, dass Köhler und der Schupo-Boss ihre Beamten nicht zum Flughafen schicken würden, um Teddy dort abzufangen, sondern bevorzugten, dies auf eine weniger aufsehenerregende Art vor dessen Wohnung in Sankt Georg zu tun. Der Flughafen würde voller Touristen mit Kameras sein, die sich die Sensation einer Livefestnahme garantiert nicht entgehen ließen. Und sobald irgendeiner mitbekam, WEN man da festnahm, würden die Bilder in Rekordgeschwindigkeit bei der Presse landen. Das konnte keiner der Präsidiumsbonzen wollen.

Boyle rechnete sich also ziemlich gute Chancen aus, Teddy in Fuhlsbüttel allein zu erwischen. Vorausgesetzt, er kam hier sofort raus und ohne weitere Verzögerungen zu seinem Dienstwagen. Auf dem Weg dorthin meldete sich Boyles Telefon. Genervt nahm er den Anruf an. „Boyle? Monster ist tot und in Grindelhof feiert Tuki Hellmann eine Party? Keiner kann Teddy Amin für eine Stellungnahme erreichen. Was ist da los?"

Bellini.

Offenbar war sie doch nicht nach Sylt gefahren. Oder hatte eben dort den Fehler begangen, ihre Mails oder SMS abzurufen. Verdammt, dachte Boyle, das fehlt mir noch.

„Was willst du hören, Bellini? Ruf bei der Pressestelle an wie alle anderen. Ich kann nichts dazu sagen“, antwortete Boyle gehetzt und wusste bereits während er das tat, wie sauer Bellini darüber sein würde.

„Pressestelle? Bitte mehr solcher Witze, Boyle! Ich bin heute sowieso schon so gut drauf. Mein Lover hat mich versetzt und die Hälfte meiner Redakteure läuft gerade Amok, weil deine Truppe die Presse mal wieder unter den Bus wirft. Aber klar, danke fürs Gespräch!“

Klick.

Bellini hatte aufgelegt.

Boyle wich nur knapp einer Beamtin aus, die, während sie einen Aktenwagen vor sich her schob, mit einem Anzugträger flirtete.

Lift oder Treppenhaus, fragte sich Boyle einen Moment und entschied sich für die Treppen.

Obwohl er immer noch nicht wirklich glauben konnte, dass Teddy so bescheuert gewesen sein konnte, Monster umlegen zu lassen, kannte er Teddy besser als jeder andere. Was, verdammt, fragte sich Boyle, tue ich, falls ich ihm nachher am Flughafen ansehe, dass er eben doch hinter dem Mord steckt?

12 Uhr 08. Beierle legte den Telefonhörer auf und sah Jale mit einer Art verletztem Dackelblick an. So schaute er nur, wenn er entweder wirklich erstaunt war oder extrem sauer. Nur konnte Jale sich gerade nicht vorstellen, was ihn so sehr aus der Fassung gebracht haben sollte. Andererseits kehrte sie auch gerade vom Klo zurück und hatte nicht mitbekommen, mit wem er gesprochen hatte.

„Das war Kamran Safiarian, der Notarzt", sagte Beierle.

„Was wollte der? Wir haben doch bei Kalle alles so gemacht wie immer", sagte Jale, griff nach ihrer Stuhllehne, um den Stuhl zurückzuschieben und sich an den Schreibtisch zu setzen.

„Er meint, sie hätten seit heute Morgen um sechs, als seine Schicht begann, insgesamt zehn ÜDs nur hier in der Innenstadt aufgesammelt. Vier davon waren in akuter Lebensgefahr. In den Außenbezirken waren es sechs ÜDs. Und das sind nur die, von denen Kamran wusste. Könnten also auch noch mehr sein ..."

Jale verharrte, ihre Finger fest um die Stuhllehne gekrallt.

„Mann ...", flüsterte sie.

„Das ist kein Zufall mehr, Jale. Das ist auch kein Junkiepech oder so was. Da vertickt irgendwer dreckigen Stoff. Und wir haben heute Morgen schon Kalle Klarsen und diese Nutte eintüten lassen. Kamran wollte wissen, ob wir schon was vom Labor gehört hätten, denn er vermutet, dass sich auch alle übrigen ÜDs heute an denselben Pillen übernommen haben."

Jale griff in ihre Jackentasche und warf das Pillentütchen auf den Tisch, das sie vorhin den beiden Kids am Bahnhof abgenommen hatte, nachdem sie ihnen ihren Standardvortrag über die Gefahren des Drogenkonsums gehalten hatte.

Beierle schaute einen Moment auf das Tütchen herab.

„Solche benutzen fast alle“, sagte er. Doch klang nicht wirklich überzeugt.

„Riech dran“, forderte Jale ihn auf.

Beierle griff sich die Tüte, zippte sie auf und schob seine fleischige Nase hinein.

„XTC“, stellte er fest.

„Genau! Riecht wie das Zeug, das ich bei der Nutte fand. Sie hatte übrigens ’nen Namen. Sie hieß Julia Dorsten“, sagte Jale und setzte sich endlich doch.

Beierle ließ sie dabei jedoch nicht aus dem Blick. Und das, dachte Jale, passte nicht zu ihm.

„Was?“, fragte sie.

„Kamran hat ja nicht bloß angerufen, um uns auf den neuesten Stand der ÜD-Statistik zu bringen. Er war sauer …“, Beierle unterbrach sich und schien einen Moment nachzudenken. „Nein, der war nicht einfach sauer. Er war außer sich. Kamran war ja nicht der Einzige, der heute ÜDs aufgesammelt hat. Drei andere Notärzte auch. Sie haben sich zusammengetan und der Gesundheitssenatorin eine Mitteilung geschickt und ’ne öffentliche Warnung vor dreckigem Stoff gefordert.“

„Und? Ist doch normal in solchen Fällen, oder?“

„Ja. Bloß hat Frau Senatorin ihnen mitteilen lassen, dass sie derzeit keinen Grund für eine öffentliche Warnung sieht. Und sie hat dabei auch noch überdeutlich auf die ärztliche Schweigepflicht gepocht. Anders ausgedrückt: Die hat jedem Notarzt in der Stadt 'n Maulkorb verpasst."

Bevor Jale irgendetwas entgegnen konnte, fuhr Beierle fort. „Kamran will, dass wir dem Labor in den Hintern treten. Sobald er beweisen kann, dass das Zeug, an dem Kalle und diese Nutte sich übernommen haben, wirklich XTC war, hofft er, dass er die Senatorin zu 'ner Warnung zwingen kann. Du hast doch 'nen besseren Draht zum Labor ..."

Den hatte Jale. Jedenfalls so ziemlich, denn vor ein paar Monaten hatte sie die Dummheit begangen, sich für ein paar Nächte mit einem der Techniker dort einzulassen. Der Sex hätte besser sein können, außerdem hatte der Typ sie schon nach dem vierten Mal Lakengymnastik mit einer Kollegin hintergangen. Weswegen es zu einer ziemlich unschönen Szene zwischen Jale und ihm gekommen war. Seither hatte er ein schlechtes Gewissen und manchmal wies Jale ihn auf dieses schlechte Gewissen hin und konnte so eine Analyse im Labor etwas beschleunigen.

Beierle schob das Zipptütchen über den Tisch hinweg auf Jales Seite.

Sie steckte es in ihre Jackentasche und streckte ihre Hand aus. Beierle warf ihr den Opelschlüssel zu.

„Mach ihnen einfach nur die Hölle heiß“, sagte er.

Jale wandte sich zur Bürotür, machte ein paar Schritte, blieb dann stehen und drehte sich wieder zu Beierle herum. „Der Hoodie vorhin erzählte was von einer Maskengang, die umsonst Pillen verteilt. Und zwar Pillen, die genauso scheiße riechen wie die, an denen Julia Dorsten und Kalle Klarsen verreckt sind. Wenn da was dran sein sollte …?!“

„Genau. Das wäre dann im besten Fall fahrlässige Tötung. Im miesesten allerdings Mord. Und falls überhaupt was an der Story dran ist, müssten auch andere davon gehört haben.“

Beierle griff nach dem Telefon und hielt den Hörer hoch.

„Ich melde mich, sobald ich im Labor durch bin“, sagte Jale und öffnete die Tür.

13 Uhr 04. Boyle war am Gate-Ausgang der Einzige, der einen Anzug trug. Und er war schwarz und fast zwei Meter groß. Ihn zu übersehen war daher ungefähr so schwierig wie den Eiffelturm zu ignorieren, falls man zufällig in Paris am Marsfeld stand.

Irgendein Typ mit einem Fotohandy flüsterte erst mit seiner knapp bekleideten, arschgeweihten Freundin und machte dann eine Menge Bilder von Boyle. Das passierte ihm manchmal. Weil er sich vor einigen Jahren für eine Imagekampagne des Präsidiums hergegeben und man damals sein Bild über die ganze Stadt hinweg plakatiert hatte, hielten ihn die Leute zuweilen immer noch unwillkürlich für einen Schauspieler oder Popstar.

Als eine der Ersten überhaupt war Rebekka Bahrenbaum mit ihrem Hackenporsche durch die Automatiktür getreten, hatte einen verhuscht-verwunderten Seitenblick auf Boyle geworfen und war dann nach draußen zu den Taxiständen gegangen.

Rebekka war eine echte Hamburger Erfolgsgeschichte, sie hatte es aus einem Hinterhof in Wilhelmsburg bis zur Partnerin in einer Top-Anwaltskanzlei geschafft und war zudem noch mit einem der Teilhaber dort verheiratet, dessen Familie so etwas wie Hamburger Geschäftsnoblesse war. Sie hatte ein seltsam unsymmetrisches Gesicht, das Boyle mindestens so faszinierend fand wie Bellinis. Doch er hätte sich im Gegensatz zu Teddy niemals mit einer verheirateten Frau eingelassen. Zumal sich Rebekka ihm gegenüber stets ziemlich distanziert verhalten hatte.

Auf Rebekka folgte eine dichte Traube gebräunter Familien und einige Männer in weißen Hemden und dunklen Hosen. Boyle konnte nicht anders, als jedes ihrer Gesichter durch sein Gedächtnis rattern zu lassen, weil er sich sicher war, dass er mit dem einen oder anderen schon mal beruflich zu tun gehabt haben musste.

Schließlich tauchte auch Teddy auf, so braun gebrannt, dass seine graublauen Augen und das blonde Haar wie Teile der schlecht gemachten Maske eines Filmschurken wirkten. Er trug abgeschnittene Jeans und ein rotes T-Shirt mit Che-Guevara-Aufdruck. Boyle stellte sich etwas breitbeiniger hin, schob die Hände in die Hosentaschen und warf Teddy einen langen Blick zu, der eindeutig nicht unter die Kategorie „Schön dich zu sehen, Alter, wann gehen wir das nächste Bierchen trinken?“ fiel.

Aber auch Teddy war anzusehen, dass er inzwischen wohl sein Handy gecheckt und von Monster Lermontows sehr plötzlichem Ableben erfahren haben musste. Alles, was Teddy an Gepäck dabei hatte, war ein mittelgroßer Alurollkoffer.

„Sieh an, sieh an, das persönlich bekannte Empfangskomitee der lokalen Schmiere. Spart mir dann ja wohl das Taxi nach Hause, oder?“, begrüßte ihn Teddy, klang aber so gar nicht fröhlich über die Ersparnis einer Taxifahrt von Fuhlsbüttel in die City.

„Überschätz dich nicht, Teddy. Falls das ’ne offizielle Aktion gewesen wäre, hätte für dich rein statusmäßig auch die Trachtentruppe gereicht. Ich bin Erster Hauptkommissar. Mich würden die nur zu wirklich wichtigen Leuten schicken“, konterte Boyle, klang dabei allerdings auch nicht gerade so, als liefe er akute Gefahr, von seinem eigenen lahmen Witz überwältigt zu werden.

„Weshalb hab ich dann trotzdem das Vergnügen mit dir?“, schoss Teddy zurück.

„Nicht hier“, antwortete Boyle und wies auf die Tür zu einem Behinderten-WC.

Teddy warf einen Blick darauf. „Meine Mama hat

mir aber beigebracht, nie mit fremden großen Männern mitzugehen. Erst recht nicht aufs Klo.“

Boyle flippte Teddy einen Stinkefinger. „Du weißt doch nicht mal wirklich, wer deine Mutter überhaupt war, Arschloch. Also beweg dich. Die Leute glotzen schon ...“

Teddy zuckte mit den Achseln und folgte ihm. „Und wie die erst glotzen werden, wenn wir zusammen in dem Krüppelklo verschwinden ...“

Boyle schloss hinter Teddy die Tür und lehnte sich dann dagegen. Teddy griff in seine Jeans, zog Zigaretten und ein Feuerzeug hervor und steckte sich unter dem „Rauchen verboten“-Schild eine Kippe an.

„Du wirkst auffallend entspannt für einen Mann, dessen Kumpel und Geschäftspartner gerade umgebracht worden ist.“

Teddy blies Rauch in Boyles Richtung. „Was hast du erwartet? Dass ich heulend zusammenbreche? Ich bin kein Scheißbeamter wie du, Boyle. Ich hab ein Unternehmen zu leiten und muss auf die Konkurrenz achten. Sobald die glauben, dass ich weich werde, bin ich Geschichte. Außerdem kommen für den Hit gegen Monster nicht so viele infrage. Jedenfalls nach allem, was ich bisher darüber gehört habe.“

„Ach, was hast du denn gehört?“, schoss Boyle mit einem lauernden Blick zurück.

Teddy sah einen Augenblick zu Boden, dann hob er den Kopf und blickte ihm in die Augen. „Monster war allein im Fleur du Mal. Die Tür war nicht abgeschlossen. Jemand kommt rein, geht in sein Büro und schießt drei Mal. Riesenkaliber. Keine Pistole. Sondern ein Sturmgewehr oder noch was Größeres. Rot-Weiß feiert 'ne Party, sobald sie davon erfahren. Was ein Detail ist, das sie – meiner unbescheidenen Meinung nach – eigentlich nur von einem aus eurer Schmierenzentrale gehört haben können, so früh, wie die Wichser mit ihrer Feierei losgelegt haben."

„Du scheinst auch nicht gerade im Dunkeln zu tappen, was unsere Dienstgeheimnisse angeht. Das meiste von dem, was du gerade gesagt hast, ist immer noch unter Verschluss im Präsidium", zischte Boyle wütend und trat einen Schritt auf Teddy zu. „Falls du Monster hast umlegen lassen, sind wir beide fertig miteinander. Dann wirst du Nummer eins auf meiner Verschissliste."

Teddy wich vor Boyle nicht zurück und rauchte weiterhin seelenruhig seine Zigarette.

„Jetzt mal den Ball schön flach halten, Boyle! Ich hatte keinen Grund, Monster umzulegen. Die Einzigen, die einen hatten, ihn genau jetzt abzuräumen, sind die Scheißbiker. Und vielleicht Premudas Hampelmann Ante Pula. Obwohl der eigentlich nicht den Arsch in der Hose hat, es mit Monster aufzunehmen."

Nicolas Premuda, der legendäre Jugo-Pate, war deutlich über siebzig und hatte sich in den letzten beiden Jahren zunehmend aus dem Tagesgeschäft zurückgezogen. Nachfolger an der Spitze der Jugogangs wurde sein Neffe Ante Pula. Ein farbloser Mann mit tadellosen Manieren, einer leisen Stimme und einem Uniabschluss in Veterinärmedizin. Keiner auf dem Kiez nahm ihn wirklich für voll. Aber jeder fürchtete sich immer noch vor dem alten Premuda. Boyle selbst machte da keine Ausnahme. Und Teddy gehörte ganz sicher auch nicht zu denjenigen, die einen Hut herumgehen lassen würden, um für einen Kranz auf Premudas Grab zu sammeln, sollte der denn irgendwann einmal seinen letzten Atemzug tun. Die Biker wiederum hatten noch nie ein Geheimnis daraus gemacht, dass Monster Lermontow und dessen Truppe von gut organisierten russischstämmigen Türstehern ihnen bei ihren eigenen Drogengeschäften im Weg standen. Deswegen war Tuki auch ganz oben auf Boyles Liste von Verdächtigen.

Nur fragte sich Boyle gerade immer noch, ob er auch Teddy auf die Liste potenzieller Verdächtiger setzen sollte oder nicht. Bisher war er sich nicht sicher, was er von dessen Auftritt hier halten sollte. Teddy konnte eine echte Sphinx sein, falls es darauf ankam. Aber um sich von ihm in Bullshit baden zu lassen, war Boyle nicht nach Fuhlsbüttel herausgefahren.

„Was habt *ihr* eigentlich bisher unternommen, Boyle? Stellt die Staatsanwaltschaft gerade 'nen Haftbefehl für Tuki aus?“, fragte Teddy und blies seinen Zigarettenrauch haarscharf an Boyles Gesicht vorbei.

„Nicht IHR, sondern ICH. Und ICH habe ein Ermittlungsverfahren eingeleitet. Haftbefehle stellt man aus, nachdem Beweise oder zumindest Indizien für die Schuld eines Verdächtigen vorliegen. Bis jetzt hab ich aber noch nicht mal einen Hauptverdächtigen. Tuki steht zwar auf der Liste potenzieller Kandidaten, aber er ist nicht der einzige. Was ist mit Monsters Leuten? Die können alle mit 'ner Knarre umgehen und zimperlich sind die auch nicht. Was läuten gehört, dass es mit irgendeinem von denen Ärger gab? Und was ist mit Monsters Broschen? Irgendeine, die verheiratet war oder 'nen eifersüchtigen Lover mit 'ner richtig großen Wumme im Schrank hat?"

Zum ersten Mal bekam Teddys Pokerface Risse. Er verzog den Mund und schüttelte den Kopf. „Monster hat gefickt, was er kriegen konnte. Das stimmt schon. Deswegen hat er ja weiter sein Büro im Fleur du Mal gehalten, obwohl das eigentlich unter aller Sau war. Vier Mal die Woche ist in der Bude Party. Monster musste sich nicht mal nach den Ladys strecken, Boyle, die kamen jeden Abend von ganz allein und freiwillig ins Fleur du Mal und haben dafür auch noch Eintritt bezahlt. Er hatte seit Monaten schon nichts Festes mehr. Und, Alter, welcher Ehemann oder Lover legt sich denn schon wegen ein- oder zweimal Fremdvögeln mit einem Schrank wie Monster an?!"

Das war das andere Problem mit Teddy: Was Sex betraf, war er wirklich tolerant und großzügig. Echte Eifersucht kannte er nicht.

„Du streckst trotzdem deine Fühler aus, Teddy. Ich will wissen, mit wem Monster zuletzt gefickt hat. Egal ob fest oder nur vorübergehend."

Teddy warf seine aufgerauchte Kippe ins Klobecken, wo sie zischend verlöschte. „Als ich das letzte Mal nachgesehen habe, stand ich noch nicht auf eurer Gehaltsliste, Boyle. Ich nehme doch keine Anweisungen von dir entgegen …"

Boyle schlug Teddy hart gegen die Schuler. Teddy taumelte zwei Schritte nach hinten, fing sich und riss die Fäuste hoch, aber schlug nicht zurück. Ihm war anzusehen, wie schwer ihm das fiel.

Boyle zog den Kopf zwischen die Schultern und trat so dicht an Teddy heran, dass er dessen Atem riechen konnte: Kaffee, Kippen und Wein. „Ich rette dir hier gerade deinen Arsch, Teddy. Nicht zum ersten Mal übrigens. Ich erwarte ja keine Präsentkörbe oder 'nen Fanfarentusch dafür. Aber so 'n bisschen Kooperation wäre ab genau jetzt wirklich angebracht, Arschloch!"

Teddy wich keinen Millimeter zurück. „Und ich führe keinen Kindergarten, Boyle! Meine Leute erwarten, dass ich mich bei Tuki revanchiere. Und zwar am besten gestern. Ich kann es mir nicht leisten, den Schnüffler zu geben. Ihr könnt im Präsidium von Glück reden, falls ich meine Jungs so weit auf Reihe bringe, dass sie nicht schon heute Nacht Tukis spießiges Vereinsheim mit 'n paar Handgranaten ausleuchten!"

„Das mit den Handgranaten hab ich jetzt überhört. Sonst müsste ich nämlich 'ne SEK-Einheit aktivieren, um deine Läden ausheben zu lassen. Merkt ihr es eigentlich noch? Was kommt als Nächstes? Flakgeschütze vor den Puffs?!", brüllte Boyle und tippte dabei seinen Zeigefinger gegen Teddys Stirn. Jeder andere hätte sich damit ein akutes Problem mit Teddy eingehandelt und Boyle war sich einen Moment nicht sicher, ob er zu weit gegangen sein könnte.

„Was habt ihr denn erwartet, Boyle? Dass wir Rot-Weiß mit Nuttenhöschen bewerfen, sobald die ihren Angriff auf unsere Läden starten? So naiv kannst nicht mal du sein!"

„Was ich von dir erwarte ist, dass du nachdenkst, bevor du für deine Leute den Supermacker gibst, Teddy. Und das mit der Ruhe im Angesicht deines Feindes kannste in ungefähr 'ner Stunde auch gleich mal praktisch üben. Dann wird dich nämlich eine Streifenwagenbesatzung einsammeln und ins Präsidium zu 'ner Frage- und Antwortstunde fahren. Aber, was immer du dir da gerade an bescheuerten Sprüchen durch deinen Kopf gehen lässt, klemm sie dir. Meine Gang ist immer noch die größte in der Stadt und wenn wir was wirklich wollen, kriegen wir es auch. Also mach schön Männchen nachher und halt die Füße bei den Bikern still."

13 Uhr 31. Vierzehn, fünfzehn … achtzehn …, zählte Jale stumm die Sekunden an der Uhr im Armaturenbrett des Dienstopels mit. Manchmal tat sie das bei Observationsaufträgen, um Zeit zu killen. Sie versuchte dabei, jede Sekunde bewusst so intensiv wahrzunehmen, dass die Minuten, zu denen die sich summierten, irgendwann ineinander verschwammen. Jale fragte sich allerdings schon hin und wieder, ob es wirklich gesund war, Zeit derart bewusst zu erleben. Denn irgendwie, das ahnte sie, hing überall alles mit allem zusammen und Zeit bildete den Kleister, der all die großen und kleinen, die scheinbar wichtigen und die vermeintlich lapidaren Ereignisse miteinander verband. Jetzt blickte sie so intensiv auf die Uhr, weil sie sich beruhigen wollte. Sich, wie ihre Schwester Fehra es ausgedrückt hätte, „herunterbeamen". Andererseits starrte sie schon über eine Viertelstunde auf die Uhr. Und bisher war der Erfolg dieser Übung noch eher zweifelhaft.

Das war es, was Jale so aufregte: Bereits etwa eine Stunde, bevor sie das Labor betrat, hatten ihr Boss Köhler und der Chef des Drogendezernats, Claus Winner, dort darauf gedrängt, dass man sämtliche aktuellen XTC-Funde im Schnelldurchlauf analysierte und ihnen dann die Daten zukommen ließ. Es war zwar so ungewöhnlich nicht, dass Dezernatsleiter auf eine bevorzugte Behandlung bestimmter Spurenanalysen pochten und je nachdem, wer das war und welches Dezernat er leitete, reagierten die Techniker auch entsprechend. Nur zählten weder Winner noch Köhler zu denjenigen Bossen, die man im Labor besonders mochte und deswegen bevorzugt behandelte, weil der Laborleiter Hermsfeld sich mal aus irgendeinem Grund mit Köhler in die Haare bekommen und Winner vom Drogendezernat ihm mal in einer großen Lagebesprechung Unfähigkeit vorgeworfen hatte. Trotzdem waren die XTC-Funde auf die Überholspur gesetzt und sofort analysiert worden.

Das allein war eine kleine interne Sensation.

Aber es kam noch dicker. Denn sowohl Winner und Köhler als auch der Präsident bestanden darauf, dass sämtliche Ergebnisse der Analyse mit höchster Vertraulichkeit behandelt wurden und auch alle weiteren Analyseanträge in Bezug auf XTC, die im Laufe der nächsten Stunden vielleicht noch eintrudelten, genauso strikt unter Verschluss blieben. Keiner bekam die Ergebnisse zu sehen außer Winner, Köhler und natürlich der Polizeipräsident selbst. Nicht einmal Kripochef Andres Himmel und Boyle, der MoKo-Boss, waren offenbar in den erlauchten Kreis der Zugangsberechtigten aufgenommen worden. Dabei betraf deren Abteilungen dieses Pillendings sehr direkt und konnte Ermittlungen ihrer Dezernate zumindest verzögern, wenn nicht sogar verhindern. So ein Vorgehen war bisher nicht nur beispiellos, es ergab ermittlungstaktisch auch absolut keinen Sinn.

Und damit endete der Akt noch nicht. Denn die Notärzte der Innenstadt hatten eine dringende Empfehlung für eine öffentliche Warnung vor lebensgefährlichen XTC-Pillen an die Gesundheitssenatorin geschickt. Aber die reagierte darauf mit einem Maulkorb für die Ärzte. Und zugleich kursierten seltsame Storys über eine Gang von Maskierten, die genau diese wahrscheinlich tödlichen Pillen gratis in der Stadt verteilten. Und all das am selben Tag, an dem Lermontow, der Kapo von der Koscha Nostra, umgebracht wurde.

Was sollte das? Wie hing all das zusammen? Denn zusammenhängen MUSSTE es einfach.

Jales Handy klingelte. Sie warf einen genervten Blick auf das Display. Ein Schupo-Kommissar aus dem 8. Revier, den sie flüchtig kannte.

„Scheißdreck!", rief Jale der Opelfrontscheibe zu, bevor sie den Anruf annahm. „Wer stört?!"

„Das Achte. Siehste das denn nicht auf deinem Handy? Egal. Ich hab hier was, das dir nicht gefallen wird, Jale. Ich nehme an, dass das auch noch schlimmer wird", plapperte der Kollege los.

„WAS ist los?"

„'Ne Leiche in einem VW-Bulli. Bei der MoKo meldet sich keiner und ihr seid ja sowieso erster Angriff. Daher …", erwiderte der Kollege, teilte Jale die Adresse des Fundorts mit und seine Vermutung zur Identität des Toten.

Jale legte auf, sah durch die Frontscheibe ihres Dienstautos auf den Parkplatz und brüllte noch einmal deutlich lauter „Scheißdreck!" in die Stille des Wageninneren hinein.

Der Mann, der tot in dem Bulli aufgefunden worden war, hörte auf den eher ungewöhnlichen Namen Hansi Üzgür und war Secretary der Hells Angels in Hamburg. Mit anderen Worten: Einer ihrer frauenverachtenden Oberwichser und das rot-weiße Hierarchiegegenstück zu Monster Lermontow von der Koscha Nostra.

Der Kiezkrieg war da.

Noch einmal „Scheißdreck!" gegen die Frontscheibe zu brüllen, dachte Jale, wäre vielleicht entspannend. Aber darüber hinaus nicht wirklich tiefer gehend nützlich. Also ließ sie es bleiben und startete den Opel.

3. Teil

Hamburg, 2. September 2005
14 Uhr 28–21 Uhr 08

14 Uhr 28. Boyle hatte gesehen, was es hier zu sehen gab. Was würgereflexintensive Gerüche betraf, entwickelte dieser Tag eine echt bedenkliche Tendenz. Zuerst Sperma, Mösensaft und jede Menge frisches Blut im Fleur du Mal und jetzt, hier auf diesem Stück Ödland, verbrannter Van und angebratene Bikerleiche. Er wollte lieber nicht darüber nachdenken, was da noch kommen könnte. Zumal der Tag noch verhältnismäßig frisch war.

Der Bulli war gestohlen. So viel war jedem hier klar, auch wenn man in den Datenbänken gerade noch prüfte, wann und wo er entwendet worden war. Irgendwer hatte Hansi Üzgür, immerhin Chefeintreiber und Securityboss der Rot-Weißen, dazu gebracht, in den Bulli zu steigen, auf dem Beifahrersitz Platz zu nehmen und ihm dann vier wirklich große Geschosse in Brust und Bauch gejagt, anschließend das Innere des Wagens mit Benzin getränkt und es angesteckt. Von seinen Händen und Beinen, dem Bauch und dem Brustkorb war nicht mehr allzu viel übrig, weswegen keiner hier auf die Schnelle sagen konnte, ob die Geschosse denen entsprachen, die Lermontow getötet hatten. Dass er überhaupt identifiziert werden konnte, hatten die Beamten Hansis

Fahrerlaubnis zu verdanken, die man vor dem Van auf den Boden geworfen hatte. Was, da waren sich alle einig, kein Zufall gewesen war.

Sechs Kriminaltechniker, ein Sachverständiger der Berufsfeuerwehr, gleich fünf Streifenwagenbesatzungen und zwei von Boyles MoKo-Leuten wimmelten um den ehemals weißen Van herum und taten ihr Bestes, wichtig und geschäftig zu wirken, obwohl die Einzigen, von denen man in diesem Stadium der Ermittlung wirklich handfeste Ergebnisse erwarten durfte, die Kriminaltechniker der SpuSi waren. Denen standen die Schupos und Kripobeamten allerdings mehr im Weg herum, als dass sie ihnen irgendwie hilfreich waren. So hatte sich wenigstens Boyle etwas von der allgemeinen Hektik abgesetzt, stand allein zwischen zwei halb verdorrten Holunderbüschen und rauchte eine Zigarette. Er hatte dringend Ruhe nötig, um nachzudenken.

Dass Hansi Üzgür ermordet worden war, warf ein neues Licht auf Monsters Tod und die möglichen Motive des Täters. Mit einer ganzen Menge an bösem Willen kam Teddy zwar theoretisch immer noch für beide Hits infrage. Aber dass Teddy sich so weit aus dem Fenster gelehnt haben sollte, nach seinem Kapo auch Hansi umlegen zu lassen, kam Boyle grotesk unwahrscheinlich vor. Was ihn betraf, waren Teddy und dessen Koscha Nostra seit Hansis Ableben aus dem Spiel. Und welcher eifersüchtige Lover oder Ehemann war schon so tollkühn, neben Monster auch gleich noch dessen nicht weniger gefährlichen Kiezkonkurrenten über den Haufen zu knallen?

Wirklich entscheidend für alle weiteren Ermittlungen war eine Frage, die ihm bisher noch keiner hatte beantworten können: Wann hatte Hansi ins Gras beißen müssen? Bevor Monster gestorben war, nach ihm oder etwa zum selben Zeitpunkt?

Boyle trat seine Zigarette aus und sah sich um. Das Stück Brachland lag hinter einem verrotteten Holzzaun zwischen einer Baustelle und einem heruntergekommenen Bürogebäude, das wirkte, als wartete es nur noch auf die Abrissbirne. Der Ort, an dem der Van geparkt war, wäre von dem Haus ganz gut einsehbar gewesen. Allerdings nicht von der Straße, die zu ihm führte, und womöglich nur ziemlich eingeschränkt von der Baustelle aus. Wer auch immer den Transporter dort abgestellt hatte, wo er jetzt stand, hatte sehr wahrscheinlich gewusst, was er tat.

Das war keine Überraschung.

Doch ein so großes Kaliber musste ordentlich Krach gemacht haben und ziemlich weit zu hören gewesen sein. Vorausgesetzt, die Schüsse waren gefallen, bevor die Arbeiter auf der Baustelle heute Morgen ihre Maschinen angeworfen hatten. Wurde Hansi also erst exekutiert, als drüben bereits der Arbeitstag begonnen hatte?

Boyle zog sein Handy hervor und rief Meyer Vier, seinen Stellvertreter, an. Meyer Vier hieß so, weil irgendwann mal wer entschieden hatte, all die Meiers und Meyers im Präsidium zu nummerieren, um sie auseinanderhalten zu können. Boyle sah, wie Meyer, der bei dem Van stand, leicht genervt nach seinem Telefon griff und dann, sobald er realisierte, wer da anklingelte, erstaunt zu ihm herübersah. „Meyer? Schick einen Schupo zu der Baustelle rüber und lass den fragen, wann heute dort die Arbeit begonnen hat. Das kommt in den Bericht."

Boyle beendete das Gespräch und Meyer trottete gemächlich auf eine Gruppe von Schupos zu.

Boyle glaubte, dass Täter, die so vieles richtig gemacht hatten, sicher auch wussten, wann die Arbeit auf der Baustelle begann und dass deren Krach ihre Schüsse übertönte. Was zweierlei Schlüsse zuließ: Zum einen, dass Hansi spät gestern Nacht getötet wurde, zu einer Zeit, als man die Schüsse zwar weit hatte hören können, aber keiner in der Gegend war, der sie hätte bemerken können, da sämtliche im weiteren Umkreis liegenden Gebäude für Gewerbe genutzt wurden und sich daher nachts dort kein Mensch aufhielt. Was in logischer Konsequenz bedeutete, dass er vor Monster gestorben sein könnte. Zum anderen, dass Hansi eben doch im Laufe des Vormittags erschossen worden war, was seinen Abtritt also zeitlich in die Nähe von Monsters rückte.

Den Kollegen vom hier zuständigen Revier waren jedenfalls keine Schüsse gemeldet worden, sondern nur ein ausgebrannter Wagen. Und das geschah vor etwas mehr als einer Stunde. Als sie den Van erreichten, war der zwar noch heiß, aber das Feuer zu diesem Zeitpunkt bereits erloschen. Man sollte meinen, dass ein brennender Van inmitten eines Stücks Brachland auffallen müsste. Doch außer dem VW, in dem Hansi verkokelt war, rotteten hier noch sechs weitere Autowracks vor sich hin und vier von ihnen waren ebenfalls ausgebrannt. Was darauf hindeutete, dass brennende Wagen in dieser Gegend niemanden mehr so wirklich vom Hocker gerissen und dazu gebracht hätten, die Polizei oder Feuerwehr mit einer entsprechenden Meldung zu behelligen. Wer vorhin wegen des ausgebrannten Vans mit Hansis Leiche darin angerufen hatte, wurde derzeit noch ermittelt. Die Kollegen vom zuständigen Revier tippten auf eine Clique von Jugendlichen, die die Autowracks als Unterschlupf fürs Kiffen, Biertrinken und Knutschen nutzten.

Boyle steckte sich eine zweite Zigarette an, ärgerte sich darüber, entschloss sich aber, sie doch nicht gleich wieder auszutreten, sondern zu Ende zu rauchen.

Falls sowohl die Biker als auch die Koscha Nostra wirklich am selben Morgen angegriffen worden waren, dann kam als Auftraggeber der beiden Hits eigentlich nur einer infrage: Ante Pula, Premudas Nachfolger an der Spitze der Jugogangs. Ante passte beinah sogar schon zu gut ins Bild, denn er hatte den Ruf, nur eine saft- und kraftlose Marionette des alten Krokodils Premuda zu sein, bisher nicht abschütteln können. Doch ein Boss war nun mal darauf angewiesen, dass seine Gang ihn nicht nur respektierte, sondern auch fürchtete. Einen Turfwar zu starten, indem er zugleich den Eintreiber der Biker und den Security-Boss der Koscha Nostra umlegen ließ, musste Antes Reputation auf der Straße einen immensen Schub versetzen, dachte Boyle und fragte sich, ob er nicht wie alle anderen Ante Pula heftig unterschätzt hatte. Außerdem dachte er darüber nach, ob Premuda so happy darüber war, dass sein Neffe und Nachfolger mordratenmäßig dermaßen in die Vollen gegangen war.

Während er nachdenklich einige Rauchwölkchen ausstieß, sah er, dass sich diese kleine rothaarige Kommissarin vom Dauerdienst dem ausgebrannten Van näherte.

Was wollte die hier, fragte er sich gereizt. Hatte sie noch einen RAF-Rentner erschossen?

Jale, fiel ihm ein. Sie hieß Jale Arslan. Sie hatte ihn entdeckt und kam auf ihn zu. Einige der Schupos warfen ihr leicht genervte Blicke nach.

„Falls Sie das hier mit einer Touristenattraktion verwechseln, verpissen Sie sich gefälligst“, schnauzte Boyle sie ungehalten an.

„Alexander Lermontow und Hansi Üzgür werden am selben Tag umgebracht und irgendwer in der Chefetage behindert meine Ermittlungen“, sagte Jale und legte dabei den Kopf in den Nacken, um Boyle in die Augen sehen zu können.

Boyle erwiderte ihren Blick und wunderte sich

dabei ein wenig über ihre Unverschämtheit. „Worin ermitteln Sie denn, Frau Arslan? In diesem Blitzeinbrecher-Fall in Sankt Georg? In der Sache habe ich vollstes Vertrauen in Sie und Ihre Fähigkeiten. Früher oder später kriegen Sie die Jungs", gab Boyle reichlich sarkastisch zurück.

Jale nahm seine Antwort unerwartet gelassen. „Einbruch steht aktuell ziemlich weit unten auf meiner To-do-Liste, weil ich nämlich gerade in einem mehrfachen Mordfall ermittle und eigentlich von Ihnen und Ihren Leuten ein bisschen Unterstützung erwartet hätte …"

Mehrfacher Mord, dachte Boyle erstaunt. Davon hätte er aber hören müssen. „Ich will ja nicht unhöflicher sein als unbedingt nötig, Frau Arslan, aber Mordermittlungen übersteigen eindeutig Ihren Paygrade. Es gibt schließlich Gründe, weswegen man dafür ein eigenes Dezernat eingerichtet hat."

Jale blinzelte einige Male rasch nacheinander, anschließend atmete sie einmal tief ein und aus. Dann warf sie einen langen, fragenden Blick auf Boyle und schaute anschließend zu dem ausgebrannten Van hinüber. „Haben Sie eigentlich irgendein Problem mit Junkies, Hauptkommissar? Gehen die Ihnen an die Nieren, regen die Sie auf, verachten Sie sie? Irgendwas in der Richtung? Ich hatte es heute nämlich persönlich mit zwei toten Junkies zu tun. Einer davon war ein Informant von mir. Das andere Opfer war eine Nutte in Sankt Georg. Die waren aber nicht die Einzigen, die es seit heute Morgen erwischt hat. Da sind in ganz Hamburg noch einige mehr eingetütet worden und acht weitere liegen über die Stadt verteilt auf Intensivstationen. Trotzdem scheint das kein Schwein im Präsidium zu kümmern. Da ist dreckiger Stoff auf der Straße, Hauptkommissar, und irgendwer sollte endlich mal etwas dagegen unternehmen!"

Boyle sah zu, wie Jale sich eine Zigarette ansteckte. Er lief zwei – streng genommen sogar drei – Ränge über ihr. Aber sie tauchte hier auf und warf ihm vor, seinen Job zu vernachlässigen. Hatte er gerade richtig gehört?

Jale warf ihre Kippe nach nur zwei, drei Zügen zu Boden und trat sie wütend aus. Boyle war sich immer noch ziemlich sicher, dass sie log. Selbst wenn er so gar keine Ahnung hatte, weshalb sie das tun sollte. Aber nur für den äußerst unwahrscheinlichen Fall, dass sie es eben nicht tat, griff er sich ihren Oberarm und zog sie ein paar Schritte weiter von dem ausgebrannten Wrack und den darum versammelten Kollegen weg, die inzwischen neugierig zu ihnen herübersahen.

„Falls Sie mich hier gerade verarschen, Frau Arslan, wird sich das eindeutig negativ auf Ihre weitere Karriere auswirken. Haben wir uns verstanden?", zischte er sie an.

Sie hielt jedoch seinem wütenden Blick stand. „Scheiße, Sie wissen wirklich nichts davon?", flüsterte sie schließlich.

Boyle ahnte, dass er sich in ihren Augen gerade zum Narren gemacht haben musste. Und das gefiel ihm gar nicht. Trotzdem begannen sich einige Rädchen in seinem Hirn zu drehen. Was sie am Ende ihrer Übung ausspuckten, machte ihm mindestens so viel Angst wie es ihn aufregte. Denn sollte diese komische Brosche recht haben und wirklich ausgerechnet heute dreckiger Stoff auf die Straße gekommen sein, dann war das wahrscheinlich kein Zufall.

„Jetzt noch mal. Und zwar alles. Und gefälligst der Reihe nach …", sagte er.

14 Uhr 41. Jale drängte sich neben Boyle, Meyer Vier und einem weiteren MoKo-Mann, dessen Namen sie vergessen hatte, im engen Innenraum des klapprigen Mercedeslieferwagens, der den Technikern der Spurensicherung als mobile Einsatzzentrale diente.

Hinter ihr schubsten zwei Beamte sich gegenseitig beiseite, um einen besseren Blick auf den Laptop zu erwischen, in dessen DVD-Player Meyer Vier gerade die CD-Aufzeichnungen einer Überwachungskamera vom Bürocontainer der Baustelle nebenan einschob. Baustellen waren ein beliebtes Ziel für Diebe, daher investierten die Baufirmen schon mal in Überwachungstechnik und Objektschutz.

Meyer Vier suchte eine gefühlte Ewigkeit nach dem Programm, um die Aufzeichnung abzuspielen.

Die Kamera war über dem Tor angebracht, das zu der Baustelle führte, und erfasste den Einfahrtbereich und einen guten Teil der Straße davor. Die Zeitangabe am oberen rechten Rand des Videos zeigte 6 Uhr 21 morgens. Also eine knappe halbe Stunde vor dem vermuteten Todeszeitpunkt von Monster Lermontow.

Ein Ford Transit fuhr an der Kamera vorbei in Richtung des benachbarten Ödlands. Er war dunkel lackiert und es schien, als säßen mindestens zwei Personen im Wageninneren. Ihm folgte der weiße Bulli, in dem später Hansi Üzgür gefunden wurde.

Meyer Vier sprang zwölf Minuten vor. Jetzt zeigte die Zeitangabe 6 Uhr 33. Der Ford Transit fuhr allein zurück. Doch plötzlich hielt er auf Höhe der Überwachungskamera. Ein Mann sprang aus dem Wagen und trat auf die Kamera zu. Er trug schwarze Cargopants, Springerstiefel, einen schwarzen Hoodie und eine Helmut-Kohl-Karnevalsmaske. Vor der Kamera angekommen schaute er zu ihr hinauf und reckte ihr dann einen Stinkefinger entgegen, bevor er zu dem Transit zurückging, wieder einstieg und der Wagen sich in Bewegung setzte.

„Der meint uns!", sagte einer der Schupos fassungslos.

Vor zehn Minuten hatte Jale Boyle berichtet, was sie von diesen beiden Jungs am Bahnhof gehört hatte. Dass nämlich eine Gang Maskierter durch Hamburg zog und gratis XTC-Pillen verteilte. Und hier auf dem Video war ein Typ mit einer Helmut-Kohl-Maske zu sehen, der ihnen ganz offen den Finger zeigte. Falls das ein Zufall sein sollte, dann hatte sich das Universum damit selbst übertroffen, dachte Boyle.

Jeder wollte den Stinkefinger des Maskierten sehen, sämtliche Bullen drängten sich jetzt in oder um den Transit herum.

Jale sah, dass Boyle sich aus der Traube der Kollegen um Meyer Vier und den Laptop absetzte und nach draußen quetschte. Sie wartete einige Anstandsaugenblicke ab, bevor sie ihm folgte.

Boyle lehnte an einem Streifenwagen, hielt den Kopf gesenkt, warf seine angeknautschte Zigarettenschachtel in die Luft und fing sie wieder auf.

Jale war dieser Typ ein Rätsel. Vorhin hatte er sie zunächst beinah wie eine ausgebrochene Irre behandelt, ihr allerdings trotzdem zugehört und jetzt lockte er sie hier heraus und wirkte so gar nicht, als interessierte ihn, was sie zu sagen hatte. Obwohl das eine ganze Menge war. Immerhin hatten sie beide eben in dem SpuSi-Auto ein Indiz dafür gesehen, dass die Morde an Hansi Üzgür und Monster Lermontow offenbar mit der Helmut-Kohl-Maskengang und diesen tödlichen XTC-Pillen zusammenhingen.

Boyle sah erst auf, als Jale bereits einen knappen Meter vor ihm stand und ihm schon eine Zeit lang dabei zugesehen hatte, wie er seine Zigarettenschachtel hochwarf, auffing und wieder hochwarf.

„Das tut den Kippen nicht gut, Hauptkommissar. Der Tabak krümelt dann raus und fällt in die

Schachtel“, sagte sie, weil ihr plötzlich, jetzt wo es darauf ankam, nichts Besseres einfiel.

„Macht nix. Ich habe vor sechs Wochen aufgehört“, sagte Boyle, öffnete die Schachtel, schüttelte eine Zigarette heraus und steckte sie sich an.

„Okay“, antwortete Jale.

Boyle steckte die Schachtel in seine Jacketttasche und sah Jale dann an. „Köhler hat Sie mit dem dicken Beierle zusammengespannt, oder?“

Jale nickte.

Boyle schürzte die Lippen und stöhnte leise auf. Jale fragte sich, was das sollte.

„Ab jetzt bilden Sie meine schnelle Eingreiftruppe. Ich kläre das mit Köhler ab. Ohne meine Zustimmung kein Wort zu irgendwem über die Pillen und diese Kanzlergang. Ihr erster Job: Sie sehen zu, dass Sie mehr über diese Helmut-Kohl-Spinner erfahren und treten außerdem Ihrem Bikerinformanten noch einmal auf die Zehen, bei dem muss doch noch mehr über Tuki Hellmann und Hansi herauszufingern sein, als dass bei Rot-Weiß heute Morgen ’ne Party gestiegen ist. Ich sorge dafür, dass Sie eine Kopie der Aufzeichnung bekommen und will in spätestens einer Stunde Ihre ersten Ideen dazu hören, wer diese Kanzlergang sein könnte und woher die kommt. Falls Beierle sich gegen irgendetwas davon sperrt, richten Sie ihm von mir aus, dass ich immer noch sehr gut weiß, in welchem Keller er seine persönlichen Leichen verbuddelt hat und kein Problem damit hätte, mein Wissen mit Köhler zu teilen, falls er mir einen Anlass dazu geben sollte."

Jale hatte keinen Schimmer davon, dass Beierle irgendwelche Leichen im Keller haben sollte. Aber etwas in Boyles Blick und Tonfall überzeugte sie dennoch davon, dass er genau wusste, wovon er da sprach.

„Weshalb ich, Boyle? Sie kennen mich doch gar nicht", fragte sie.

„Ich erinnere mich an Ihre Personalakte, Frau Kommissarin. Das reicht mir. Kein Mensch außer mir nimmt Sie und Beierle derzeit ernst. Solange Sie aber keiner ernst nimmt, wird auch keiner im Präsidium allzu genau darauf schauen, was Sie für mich tun."

Jale ahnte, dass Boyle ihr gerade kein Kompliment gemacht hatte. Aber das war schon okay, glaubte sie, solange er wirklich meinte, was er gesagt hatte, dass er ihr nämlich einen Platz am Tisch der Großen frei gemacht hatte. Es mochte ja nicht der allerbeste Platz daran sein und ganz bestimmt nicht der bequemste. Aber frau sollte auch nicht gleich beim ersten Tanz zu viel von ihrem neuen Boss erwarten. Zumal, solange der ein Mann war. Rein erfahrungsgemäß brauchten die meisten Männer sowieso nie viel länger als bis zum vierten oder fünften Date, um die Frauen zu enttäuschen, denen sie bei all den Treffen zuvor weisgemacht hatten, wie einzigartig, wichtig und unersetzlich sie angeblich für sie seien.

15 Uhr 56. Boyle saß neben Andres Himmel in einem Besprechungszimmer im dritten Stock des Präsidiums und hatte keinen Spaß an dem, was er hier zu hören bekam.

Himmel lehnte sich in seinem Stuhl zurück und verschränkte die Arme über der Brust. KDD-Köhler und Drogendezernatsboss Winner jedoch schauten Boyle geradeheraus an.

Winner mit seinen gestärkten Kaufhaushemden, dem rundlichen Gesicht und den immer gleichen anthrazitfarbenen Anzügen. Seine gräulichen Augen wirkten, als lägen sie unter einem nahezu transparenten Schleier. Unmöglich, etwas anderes daraus zu lesen als herablassende Erwartungshaltung.

Köhler dagegen, fand Boyle, machte wenigstens aus seinem Herzen keine Mördergrube, sondern blickte ihn an wie einen ungezogenen Schüler, den sein Lehrer noch nicht oft genug zurechtgewiesen hatte.

„Der Erste Bürgermeister und Innensenator Malling werden unsere Aktion heute Abend mit entsprechenden Medienauftritten unterstützen und vor etwa zwanzig Minuten habe ich die Meldung erhalten, dass sowohl Ante Pula als auch Tuki Hellmann und Teddy Amin aufgegriffen wurden und auf dem Weg hierher ins Präsidium sind“, erklärte der Polizeipräsident. „Ich erwarte insbesondere von der Mordkommission, dass den Herren eindeutig klargemacht wird, wie folgenschwer sich ein Turfwar für sämtliche Seiten in dem Konflikt auswirken würde.“

Boyle trommelte ein paarmal mit seinen langen Fingern auf dem Tisch herum, dann erwiderte er Winners und Köhlers Blicke und ließ seine Bombe platzen. „Ich werde ganz sicher mein Bestes geben“ versprach er. „Aber da ist eine Kleinigkeit, die Sie vielleicht klären könnten, Herr Präsident, bevor ich nach unten gehe und mich vor den versammelten Spitzen des Hamburger Milieus als ganz harten Hecht gebe …“

Okay, dachte Boyle angesichts der verblüfften Gesichter am Tisch, über mangelnde Aufmerksamkeit sollte ich mich ab jetzt nicht mehr beklagen.

„Gerne, Hauptkommissar“, entgegnete der Präsident leicht gereizt.

Boyle schob die Papiere vor sich auf dem Tisch zusammen, stieß sie auf Kante und legte sie wieder ab. Neben ihm atmete Andres Himmel ein paar Mal scharf ein und aus.

„Ich bin nach wie vor nicht überzeugt davon, dass ein Großeinsatz gerade heute Abend der richtige Weg ist, um den Kiez zu befrieden. Aktuell verzeichnen die Hamburger Kliniken eine Epidemie an ÜDs, die – nach allem, was man jetzt und hier sagen kann – von XTC-Pillen verursacht wurden, die seit dem frühen Morgen überall im Stadtgebiet gratis verteilt worden sind. Übrigens mit hoher Wahrscheinlichkeit von Mitgliedern derselben Gruppe, die meinem aktuellen Ermittlungsstand zufolge im dringenden Tatverdacht für die Hits an Hansi Üzgür und Alexander Lermontow steht. Neben einer CCTV-Aufnahme und einigen schwammigen Zeugenaussagen haben wir bisher allerdings nichts über die Identität dieser Verdächtigen ermitteln können. Die Analyse der XTC-Pillen, die sie verteilt haben, könnte in der Beziehung aber durchaus weiterhelfen. Diese Analyse wird allerdings von Ihnen unter Verschluss gehalten, Herr Polizeipräsident. Möglich, dass ich da den Wald vor lauter Bäumen nicht sehe, aber bisher ist mir noch kein plausibler Grund für dieses Vorgehen eingefallen, Herr Präsident. Zumal ja davon auszugehen ist, dass in Bezug auf diese Pillen Gefahr im Verzug besteht und man so schnell als möglich eine Warnung davor an die Medien übermitteln sollte. Außerdem halte ich es ermittlungstaktisch für effektiver, all unsere Kräfte auf die Fahndung nach der Maskengang zu konzentrieren, statt unsere Ressourcen an eine Großaktion zu verschwenden, deren Erfolgsaussichten ich, wie gesagt, für sehr überschaubar halte."

Der Präsident rückte seine randlose Brille zurecht und schob sein Telefon auf dem Tisch einige Male hin und her.

Ich hab dich wirklich kalt erwischt, du Drecksack, dachte Boyle befriedigt. Jetzt sieh gefälligst zu, wie du aus diesem Loch wieder herauskommst.

„Sie unterliegen eindeutig einem Irrtum, Hauptkommissar Boyle. Denn die für diese Sache relevanten Dezernate KDD und BtMG sind durchaus über die Ergebnisse der Analyse ins Bild gesetzt worden."

Boyle sah, wie Winner sich im Angesicht von Boyles Zurechtweisung durch den Präsidenten straffte. Doch Köhler war anzumerken, wie unangenehm ihm das Ganze war. Ein Punkt für dich, dachte Boyle.

Andres Himmel blickte den Präsidenten an. „Ich bin dein Stellvertreter, Georg. Ganz abgesehen davon, dass ich auch Boyles, Köhlers und Winners Boss bin. Mich hättest du schon darüber informieren sollen, finde ich. Und sei es nur aus professioneller Höflichkeit."

Außer Andres wagte an diesem Tisch keiner, den Präsidenten beim Vornamen zu nennen und bisher hatte selbst der es nur bei einer Handvoll an Gelegenheiten getan. Jedem im Raum war spätestens in diesem Moment klar, dass der lange schwelende Konflikt zwischen dem Kripoboss und dem Polizeipräsidenten offen auszubrechen drohte.

„Andres, du weißt, wie sehr ich deine Arbeit für mich schätze. Aber diese Sache wurde mit dem Bürgermeister und der Gesundheitssenatorin aus politischen Erwägungen so abgestimmt und ich sehe keinen Grund, dieser Absprache zuwiderzuhandeln. Vorrangig sind jetzt Hauptkommissar Boyles Gespräche mit Ante Pula, Tuki Hellmann und Teddy Amin und die Vorbereitung unserer konzertierten Aktion heute Abend. Außerdem erwarte nicht nur ich selbst, sondern auch die Öffentlichkeit Ergebnisse in den Ermittlungen der Fälle Lermontow und Üzgür. Ich gehe davon aus, dass jeder hier im Raum alle Hände voll zu tun hat und erwarte bis zum nächsten Meeting aktuelle Sachstandsberichte aus jedem der hier vertretenen Dezernate. Danke, meine Herren. Das wäre vorläufig alles."

Soviel musste Boyle dem Präsidenten schon zugutehalten: Dazu, sie hier offen anzulügen und einfach zu leugnen, dass er beim Bürgermeister zu Kreuze kroch, war der Mann bei aller Durchtriebenheit dann doch zu aufrichtig.

16 Uhr 03. Jale hatte vor fünf Minuten das Büro betreten und Beierle erklärt, was sie die letzten Stunden getan hatte und welchen Job Boyle für sie hatte.

Aber Beierle mochte Boyle nicht und gerade hatte Jale ihm gesagt, dass sie von jetzt an ausgerechnet ihm direkt unterstellt worden waren. Dass Boyle ihr gegenüber Beierles angebliche Leichen im Keller erwähnt hatte, verschwieg sie ihm, obwohl sie eine Menge gegeben hätte zu erfahren, worin genau diese Leichen bestehen mochten.

„Boyle glaubt genauso wie wir an einen Zusammenhang zwischen den Pillen, der Kanzlergang und den Morden an Monster und Hansi", erklärte Jale. „Er will mehr über Rot-Weiß und deren Party und das Verhältnis zwischen Tuki Hellmann und Hansi wissen. Wir müssen Wagner, diesen Tattootypen, noch mal anzapfen. Jetzt gleich!"

Jale warf die CD-Kopie des Baustellenüberwachungsvideos auf den Schreibtisch.

Beierle knurrte irgendetwas, stemmte sich aus seinem Bürostuhl und griff danach. „Das ist das Video? Das mit dem Maskentypen drauf?“

Jale nickte.

„Wagner kann warten. Der rennt uns schon nicht weg“, meinte Beierle, schob die CD in seinen Computer und wartete darauf, dass dieser sie abzuspielen begann.

„Hm, selbstbewusst, was der Kerl da abzieht“, flüsterte Beierle, sprang noch einmal in der Aufzeichnung zurück und ließ sie erneut durchlaufen. Anschließend tat er es noch einmal und dann noch einmal.

Jale brauchte Action. Sie spielte ungeduldig mit dem Opelschlüssel. Sie wollte hier raus, auf die Straße, den Schuppenmann greifen und so lange bearbeiten, bis er entweder lachte oder zu singen begann. Doch Beierle hockte weiter auf seinem mächtigen Hintern herum und spulte zum fünften, sechsten oder siebten Mal dieses verdammte Video ab.

„Jetzt komm schon, Beierle. Über das Video zerbrechen sich schon ’ne Menge anderer Leute die Köpfe. Wir müssen los, deinen Informanten schütteln ...“, drängte Jale.

Beierle stoppte plötzlich das Video und beugte sich so weit über den Tisch, als wollte er in den Bildschirm hineinkriechen.

Irgendetwas an der Aufzeichnung war ihm aufgefallen.

16 Uhr 08. Meyer Vier war Boyles Stellvertreter in der MoKo. Ein stiller, ausgeglichener Mann, dem man seine Leidenschaft für Pferdewetten und das zumindest in Hamburg ziemlich exotische Sumoringen nicht ansah. Meyer Vier war knapp über eins achtzig groß und verströmte nicht diesen typischen Bullenstallgeruch, sondern wirkte in seinen Designerjeans und der Lederjacke immer ein wenig abgehoben und distanziert, beinah arrogant. Boyle hatte ihn aus dem Karrierekeller bei der Drogenfahndung gerettet, befördern lassen und in sein Team geholt, obwohl es reichlich Murren gegen seine Entscheidung gegeben hatte, weil Meyer Vier unter den Kollegen als ausgesprochener Einzelgänger und Querkopf galt, dem man den Posten in der elitären MoKo weder gönnte noch zutraute.

Jetzt stand er bei drei Kollegen vor einem Verhörraum im dritten Stock des Polizeipräsidiums und sah Boyle entgegen.

„Meyer", sagte Boyle und schob seinen Stellvertreter einige Schritte den Flur hinunter außer Hörweite der anderen Beamten.

Meyer Vier wies auf Verhörraum 231. „Da drin ist Tuki Hellmann. Er hat seinen Schlips mitgebracht und spuckt fette Töne. Teddy ist auf dem Weg hierher. Ante Pula auch."

„Okay", antwortete Boyle. „Ich übernehme Tuki. Du klopfst Ante Pula ab, sobald er hier aufschlägt. Teddy ist dann als Letzter dran. Den übernehmen wir gemeinsam."

Meyer Vier nickte.

„Du gehst bei Ante von Anfang an in die Vollen. Dräng ihn in die Ecke und bring ihn aus dem Gleichgewicht. Ich will wissen, was er zu den Morden an Hansi und Monster sagt. Sobald er damit fertig ist, sein Alibi abzuspulen, zu leugnen oder sich aufzuregen, fragst du ihn nach einer Lieferung XTC-Pillen, die eine Crew mit Helmut-Kohl-Masken seit heute Morgen überall in der Stadt verteilt. Ich will, dass seine Reaktion darauf in der Verhöraufzeichnung zu erkennen ist. Also verdeck dabei bloß nicht die Kamera, Meyer!“

„Was für Pillen, Boyle? Hab ich was verpasst?“, fragte Meyer Vier.

„Könnte auch nur ein Gerücht sein. Aber könnte eben auch mehr dran sein. Wichtig ist, dass du ihm damit kommst, sobald er sich bedrängt fühlt und nicht damit rechnet. Ich will wissen, was er darüber gehört hat, wo das Zeug herkommt und wer es in der Stadt so breit wirft.“

„Kein Problem“, sagte Meyer Vier.

Boyle nickte. „Der Präsident will, dass wir Tuki, Ante und Teddy sehr deutlich machen, dass wir hier absolut nichts von einem Kiezkrieg halten. Du drohst Ante damit, sollte irgendeiner seiner Leute über die Stränge schlagen, werden wir den Kiez so lange mit Vertretern der Trachtentruppe fluten, bis seine Umsätze im Arsch sind.“

„Wer von denen steht derzeit ganz oben auf deiner

Liste an Verdächtigen, Boyle? Ante?", fragte Meyer Vier.

„Würde zu ihm passen, oder? Er muss sich profilieren, sonst ist er weg vom Fenster, sobald Premuda ins Gras beißt. Aber traust du ihm zu, dass er so heftig rangeht und sich gleichzeitig mit der Koscha Nostra und Rot-Weiß anlegt?"

„Hm, ist wirklich 'ne toughe Ansage. Aber falls er es getan hat, dann werden sie auf der Straße denken, der ist so cool, dass es hinter ihm sogar im Juli schneit", antwortete Meyer Vier.

Boyle nickte. Aber lächelte nicht über Meyers Witz. Diese Morde aufzuklären, dachte Boyle, war das eine. Doch jetzt ging es vor allem erst mal darum, diese verdammten Pillen zu identifizieren und aus dem Verkehr zu ziehen. Nur hatte er aktuell keinen blassen Schimmer, wie er das anstellen sollte. Solange der Präsident auf seiner Nachrichtensperre bestand, war nicht einmal eine öffentliche Warnung vor dem Zeug drin. Und Boyle fragte sich beklommen, wie viele Kids, Touris und Junkies noch in einer Blechkiste oder auf einer Trage landen mussten, bis ihm endlich irgendetwas eingefallen war.

16 Uhr 13. Jale tippte frustriert zum vierten oder fünften Mal die Wahlwiederholungstaste an ihrem Diensttelefon. Aber Boyle reagierte nicht, weder auf Anrufe in seinem Büro noch auf seinem Handy.

„Mist, was macht Boyle den ganzen Nachmittag?

Sitzt der ganz alleine irgendwo im Präsidium herum und zählt Schäfchen, oder wie?"

Beierle zuckte mit den Achseln. „Wenn's Boyle ist, dann zählt der sowieso nur schwarze …", knurrte er.

Jale tippte den Zeigefinger gegen ihre Stirn. „Beschissener Witz, sogar für dein Niveau", grinste sie.

Beierle wirkte jedoch immun gegen ihre Kritik.

Endlich nahm jemand Jales Anruf an.

„Arslan hier", meldete sie sich und stellte den Lautsprecher an. „Kommissar Beierle ist bei mir und hört mit."

„Ich bin gerade auf dem Weg zu einem wichtigen Verhör. Also wenn das nicht wirklich Neuigkeiten sind, die Sie für mich haben, dann leg ich jetzt auf!", drang Boyles Stimme deutlich gehetzt aus dem Lautsprecher.

„Ich weiß nicht, hören Sie doch erst mal …"

„Boyle?!", unterbrach Beierle sie. „Wisst ihr, welche Waffe er verwendet hat? War es wirklich dieselbe bei Hansi und Monster?"

Eine ganze Weile drangen aus dem Lautsprecher gehetzter Atem und Schritte, die in einem offenbar großen Raum oder hohen Flur widerhallten.

„Seine Waffe? Nicht sicher, aber wahrscheinlich Elefantenbüchse. Kaliber 600 Nitro oder größer. Jedenfalls Monsterkaliber. Warum? Ich denke, ihr schüttelt euren Informanten noch mal durch? Was hat das mit der …"

„Ich bin mir sicher, dass der Maskentyp auf dem

Video ein Kurvenmagazin in seiner rechten Hosentasche trägt. Das muss zu einem Gewehr gehören. Aber so Riesengeschosse wie die, an denen Hansi und Monster draufgingen, verschießt man eigentlich nicht aus so einem Magazin. Und ich meine, die müssen sowieso mindestens zu zweit gewesen sein. Vielleicht war es gar nicht der Stinkefinger-Typ mit dem Hoodie, der geschossen hat. Aber falls doch, dann lass die Ballistiker prüfen, ob es nicht doch ein kleineres Kaliber gewesen war, aber das Geschoss und die Treibladung darin eben hausgemacht. Ich habe so etwas schon mal gesehen. Vor über zwanzig Jahren. Im Conolly-Fall, dem IRA-Bomber. Er hat damals selbst befüllte Treibladungen benutzt und eine spezielle, besonders weiche Legierung für das Geschoss. Die zersplittert beim Aufschlag in Schrapnelle, die reißen auf kurze Distanz enorme Löcher. Solche Hausmacherpatronen sind zwar gefährlich für den Schützen, weil die Treibladung oft instabil ist. Aber theoretisch kannst du solche Munition auch aus einem Kurvenmagazin verschießen, falls deine Waffe einen ordentlichen Rückschlagdämpfer hat und du bis auf eher kurze Distanz an dein Ziel herankommst. Frag einen der Oldtimer im Präsidium, die müssen sich an den Fall erinnern und bestimmt gibt's auch immer noch Akten dazu irgendwo …"

Beierle legte auf, nachdem er sich sicher war, dass Boyle nicht mehr antworten würde.

„Conolly?", fragte Jale.

Beierle sah an ihr vorbei und nickte. „Ein Ire, hat hier auf dem Kiez Waffen für die IRA übernehmen wollen. Gab aber Streit mit dem Verkäufer. Conolly hat ihn erschossen. Eine Packung in den Bauch, die andere hat das Opfer nur gestreift, aber das reichte, um ihm die halbe linke Hüfte wegzureißen. Ist verblutet. Ganz große Fahndung. Ich war dabei, als wir Conolly in einem der Hafenhochhäuser gestellt haben. Er wollte nicht in den Knast. Also hat er sich den Kopf weggeschossen, bevor das SEK seine Wohnung stürmen konnte. Und zwar wortwörtlich."

„Aber?", fragte Jale, die noch nicht ganz begriff, was Conolly mit ihrem Fall zu tun haben sollte.

„Er hat Munition benutzt, die er selbst hergestellt hat. So 'ne Art Dumdum-Geschosse. Die Dinger hatten auf kurze Entfernung einen unglaublichen Einschlag. Aber er hat die eben nicht aus irgendeiner Elefantenbüchse verschossen, sondern aus 'ner tschechischen Skorpion-Maschinenpistole. Die war kleiner und leichter als 'ne Uzi. Hat unseren Ballistikern damals die Sprache verschlagen. So was hatten die vorher nie gesehen."

16 Uhr 31. Boyle hatte schon heute Morgen im Fleur du Mal geahnt, dass der Tag nicht wirklich besser geschweige denn irgendwie entspannt werden würde. Doch im Verhörraum nebenan bearbeiteten Meyer Vier und ein Kollege vom KDD gerade den neuen Jugo-Paten Ante Pula und draußen im Flur drückte sich auf einem der Plastikstühle gerade Teddy Amin den Hintern platt.

Hier im Raum 231 hatte Boyle Tuki vor ein paar Minuten mit den Aufzeichnungen der Überwachungskamera von der Baustelle konfrontiert und dabei zu seinem Erstaunen festgestellt, dass Tuki ehrlich überrascht davon gewesen war. Er hatte offenbar wirklich keine Ahnung, wer diese maskierten Typen waren, die seinen Kapo umgelegt und wie eine Fackel angesteckt hatten. Und damit, dachte Boyle, schied Tuki wohl auch als Komplize oder Hintermann für diese Pillenverteilaktion aus.

Doch jetzt probte Tuki Hellmann gerade den Aufstand, weil Boyle ihn darauf hingewiesen hatte, dass er erwartete, dass die Biker besser nicht auf die Idee kommen sollten, dem ersten Akt im Kiezkrieg einen zweiten, dritten oder vierten folgen zu lassen.

„Hansi war mein Brother! Der Scheißgrinserusse da draußen vor der Tür hat ihn plattgemacht. Aber statt den zu verhaften, hältst du mir hier ’n Vortrag darüber, dass ich gefälligst die Füße stillhalten und meine Männer auf Linie bringen soll, Boyle? Ist dir spontan ’n drittes Auge gewachsen, war dein Bier heute Mittag schlecht oder weshalb kommste auf die Idee, dass ich auf dich und deinen Rat auch bloß ’n feuchten Schiet geben würde?“

Tuki war kaum groß genug, um in reichlich besohlten Bikerstiefeln Boyle auch nur geradeaus auf die Brust schauen zu können. Doch was ihm an Länge fehlte, machte er durch schiere Muskelmasse wett. Und er war sich nicht zu schade, bei jeder Gelegenheit zu zeigen, was er sich da in harter, schweißtreibender Hantelarbeit auf den Bizeps trainiert hatte. Deswegen zeigte er sich sogar im Winter selten in anderen Klamotten als schwarzen Muskelshirts und eng anliegenden Jeans.

Jetzt sprang er von seinem Stuhl auf, beugte sich über den Tisch und fixierte Boyle zornig. Tukis Halsschlagader pochte dabei bedenklich unter seiner solariumgelederten Haut und sogar sein in drei Zöpfe geflochtener Wikingerbart schien zu vibrieren.

„Brother, Bulle! Weisste, was das heißt, 'n Brother zu haben und den zu verlieren? Geh raus, verzier den Russen mit 'ner Acht und verschick ihn nach Santa Fu, dann darfste gerne noch mal an meine Tür klopfen, um mich schön höflich um 'nen Gefallen zu bitten!"

Auf dem Stuhl neben Tuki saß dessen Schlips.

Boyle kannte ihn von früheren Gelegenheiten. Er war ein Juristen-Möchtegernhai mit Sportwagen, Ferienhaus und handgenähten Schuhen. Trotzdem war der Schlipsjüngling von einem ernst zu nehmenden Winkeladvokaten, wie Ante Pula oder Teddy Amin ihn auf ihrer Payroll führten, so weit entfernt wie ein italienischer Espresso von einem McDonald's Cappuccino. Und gerade wirkte der Typ auch noch so, als hätte er vor dem Anfall seines Klienten die Prada-Shorts voll.

Boyle erwiderte zuerst den verunsicherten Blick des Möchtegernhais, dann steckte er sich in aller Ruhe eine Zigarette an und lehnte sich in seinem Stuhl zurück.

„Lauter, Tuki. Teddy draußen hat bestimmt nicht jedes Wort verstanden", sagte Boyle, blies einen Schwall Zigarettenqualm knapp an Tukis Gesicht vorbei gegen die Zimmerwand und wandte sich dann an den Schlips. „Sie sollten Ihrem Klienten 'nen Crashkurs im Straftarif für Beamtenbeleidigung verpassen. Als das in der Hilfsschule dran war, hat er bestimmt gerade beim Platzdeckchenhäkeln nachsitzen müssen."

Der Schlips warf einen Blick auf Tuki und zog vorsichtig an dessen Arm. „Lassen Sie doch, Herr Hellmann. Eine Beleidigungsklage kann wirklich teuer werden ..."

Tuki war der Rat seines Anwalts nicht einmal einen Seitenblick auf ihn wert. Sein kurzer, fleischiger Zeigefinger schoss hervor und stieß gegen Boyles Hemdbrust. „Fick dich! Mir doch scheißegal, wie hoch die Strafe dafür ist. Ich geb euch da auch noch Trinkgeld. Ich lass mir hier doch von 'nem verschissenen Dschungelaffen wie dir den Mund nicht verbieten! Wer bin ich denn?!"

„Immer noch der Typ, der auf der falschen Seite dieses Tisches sitzt", antwortete Boyle ungerührt.

Diese so herablassende Verachtung traf Tuki. Aus seiner LKA-Akte ging unmissverständlich hervor, dass Tuki ein waschechter Psychopath war. Und gerade hatte Boyle ihn mit seiner Andeutung so weit gebracht, seine Maske fallen zu lassen und das Monster, das er in seinem Inneren trug, für ein paar Sekunden Gassi zu führen.

Jedem halbwegs vernunftbegabten Menschen hätten die Blicke, die Tuki Boyle zuwarf, Angst machen müssen. Doch Boyle hatte etwas, das er ihnen entgegensetzen konnte – Zorn. Es war sein Zorn auf jeden großkotzigen Schulhofschläger, Aufschneider, Idioten und Rassisten, dem er in seinem Leben bisher hatte begegnen müssen. Und zumindest in diesem Fall war Boyles Zorn der Angst vor Tuki, die sich irgendwo in seinem Bauch rührte, deutlich überlegen.

„Du Scheißkanake, als ob ich mir wegen deiner Marke 'n Tröpfchen in die Hose machen würde", knurrte Tuki.

„Fick dich ins Knie, Tuki. Die größte Gang in dieser Stadt ist immer noch meine und jeder darin – alle siebentausendsiebenhundertneun Männer und Frauen – führt dich und deine Brothers ganz weit oben auf der Liste an Flachwichsern, für die wir jederzeit 'ne hässlich feuchte Zelle in Santa Fu freihalten."

Tuki hielt Boyles Blick einen Moment lang stand, dann schaute er zu seinem Schlips hinüber. „Der Briketttarzan ist 'n ganz schöner Brüllaffe. Niedlich, oder?", sagte er.

Boyles Handy klingelte.

Er nahm den Anruf an, lauschte eine Minute wortlos und beendete die Verbindung. Dann stand er auf und wies dabei zu der Videokamera an der Zimmerdecke über der Tür. „Ein Mal Dschungelaffe, ein Mal Bricketttarzan und dann noch Brüllaffe – nur schade, dass du nicht auch noch Nigger gesagt hast. Dann hätte es ja vielleicht für 'ne Runde im Knast gereicht. Aber so, denk ich mal, gibt das 'ne Geldstrafe irgendwo zwischen acht bis zehn großen Scheinen. Und, Tuki, wenn du Trinkgeld geben willst, die Bahnhofsmission ist eigentlich immer klamm. Im Gegensatz zu uns …"

„Nigger, was, Boyle? Ist doch unter meinem Niveau", rief Tuki ihm zum Entsetzen seines sowieso schon verstörten Schlipses hinterher.

Boyle drehte sich nicht einmal nach Tuki um und öffnete die Tür. Er war nach seinem Tanz mit dem Biker umso tiefer überzeugt, dass der von Hansis Tod wirklich überrascht worden war und deswegen als Täter ausschied. Dass Teddy ihn hatte umbringen lassen, wie Tuki glaubte, hielt Boyle allerdings für ebenso unwahrscheinlich.

Im Flur warf Boyle einen Blick auf Teddy, der zwischen zwei Schupo-Obermeistern auf seinem Plastikstuhl saß und so tat, als sei er gelangweilt.

Boyle winkte einen der beiden Schupos heran.

„Sie sorgen dafür, dass die nächsten zehn Minuten keiner diesen Raum hier verlässt!"

Der Obermeister nahm nicht wirklich begeistert Aufstellung neben der Tür zu Verhörraum 231.

„Und Sie“, rief Boyle dem zweiten Schupo neben Teddy zu, „begleiten Herrn Amin in Raum Zwo Drei Vier und leisten ihm dort so lange Gesellschaft, bis ich wieder zurück bin.“

Teddy warf einen langen, sehr neugierigen Blick auf die Tür, durch die Boyle gerade auf den Flur getreten war. Dann stand er auf und ging neben dem Schupo friedlich auf Boyle zu und an der Tür zu Raum 231 vorbei.

Boyle war erleichtert. Auf eine Konfrontation zwischen Teddy und dem Bikerboss wäre er gerade jetzt und hier bestimmt nicht scharf gewesen.

Nur blieb Teddy plötzlich stehen und wandte sich halb um. „He, Tuki, geile Party gehabt heute Morgen? Lad mich doch das nächste Mal dazu ein. Ich bring dann noch ’n paar Freunde mit und wir machen alle zusammen ’n schönes lautes Feuerwerk. Was sagste, Tuki? Ist das ’n Plan?“, rief Teddy der Tür zu.

Kurz darauf hörte Boyle ein Geräusch aus Verhörraum 231. Es klang, als sei dort ein Stuhl umgefallen.

Scheiße, dachte er, das jetzt nicht auch noch.

Doch als Tuki von innen gegen die Tür zu trommeln begann, waren Teddy und der Schupo bereits weit genug gegangen, sodass Boyle erleichtert aufatmete.

16 Uhr 47. Beierle hatte eben zum zweiten Mal Wagner, den Schuppenmann, angerufen, während sie im Opel vor dessen Tattoo-Shop warteten, doch Wagner meldete sich nicht. Jale gab sich echte Mühe, die ekligsten unter all den verschiedenen Szenarien zu verdrängen, die ihr unwillkürlich in den Sinn kamen, sobald sie versuchte, sich vorzustellen, was Wagner da hinter seinen weiß getünchten Schaufenstern mit seiner üppigen Dessousbrosche auf dem Gynstuhl oder im Hinterzimmer treiben mochte.

„Was jetzt? Gehen wir doch einfach rein und schütteln Wagner noch mal 'n bisschen durch", sagte sie.

„Hm", meinte Beierle nicht wirklich enthusiastisch.

Doch so sehr sie auch gegen Wagners Tür und Schaufenster klopften, traten und riefen – dahinter rührte sich nichts.

„Mist, Beierle", sagte Jale. „Irgendwer anders, den wir wegen Tuki und Hansi ausquetschen können?"

„Ja, aber dann kriegt Köhler ganz sicher 'ne Rückmeldung darüber. Aber genau das wollte ich vermeiden, so lange wir unterm Radar für Boyle ermitteln."

16 Uhr 48. Ante Pula trat vor Meyer Vier auf den Flur. Er war ein mittelgroßer, sehniger Mann mit auffallend weißer Haut, braunen Augen und glatten schwarzen Haaren, die stets perfekt gelegt und geföhnt waren. Seine bevorzugte Kleidung waren schwarze Hugo-Boss-Anzüge und weiße oder babyblaue Hemden, die nie weiter als zwei Knöpfe weit offen standen.

Boyle stieß sich von der Wand ab, an der er die letzten Minuten damit zugebracht hatte darüber nachzudenken, ob er Ante Pula wirklich einen simultanen Doppelschlag gegen die Koscha Nostra und die Biker zutraute. Bisher war er zu keinem endgültigen Schluss gekommen. Und Andres Himmel, den Boyle in der letzten Viertelstunde gleich drei Mal zu erreichen versucht hatte, antwortete nicht auf seine Anrufe.

Ante erkannte Boyle. Natürlich. Ihn zu übersehen war unmöglich.

„Hauptkommissar, freut mich, Sie wiederzusehen. Obwohl die Umstände angenehmer sein könnten", sagte Ante und streckte Boyle seine Hand entgegen.

Boyle spürte einen Stich, während er sie schüttelte. Er fragte sich, ob es die Hand eines Mannes war, der ein paar seiner Unterlingen befohlen hatte, ausgestattet mit Karnevalsmasken zwei Männer zu töten. Und zwar in dem vollen Bewusstsein, dass er damit ein brennendes Streichholz an das Pulverfass hielt, zu dem sich diese Stadt entwickelt hatte, seit ein Bürgermeister und dessen Polizeipräsident eine idiotische Sparmaßnahme nach der anderen getroffen und aus einer mit Müh und Not funktionierenden Polizeimaschinerie einen nach außen hin zwar glänzenden, aber im Inneren völlig verrotteten Schrotthaufen gemacht hatten.

Im Gegensatz zu Tuki Hellmann und Antes Onkel Nicolas Premuda, deren Akten im LKA und dem Präsidium jeweils gleich mehrere Psychoprofile enthielten, fielen die Unterlagen zu Ante Pula in den

Datenbänken der Polizei erschreckend dünn aus. Ante hatte Veterinärmedizin studiert und sogar mal einige Zeit lang eine kleine Praxis in Wilhelmsburg geführt, bevor sein Onkel Nicolas Premuda ihn ins Familiengeschäft holte. Ante hatte zwei Kinder, eine blonde deutsche Frau, die als Studienrätin an einem Gymnasium arbeitete, und bewohnte mit seiner Familie ein mittelprächtig schickes Haus in einer ruhigen Wohnstraße am Rand von Ottensen. Er war auch der Einzige der einheimischen prominenten Gangsterschaft, der seine Kinder auf Waldorfschulen schickte. Kein Wunder, dass Psychopathen wie Tuki Hellmann ihn für einen Witz auf zwei Beinen hielten.

„Ihr Kollege hier hat mir deutlich gemacht, dass Sie keinerlei Kompromisse eingehen werden in Bezug auf die Aufklärung der Morde an Alexander Lermontow und Hansi Üzgür. Und ich habe ihm selbstverständlich meine volle Unterstützung in dieser Angelegenheit zugesichert. Ich wiederhole dies auch gern noch einmal Ihnen persönlich gegenüber“, erklärte Ante.

Einen Gangsterboss, der in denselben Worthülsen redete wie ein Senator, dachte Boyle, hatte diese Stadt, deren Volksvertreter normalerweise zwar wie Politiker redeten, aber sich wie Gangster benahmen, ja vielleicht wirklich allmählich verdient.

„Ich bin mir nicht sicher, ob Ihrer Zusicherung wirklich zu trauen ist, Ante. Aber ich weiß immerhin zu schätzen, dass Sie so höflich sind, sie für mich noch einmal zu wiederholen."

Ante lächelte. Es war ein warmes, offenes Lächeln von der Sorte, das bei Frauen spontanes Vertrauen erzeugt. Boyle erwiderte das Lächeln.

„Mein Onkel lässt Ihnen übrigens Grüße ausrichten, Herr Hauptkommissar. Er ist sich sicher, Sie sind der richtige Mann, um diese traurige Angelegenheit zu einem für uns alle zufriedenstellenden Abschluss bringen zu können", sagte Ante.

Angesichts der – gelinde ausgedrückt – schattigen Deals, die Boyle mit dem alten Paten in der Vergangenheit gemacht hatte, kamen Premudas Grüße einer kaum verhohlenen Drohung gleich.

„Richten Sie Ihrem Onkel meinen Dank aus, Ante. Aber bestellen Sie ihm bitte auch, dass ich nicht in der Position bin, Rücksichten zu nehmen. Wer auch immer die Hits an Monster und Hansi befohlen und die Stadt mit dreckigen Pillen geflutet hat, wandert in den Knast."

Boyle registrierte mit einem guten Schuss professioneller Anerkennung, dass Antes Lächeln sich während seiner Ansage um keinen Millimeter verschob oder auch nur den Bruchteil eines Grades seiner definitiv falschen Wärme verlor.

„Das werde ich, Herr Hauptkommissar. Verlassen Sie sich darauf", versicherte Ante.

Boyle ignorierte Meyer Viers ziemlich erstaunte Blicke und schob die Hände in die Hosentaschen.

„Ach, Ante, keiner steigt zwei Mal in denselben Fluss. Die Vergangenheit ist vergangen. Und bleibt es auch."

„Panta rhei? Sie kennen Ihre klassischen Philosophen, was, Herr Hauptkommissar?"

„Das ist das Problem mit uns Bullen, Ante. Zu viele Leute, die es eigentlich besser nicht tun sollten, neigen schon mal dazu, uns zu unterschätzen ..."

Ante lachte, nickte Boyle zu und ging zum Lift.

Meyer Vier und Boyle blickten ihm nach.

„Was war das denn?", fragte Meyer.

Boyle zuckte mit den Achseln. Doch er erinnerte sich an die Aussage eines LKA-Informanten, die er in Antes Akte gefunden hatte. Der Informant behauptete darin, dass man Ante besser nicht unterschätzen sollte, denn zumindest unter einigen seiner Landsleute sei er als *čarobnjak* – Hexer – bekannt. Ein Mann, der mit einem Blick jedes Tier unterwerfen konnte. Ganz besonders gelte das für Wölfe, Pferde und Katzen. Und Boyle wusste, dass auch unter Nicolas Premudas aufgeklärter Fassade ein ganzer Urwald an tiefem Aberglauben lauerte. Er war daher nicht ganz so schnell dabei wie seine Kollegen, dieses Gerücht als unerheblich abzutun.

Während er Ante auf dem Weg zum Lift nachschaute, fragte er sich, ob der, selbst gemessen an Tuki Hellmann in Verhörraum 231, nicht die gefährlichere Bestie darstellte. Der Bikerboss bemühte sich wenigstens gar nicht erst zu verbergen, dass er ein Ungeheuer war.

„Wie hat Ante auf die Maskentypen und diese Pillen reagiert, Meyer?“, fragte Boyle schließlich.

Meyer Vier schüttelte den Kopf. „Schau dir die Aufzeichnung an, Boyle. Ich kann es jedenfalls nicht genau sagen. Der Typ ist glatt wie ’n Hering in Öl. Ich würd’s zwar nicht beschwören wollen, aber ich glaube, er hat geblinzelt, als es um die Pillen ging. Das könnte echt neu für Ante gewesen sein.“

16 Uhr 48. Reiner Zufall, dass Jale die Dessousbrosche von Tattoo-Wagner in dem Dönerimbiss entdeckte. Sie bat Beierle, im Auto zu warten und ging allein in den Laden.

Außer Wagners Tusse und einem Jungen, der hinterm Tresen mit einem Messer in der Hand die Kebabstange beäugte, war der Schuppen leer. Die Frau hatte einen roten Sommermantel an und hässliche, abgetretene Turnschuhe. Sie trug ihre Haare offen, saß mit einem Espresso am einzigen Ecktisch und blätterte lustlos in einer abgegriffenen Ausgabe der Elle. Sie wirkte hier, außerhalb des Tattoo-Studios, wie eine Hausfrau auf Nachmittagsausgang.

Jale trat zu ihr und lächelte sie an. „Hi, gleich zwei Mal laufen wir uns heute übern Weg, lustig, oder?“

Die Brosche zog ihre linke Augenbraue hoch und schoss Jale dabei einen herablassenden Blick zu. Ihre Wimpern waren derart aufgetunt, dass ihr Blick darunter beinah verloren ging.

„Sieh an, sieh an, das Bullenweibchen. Na, lässt

dich dein Boss etwa schon ganz alleine Kaffee holen? Da schreitet die Gleichberechtigung bei der Hamburger Schmiere aber mit so ganz großen Schritten voran, was?", sagte die Dessousbrosche.

Jale setzte sich an den Tisch. „Weißte, wenn ich so richtig brav war, dann lässt der mich sogar ganz alleine die Kaffeemaschine bedienen und der ist sogar so emanzipiert, der hat noch nie von mir verlangt, dass ich mich bei ihm förmlich abmelde, bevor ich aufs Klo gehe."

„Wow!"

„Jo, wow! Aber diese Elle ist ein einziger Hochglanzhaufen an sexistischer, frauenverachtender Scheiße."

„Ist mir egal. Seit ich die eigentlich gar nicht mehr nötig hab, les ich die Datingtipps da drin total gerne …"

„Wir müssen noch mal mit Wagner sprechen. Wo ist der?", kam Jale zum Punkt.

Ihre Gesprächspartnerin rümpfte die Nase und überblätterte schweigend eine Anzeigenstrecke für Gesichtscremes.

„Ich bin übrigens Jale."

„Sophia. Mit PH …"

„Wo ist Wagner, Sophia?"

„Im Catonium. Einen Bondageworkshop vorbereiten."

Jale nickte, und tat so, als wüsste sie, was das Catonium war.

„Schon gut, das ist 'n Club für Perverse. Wagner

gehört dort zum Inventar. Und wenn du mich weiter so anschaust, als ob dir gerade wer gegen die Muschi gehauen hat, Kleine, dann könnte ich fast auf die Idee kommen, meine Mitleidsbank für dich anzuzapfen." Sophia legte das Magazin weg und wandte sich dem jungen Mann zu, der hinter dem Tresen aus Stahl und Plexiglas Fleischspäne von dem Kebabspieß schnitt. Dabei klaffte Sophias Mantel auf. Jale erkannte, dass sie darunter nur einen Balconette-BH trug, der kaum bis zu ihren Nippeln reichte.

„Liebelein, noch 'n Espresso, ja?"

Der Jüngling hinter der Theke nickte und starrte dabei gierig auf Sophias halb nackte Brüste. Er war nicht der Einzige, denn auch Jale konnte gar nicht anders, als verwundert auf Sophias Möpse zu schauen. „Glotz nicht so! Der Junge hat kein Geld für Party, Bars und Nutten. Heiraten darf er auch erst, nachdem seine drei Brüder versorgt sind. So 'n Blick auf 'n bisschen was Echtes braucht der schon mal. Immer bloß Porno im Internet isses doch auch nicht auf die Dauer."

Jale verzog angewidert das Gesicht und stand vom Tisch auf. „Catonium heißt der Laden, in dem Wagner den Workshop gibt?"

„Ja. Försterstraße irgendwas …", sagte Sophia.

Der Junge hinterm Tresen schaute plötzlich an Jale und Sophia vorbei zum Schaufenster hinaus. Irritiert folgten die beiden Frauen seinem Blick.

Das Schaufenster explodierte in Flammen.

16 Uhr 53. Boyle und Andres Himmel warteten darauf, dass die beiden Beamten vom Dezernat Beschaffung, die gerade die Herrentoilette im zweiten Stock des Präsidiums betreten hatten, fertig wurden und sich wieder in ihre langweiligen Büros eine Etage höher verkrümelten. Weil irgendwer bei der Bauplanung geschlampt hatte, gab es im neuen Präsidium nur auf jeder zweiten Etage Toiletten.

Boyle sah Andres an, dass der mindestens so nervös und aufgeregt war wie er selbst. Als die beiden Beschaffungsmänner endlich durch die Tür traten, schoben Boyle und Himmel sich zeitgleich hinter ihnen in den gefliesten, nach Chemikalien riechenden Raum. Boyle lehnte sich von innen gegen die Tür. Unwahrscheinlich, dass ihn irgendwer von da verscheuchen konnte, solange er das nicht wollte.

Boyle berichtete Andres, was er von den Befragungen Tuki Hellmanns und Ante Pulas hielt und was Jale ihm erzählt hatte.

Andres senkte dabei den Kopf, schob seine Hände in die Hosentaschen und wirkte, als sei er so weit weg von hier und Boyles Worten wie der Mond vom Mars.

„Traust du Jale, Boyle?“, fragte er schließlich.

„Nein, natürlich nicht. Aber sie hat eine Verbindung zwischen den Maskenspinnern und den XTC-Pillen aufgetan. Und sie hat mir als Erste von der Übung im Labor berichtet. Du hast doch erlebt, wie Köhler, Winner und der Präsident darauf reagiert haben. Aber da sterben gerade Kids. Das ist XTC,

Andres, wovon wir hier reden, DIE Partydroge überhaupt. Da krepieren nicht nur Säufer, Nutten und Junkies dran, das sind Mittelklassekids, die gehen zur Wahl und zahlen Steuern. Ich begreif den Präsidenten einfach nicht, falls diese Nummer mit der verhinderten Pillenwarnung je durchsickert, zerreißt ihn die Presse doch mit Geifer vorm Maul in der Luft. Dann ist er seinen Posten los."

Andres nickte müde, runzelte die Stirn und setzte zu einer Runde durch das leere Klo an. Boyle ahnte nichts Gutes dabei.

„Wenn der Bürgermeister die Wahl verliert, ist der aktuelle Präsident auch Geschichte. Das weiß er", sagte Andres. „Ich habe mich schon vor ihm für den Posten beworben, Boyle. Der Präsident fürchtet, dass ich an seinem Stuhl säge, sollte herauskommen, was für ein Süppchen er da mit Köhler, Winner und dem Bürgermeister gekocht hat. Denn eines garantier ich dir: Falls die Gesundheitssenatorin sich wirklich geweigert haben sollte, eine öffentliche Warnung vor den dreckigen Pillen herauszugeben, dann hat diese feige Kuh sich dafür zuvor Rückendeckung beim Bürgermeister geholt. Dass Köhler und Winner dich aus der Informationsschleife heraushalten, liegt daran, dass sie wissen: Wir beide, du und ich, klemmen enger zusammen, als es sonst üblich wäre. Weder Winner noch Köhler hätten auch nur den Hauch einer Chance, ihre Posten zu halten, sollte ich je Präsident dieses Ladens werden."

Der Bürgermeister hatte seine letzte Wahl mit dem Versprechen gewonnen, den Kiez aufzuräumen. Sein beliebtester Slogan dabei war *„Eiserne Besen für schwere Jungs!“* gewesen. Doch das Erste, was er durchsetzte, nachdem er gewonnen und seinen Mann auf den Polizeipräsidentenjob gehievt hatte, waren Personalkürzungen gewesen, die er als Effizienzinitiative verkaufte. Aber falls jetzt öffentlich wurde, dass er persönlich eine Warnung vor schmutzigen Pillen verhindert hatte, dann konnte er seine Wiederwahl wohl in den Wind pissen und der Präsident war dann auch fällig. Kein Wunder, dass die in dieser Sache zusammenhielten, dachte Boyle. Und kam sich plötzlich schmutzig vor, weil er heute Morgen noch Wahlwerbung für den Bürgermeister gemacht hatte.

Andres sah Boyle an. „Du hast den Gangs klargemacht, dass sie heute Nacht gefälligst ihre Füße stillhalten sollen. Ante ist schlau genug, das zu kapieren. Teddy ja wohl auch. Und falls Tukis Biker Randale wollen, können sie die kriegen, kein Problem, Boyle. Die stehen doch sowieso schon ewig auf unserer Verschissliste. Also lassen wir die Schupos und Bundesbullen ihren Job machen und Rot-Weiß auf die Helme hauen. Das macht mir keine Sorgen.“

„Was dann, Andres?“, fragte Boyle gereizt.

„Die Pillen müssen von der Straße. Das ist unsere Hauptpriorität. Irgendwer muss eine Warnung vor den Dingern an die Presse durchsickern lassen. Jetzt. Selbst ein Gerücht ist besser als dieses Schweigen.“

Mit *Irgendwer*, das war deutlich aus Andres' Miene herauszulesen, meinte er eindeutig Boyle.

„Vergiss es, Andres, ich bin nicht der passende Mann dafür. Jeder weiß doch, wie eng ich mit Bellini gerade bin. Der Präsident suspendiert mich und du stehst mit dem Turfwar allein da. Das kann nicht die Lösung sein, oder?"

„In jeder Minute, die wir mit der Warnung warten, sterben vielleicht noch mehr Menschen, Boyle. Willst du wirklich die Verantwortung dafür übernehmen?"

Boyle sah auf seine Uhr. „Es ist fünf. Der ganz große Pillen- und Acideinwurf auf dem Kiez und in den Discos startet frühestens in drei, vier Stunden. Bis dahin brauchen wir irgendeinen Offiziellen, der die Meldung bringt und zwar in 'ner Pressekonferenz. Selbst falls ich Bellini jetzt anrufe und ihr die Story stecke, braucht die ein, zwei Stunden, um von ihr bis zum Radio und TV durchzusickern und selbst danach gilt die nur als Spekulation. Aber irgendein Politiker oder Präsidiumsbonze, der sie in einer offiziellen Pressemeldung bringt, kriegt damit sofort die volle Medienabdeckung und damit die höhere Reichweite. Und darauf kommt es an. Ich habe ein Jahr Dienst bei der Presseabteilung geschoben. Ich weiß, wovon ich rede. Weshalb also meine Suspendierung riskieren, wenn wir vielleicht einen der Bonzen so weit bringen, endlich seinen Arsch hochzukriegen und die Warnung herauszugeben?"

Andres sah ziemlich lange nachdenklich die Reihe der weiß glänzenden Toilettentüren an.

„Falls du jetzt sofort 'ne Pressekonferenz anberaumst, würde dir auch jeder zuhören, Andres“, sagte Boyle leise.

Doch Andres schüttelte den Kopf. „Dann lässt der Präsident eben mich suspendieren. Und was wird dann aus dem Chaos hier?“

Natürlich, dachte Boyle sarkastisch. Jeder war ersetzbar, solange er nur mindestens eine Ranghöhe unter Andres Himmel, Claus Winner oder Henner Köhler lief. Immer dasselbe.

So wie Boyle das sah, gab es wohl nur einen Weg, um Hamburg vor den tödlichen Pillen zu warnen. Und der war weder legal noch einfach. Oder auch bloß irgendwie ungefährlich. Doch die Uhr tickte unberührt davon weiter. Und mit jeder Minute erhöhte sich die Gefahr neuer Überdosierungen.

17 Uhr 08. Der Junge weinte und schmiegte sich dabei immer enger an Sophias mütterlich üppigen Busen. Sophia schien sich dabei allerdings mindestens so sehr an dem Jungen festzuhalten, wie er sich an ihr.

Beierle verpasste einem der Sanitäter bei dem Rettungswagen wegen irgendetwas einen Anschiss. Jale saß auf dem Bordstein und rauchte eine Zigarette, die sie sich von irgendeinem der Schupos oder Schaulustigen geschlaucht hatte, die allmählich hier eintrafen.

Sie hatten entweder unglaubliches Glück gehabt

oder waren so richtig fett vom Pech verwöhnt worden, dachte Jale und wollte sich gerade nicht entscheiden, welche der beiden Möglichkeit sie eher akzeptieren könnte.

Glück hatte sie gehabt, weil der Molotowcocktail, den zwei bärtige Männer aus einem vorbeifahrenden Pick-up gegen die Schaufensterscheibe des Dönerladens geworfen hatten, schlampig gemixt worden war. Deshalb brannte er zu schnell durch, ohne dabei genug Hitze zu entwickeln, um das Schaufensterglas zum Platzen zu bringen, sodass sich die Flammen von der offenen Tür aus nur einen knappen Meter ins Innere hatten ausbreiten können.

Als ausgesprochenes Pech konnte man bezeichnen, dass Sophia sich für ihren Entspannungsespresso ausgerechnet einen Imbiss ausgesucht hatte, der zu Ante Pulas Imperium gehörte.

Jale trat die Kippe aus und wunderte sich, dass ihre Hände noch nicht zu zittern begonnen hatten.

Beierle trat zu ihr, beugte sich herab und nahm vorsichtig ihr Gesicht zwischen seine kurzen Wurstfinger. „Geht's wieder, Kleine?“, fragte er leise.

Jale empfand seine Berührung als unerwartet angenehm.

„Muss doch, oder?“

Beierle lächelte. „So kenn ich mein Mädchen!“

Jale schloss ihre Finger um Beierles Hände und schaute ihn an. In seinem Blick standen Erleichterung und Angst.

„Was ist mit dem Schuppenmann?“

Beierle zögerte einen Augenblick, bevor er antwortete. „Ist angeblich nie in dem Club angekommen. Ich habe einen Streifenwagen hingeschickt und nachfragen lassen.“

Jale glaubte zu begreifen.

„Du meinst, die haben den … plattgemacht, weil er uns von der Party heute Morgen bei Rot-Weiß erzählt hat?“

Beierle schüttelte den Kopf. „Unwahrscheinlich. Ich glaube, der hat sich aus der Stadt verdrückt, sobald ihm aufging, dass es die nächsten paar Tage hier richtig heiß werden wird. Wagner ist ’n Smartie. Der riecht, sobald echter Ärger droht.“

Beierle ließ ihren Kopf los und schaute sich nach zwei Kollegen vom KDD um, die gerade aus ihrem Passat stiegen und sich an den Schaulustigen und Feuerwehrleuten vorbei auf sie zu bewegten.

Jale bemerkte, dass ihre Hände leise zu zittern begannen. Es stank nach Benzin, Grillanzünder und allmählich am Kebabspieß verbrennendem Fleisch. Hinter ihr knisterte der Löschschaum, den die Feuerwehr über die Brandreste gespritzt hatte, und sobald Jale den Kopf ein wenig hob, sah sie fünf Schupos, einen Krankenwagen, einen Löschzug der Feuerwehr und eine dichte Traube Gaffer, von denen einige mit ihren Kameras Bilder von dem Imbiss, den Einsatzkräften und Jale am Bordstein schossen.

Einen Moment glaubte sie wirklich daran, dass Tattoo-Wagner sich aus Hamburg verdrückt hatte und jetzt wahrscheinlich in irgendeiner niedersächsischen Dorfkneipe bei Bier und Kurzen als Live-Freakshow herhielt. Und sie beneidete ihn darum. Denn so viel stand fest, der echte Ärger auf dem Kiez hatte noch nicht einmal so richtig begonnen.

„Beierle?", flüsterte sie.

Ihr Kollege reagierte jedoch nicht.

Jale zog an seiner Jacke.

Beierle wandte sich ihr zu.

„Ich hab 'ne Idee", sagte Jale. „Vergiss Rot-Weiß und deren Party für den Moment. Falls du recht hast mit dieser Do-it-yourself-Munition, die die Killer benutzt haben, weiß ich, wen wir danach fragen könnten. Du musst nur die Ballistiker im LKA-Labor anrufen und herausfinden, ob die schon mehr über die Zusammensetzung des Geschosses wissen …"

17 Uhr 14. „Ihr könnt doch wohl euren Arsch nicht mehr von einem Klodeckel unterscheiden, wenn ihr denkt, dass ich wirklich was mit giftigen Pillen zu tun habe?! Dass ich mir von dir anhören durfte, ich hätte Monster umlegen lassen, war ja schon heftig genug, aber dieses Pillending ist unter aller Sau, Boyle! Ich bin Geschäftsmann! Soll ich es dir vielleicht buchstabieren?!", brüllte Teddy. „Ich bringe doch meine Kunden nicht um!"

Boyle regte Teddys übertriebene Empörung auf. Er saß Teddy zusammen mit Meyer Vier in Verhörraum

241 gegenüber. Und derart störrisch und dünnhäutig hatte er ihn selten zuvor erlebt. Nicht nur Teddys Reaktion am Flughafen war schon ein wenig aus der Reihe gefallen. Auch diese billige Provokation, mit der er Tuki Hellmann vorhin herausgelockt hatte, entsprach eigentlich nicht so ganz Teddys Stil. Seit Boyle ihn kannte, war Teddy immer ein cooler Knochen gewesen, kein Mann, der sein Herz je auf der Zunge getragen hätte. Okay, dachte Boyle, Teddy hatte seinen Eintreiber verloren, musste Angst vor einem Kiezkrieg haben und seine Gang bei der Stange halten. Alles jetzt nicht wirklich lustig. Aber Teddy hatte auch früher schon heftige Krisen gemanagt, ohne sich dabei derart übertrieben zickig zu geben. Irgendetwas musste Teddy schwer im Magen liegen. Boyle beschloss, dass er besser so schnell wie möglich erfuhr, ob das, was auch immer Teddy so dünnhäutig machte, in irgendeiner Weise mit den Morden an Monster und Hansi zusammenhing.

Boyle sah Meyer Vier an. „Hol uns mal Kaffee. Nicht diese Brühe aus dem Automaten. Geh zur Fahrbereitschaft, die haben 'ne neue Kaffeemaschine. Ich will Crema. Und Teddy Espresso. Mit Zucker. Ohne Milch."

Meyer Vier wirkte nicht besonders erfreut über Boyles Anweisung. Doch er stand vom Tisch auf und verließ den Raum.

„Irgendwas stimmt mit dir nicht, Teddy", sagte Boyle. „Du bist nie 'ne Diva gewesen, aber seit du aus dem Scheißflieger gestiegen bist, machst du jeder Dragqueen Konkurrenz in Zickigkeit. Also, was ist los?“

Teddy erwiderte nichts darauf.

„Mann ...“, sagte Boyle leise, sobald ihm dämmerte, was Teddy so sehr im Magen liegen musste.

„Wie, Mann?“, fragte Teddy verwundert zurück.

„Rebekka Bahrenbaum hat dir ’nen Korb gegeben, oder? Deswegen bist du so scheißzickig. Sag bloß, du wolltest, dass sie sich scheiden lässt?“

Teddy schwieg. Dann sagte er: „Gib mir ’ne Kippe!“

„Ich hab aufgehört“, antwortete Boyle. Aber warf nach einem Nerv-mich-nicht-Blick Teddy schließlich doch seine Zigarettenschachtel zu. Der zog sich eine heraus, steckte sie an und rauchte.

„Bekka will Kinder. Unbedingt. Ihr Alter aber nicht. Außerdem geht dem die Kanzlei über alles und sie kriegt dort nur den Kleinkram ab. Sie ist frustriert. Aber als ich sie vor ein paar Wochen gefragt habe, ob sie ihn für mich in den Wind schießt, hat sie gesagt, dass sie das einfach nicht kann. Also war ich sauer. Wir haben natürlich trotzdem weiter miteinander gerammelt. Sobald es um ’ne Runde in der Kiste geht, ist Bekka immer als Erste überm Deich. Na ja. Ihr Alter fasst sie ja auch gar nicht mehr an. Und jetzt auf Ibiza hat sie mir gesagt, dass sie schwanger ist. Von mir. Und das Kind wegmachen lassen wird. Ich will das aber nicht, Boyle. Das ist auch mein Baby, das sie da in ihrem Beutel hat. Große Szene gestern Abend im Hotel. Noch größere heute früh am Flughafen. Dann krieg ich den Anruf wegen Monster und du fängst mich in Fuhlsbüttel ab und wirfst mir vor, ich hätte ihn umgelegt. Mann, Boyle, irgendwann macht das alles keinen Spaß mehr!"

Boyle fand, dass Teddys Eröffnung eigentlich nur mit einer Kippe zu ertragen war und steckte sich auch eine an. Teddy war rammdösig, wenn er glaubte, dass Rebekka je so bescheuert sein würde, für ihn ihr bequemes, bürgerliches Oberklasseleben aufzugeben. Scheiße, dachte Boyle, Teddy war ein Gangster ohne Schulabschluss und mit fast drei Jahren Knast auf dem Buckel. Egal was er auch versuchte: DAS würde er sein Leben lang nie wirklich abschütteln können. Trotzdem konnte er das Teddy so nicht ins Gesicht sagen. Er würde ihm das niemals verzeihen.

„Frauen. Immer dasselbe, Alter. Lad sie ein, mach ihr die ganz große Romantikshow und sie überlegt sich das noch mal …", versuchte Boyle wider besseres Wissen, seinen Freund zu beruhigen.

Teddy rauchte stumm und verbissen seine Kippe.

Boyle schloss die Augen, lehnte sich zurück und fragte sich: Weshalb immer ich? Wieso krieg ich die Scheiße auch noch ständig mitten ins Gesicht, sobald sie mir sowieso schon fast bis Oberkante Kinn steht? War das so eine Art Familienfluch? Lag einem das in den Genen? Oder war es einfach bloß mieses Karma? Als hätte er nicht genug an den Hacken mit zwei Kiezmorden, einem drohenden Turfwar und tödlichen XTC-Pillen auf der Straße.

„Die Bonzen – einschließlich Bürgermeister, Gesundheitssenatorin und Drogen-Winner – weigern sich, 'ne öffentliche Warnung vor den dreckigen Pillen herauszugeben, Teddy. Ich muss das also selbst drehen. Und zwar so, dass das nicht auf mich zurückfällt. Ich brauche deine Hilfe dabei."

„Ich verkaufe ja vielleicht auch XTC, Boyle. Weshalb sollte ich dir helfen, mein eigenes Geschäft kaputt zu machen? Bisher wisst ihr ja noch nicht mal genau, was das überhaupt für Killerdrops sind. Sobald die öffentliche Warnung raus ist, verliere ich möglicherweise auch ordentlich Kohle. Keiner fasst dann doch noch irgendwelche Pillen an."

„Komm mir bloß nicht mit vielleicht und möglicherweise oder solchem Scheiß, Teddy. Du bist ein Gangster. Du vertickst Drogen. Das ist dein Job. Aber ein völlig verantwortungsloses Arschloch bist du deswegen auch nicht", sagte Boyle.

Teddy legte den Kopf in den Nacken und schaute zur Zimmerdecke hinauf. „Da gibt's aber schon den ein oder anderen in diesem Irrenhaus hier, der dir in dieser Charaktereinschätzung widersprechen würde. Und irgendwie müsste ich auch noch mal länger drüber nachdenken, ob ‚Du bist kein verantwortungsloses Arschloch' für einen in meiner Branche wirklich 'n Kompliment sein kann. Bei *Brot für die Welt* arbeite ich ja nun wirklich nicht."

Boyle schaute auf Teddys unrasiertes Kinn und zuckte mit den Achseln. „Das sind immerhin auch deine Kunden, die gerade reihenweise auf der Intensivstation oder in ’ner Blechkiste landen.“

Teddy zog an seiner Zigarette und blies Rauch gegen die Decke. „Tu Gutes, aber rede bloß nicht drüber – so ungefähr haste dir das vorgestellt, oder, Boyle?“

„So ungefähr. Ja.“

Teddy senkte den Kopf und schaute Boyle misstrauisch an. Dann leckte er Daumen und Zeigefinger an, presste sie gegen die Glut seiner Zigarette und löschte sie dadurch. Anschließend steckte er die Kippe in seine Hemdtasche. Typisch altgedienter Gangster, dachte Boyle – nur ja nirgendwo hier im Präsidium mehr an Spuren hinterlassen als unvermeidlich war.

„Du bist und bleibst ein überhebliches, selbstgefälliges Arschloch, Boyle. Aber nur mal angenommen, ich habe heute meinen christlichen Tag und bin wirklich großzügig zu meinen Feinden, was konkret schwebt dir da an Hilfe meinerseits so vor?“

„Das mit dem christlichen Tag würde deinem Alten ja wohl so gar nicht passen, oder? Der war immerhin Rabbi“, knurrte Boyle.

Teddy nickte und grinste ihn schief an. „Selbstgefälliges Arschloch. Ich hab’s, glaub ich, schon mal erwähnt, oder?“

„Wird nicht wahrer deswegen. Willst du nun wissen, worum es geht oder hier weiter Sprüche kloppen?“

„Erleuchten Sie mich, Herr Hauptkommissar", antwortete Teddy.

„Ich bedrohe den Innensenator. Du machst den Back-up. Ich will, dass er mich ernst nimmt. Das tut er nur, wenn du dabei bist und ihm klarmachst, dass du mich unterstützt, selbst wenn du dabei Kohle verlierst. Außerdem will ich, dass ihm klar wird: Sollte er mir doch irgendwie 'nen Maulkorb verpassen, dass du dann an die Presse gehst und diese Warnung rausgibst."

Teddy nickte, ließ der Reihe nach seine Fingergelenke knacken und dachte nach. „Um das noch mal kurz für Denkfaule und Logikschwache zusammenzufassen: Du erwartest von mir, dass ich mein eigenes Pillengeschäft sabotiere, indem ich dich dabei unterstütze, den Senator dazu zu bringen, diese Warnung herauszugeben? Was der aber so gar nicht will, weil ihm das Ärger mit dem Bürgermeister einbringt und außerdem grundsätzlich schlecht für seine Wahlchancen ist? Und sollte der Senator rumzicken und sich trotz deiner fabelhaften Drohung weigern, soll ich ihm klarmachen, dass dann eben ich damit an die Medien gehe?"

Boyle rieb sich mit der rechten Hand über seinen Nacken und nickte. „Genau. Du musst ihm damit drohen, dass du dann als verlässliche, aber anonyme Quelle zum NDR oder der Abendzeitung gehen und allen, die dir zuhören wollen, sagen wirst, dass der Arsch sich geweigert hat, die Bevölkerung dieser Stadt vor den tödlichen Drops zu warnen, weil er sich um seine Wahlchancen sorgt."

Boyle wusste, er musste Teddy gegenüber nicht extra betonen, dass sie beide sich mit ihrer Übung definitiv für einen der obersten Ränge auf Mallings ganz persönlicher Verschissliste qualifizierten.

„Wann geht's los?", fragte Teddy.

„Eigentlich hat's gerade schon angefangen", antwortete Boyle.

Meyer Vier trat mit einem aus der Kantine geklauten Plastiktablett und drei Tassen Kaffee in den Raum. Er stellte das Tablett ab und setzte sich neben Boyle an den Tisch.

„Es gab 'nen Zwischenfall. Zwei Männer mit Bärten haben aus einem Pick-up heraus einen Molli auf einen von Ante Pulas Dönerläden in Sankt Georg geworfen", sagte er und griff sich einen der Kaffeebecher.

Teddy und Boyle tauschten einen langen Blick.

„Scheiße!", sagte Boyle.

„Ja. Aber es kommt noch schlimmer. In dem Laden saß eine von uns. Jale Arslan, die Brosche, die letztes Jahr den Terroristen erschossen hat …", erklärte Meyer Vier.

Boyles Kopf fuhr zu ihm herum. „Rot-Weiß hat eine von uns angegriffen?"

Meyer Vier pustete in seinen Kaffeebecher und schüttelte dann den Kopf.

„Die war wohl nur zufällig in dem Laden."

„Ist sie verletzt?“, fragte Teddy, obwohl die Frage eigentlich ganz klar von Boyle hätte kommen sollen.

„Nein, nur … durchgeschüttelt … sie hat noch den anderen Gästen da geholfen und die Feuerwehr gerufen. Das volle Heldenprogramm. Beierle war auch ganz in der Nähe. Jedenfalls gab’s nur ’n paar leichte Schrammen.“

Boyle zückte sein Handy und wählte Jales Nummer.

17 Uhr 34. Die Feuerwehrleute rollten ihre Schläuche zusammen und der Notarzt packte seine Tasche wieder in den Rettungswagen.

Beierle saß auf dem Fahrersitz eines Streifenwagens und hielt das Funkgerät so, dass Jale, die ihren Kopf zu ihm hereinsteckte, mithören konnte, was Beierles Gesprächspartner zu sagen hatte. Das Innere des Streifenwagens roch nach schalem Bier, kaltem Schweiß und diesem unverkennbaren Aroma von in Ritzen und Falten festgebackener Kotze.

Jales Telefon klingelte. Sie ignorierte es.

„Beierle, alter Knochenfisch, von dir habe ich ja seit Jahren nichts mehr Gutes gehört! Wusste gar nicht, dass die dich immer noch mit ’ner Marke draußen auf der Straße herumlaufen lassen“, sagte Lothar „Lotte“ Kuczynsky, international anerkannter Metallurge.

Jales Telefon hörte auf zu klingeln.

„Habt ihr schon irgendetwas über die Munition,

die bei Monster und Hansi benutzt wurde?“, fragte Beierle.

Einen Moment war nur das leichte Knistern des Funkgeräts zu hören.

„Mann, Beierle, was hast du denn damit zu tun? Das ist ’ne ganz heikle Sache. Wir haben da eine Auskunftssperre aufgebrummt bekommen.“

„Aber doch nicht für mich, Lotte! Wie lange kennen wir uns? Zwanzig Jahre?“

„Hm, nee, muss länger sein. Aber weshalb willst du das wissen? Du bist doch beim KDD, oder? Seid ihr so schwach an Personaldecke, dass sie alte Rösser wie dich jetzt für echte Fälle und richtige Ermittlungen auf die Straße schicken?“

Beierle zog genervt eine Grimasse und stöhnte in das Funkgerät. „So ungefähr. Erfährt doch auch keiner, dass ich das von dir habe, Lotte. Ich brauch das jetzt. Irgendwas Verwertbares gefunden oder nicht? Die Geisterbahner müssen doch schon seit ’n paar Stunden fertig damit sein, Monster zu zerstückeln?“

Geisterbahner war der interne Bullenbegriff für die Mitarbeiter der Rechtsmedizin. Es war kein besonders schmeichelhafter Ausdruck. Doch wahrscheinlich hielt er sich gerade deswegen so hartnäckig bereits über mehrere Generationen hinweg.

„Die hatten nicht so viel, womit sie bei Monster arbeiten konnten. Dem soll ja wohl beinah der komplette Kopf gefehlt haben. Aber die Tatorttechniker haben ein bisschen was aus der Wand vom Fleur du Mal und dem Sessel gekratzt, in dem er saß, als es ihn erwischte. Das waren aber nur Bruchstücke von 'ner Bronzelegierung und winzige Spuren von Quecksilber und vielleicht noch etwas anderem. Ich hab so was schon lange nicht mehr gesehen, Beierle. Das letzte Mal …"

„… bei Conolly, dem IRA-Bomber, der erst auf unser SEK geballert und sich dann selbst 'ne Packung verpasst hat, oder?"

„Genau", antwortete Kuczynsky verblüfft. „Die Geisterbahner haben jetzt wohl auch noch andere Technik kommen lassen und suchen damit noch mal intensiver nach Bruchstücken, auch bei Hansi. Obwohl ich mir bei dem noch weniger Hoffnung mache, was zu finden. So heiß, wie der gebrannt hat, könnte es wirklich sein, dass da 'ne Menge an Geschossbruchstücken verkocht ist. So unglaublich sich das auch anhört."

„Hast du trotzdem schon 'ne Ahnung von der Form des Geschosses, Lotte?"

„Hm, das wäre aber reine Spekulation, Beierle, das muss dir klar sein …"

„Ist mir klar."

„Gut, dann sag ich's dir. Superkaliber und Elefantenbüchse? Blödsinn. Ich glaube, dass der Täter seine Munition wirklich selbst gebastelt hat und dass es im Grunde sogar ein gebräuchliches Pistolen- oder Revolverkaliber gewesen sein könnte, womit er sie verschossen hat. Er hat meiner Meinung nach auch nicht nur seine Geschosse aufgebohrt und dann deren Spitzen mit Quecksilber befüllt, wie Conolly das damals getan hat, sondern euer Mann hat seine Projektile mit fast an Sicherheit grenzender Wahrscheinlichkeit sogar selbst gegossen. Bloß sagen mir die Ballistiker hier, dass die paar Bruchstücke, die wir bisher gesichert haben, keine zuverlässigen Rückschlüsse auf die Waffe zulassen. Dazu bräuchten die schon die Hülsen. Oder eben eine ganze Menge mehr an Projektilfragmenten, als wir bisher gefunden haben."

„Frag ihn, woher der Killer die Geschosshülsen haben könnte", flüsterte Jale Beierle zu. Der nickte und fragte Kuczynsky danach.

„Schießplatz? Altmetallhandel? Keine Ahnung. Aber er kann dafür nicht jede x-beliebige Sorte Hülsen benutzt haben. Dazu ist die Treibladung, die er einfüllte, nämlich zu stark. Er brauchte 'ne Hülse mit 'ner wirklich kräftigen Wandung. Und dass er sich die werksseitig beschafft haben könnte, also von irgendeinem Hersteller, ist ziemlich unwahrscheinlich."

Kuczynsky spulte eine Liste möglicher Kaliber und Wandstärken von Geschosshülsen herunter, von denen er annahm, dass sie dem Killer als Träger für seine selbst gegossenen Geschosse gedient haben könnten. Jale schrieb mit.

Wieder begann ihr Telefon zu klingeln.

Jale ignorierte es.

„Beierle, ich sag mal, so viele Sorten von Leuten gibt's nicht, die sich die Mühe machen, Munitionshülsen mit selbst gegossenen Projektilen zu bestücken, um dann damit auf dem Kiez herumzuballern."

„Nee, gibt's wirklich nicht."

„Genau", antwortete Kuczynsky. „Das ist definitiv 'ne richtig miese Nummer, hinter der ihr da her seid. Also halt deinen Bauch gefälligst immer schön weit aus der Schusslinie!"

Kein schlechter Rat, fand Jale und scrollte sich durch das Nummernverzeichnis in ihrem Handy. Sie war auf der Suche nach den Kontaktdaten eines Mannes, der womöglich der beste Experte für Geschosshülsen in Hamburg war.

17 Uhr 51. „Wirklich, Boyle? Du hast als Treffpunkt Parkhaus, obere Ebene, abgemacht? Digga, du siehst die völlig falsche Sorte von Filmen", wunderte sich Teddy, während er an der Senderwahl des Radios von Boyles Dienst-BMW herumdrückte.

„Mein Fernseher ist seit drei Jahren kaputt. Keine Ahnung, wovon du redest", meinte Boyle und hupte gleich darauf einen Fahrradfahrer an, der ohne Handzeichen plötzlich auf seine Spur gewechselt war. Der Radfahrer schnippte Boyle einen Stinkefinger.

„Arschloch!", rief Boyle gegen die Frontscheibe.

Boyle hasste es wirklich, heikle Aktionen wie diese spontan organisieren zu müssen. Zu viel blieb dann dem Zufall überlassen und konnte schieflaufen. Das war der Plan: Während er sich mit Malling traf, um den dazu zu bringen, diese öffentliche Warnung vor den tödlichen XTC-Pillen herauszugeben, würde Teddy mit einem versteckten Mikro und einer Knopflochkamera das Gespräch aufzeichnen. Und sollte Malling sich trotz Boyles und Teddys Druck auf ihn weigern, konnte er danach zumindest nicht mehr leugnen, dass dieses Gespräch stattgefunden hatte. Und genau auf diesen Punkt kam es Boyle an. Dann würde er diese Aufzeichnung der Presse zuspielen. Und soweit Boyle das überblickte, gab es nur einen einzigen Grund, aus dem Malling sich weigern konnte, die Pillenwarnung herauszugeben – aus Angst um seine Wahlchancen. Doch sollte das jemals an die Öffentlichkeit gelangen, wäre er in dieser Stadt politisch für lange Zeit erledigt.

„Der Senator wird mich abtasten und deine Observationsspielzeuge finden", hatte Teddy vorhin zu bedenken gegeben, als Boyle ihn in einer der Toiletten des Präsidiums mit der Kamera und dem Mikro ausstattete.

Boyle war sich trotzdem sicher gewesen, dass er eine Durchsuchung verhindern könnte. Teddy dachte wie ein Gangster. Und vermutete deshalb, dass auch alle branchenfremden Leute in heiklen oder potenziell kompromittierenden Situationen tickten wie Gangster. Doch Boyle wusste, dass das ein Irrtum war. Die Einzigen, die in solchen Situationen so ähnlich dachten und handelten wie Kriminelle, waren Strafverteidiger und Polizisten. Malling war allerdings Politiker. Kein Bulle, kein Anwalt und erst recht kein Krimineller. Er war deswegen zu eitel und selbstgewiss, um überhaupt auf die Idee zu kommen, einen von ihnen nach Wanzen oder Kameras abzutasten.

Boyle tippte Jales Nummer ein und versuchte wieder, sie zu erreichen. Obwohl er inzwischen sicher wusste, dass sie bei dem Brandanschlag nicht verletzt worden war, machte er sich Sorgen. Er wollte sichergehen, dass der Anschlag wirklich nicht ihr persönlich gegolten hatte.

„Boyle?“, meldete sich Jale.

„Endlich! Weshalb gehen Sie nicht ran, wenn ich Sie anrufe? Ich habe noch mehr zu tun, als hinter Ihnen her zu telefonieren.“

„Sorry, Chef“, antwortete Jale.

Teddy grinste breit die Frontscheibe an.

„Besteht auch nur die entfernteste Möglichkeit, dass dieser Brandanschlag Ihnen persönlich gegolten haben kann? Oder Ihrem Informanten?“, fragte Boyle.

„Ausgeschlossen. Ich hatte einfach nur Pech. Und es war Beierles Informant, der uns den Tipp mit Tukis Party heute Morgen gegeben hatte. Beierle saß ungeschützt im Wagen am Straßenrand, während ich in dem Imbiss war. Wenn es darum gegangen wäre, hätte er in dem Wagen ein deutlich leichteres Ziel für einen Molli abgegeben.“

Das sah Boyle ein.

„Wo ist dieser Informant jetzt? Weshalb bekomme ich keine Meldungen von Ihnen dazu? Das war so abgemacht. Dies hier ist eine Ermittlung in einem Doppelmord, Frau Arslan, das ist etwas anderes, als Kleindealer am Albertplatz mit Kontrollen zu nerven. Ich bin davon ausgegangen, dass ich das nicht extra noch mal betonen müsste."

Teddy amüsierte sich immer noch prächtig darüber, dass Boyle seine Anschisse so großzügig verteilte.

„Unser Informant, also Beierles Informant, ist verschwunden. Seine Lebensgefährtin war mit mir in dem Imbiss. Sie hat keine Ahnung, wo er sein könnte. Beierle geht aber davon aus, dass er die Stadt verlassen hat, sobald ihm klar wurde, welche Kreise seine Information ziehen könnte."

Boyle hielt an einer Ampel.

„Ist Beierle gerade in Ihrer Nähe?"

„Ja. Moment ..."

„Hallo, Boyle", meldete sich gleich darauf Beierle.

„Was macht dich so sicher, dass sich dein Informant verpisst hat und nicht gerade mit ein paar Löchern im Kopf in irgendeinem Container oder Ölfass vermodert?"

„Er ist clever. Und er war früher schon mal in einer ganz ähnlichen Situation ..."

Boyle starrte eine ganze Weile schweigend auf das rote Licht der Ampel.

„Okay, Beierle. Falls ich irgendwo demnächst über eine Leiche stolpere, die du anschließend als deinen Informanten identifizierst, werde ich meinem Ruf, ein Kollegenschwein zu sein, wirklich mal gerecht und lass dich mit sofortiger Wirkung zum Zivilstreifendienst im Getto versetzen."

„Das kannst du gar nicht, Boyle. Außerhalb deines Kompetenzbereichs", antwortete Beierle, während Boyle den BMW beschleunigte.

„Lassen wir's einfach drauf ankommen, sobald es so weit ist", sagte Boyle. „Aber bis dahin steht ihr beide mir weiterhin zur Verfügung. Und wenn ich anrufe, dann geht ihr gefälligst ran. Ganz egal, wo ihr seid und was ihr da gerade treibt, kapiert?"

„Schon gut, Boyle. Jale ist vorhin nicht rangegangen, weil sie glaubt, eine Spur zu der Munition und vielleicht der Waffe des Killers auftun zu können. Wir haben mit Kuczynsky vom LKA-Labor gesprochen. Er ist sich ziemlich sicher, dass der Killer keine Elefantenbüchse benutzte, eher schon eine MPi. Und er hat seine Geschosse höchstwahrscheinlich selbst gegossen und auf Munitionshülsen aufgesetzt. Boyle, der Typ ist ein Freak. Der muss von der Straße, ganz egal, wer ihn angeheuert hat …"

Boyle war es inzwischen nicht mehr ganz so egal, dass Teddy sein Gespräch über die Freisprechanlage mithören konnte. Aber zu ändern war daran jetzt auch nichts mehr.

„Okay. Ihr geht dieser Spur nach. Meldet euch, sobald ihr etwas habt."

„Geht klar."

Ende des Telefonats.

Teddy ließ das Fenster herunter und steckte sich

eine Kippe an. „Falls du dich fragst, wer Beierles Informant war, Boyle, ich bin mir sicher, dass ich es weiß. Falls ihr demnächst auf 'ne Leiche stoßt mit mehr Metall in der Visage als ein Roboter und so vielen Tattoos, dass dir schon beim Hinsehen jede Lust auf Sex mit 'ner Arschgeweihten vergeht, könnt ihr euch sicher sein, Beierles Informanten eintüten zu dürfen."

Boyle schaltete einen Gang höher und trat aufs Gaspedal. Noch etwa zehn Minuten bis zu dem Parkhaus. Wieder meldete sich sein Telefon. Er warf einen Blick auf die Nummer und ignorierte es. Andres Himmel war der Letzte, mit dem er ausgerechnet jetzt sprechen wollte. Boyles Mailbox sprang an.

„Boyle? Wo bist du? Es gibt keine Videoaufzeichnung deiner Befragung von Teddy Amin. Weshalb hast du die überhaupt selbst durchgeführt? Winner und Köhler springen gerade im Dreieck deswegen. Der Präsident ist darüber informiert. Kann nicht mehr lange dauern, bis er dich einbestellt, um dir einen Anschiss und eine Rüge zu verpassen."

Boyles Mailbox zeigte mit einem Beep an, dass Himmels Redezeit abgelaufen war. Nur hatte Andres noch mehr zu sagen und ließ daher Boyles Handy wieder so lange klingeln, bis die Mailbox erneut ansprang.

„Bisher sind sechzehn Überdosen in Hamburg registriert. Dazu kommen noch mal fünf im Umland. Acht davon sind kritisch, heißt: Intensivstation. Außerdem wurden drei von Ante Pulas Läden abgefackelt. Molli-Brandanschläge. So viel wissen wir noch nicht, aber das scheint eher nicht von der Koscha Nostra auszugehen, sondern von Hellmanns Bikern. Das werde ich auch so in meinem Memo an den Präsidenten betonen. Trotzdem, Boyle, wir müssen reden! Einer von uns muss …"

Beep, die Mailbox schaltete sich ab.

„Ich wette, der versucht's noch 'n drittes Mal. Echt mitteilungsbedürftig, unser Präsidiumsbonze …", sagte Teddy.

„Teddy? Halt den Sabbel, ja?"

„Aye, aye, Massa", grinste Teddy.

„Noch einmal Massa und du kriegst was auf die Nuss", sagte Boyle und bog in das Parkhaus ein. Er jagte den BMW mit quietschenden Reifen Biegung um Biegung zum obersten Parkdeck hinauf. Boyle fragte sich, wie Teddy reagieren würde, sollte er in etwa einer Viertelstunde aus Boyles Gespräch mit Malling erfahren, dass sich Malling nach Beckers Selbstmord dessen Akten über Boyle und Premuda unter den Nagel gerissen hatte. Akten, aus denen hervorgehen würde, dass Boyle, Teddy und Premuda einst einen Deal gedreht hatten, der sie alle für ziemlich lange in den Knast bringen konnte.

17 Uhr 58. „Da ist es", sagte Jale und wies in einen gelblich getünchten Durchgang, der an der Reeperbahn zwischen einer Bierbar und einem Geschäft für Partykleider lag. Beierle warf einen skeptischen Blick darauf, folgte ihr aber in den Hof und zu einem Hinterhaus, neben dessen Tür ein Schild hing: „Avalanche Fashion“.

„Mode?“, fragte er.

Jale klingelte.

Eine Frau erschien in der Tür und schaute sie erleichtert an. „Ah! Ihr kommt wegen dem Teil für die Dagmar, oder? Das ist grad fertig geworden“, sagte sie und winkte Beierle und Jale in ein Büro voller Ikea-Möbel. Es roch nach Leder und Metall.

Jale schien sich hier auszukennen. Sie durchquerte das Büro, ohne die freundliche Frau darüber aufzuklären, dass sie bestimmt nicht hier waren, um das Teil für Dagmar abzuholen. Beierle folgte ihr und trat durch eine Tür in eine Werkstatt, die wie aus der Zeit gefallen wirkte. Da standen Maschinen, die aussahen, als wären sie schon vor dem ersten der beiden Weltkriege Antiquitäten gewesen. Beierle hatte auch keine Ahnung davon, wozu die Maschinen dienten.

Es war unangenehm heiß hier drin. Beierle spürte, wie ihm nahezu augenblicklich auf der Stirn und unter den Achseln Schweiß ausbrach.

Zwei hohe Metallregale teilten die Werkstatt, in ihnen lagen Stapelkästen aus Kunststoff. Und Unmengen von Leder, in sämtlichen nur vorstellbaren Farben und Varianten. Mal auf Ballen gerollt, mal nur in großen, unregelmäßig zugeschnittenen Stücken. Die Luft war geschwängert von diesem metallischen Geruch.

„Jale?!“, fragte ein Mann von irgendwo hinter einem der angestaubten Metallregale hervor.

„Harry!“, rief Jale, stürmte um die Regale und sprang Harry an, der fast zwei Meter groß war. Er hob sie hoch, drückte sie an sich und küsste sie auf ihre rote Lockenmähne. Er war ungefähr Ende vierzig und trug ein altes T-Shirt, eine abgewetzte graue Lederschürze und dazu schwarze Combatboots. Seine Muskeln waren von der Sorte, die durch harte körperliche Arbeit entstand. Außer der Schürze, dem T-Shirt und den Combatboots trug er nichts. Beierle starrte irritiert auf das Stück blanken, weißen Hintern, das unter der Schürze hervorschaute. Er wurde bleich, sobald er erkannte, dass die Stapelkisten auf den beiden langen Arbeitstischen in diesem Teil der Werkstatt Tausende von Patronen in sämtlichen gängigen, aber auch seltenen Kalibern enthielten.

Jale löste sich aus Harrys Umarmung und schaute Beierle an, der sichtlich irritiert wirkte.

„Erklär es ihm, Harry, oder mein Kollege hier ruft das SEK, sobald er seine Kinnlade wieder so weit hochgeklappt hat, um telefonieren zu können“, grinste Jale.

Harry griff in einen der Kästen, zog eine 38er Patrone hervor, klemmte sie in einen Schraubstock und zog mit einer Zange deren Geschoss ab. Das Innere der Hülse war leer. Keine Treibladung darin.

Becker beruhigte das nur bedingt. „Was ist das hier?“, fragte er.

„Diese Patronen hier sind alle blind, Beierle. Also kein Grund, das SEK oder die Typen vom Bombenentschärfungskommando zu rufen. Harry ist Schneider und Sattler. Er stellt Bühnenoutfits für Bands, Rockstars und Schauspieler her, in die meisten baut er Patronen ein. Das ist sein Markenzeichen. Er verkauft seine Sachen bis nach Hollywood“, erklärte Jale.

Ein Foto über der Werkbank zeigte zehn Männer und Frauen in heller Sportkleidung und dunkelblauen Jacken. Hinter ihnen leuchteten die Olympischen Ringe.

Beierle begriff. „Atlanta ’96?“

Harry nickte. „Silber. Pistole.“

Jale setzte sich auf die Werkbank und ließ ihre Beine baumeln. Sie sog den Geruch nach Leder und Metall in ihre Nase, ließ sich in ihn fallen. Harry war ein Patient ihres Vaters gewesen und hatte ihm auf dem Höhepunkt von Jales Teenagerrebellion gegen alles und jeden geraten, sie zu ihm in seinen Schützenverein zu schicken, um da ein paar Magazine Kleinkaliber zu verballern. Harry war überzeugt davon, dass das Jales Aggressionen dämpfen würde. Ihr Vater war zwar zunächst skeptisch gewesen, wollte dem Ganzen aber wenigstens eine Chance geben. Ihre Mutter hielt das für ausgemachten Blödsinn und regte sich ziemlich darüber auf, dass ihr Vater überhaupt auf eine so bescheuerte Idee verfallen konnte.

Schießen gehörte sich nicht für ein Mädchen. Das war höchstens etwas für Polizisten, Soldaten und kranke Freaks, behauptete sie.

Das gab den Ausschlag. Zum ersten Mal in dieser Zeit erschien Jale nicht nur freiwillig, sondern sogar überpünktlich bei einem Termin, den ihr ihre Eltern aufgedrückt hatten.

Nachdem Jale in Harrys Sportclub drei Kleinkaliberpistolenmagazine leer geschossen hatte, wusste sie, dass sie gefunden hatte, was sie gebraucht hatte. Und dieses Gefühl von Zufriedenheit und Angekommensein steigerte sich sogar noch, sobald sie zu Waffen mit größeren Kalibern wechseln durfte. Die Gewissheit, auf den bloßen Druck ihres Zeigefingers hin jemanden töten oder schwer verletzen zu können, vermittelte ihr ein Gefühl von Macht, das sie heimlich immens genoss.

Beierle war immer noch dabei, Harry zu erklären, weswegen sie hier waren. „… und deswegen glaube ich nicht, dass er aus irgendeiner Superbüchse mit einem Riesenkaliber geschossen hat. Nur brauchte er eben Munitionshülsen, denen die ziemlich heftige Treibladung für so schwere Projektile nichts ausmacht und die mit selbst gegossenen Geschossen bestückt werden können“, sagte Beierle gerade und wischte sich dabei genervt Schweiß von der Stirn. „Auf einem Überwachungsvideo habe ich wahrscheinlich den Killer gesehen. Er war maskiert und hatte ein Kurvenmagazin in seiner Tasche. Ich glaube, dass das zu der Mordwaffe gehört. Aber Kurvenmagazine passen nun mal nicht zu Elefantenbüchsen. Jale behauptet, Sie wüssten, wo der Killer die Hülsen herbekommen haben könnte, die er mit seinen Do-it-yourself-Projektilen bestückt und aus dem Kurvenmagazin verschossen hat. Die Brust des einen Opfers, das er erschossen hat, existiert praktisch nur noch als einziges großes Loch und dem anderen hat der Treffer den Kopf förmlich von den Schultern gerissen."

Harry ging zu einem Regal und suchte in seinen Stapelkästen herum, zog dann zwei davon aus einem der oberen Regalfächer und winkte Beierle und Jale, ihm zu einem Arbeitstisch zu folgen, der quer zu den anderen unter einem vergitterten Fenster stand.

Er legte dort fünf Munitionshülsen nebeneinander ab und wies darauf. „Die ersten beiden sind 38er Hülsen, die anderen 45er, die ich von zwei Schießplätzen kriege. Gängig. Würde ich aber nie mit neuen Geschossen versehen. Ist Einwegware. Kriegt Haarrisse nach der Zündung. Kann dir, wenn du sie zwei Mal benutzt, im Lauf platzen oder beim Auswurf klemmen. Gefährlich so was." Harry wischte sie wieder in den Kasten.

Dann legte er die Hülsen auf den Tisch, die er aus dem letzten Stapelkasten genommen hatte.

„Die haben 45er Kaliber, sehen auch aus wie stinknormale 45er. Aber das sind sie nicht. Die kriegst du nicht im Handel und auch auf keinem Schießplatz oder vom Sportclub, weil die in der EU gar nicht vertrieben werden. Die Einzigen, die mit den Dingern hier schießen, sind GIs in Scharfschützeneinheiten oder von den Special Forces. Aber die rücken ihre verschossenen Hülsen nicht heraus, sondern verschiffen sie zurück nach Amerika. Dort kauft die ein Freund von mir auf und schickt sie mir zu. Ich habe einen ganzen Ordner voller Anträge, die ich ausfüllen musste, bis ich die Genehmigung für den Deal bekommen habe. Die Dinger sind also selten." Harry zeigte auf den oberen Rand einer der Hülsen, dort, wo einst das Geschoss befestigt gewesen war. „Die Wandung hier ist ungefähr drei Zehntelmillimeter stärker als bei normalen 45er Hülsen. Das muss sie auch, weil das Projektil, das daraus abgefeuert wird, nämlich 'n größeren Luftwiderstand hat als klassische 45er Projektile und deswegen mehr Bums von der Treibladung braucht, um auf die nötige Geschwindigkeit zu kommen."

Jale glaubte begriffen zu haben, worauf Harry anspielte. „Du meinst Deformationsgeschosse? Mannstopper? Aber die benutzen unsere SEK-Teams doch auch …"

Harry nickte und zog unter dem Arbeitstisch eine ungewöhnlich lange und tiefe Schublade auf, in der eine angestaubte und zerlesene Sammlung an Zeitschriften, Broschüren und Katalogen über Waffen, Ballistik und Sportschießen lag. Auf einigen der Magazincover waren Fotos von Harry zu sehen. Ganz unten in der tiefen Schublade waren auch drei Ausgaben von „Bunte" und „Brigitte".

Er fand die Broschüre, nach der er gesucht hatte, und blätterte darin herum. Schließlich legte er sie aufgeschlagen neben die Hülsen auf den Arbeitstisch. „Das ist 'ne Zeichnung von dem Projektil, das auf diese Sorte Hülsen gehört."

Das Geschoss sah aus wie ein stumpfer, kurzer Kegel mit einer Delle am Vorderteil. Doch eine Schnittdarstellung daneben zeigte auch das Innere des Projektils. Jale erinnerte es an diese russischen Matrjoschkapuppen, in denen sich mehrere kleinere Puppen verbargen. Genauso war es bei diesem Projektil, in dessen Inneren offenbar drei verschiedene weitere Geschosse verborgen waren.

„Ich habe mal ein Video darüber gesehen, was diese Dinger anrichten. Eine AK-47 mit Nato-Munition kann dir deinen Arm abreißen, nur wenn dich das Geschoss streift. Die durchschlägt Stahltüren, doppelte Ziegelmauern und massive Motorblöcke. Das Ding hier hat in dem Video auf eine Entfernung von vierzig, fünfzig Metern einem Dummy den Kopf glatt aufgesprengt und abgerissen. Außerdem durchschlägt es jede derzeit verwendete Schutzweste und Wagenpanzerung. Auf kurze bis mittlere Distanz ist das die maschinenpistolengängige Variante einer bunkerbrechenden Bombe."

„Scheiße, Harry", flüsterte Jale in die Stille hinein, die sich nach seiner Erklärung ausgebreitet hatte.

Harry nickte, als wollte er ihre Bemerkung bestätigen. Dann wies er auf die Hülsen, die er vorhin herausgesucht hatte. „Wenn du da einen Geigerzähler dranhältst, fängt der an zu knattern. Weil die zweite innere Projektilhülle aus leicht angereichertem Uran besteht. An eurer Stelle würde ich genau das auch mit den Opfern tun – einen Geigerzähler dranhalten. Dann wisst ihr ganz genau, ob euer Killer nicht vielleicht das Original benutzt hat, statt sich sein Projektil selbst zu basteln."

Beierle schaute Harry an, als hätte der gerade behauptet, dass es auf dem Mond schneit.

Harry erwiderte seinen Blick und hielt ihm mühelos stand.

Beierle zog sein Telefon hervor und rief Kuczynsky an. Es dauerte weniger als drei Minuten, bis Kuczynsky bestätigte, dass die Geschossreste, die er im Labor untersucht hatte, tatsächlich übernormal radioaktiv reagierten.

„Ihr sucht keinen Gangster oder Waffenfreak. Ihr sucht einen Soldaten", meinte Harry.

Jale dachte, dass sie Boyle anrufen sollte. Gleich jetzt. Bloß ging der nicht ans Telefon, als sie es versuchte.

Auf dem Weg zurück in den Hof führte Harry sie durch einen Nebenraum voller Schneiderpuppen und Kleiderständer mit den Outfits, die er entworfen und hergestellt hatte. An jedem der Teile war ein Zettel mit dem Namen der Kunden befestigt. Beierle blieb einen Moment beeindruckt stehen und betrachtete sie. „Heino und Madonna?"

Harry hielt Jale zuvorkommend die Tür zum Hof auf.

18 Uhr 05. Boyle war sich sicher gewesen, dass Malling pünktlich sein würde. Aber jetzt lehnten sie schon fünf Minuten über der vereinbarten Zeit hier in dieser Ecke im dritten Parkdeck an Boyles BMW und warteten auf den Innensenator.

„Drehen die dir einen Strick draus, dass du mich vorhin verhört hast, ohne die Videoaufzeichnung dazu einzuschalten? Ich meine, die Bonzen haben dich doch wohl wegen mir sowieso schon im Visier oder nicht?“, fragte Teddy.

„Wir sind hier, um einem Senator in den Arsch zu treten, aber du machst dir in die Hose wegen ’ner Verhöraufzeichnung? Deine Sorgen möchte ich haben, Teddy!“

Teddy blies die Wangen auf und wackelte mit dem Kopf.

Boyle war es trotzdem recht, dass Teddy nicht auf die Idee kam, ihn zu löchern, weswegen er hier seine Karriere riskierte. Was Boyle dazu brachte, war bestimmt nicht nur irgendein diffuses Pflichtgefühl, sondern Erinnerungen an seine Jugend. An die Nächte auf dem Kiez, in denen er sich mit Teddy und ein paar anderen Betongettokids jede Droge und jeden Dreck an Billigfusel gegeben hatte, bevor sie betrunken und bedröhnt im „Krawall“ am Fischmarkt aufschlugen oder sich im „Skorbut“ beim Pogo gegenseitig die Ellbogen in die Fressen knallten und das für ein paar Stunden mit dem ganz großen Abenteuer verwechselten. Auch wenn die Kids heute auf Musik standen, die Boyle eher Ohrenschmerzen machte, blieben sie doch Kids und waren, mal abgesehen von ihrer Musik, nicht besser oder mieser als Boyle, Teddy und all die anderen es damals gewesen waren.

Boyles ehemaliger Kollege Tommy Graf hatte irgendwann mal behauptet, Bullen seien so etwas wie Katalysatoren, die all das, was in einer Gesellschaft schieflief, durch ihre Hirne filterten, um es anschließend in Form von Beweisen und Ermittlungsakten vor Staatsanwälten, Richtern und Verteidigern möglichst verständlich aufbereitet wieder auszukotzen. Tommy hatte damals so getan, als bliebe von all dem Dreck, den er da durch sein Hirn zu schieben hatte, nie genug in ihm hängen, als dass es ihn irgendwann mal fertigmachen könnte. Aber Tommy Graf war tot. Und man konnte mit einer gewissen objektiven Berechtigung behaupten, dass er an seinen eigenen Erwartungen und ein paar dummen Illusionen gestorben war.

Beinah hätte Boyle Malling übersehen, als der plötzlich doch auftauchte. Denn er stieg nicht wie erwartet aus einem Dienstwagen, sondern schlenderte ihnen vom Lift her entgegen.

Teddy blickte ihm mit einem leisen Lächeln entgegen. Und so sehr Boyle es auch hasste, dennoch musste er zugeben, dass Malling ausgesprochen cool wirkte, dafür, dass er hier alleine einer Gangstergröße und einem Polizisten entgegentrat, von denen er bestimmt nicht annehmen durfte, dass sie ihn hierherbestellt hatten, um ihm so tief in den Hintern zu kriechen, dass sie ihm seine innigsten Wünsche von den Hirnzellen lecken konnten.

„Illustre Gesellschaft, in der Sie da sind, Hauptkommissar", begrüßte der Senator ihn. Er machte keine Anstalten, sie nach Aufzeichnungsgeräten abzutasten, wie Teddy das erwartet hatte.

Boyle nickte. „Dann brauche ich Sie wohl nicht mehr vorzustellen, was?"

Teddy schüttelte den Kopf. Aber machte keine Anstalten, Malling die Hand zu reichen. Und der Senator wirkte so, als sei ihm das durchaus recht.

„Was verschafft mir das Vergnügen? Das heißt, falls es denn eines sein sollte. Und weshalb habe ich es ausgerechnet hier, in einem Parkhaus?", fragte Malling.

„Das CCTV hier ist seit Monaten abgestellt, weil das hier als Treffpunkt zwischen Informanten und Kollegen vom Drogendezernat genutzt wird. Diese Ecke ist auch von keiner Stelle irgendwo im Parkhaus einsehbar", erklärte Boyle und wusste, dass er Malling damit nervte, weil der seine Frage rein rhetorisch gemeint haben musste.

„Sehr aufschlussreich", kommentierte Malling mit einem Blick auf Teddy.

Der zuckte mit den Achseln und lächelte. „Ich finde

schon länger, dass das Drogendezernat der Hamburger Polizei seine Effizienz heillos überschätzt. Sollen die sich mit ihren Petzen treffen, wo sie wollen. Ist mir absolut rille. Interessiert keine Sau ..."

Der Senator fand Teddy eindeutig nicht lustig. Aber um ihn zu amüsieren, waren Boyle und Teddy auch nicht hierhergekommen.

„Irgendwer verteilt schmutziges XTC auf der Straße", erklärte Boyle. „Schon seit heute Morgen. Bei der letzten Zählung waren es sechzehn Überdosen in Hamburg und fünf im Umland. Fast die Hälfte davon so kritisch, dass die Betten in den Intensivstationen knapp werden. Außerdem gab es bereits acht Tote. Trotzdem hat die Gesundheitssenatorin sich geweigert, eine öffentliche Warnung vor dem Zeug herauszugeben. Angeblich auf Anweisung des Bürgermeisters."

Malling hörte sich Boyles Ansage scheinbar nur mäßig interessiert an.

„Heute ist Freitag. In spätestens vier Stunden geht auf dem Kiez und in den Großdiscos auf dem Land so allmählich die Post ab. Noch mal drei Stunden später steppt hier der Bär so laut, dass Sie es garantiert sogar bis nach Bergedorf in Ihre Villa hören können. Dann sind auf den Intensivstationen allerdings keine Betten mehr frei, weil sich dort nämlich die Überdosen stapeln. Und ich hör auch schon die Anmoderation morgen Abend in der Tagesschau: Epidemie an Drogentoten in Hamburg", sagte Boyle.

Malling schaute ihn mit einem nun doch nicht mehr ganz so gelassenen Ausdruck an. „Sie würden nicht Epidemie sagen. Das sparen die sich für AIDS oder die Vogelgrippe auf."

„Ist mir ehrlich gesagt scheißegal, ob die das dann so oder anders nennen, Senator. Der Punkt ist, dass es besser gar nicht erst so weit kommt", meinte Boyle.

„Dann begreife ich nicht, wieso Sie Ihre Zeit hier mit mir verschwenden, statt diese Drogen zu suchen, zu finden und aus dem Verkehr zu ziehen, Hauptkommissar. Sie sind hier das ausführende Organ."

Boyle ging Mallings Tanz um den heißen Brei deutlich heftiger auf die Nerven, als er erwartet hätte. „Und Sie sind von denselben Leuten gewählt worden, von deren Steuergeldern mein Gehalt bezahlt wird. Könnte sein, dass ich in der Beziehung 'n bisschen altmodisch bin, aber ich glaube, dass man für die Kohle, die man von irgendwem kassiert, auch einen möglichst guten Job machen sollte. Nur hindern mich gerade die Präsidiumsbonzen und der Bürgermeister daran, meinen Job so zu erledigen, wie ich das den Bürgern dieser Stadt eigentlich schuldig bin."

„Bisher habe ich Sie ja für einen Pragmatiker gehalten, Boyle. Dass Sie aber offenbar ein Idealist sind, überrascht mich dann doch. Idealismus macht sich ganz gut in Talkshows, Wahlkampfreden und Büchern. Überall sonst stört der eher", erwiderte Malling. Es war zwar nicht so, dass Boyle die Argumentation des Senators nicht hätte nachvollziehen können.

Nur fand er, dass Malling einen Fehler machte, wenn er behauptete, dass Idealismus eher ein Störfaktor sei. Der Witz an diesem bisschen Idealismus besteht ja darin, dass der jenem sprichwörtlichen letzten Strohhalm gleicht, an den du dich wider besseres Wissen klammerst, um nicht ganz und gar in einem ziemlich frostigen Meer an Karrierismus und Gleichgültigkeit zu ersaufen. Schlipszombies wie Malling war Idealismus in jeglicher Form suspekt. Aber die waren auch schon längst so weit, dass sie sich selbst den täglichen Bürowettbewerb im gegenseitigen Ellbogenstoßen und Stuhlbeinsägen als gesunde Fitnessübung schönredeten.

„Herr Amin und ich sind hier, um Ihnen ein Ultimatum zu stellen, Senator. Entweder kommt bis neunzehn Uhr dreißig von irgendwem mit Titel und Medienbums eine öffentliche Warnung vor diesen Pillen. Oder ich stelle mich selbst vors nächste Mikrofon und berichte allen, die zuhören wollen, dass angesichts der höchsten Zahl an Drogentoten, die diese Stadt je an einem einzigen Tag gesehen hat, weder die Polizeispitze noch irgendwer vom Senat den Arsch in der Hose gehabt hat, Hamburgs Bürger vor diesen Scheißdrops zu warnen. Und weil ich Sie so sehr schätze, werde ich dabei Ihren Namen ganz besonders hervorheben. Dann dürfen Sie Ihren Wählern erklären, weshalb Sie aus Karrieregründen darauf verzichtet haben, deren Kinder, Enkel, Lover, Freunde und Kollegen vor dieser beschissenen, tödlichen

Droge zu warnen. Könnte sein, dass Sie danach am Wahlabend nicht wirklich viel Freude haben werden. Aber das ist dann, soweit es mich und Teddy betrifft, fremdes Elend, Senator."

Boyle hatte auf dem Weg hierher mit sich selbst eine Wette darüber abgeschlossen, wie Malling auf sein Ultimatum reagieren würde. Möglichkeit eins: Er gab sich cool und durchschaute es als den Bluff, der es im Grunde ja auch war. Möglichkeit zwei: Er tat alles, um den Schwarzen Peter zum Polizeipräsidenten oder der Gesundheitssenatorin zu schieben und sich als nicht wirklich zuständig zu erklären. Möglichkeit drei: Er drohte Boyle damit, dass er ihn mithilfe von Beckers geheimen Akten in den Knast bringen könnte. Bisher schwieg Malling jedoch. Er spielte eindeutig auf Zeit.

Teddy schüttelte eine Kippe aus der Schachtel und zündete sie an. Er blies den Rauch nur wenige Zentimeter an Mallings Gesicht vorbei. Malling schaute abschätzig auf die Zigarette in Teddys Mund. „Rauchen ist ungesund."

„Das sind giftige XTC-Pillen auch", erwiderte Boyle.

Der Blick des Senators rastete auf der B-Säule von Boyles Wagen ein und hielt sich dort eine ganze Weile. „Ich weiß, dass Sie kein Feigling sind, Boyle. Deshalb wäre ich ja fast auf Ihren Bluff hereingefallen. Aber keinem hier nützt es, wenn Sie oder ich wegen dieser Pillenwarnung den Job verlieren."

„Unsere Jobs können nicht die Toten und Verletzten wert sein, die ohne die Warnung heute Nacht die Krankenhäuser und Leichenhallen füllen werden, Senator."

Mallings Blick wanderte träge zu Boyle herüber. „Ich weiß, was die Opposition plant, falls sie gewählt werden wird. Und genau das wird passieren, falls ich mich mit dieser öffentlichen Warnung gegen den Ersten Bürgermeister und die Chefetage im Präsidium stelle, wie Sie das von mir erwarten, Boyle. Sie glauben, dass die letzte Polizeistrukturreform gefährlich war? Warten Sie ab, bis die andere Seite an den Drücker kommt. Die werden weitere vierhundert Stellen bei der Polizei und den Justizdiensten streichen. Die haben sich jetzt schon von einer Truppe Unternehmensberatern die Knastbelegungsquoten schönrechnen lassen und auch ganz nebenbei verkündet, die Förderungen für Sozialarbeiter und Streetworker totzukürzen. Das bedeutet, jede Drogenberatung und Drückerstube ist in akuter Gefahr, geschlossen zu werden. Aber das ist nur, was die Opposition in der Justiz, bei der Drogenprävention und dem Polizeiapparat plant. Dort ist ja lange noch nicht Schluss, die werden auch bei Rettungsdiensten und Krankenhäusern den ganz breiten Rotstift ansetzen. Das Leben wie vieler Bürger dieser Stadt würde dieser Unsinn ruinieren oder sogar beenden? Sie glauben, dass die Straße ein hartes Pflaster ist, Boyle? Versuchen Sie mal, ein einziges Jahr im Senat mitzuspielen, dann können wir beide gern noch mal darüber diskutieren, wer hier wirklich der glatte Aal ist. Aber bis dahin, Herr Hauptkommissar, bilden mein Ministerium und ich die einzige Barrikade vor dem Ausbruch des völligen Sparwahnsinns, die in der Hamburger Bürgerschaft noch existiert."

Teddy klatschte sarkastisch Beifall. „Geile Ansage, Senator. Ich bin für 'ne Gehaltserhöhung für Ihren Redenschreiber."

Malling warf ihm einen genervten Blick zu. „Dafür, dass heute Abend auf dem Kiez die dickste Razzia seit Jahren bevorsteht, sind Sie aber erstaunlich guter Stimmung, Herr Amin. Oder ist das etwa der pure Galgenhumor?"

Teddy legte die Hand aufs Herz und nickte dem Senator zweimal kurz zu. „Mein Herz ist rein, wohnt niemand drin als lieb Jesu allein", rezitierte er.

Boyle war das zu viel an Sarkasmus. Er sah demonstrativ auf seine Uhr und schaute dann Malling in die Augen. „Ihre Zeit läuft, Senator."

Malling schob die Hände in die Hosentaschen und sah dabei zu, wie Boyle die Wagentür öffnete und einstieg. Teddy ließ den Senator nicht aus den Augen, während er um die Motorhaube herum zur Beifahrertür ging.

„Boyle meint, was er sagt. Ich kenn ihn schon länger. Wenn er so drauf ist wie gerade eben, nimmt er keine Rücksicht mehr. Dann müssten Sie ihn schon umlegen lassen, um ihn noch aufhalten zu können.

Ich an Ihrer Stelle würde ja heute Abend zusehen, dass ich immer 'n laufendes Radio oder 'n Fernseher in der Nähe hab. Ich meine, hat man ja selbst als Senator nicht jeden Tag, dass man zuhören kann, wie die Karriere und der Ruf so richtig schön den Bach runtergehen, oder?"

Malling lachte bitter auf.

Boyle startete den Motor.

Teddy zuckte mit den Achseln und stieg ein.

Der Innensenator blieb stehen und schaute Boyles Wagen so lange nach, bis der vom Parkdeck verschwunden war.

Teddy steckte sich zwei Kippen in den Mund und zündete sie an. Er reichte eine davon an Boyle weiter, der sie nach kurzem Zögern annahm.

„Du bist völlig durchgeschwitzt", sagte er.

Boyle nickte, während er spürte, wie ihn jetzt die Adrenalinwallungen trafen. So, dachte er, musste es sich anfühlen, wenn nach langer Abstinenz die erste Nase voll Koks ins Hirn knallte.

„Der fällt nicht um, Boyle. Du hast ihn nicht gekriegt", sagte Teddy leise.

Boyle schüttelte energisch den Kopf. „Doch, der fällt um. Ich hab auf seinen Hemdkragen geachtet. Der war frisch, als er vorhin kam. Zum Schluss sah der aber nicht besser aus als meiner", antwortete Boyle, aber fragte sich auch, weshalb Malling nicht versucht hatte, ihm offen mit Beckers Akten zu drohen. Die einzige Erklärung, die ihm dazu einfiel war, dass der Senator wegen der Pillenwarnung eben doch ein schlechtes Gewissen hatte.

„Hast du die Aufzeichnung, Teddy?“, fragte Boyle.

Teddy nickte und zog eine kleine schwarze Box mit einem winzigen Screen hervor, die er auf der Mittelkonsole ablegte. Auf dem Display blinkten Zeitangaben und die Batterieanzeige war noch drei Balken stark.

„Du hast ihn am Arsch, wenn du ihn wirklich fertigmachen musst, Boyle“, verkündete Teddy dabei.

18 Uhr 42. Köhler war außer sich. Er stand hinter dem Schreibtisch in seinem Büro und starrte abwechselnd auf Andres Himmel, der in einem der beiden Besuchersessel saß, und auf Jale und Beierle, die neben der Bürotür an der weiß getünchten Wand lehnten.

„Ich habe hier die dünnste Personaldecke von allen Abteilungen, aber Boyle verfügt einfach über meine Leute, als sei er hier der Boss? Der hat ein Team von sechs Beamten, die er herumschieben kann, wie er will. Meine Leute kriegt er nicht. Basta.“

Beierle sah zu Boden, um das Grinsen zu verbergen, das er sich angesichts von Köhlers Wut nicht hatte verkneifen können. Jale fuhr jedoch sichtlich zusammen, als ihr Chef zu seiner Tirade ansetzte. Vor zwanzig Minuten hatte Köhler sie wütend zum Rapport bestellt und dabei sehr deutlich gemacht, dass er keinesfalls dulden würde, dass sie weiter für Boyle an den Mordfällen Lermontow und Üzgür arbeiteten. Beierle hatte noch auf dem Weg hierher eine SMS an Kripoboss Himmel geschickt, um zu sehen, ob der ihnen den Rücken freihielt, weil sie Boyle selbst schon seit fast einer Stunde nicht mehr erreichen konnten. Himmel war nur zwei Minuten nach ihnen in Köhlers Büro aufgeschlagen und hatte sich wortlos in dessen Besuchersessel gepflanzt. Jetzt entflocht er seine langen, gerade noch übereinandergeschlagenen Beine und erhob sich aus dem Sessel.

„Ich hab die Verwendung deiner beiden Leute in der MoKo autorisiert, Köhler. Also halt gefälligst den Ball flach, ja?"

Andres Himmels Telefon klingelte. Gleich darauf klingelte auch das auf Köhlers Schreibtisch und noch bevor er dazu kam, nach dem Hörer zu greifen, begann auch Beierles Handy zu piepen.

Andres Himmel war der Erste, der seinen Anruf annahm, er lauschte einen Augenblick, dann stellte er den Lautsprecher seines Handys an und legte das Gerät auf Köhlers Tisch ab. Er sah in die Runde, legte den Finger auf die Lippen und wies auf sein Telefon.

„Das ist Hauptkommissar Christian Thomsen von der Schupo", erklärte er an die übrigen gewendet. Dann beugte er sich etwas über sein Handy und sagte: „Du bist jetzt auf laut, Christian. Bei mir hier sind Köhler vom KDD und die Kommissare Arslan und Beierle."

„Okay. Tach zusammen, Kollegen. Ich hab vor

zehn Minuten zwei Streifenwagen nach Ottensen ausrücken lassen, weil sich da ein Anwohner über Rauchentwicklung in einer Harley-Niederlassung beschwert hat. Stellt sich heraus, dass der Laden brennt. Die Feuerwehr ist schon da, aber wir haben noch keine Meldung über eventuelle Personenschäden. Ich wollte dich nur gleich ins Lagebild setzen, Andres, weil wir den Laden schon länger auf dem Schirm haben. Einer der Besitzer ist nämlich Tuki Hellmann. Das könnte immerhin ein Racheakt sein, weil heute drei von Ante Pulas Dönershops angegriffen wurden."

Beierle war der Erste, der daraufhin etwas sagte: „Halleluja und Helm ab zum Gebet, Freunde. Das wird 'ne lange Nacht heute ..."

Köhler schüttelte missbilligend den Kopf.

„Danke, Christian. Halt mich weiter auf dem Laufenden. Und sag Bescheid, falls ihr Verstärkung braucht, okay?"

„Geht klar. Tschüss", sagte Thomsen und legte auf. Andres Himmel steckte sein Handy wieder ein und wandte sich an Beierle und Jale bei der Tür. „Sie kommen beide mit mir!", befahl er.

Köhlers Gesicht wirkte so unnatürlich dunkelrosa, dass Jale sich echte Sorgen um seinen Blutdruck machte, während sie Himmel und Beierle nach draußen folgte, wo sich inzwischen das geschäftige Chaos der Razziavorbereitungen einem ersten Höhepunkt näherte.

Andres Himmel bugsierte sie in ein leeres Büro, dessen Möbel mit Plastikplanen abgedeckt waren und verlangte von Beierle eine Erklärung, was hier los war. Er wirkte nicht besonders entspannt dabei.

Beierle kam der Anweisung nach und setzte ihn über die aktuelle Entwicklung des Falles in Kenntnis.

„Wir brauchen eine bundesweite Liste von allen US- und NATO-Einrichtungen, wo diese Munition verschossen wird. Außerdem müssen wir wissen, ob da in den letzten paar Monaten mal etwas davon verschwunden ist. Jale und ich haben schon versucht, an Infos ranzukommen, aber keine Chance. Die haben uns beim United States European Command in Stuttgart nicht mal zu Ende angehört, nachdem Jale ihnen erklärt hat, worum es geht. Fakt ist aber, dass das, was der Killer bei Monster und Hansi verballert hat, die heftigste maschinenpistolengängige Munition ist, die derzeit weltweit überhaupt zu haben ist. Andres, du bist Kripoboss, dich stellen die in Stuttgart vielleicht ja zu irgendeinem Lamettaträger durch, der sich wirklich dreht, sobald er hört, was wir hier für 'n Problem haben."

Himmel sah von Beierle zu Jale, wandte sich dann ab und ließ sich auf einen der mit Plastikplanen bedeckten Bürostühle fallen.

„Das ist 'n bürokratischer und diplomatischer Albtraum, Beierle. Ohne Druck aus Berlin sagen die Amis uns nicht mal, ob's bei ihnen vorm Bürofenster zufällig gerade rote Frösche regnet. Es dauert – optimistisch geschätzt – eine volle Woche, bis ich nur den dafür notwendigen Papierkram zusammenbekomme und an die entsprechenden Stellen verteilt habe. Seid ihr euch absolut sicher, dass es wirklich dieses Zeug ist, was die Killer da verschossen haben?"

Beierle nickte. „Eine Woche ist zu lang, Andres. Stell dir vor, irgendeiner von unserem Razziakommando stößt zufällig auf den Killer und der hebt nicht die Hände, sondern ballert sich den Weg frei. Die Dinger durchschlagen alles, was wir an Schutzwesten und mobiler Panzerung in Verwendung haben. Unsere Kollegen laufen heute Abend praktisch völlig ungeschützt herum."

Jale war kein besonders großer Fan von Himmel, der ihr immer kalt und distanziert vorgekommen war und außerdem zu oft mit Boyle herumhing, den sie noch weniger mochte. Aber dass der Chef der Hamburger Kripo angeblich eine volle Woche brauchte, nur um ein paar Anträge und Anfragen auf den richtigen Schreibtischen zu verteilen, wollte ihr einfach nicht in den Kopf.

„Es gibt immer irgendeinen, der irgendwen kennt. Da muss doch was gehen", sagte sie.

„Ja, klar. Sonst schon. Aber kein US-Beamter reißt sich gerade ein Bein aus für eine inoffizielle Anfrage von der Hamburger Polizei. Die sind nachtragend und nehmen uns immer noch übel, dass wir Mohammed Atta und seine Terrorzelle nicht hochgenommen haben, bevor die auf die Idee kamen, ein paar Flugzeuge zu kapern und ins World Trade Center zu steuern. Vielleicht geht ja was über den BND oder das BKA. Aber da bin ich auch nicht besonders optimistisch."

Himmel sah Jale an. „Ach, und Sie, Frau Arslan, lassen gefälligst Ihre Finger von jeder Telefonnummer, die zu irgendeinem Anschluss in Wiesbaden oder Berlin gehört. Wenn da Ihr Name fällt, denken die Kollegen dort sofort an die Blamage im Fall Schoops und reagieren erst recht eingeschnappt."

„Blamage? Ich hab da ja wohl nur meine Pflicht getan, Herr Himmel", verteidigte sich Jale empört.

„Genau da liegt das Problem, das die mit Ihnen haben. Fast zwanzig Jahre internationale Fahndung, Interpol-Haftbefehl und was weiß ich nicht wie viele Millionen an Kosten, aber wer zieht Schoops am Ende aus dem Verkehr? Eine Anfängerin mit genug THC im Blut, um damit einen Rave-DJ für eine komplette Festivallänge happy zu machen. Glauben Sie mir, das hat für sichtbare Kratzer im Lack einiger Beamteneitelkeiten im BKA und bei der Bundespolizei gesorgt."

Jale glaubte, sie hätte sich gerade verhört. Doch noch bevor sie zu einer Erwiderung ansetzen konnte, rollte Himmel den Bürostuhl plötzlich in ihre Richtung und schaute sie eindringlich an. „Und das ist nicht der einzige Aspekt, den wir dabei bedenken sollten", sagte er. „Bisher ist alles, was Sie an handfesten Beweisen für Ihre Vermutung haben, das Protokoll einer Geigerzählerprobe und der Hinweis Ihres Informanten, dessen Rat diese Probe veranlasste. Falls wir diese Erkenntnisse jetzt offiziell machen, bleibt dem Bürgermeister und dem Präsidenten gar nichts anderes übrig, als für ein bisschen vorsorglichen Medienwind über zweckentfremdete US-Spezialmunition zu sorgen. Denn sobald irgendetwas darüber an die Presse durchsickert, sind die beiden die Ersten, denen die Journaille die Hintern aufreißt, falls sie zu der Vermutung kommt, in der Sache hätte irgendwer im Präsidium ein paar Stunden zu lange den Deckel draufgehalten. So oder so – das Ergebnis davon wird sein, dass die Amis und die NATO erst recht sämtliche Schotten dichtmachen. Ich bin Ihnen gerade bei Köhler beigesprungen. Aber leider kommt der Hinweis auf diese Munition ausgerechnet aus Ihrer Ecke. Ich ahne, wie Köhler das interpretieren würde: Als abgekarterte Sache zwischen Ihnen und mir. Und so wird er das auch brühwarm dem Präsidenten verklickern, der wiederum sehr nervös und unschön auf diese Interpretation eines im Grunde erschreckend schlichten Sachverhalts reagieren könnte."

Jale war schlicht sprachlos über Himmels gerade abgespulte Analyse. „Da laufen ein paar Hundert Kollegen vielleicht gerade blind in eine Falle, aber Sie machen sich Sorgen um Ihre Scheißkarriere?!", rief sie fassungslos.

Beierle nahm sie am Arm und legte ihr den Zeigefinger auf die Lippen. Jale war völlig überrumpelt davon. „Halt die Klappe!“, flüsterte er und wandte sich dann Himmel zu. „Treiben wir eben einen Kontakt bei der Bundeswehr auf. Die sind schließlich auch eng mit den Amis. Da sollte ja wohl was über den ganz kurzen Dienstweg gehen.“

Himmel schloss die Augen und lehnte sich müde im Bürostuhl zurück. Jale stieß Beierle von sich und marschierte wütend, aber immerhin wortlos an ihm vorbei zur Tür.

Himmel blickte ihr nach und zuckte leicht zusammen, als die Tür ins Schloss fiel. „Sie hat ja recht, Beierle. Aber du und ich, wir wissen doch, wie es in dem Laden läuft. Köhler ist ein kleinkarierter Karrierist, der jedem seit Jahren nur das Leben schwer macht. Wer hätte was davon, wenn der mich beim Präsidenten ausbootet?“

„Hm …“, sagte Beierle nach einiger Zeit.

Himmel stand aus dem Bürostuhl auf. „Fällt dir ein Kontakt bei der Bundeswehr ein, Beierle?“, fragte er.

Beierle verzog den Mund und zuckte mit den Achseln. „Ich bin mir nicht sicher. Über Umwege vielleicht. Ich kenne einen Ex-Kollegen, der für ’ne Firma arbeitet, die für den Bund Wachdienste macht. Aber um an den ranzukommen, brauch ich Zeit. Und freie Hand.“

Himmel nickte. „Kriegst du. Alles, was nötig ist.“

Einen Moment herrschte Schweigen. „Wenn diese Killer an solche Munition kommen konnten, frage ich mich, was zur Hölle haben die sich sonst noch an Militärausrüstung unter die Nägel gerissen?“, sagte Himmel.

Beierle hielt es nicht für nötig, darauf zu antworten.

18 Uhr 56. An einem Sommerfreitag um sieben Uhr abends, dachte Boyle, wirkte die Reeperbahn beinah so unspektakulär hässlich wie Hannovers Bahnhofsplatz an einem Montag. Die Lichter waren noch aus, ein paar Bettler und Säufer drehten halb motiviert ihre Runden zwischen erwartungsvollen Touristen und irgendeine Blondine mit schlecht aufgespachteltem Gesicht parkte ihren zehn Jahre alten S-Klasse-Mercedes in zweiter Reihe vor einem Pfandhaus.

Boyle war nie auf die Masken und das Blendwerk der geilen, alten Meile hereingefallen. Dazu hatte er sie zu oft bei Tageslicht gesehen. Hatte unter dem Gestank von schalem Astra und frischer Kotze ihre Opfer aufgelesen und sich dabei stets vor den gebrauchten Kondomen, Tempotüchern und zerbrochenen Sektpullen geekelt, die sich am Rand des Bürgersteigs und um die Papierkörbe herum sammelten.

Teddy ging das wohl nicht anders, obwohl Boyle sich manchmal vor all den Erinnerungen fürchtete, die sich ansammeln mussten, wenn man erst mal so viele Jahre auf der anderen Seite des Gesetzes verbracht hatte wie sein alter Freund.

Über einer Bierbar sprang die Neonwerbung flackernd an.

Er schaute zu Teddy herüber, der darauf bestanden hatte, dass Boyle ihn ganz in der Nähe der Reeperbahn vor einer billigen Hotel-Touristenfalle namens „Kapitän Hoyer" absetzte.

„Was willst du hier, Alter? Der Laden sieht aus, als hätte er nur unwesentlich mehr Charme als ein überladener Müllaster."

Teddy schüttelte sich eine Kippe aus Boyles Schachtel, warf einen Blick aus dem Seitenfenster und nickte. „Frag gar nicht erst, was ich hier will. Erspart mir, dich anlügen zu müssen ..."

Verdammt, dachte Boyle und schaute sich unwillkürlich nach Videokameras am Hotel und in den benachbarten Hauseingängen um. Es käme gar nicht gut, falls Teddy sich von ihm in einem Dienstwagen der Hamburger Polizei zu irgendeinem krummen Ding hatte kutschieren lassen. Boyle entdeckte keine Kameras. Immerhin, dachte er.

Das Hotel lag in einer schmalen, gewundenen Einbahnstraße, umgeben von ein paar Büro- und Mietshäusern, deren Fenster und Dächer nur unvollständig einsehbar waren. Alles in allem war das die absolute Wunschlocation für einen Killer, der es darauf anlegte, einen schnellen Hit zu landen, um danach unbehelligt wieder abzutauchen. Boyle gefiel das überhaupt nicht.

„Hör zu, Teddy, dieser Schuppen hier ist 'n einziger Sicherheitsalbtraum. Ich nehme dich in Schutzhaft und sorge dafür, dass du ein Handy in der Zelle hast und ’n Abendessen aus unserer Kantine kriegst. Hier läuft immer noch eine Bande Irrer herum, die es auf Kiezgrößen abgesehen hat. Du könntest der Nächste auf deren Liste sein.“

Teddy wirkte zwar, als ob er Boyles Angebot wirklich zu schätzen wüsste, aber er lehnte es trotzdem ab.

„Das hier ist zu wichtig für mich, Boyle. Außerdem isses nicht gut für meinen schlechten Ruf, wenn ich bei euch unterkrieche, nur weil’s hier draußen mal ’n bisschen enger zugeht als sonst.“

Boyle passte Teddys Ablehnung nicht, er hielt sie für falsch verstandenen Heldenmut. „Ich kann dich auch offiziell festnehmen. Dann wahrst du dein Gesicht.“

„Sieh es mal positiv, Alter: Vielleicht hab ich dich ja in meinem Testament bedacht und du hast so richtig was davon, falls ich demnächst abnipple.“

„Als ob ich nicht wüsste, was du mir vererbst, du Arschloch: ’N paar alte Socken und ’n Sankt-Pauli-Shirt“, knurrte Boyle.

„He, was haste gegen Sankt-Pauli-Fanshirts? Die Dinger werden auch immer teurer.“

Boyle seufzte, beugte sich zum Handschuhfach hinüber, öffnete es und zog einen 38er Revolver daraus hervor. „Ich kauf mir meine Fanshirts selber. Ich bin nämlich schon ziemlich erwachsen und hab ’n bisschen Geld auf ’ner Schweizer Bank gebunkert. Also nimm das Eisen, dann stürzt du wenigstens nicht ganz nackt durch den Zoo hier. Das stammt aus einem Raubüberfall und ist offiziell als vermisst registriert. Falls du es einsetzen musst und erwischt wirst, lass dir gefälligst 'ne gute Story dazu einfallen, wo es herkommt, okay?"

Teddy öffnete die Trommel, drehte sie einige Male, ließ sie wieder einschnappen und schob die Waffe unter den Bund seiner Jeans, dann rollte er sein Shirt wieder darüber.

„Digga, wenn das mal keine geile Schlagzeile für deine derzeitige Bumsbiene abgibt: *Hamburger Oberbulle stattet Kiezpromillenz mit illegalem Eisen aus*", grinste Teddy, stieg aus und ging auf den Hoteleingang zu.

Boyle fuhr zur Reeperbahn zurück und von da aus Richtung Steindamm. Er ließ dabei das Radio eingeschaltet. Die Digitaluhr im Armaturenbrett zeigte 19 Uhr 11. Malling hatte von jetzt ab noch exakt neunzehn Minuten, um mit seiner Warnung rumzukommen. Doch Boyles Hoffnung, dass der Senator sein Ultimatum tatsächlich annahm, schwand mit jeder Minute, die er länger durch den Feierabendverkehr rollte.

Sobald ihm klar wurde, dass Malling wohl doch nicht einknickte, parkte er den BMW vor einer Kneipe mit braunem Fliesenrand um Tür und Fenster, ging hinein und bestellte sich bei dem Wirt mit schwarzspeckiger Lederweste und nikotingelbem Schnauzer einen Kurzen und ein Bier. Die erste Schicht des Säuferinventars musste vor einiger Zeit gegangen sein und für die zweite oder gar dritte Besetzung war es noch ein wenig zu früh. Außer dem Wirt und Boyle waren nur eine alte Frau mit deutlichem Überbiss und einem zerfaserten Trenchcoat sowie zwei Männer mittleren Alters in Adidas-Sportjacken und hellen T-Shirts im Raum. Ein dritter kam gerade vom Klo, schaute sich nach Boyle um und trat an den Spielautomaten, dessen Piepen und leises Klingeln Boyle nervte, seit er die Kneipe betreten hatte. Bar und Wände waren zugehangen mit Fotos, Postern und gerahmten Zeitungsartikeln über längst vergessene Boxer, Kiezgrößen und Schauspieler.

Schwarz, fast zwei Meter groß und in einem Anzug für über achthundert Euro wirkte Boyle in der Kaschemme wie ein Hai unter angetrunkenen Karpfen. Und obwohl er ahnte, dass die Karpfen Haie nicht mochten, trank er seinen Kurzen und nippte vom Bier.

Er fragte den Wirt nach dem Telefon. Der tat so, als hätte er Boyle nicht gehört. Also fragte Boyle so laut, dass der Wirt es nicht überhören konnte. „Is 'n Euro pro Gespräch."

Boyle legte Kleingeld auf den Tresen und griff nach dem mit einem Fettfilm überzogenen Telefon, das der Wirt ihm zuschob. Boyle war zwar klar, dass jeder im Raum das Gespräch, das er jetzt führen musste, mithören würde, trotzdem erschien es ihm nicht richtig, es von seinem Diensthandy aus zu erledigen.

Er tippte Bellinis Nummer in die klapprigen Plastiktasten. Er hatte nicht einmal eine Ahnung, ob sie in Hamburg geblieben oder nicht doch noch nach Sylt abgedampft war.

„Hi“, sagte Boyle.

„Hallo …“, antwortete Bellini.

Dann Schweigen. Beide hatten sich so weit aus dem Kommunikationsschatten gewagt, wenigstens verbal anzuerkennen, dass der jeweils andere weiterhin existierte. Doch einen Schritt weiter traute sich ziemlich lange keiner von ihnen.

„Was?“, fragte Bellini irgendwann dann doch.

Boyle holte tief Luft. „Bist du auf Sylt? Ich hab was für dich. Ist wichtig. Aber du kriegst es nicht exklusiv.“

„Okay. Wo bist du? Ich schick dir jemanden vorbei …“

„Nicht so, Bellini. Komm selber. Und bring wen vom Fernsehen mit. Radio kann auch nicht schaden. Wird 'ne improvisierte Pressekonferenz.“

„Wozu brauchst du mich? Ruf den NDR doch selbst an. Ist ja nicht so, dass du deren Nummer nicht hättest“, antwortete Bellini spitz.

Boyle schaute genervt zur Decke. „Ich kack hier gerade den Bürgermeister an und beende meine Karriere, Bellini! Also lass die Zicken und tu mir einfach den Gefallen, ja?!“

Eigentlich hatte er das gar nicht so heftig bringen wollen. Aber nachdem es nun mal so herausgekommen war, konnte er nichts davon zurücknehmen. Und Bellini war empfindlich, was Ansagen von Männern betraf. In der Beziehung war sie ganz Vorzeigeemanze. Deshalb erstaunte Boyle ihre Reaktion.

„Sag mal … geht's dir wirklich gut, Boyle? Bist du betrunken? Bedröhnt? WAS IST LOS?!", rief Bellini in den Hörer.

„Mir geht's gut. Ich bin so nüchtern, dass es wehtut. Trommle einfach so viel an Presse zusammen, wie du kriegen kannst, okay? Und beeil dich!"

Dann sagte er ihr, wo er war und legte ohne Abschied auf.

Er trank sein Bier aus. Dann dachte er darüber nach, ob eine ganze Flasche von dem Zeug, das die hier in ihre Kurzengläser kippten, genug an Chaos in seinem Kopf hinterlassen könnte, um sicherzustellen, dass er den Auftritt, mit dem er seine Karriere ruinieren würde, halbwegs würdevoll überstand. Vielleicht, falls er eine zweite Flasche orderte, reichte die ja dann, um ihn in ein sehr langes, sehr gnädiges Koma zu versetzen. Lang genug, um ihn für ein paar Stunden daran zu hindern, intensiver darüber nachzudenken, wie nah an Oberkante Unterlippe die Scheiße wirklich reichte, in die er sich gerade manövriert hatte.

Der Wirt sah ihn an, als sei er sich nicht sicher, ob er ihn vorsorglich hinauswerfen oder ihm ein neues Gedeck auftischen sollte.

Boyles Handy klingelte. Er ignorierte es tapfer, bis

es aufhörte. Aber als es gleich darauf wieder anfing, schaute er doch auf das Display: Andres Himmel.

Boyle hatte keinen Bock auf ihn und schaltete sein Handy ab.

19 Uhr 51. Jale hatte noch nie zuvor derart viele Kollegen in und um das Präsidium herumwimmeln gesehen wie vor etwa einer halben Stunde, als sich die Einsatzwagen, Lkw und Bullis füllten, mit denen die Schupos, Kripobeamten und das Einsatzführungspersonal zu der Razzia aufbrachen, die der Polizeipräsident angeordnet hatte.

Beierle und Jale waren mit einer Handvoll anderer Beamter von der Razzia ausgenommen und dazu vergattert worden, als schnelle Eingreiftruppe zu fungieren, die während der Großaktion zu besonderen Brennpunkten beordert werden konnte, um dort den Kollegen unter die Arme zu greifen.

Köhler hatte vorhin, während der diesbezüglichen Besprechung, Jale und Beierle komplett ignoriert. Danach hatte Beierle einen Anruf von irgendeinem Bundeswehrkontakt bekommen, der ihnen vielleicht mehr über diese US-Spezialmunition und die Stützpunkte sagen konnte, auf denen sie in Deutschland verwendet wurde. Kurz darauf war Beierle alleine und ohne weitere Erklärung nach irgendwohin abgezogen, wo er Jale ganz offensichtlich nicht dabeihaben wollte.

Dieses Herumsitzen und Warten machte Jale nervös. Zumal sie in einem Büro saß, das ihr fremd war und so heftig nach Autowunderbaum Marke Pinie roch, dass sie vorhin glaubte, sich übergeben zu müssen. Dieses Zeug sollte als Geruchsterror verboten werden, fand sie.

Nicht mal die Kaffeemaschine in dem Büro funktionierte. Und die fünf Kollegen, die mit ihr hier warteten, waren entweder mit ihren Telefonen beschäftigt oder saßen vor den Computern, zu denen Köhler Jale keinen Zugangscode gegeben hatte.

Jale stand auf und ging auf die Suche nach einem Kaffeeautomaten irgendwo auf einem der langen, gewundenen Flure. Als sie endlich einen fand, war bei dem Ding Kaffee aus. Die einzigen beiden Produkte, die noch zur Verfügung standen, waren „deftige Hühnersuppe" und „Kakao cremig". Da Jale beides kannte, verzichtete sie darauf und ging zu dem Büro zurück.

„Frau Arslan?", rief ein Typ, dessen Stimme sie nicht kannte, hinter ihr her. Jale wandte sich um. Sie erkannte den Mann, der auf sie zulief: Meyer Vier, ein Kollege aus Boyles MoKo.

„Mann, ich dachte schon, ich muss Sie ausrufen lassen", maulte er, griff nach Jales Arm und zog sie hinter sich her. „Einsatz. Sie sind vorläufig mir zugeteilt. Anordnung von Himmel. Das LKA hat gerade durchgegeben, dass mindestens drei maskierte Männer auf das Observationskommando gefeuert haben, das sie auf Ante Pula angesetzt hatten. Der Rest der

Mannschaft ist schon unterwegs zu Antes Haus. Wir sind die Nachhut."

Eine volle Dröhnung Adrenalin überschwemmte Jale, sobald sie sich sicher war, dass sie Meyer Vier richtig verstanden hatte.

„Ich hab meine Tasche und die Jacke noch im Einsatzbüro. In fünf Minuten vor Ihrem Wagen im Hof, okay?"

Meyer Vier ließ Jales Arm los und hielt wortlos drei Finger hoch.

Sie begriff und rannte los, den langen, hell erleuchteten Korridor hinunter. Sie fragte sich dabei, wo Beierle war.

Das hier war, wovon sie heimlich immer geträumt hatte, der ganz große Knall und sie steckte mitten drin, dort, wo die Action war. Dort, wo es darauf ankam und jeder kleine Fehler zur Katastrophe führen konnte. Das hier war Aktion, das hier war das Kribbeln im Bauch und Leben, so, wie es sein sollte. Wegen Momenten wie diesem hatte sie sich all die Jahre erst in der Ausbildung und später dann bei der Trachtentruppe so sehr um eine Marke und eine Kanone bemüht. Es war, wofür sie geboren worden war.

20 Uhr 24. Eigentlich war die Toilette der Kneipe zu klein und eindeutig zu schmierig, um darin hart und intensiv zu vögeln. Trotzdem hatten Boyle und Bellini darin gerade so schweißtreibend heftig gefickt, dass beide zunächst atemlos waren.

Bellini streifte gerade vor dem Pissoir ihren schwarzen Rock wieder über die Hüften und blinzelte dabei durch die schmale Zwischentür zu dem Spiegel über dem kleinen, altertümlichen Waschbecken.

„Mann, Boyle, das war echt gut eben“, sagte sie, griff in ihre Jackentasche, holte ein Zigarettenetui hervor und steckte sich eine Kippe an.

Boyle saß breitbeinig auf der Kloschüssel in dem Kabuff und fädelte seinen schmalen Ledergürtel wieder in die Bundschlaufen der Anzughose ein.

Er war verwirrt und er war wütend. Bis vor einer Viertelstunde war er auf die ganze Welt wütend gewesen. Nachdem er seine Message von den tödlichen Pillen in die zehn Mikros und zwei TV-Kameras losgeworden war, die Bellini hatte auftreiben können, war er eher auf sich selbst wütend gewesen. Etwas später dann, während die Reporter vor der Kneipe draußen einpackten, hatte Bellini ihn so voller Bewunderung und Mitgefühl angesehen, dass sie keine drei Minuten darauf hier auf der Männertoilette gelandet waren und sich gegenseitig ihren Frust, ihre Angst und Enttäuschung aus der Seele vögelten.

„Na toll, wenn es dir was gegeben hat“, zischte er.

Bellini nahm die Zigarette aus dem Mund und wies damit auf ihn. „Hey, Boyle, das war unfair. Du hast mich heute Morgen sitzen lassen. Nicht andersherum.“

Er warf ihr einen verächtlich kalten Blick zu. „Ach

komm, Bellini, für dich war ich doch immer nur ein großer, schwarzer Schwanz!"

Er bereute seine Worte zwar bereits in dem Augenblick, als sie über seine Lippen rollten, aber so ganz substanzlos waren die Vorwürfe darin auch nicht. Bellini war zwar für ihn da, wann immer es ihre beiden verrückt vollen Terminkalender gestatteten, sich zu sehen. Aber nach über einem Jahr, das sie jetzt exklusiv zusammen waren, hatte Bellini ihn weder ihren Freunden vorgestellt noch ihm zu den wenigen gesellschaftlichen Gelegenheiten, bei denen sie zufällig in denselben Raum gerieten, mehr als ein herablassendes „Hallo, Boyle" gegönnt. Das verletzte und verunsicherte ihn. Und irgendwie machte es ihm auch Angst. Mit Furcht und Angst hatte er umzugehen gelernt. Aber fühlte er sich so tief verunsichert wie gerade jetzt, dann zog er sich in der Regel entweder zurück oder schlug instinktiv blind um sich. Und sei es nur, um zu sehen, ob er trotz seiner Angst, Frustration und Verunsicherung immer noch in der Lage war, einen echten Treffer zu landen.

Bellini lehnte sich ihm gegenüber an die beige geflieste Wand und schaute ihn nachdenklich an. „Jetzt tu bloß nicht so, als wärst du gerade nicht auch auf deine Kosten gekommen, Boyle! Und falls das gerade so was wie 'ne Beschwerde darüber gewesen sein sollte, dass du für mich bloß 'n geiles Stück Schwanz mit 'nem Knackarsch dran bist, dann frag dich mal, was ich für dich eigentlich bin? Titten mit Arsch und Möse dazwischen?"

Boyle stand von der Kloschüssel auf und schob sein Hemd in die Hose. „Arsch, Titten, Möse – passt immerhin noch am besten zu dem Schwanz, der ich für dich bin, oder? Mehr als miteinander zu ficken, tun wir ja sowieso nie zusammen."

Bellini blies Zigarettenrauch gegen die Decke und vermied Boyles wütenden Blick. „Ach scheiße, Boyle. Das ist es also? Und ich dachte, du bist besser als all die anderen. Tja, hab ich mich mal wieder geirrt."

Im Gastraum, hinter der von rissiger Lackfarbe bedeckten Klotür, drehte irgendwer am Radio. Die Intro-Fanfare von *„Conny Timmermans Oldieschlagershow mit dem Besten aus sechzig Jahren Schlager, Rock und Pop!"*, erklang und wurde gleich darauf von den ersten Takten von Queens *„We are the Champions"* abgelöst.

Während Freddy Mercury seine Hymne schmetterte, blieben Boyles und Bellinis Blicke in einem wortlosen Duell ineinander verhakt, das – so lange, wie es dauerte und so intensiv, wie es ausgefochten wurde – keinen Sieger hervorbringen würde. Alles, worin es aller Erfahrung nach enden konnte, war ein großer, matt schimmernder Trümmerhaufen. Einer, an den man sich Jahre später mit einem bösen Ziehen in Bauch und Herzen erinnerte. Vielleicht fragte man sich dann unwillkürlich, ob es der Trümmerhaufen einer der wenigen wirklich guten Chancen auf Liebe gewesen war, die einem ein unbarmherzig schnell verrinnendes Leben zugestanden hatte.

Doch die meisten echten Wunder kommen ohne Propheten und Feuerwerk aus und bestehen auch aus nicht viel mehr als einem entwaffnenden Wort oder Blick. Eines dieser Wunder geschah, als Bellini schließlich ihre Zigarette auf den Boden warf und eben nicht zornig hinausstürmte, sondern Boyle zurück in das Kabuff stieß, um ihm ihre Arme um den Hals zu legen. Was das Wunder allerdings etwas relativierte war, dass Bellini es mit einer Lüge krönte. Nur war es eine sehr gute Lüge und so nah an der Wahrheit, dass sie sich beinah sogar als aufrichtig qualifizierte.

„All die oberflächlichen und futterneidischen Arschlöcher, mit denen ich mich jeden Tag umgeben muss, kriegen nur Bellini light. Was du bekommst, bin ich. Verstehst du? Ich. Keine Maske. Und es gibt Dinge, die machst du mit zu viel Gerede nicht besser, sondern höchstens kaputt. Das, was du und ich haben, gehört dazu“, flüsterte sie Boyle zu. „Davon mal abgesehen: Ficken, du Idiot, ist ja wohl auch ’ne Form von Kommunikation. Und wenn man es so treibt wie du und ich, dann ist die sogar ehrlich.“

Obwohl er sich zunächst unter ihrer Umarmung versteifte, hatte Boyle sie schließlich zugelassen und zuletzt sogar erwidert. Er glaubte zu spüren, dass Bellini ihre Arme fester um ihn schloss und sich enger an ihn drängte, als suchte sie bei ihm Schutz vor irgendeinem namenlosen Übel, das sich trotz seiner unbestimmbaren Form so real anfühlte, als versuchte es immer noch, sich zwischen sie zu drängen.

Freddy hatte im Gastraum seine Hymne längst beendet und nach einem lahmen Witz von Conny Timmerman machte Rod Stewart mit „Some guys have all the luck“ weiter.

Es gab einen Grund dafür, weswegen Bellini so sehr an ihm hing. Boyle wusste, was Tod war. Er wusste es besser als jeder andere in ihrer langen Liste an Lovern. Und weil er es so gut wusste, hatte Bellini ihm nie erklären müssen, wie unglaublich neidisch sie auf all die Leute war, die nie eine Ahnung davon haben würden, wie furchtbar sich der Angstfrost in den Knochen anfühlte, wenn neben dir plötzlich einer verreckte, der nur kurz zuvor noch absolut gesund und munter gewesen war. Vor vielen Jahren war ihr genau das auf einem Hotelbett in Aix en Provence passiert und hin und wieder hatte sie immer noch Albträume deswegen.

Als Bellini sich von ihm abwandte, war Boyle drauf und dran zu fragen, ob sie einen Job für ihn hätte, nachdem Malling und der Polizeipräsident ihn gefeuert hatten. Doch er verzichtete darauf, weil ihm klar wurde, dass Bellini ihm diesen Job entweder von sich aus anbieten würde oder ihn dann eben trotz ihres geilen Ficks einfach mal am Arsch lecken konnte.

Als sie nacheinander den Gastraum wieder betraten, unterbrach Conny Timmerman gerade Rod

Stewarts Grölsong, um zwei Sondermeldungen zu verbreiten. Die erste bestand in Boyles Warnung vor den tödlichen XTC-Pillen. Die andere darin, dass bei einem Anschlag auf eine Milieugröße namens Ante P. zwei LKA-Beamte schwer verletzt worden waren.

Reiner Reflex, dass Boyle daraufhin sein Handy wieder einschaltete. Das kleine Display zeigte ihm an, dass er in der vergangenen Stunde mehr als vierzig SMS und vierundzwanzig Anrufe verpasst hatte. Soweit er das überblicken konnte, waren alle diese SMS und Anrufe zu erwarten gewesen. Doch die letzte Nummer stammte von Nick „The Prick" Keller, einem seiner alten Informanten, der als Kleindealer die Reeperbahn und den Steindamm beackerte und inzwischen lose mit Premudas Jugogang zusammenklemmte. Nick hatte eine Nachricht auf Boyles Mailbox hinterlassen. Boyle hörte sie ab, weil er erwartete, dass Nick ihm etwas über jenen Anschlag auf „Milieugröße Ante P.", hinter der ja nur Pula stecken konnte, mitteilte.

Nur berichtete Nick the Prick, dass er gerade zwei Minuten zuvor Teddy Amin aus dem Eingang des Hotels „Kapitän Hoyer" hatte kommen sehen, woraufhin zwei Typen mit Helmut-Kohl-Masken ihn praktisch von der Straße weggefischt und in einen Van geworfen hatten.

„Was ist?", fragte Bellini, die gesehen hatte, wie erschüttert Boyle wirkte.

Boyle schob steif sein Handy in die Jacketttasche.

„Teddy ist entführt worden. Von der Gang, die auch Hansi und Monster umgelegt hat“, erklärte er.

Dann lief er durch die Gaststube zur Tür.

Der Wirt schaute ihm nach, bis Boyle durch die Tür war und wandte sich dann Bellini zu. „Hey, Brosche, ficken ist auf meinem Klo verboten!“

20 Uhr 33. Meyer Vier stand mit einem Typen vom LKA, den Jale nie zuvor gesehen hatte, vor Ante Pulas zerschossenem Audi-Kombi und diskutierte darüber, ob man den Wagen bereits abschleppen lassen sollte oder nicht. Einige der Anwohner hatten sich bereits darüber beschwert, dass der Wagen die Zufahrt zu ihrer Straße blockierte.

Ganze acht weitere Beamte tummelten sich vor dem weiß verputzten Haus mit dem schmalen Vorgarten und den grünen Fensterrahmen und Jalousien. Drinnen saß Marion, Antes blonde, hübsche Ehefrau, und versuchte immer noch zu begreifen, was eigentlich passiert war. Jale war vorhin dabei gewesen, als Meyer Vier und zwei weitere von Boyles MoKo-Beamten sie befragten. Jale hatte sich in dem Haus umgesehen und war erstaunt darüber gewesen, wie NORMAL all das hier wirkte. Von der Kaffeemaschine und dem schmutzigen Geschirr in der IKEA-Küche bis hin zu der bequemen Ledercouch vorm Fernseher im Wohnzimmer und dem bunten Kinderspielzeug, das überall herumlag. So hatte sie sich das Haus eines von Hamburgs führenden

Gangsterbossen definitiv nicht vorgestellt. Da lagen sogar dreckige Boxershorts auf dem vollen Wäschekorb im Badezimmer.

Marion Pula war, angesichts ihres tiefen Schocks, verständlicherweise keine echte Hilfe beim Versuch gewesen, die Ereignisse zu rekonstruieren. Sie hatte immer wieder darum gebeten, zu ihrem Mann fahren zu dürfen. Doch der Notarzt, der Ante vorhin behandelte, hatte ihnen klargemacht, dass der die nächsten vier bis sechs Stunden auf einem OP-Tisch verbringen würde. Das hieß: Falls er den Transport ins Krankenhaus lebend überstand. Das war inzwischen fast eine Stunde her und bislang war alles, was sie von den Ärzten gehört hatten, dass Ante lebend im OP gelandet war. Auf mehr als dem üblichen Spruch, dass man selbstverständlich alles Menschenmögliche unternehmen würde, um ihn zu retten, wollte sich keiner der Mediziner auf irgendeine Prognose über Antes Zukunft festlegen.

Marion und Ante waren fast acht Jahre zusammen und sie kam Jale längst nicht so naiv vor, als dass sie nicht sehr genau gewusst hatte, worauf sie sich einließ, als sie den designierten Nachfolger des mächtigsten Hamburger Paten heiratete. Jale hielt Marion nicht für eine von diesen oberflächlichen Bitches, die auf böse Jungs standen, aber sich dann laut heulend beschwerten, wenn der Junge wirklich mehr Böses in sich hatte, als sie es von einem kuscheligen Märchenprinzen erwartet hätten. Zumal Ante Pula dem Böse-

Jungen-Klischee auch gar nicht entsprach. Der fiel äußerlich eher in die Kategorie unauffälliger Bürohengst. Nein, Jale war sich sicher, dass Marion sich – vielleicht nicht nur, aber eben auch – wegen seines Geldes mit Ante eingelassen hatte.

Immerhin entsprach Marions stockend vorgebrachte Aussage dem Lagebild, das sich die Kollegen inzwischen vom Tatort machen konnten. Nachdem Ante am Nachmittag im Polizeipräsidium zu den Morden an Hansi Üzgür und Alexander Lermontow vernommen worden war, fuhr er nach Hause, wo er Marion anwies, einige Sachen für die Kinder zusammenzupacken und dann mit ihnen nach Barmbek gefahren war, wo er die Kinder übers Wochenende bei Marions Eltern unterbrachte. Marion hatte sich während der Fahrt dorthin mit ihm gestritten. Sie hatten ursprünglich andere Pläne fürs Wochenende gehabt und Ante weigerte sich, ihr klar zu sagen, weshalb er darauf bestand, die Kinder so überraschend nach Barmbek zu bringen.

Während ihres Trips waren die Pulas von drei Beamten eines LKA-Observationsteams verfolgt worden. Marion behauptete, davon nichts bemerkt zu haben, doch das war der einzige Punkt in ihrer Aussage, den Jale ihr nicht glaubte. Nach all den Jahren ihrer Ehe musste Marion eigentlich einen sechsten Sinn dafür entwickelt haben, ob sie verfolgt wurde oder nicht. Ante musste ganz sicher bewusst gewesen sein, dass er observiert wurde.

Das hatte Marion und ihm schließlich das Leben gerettet. Denn als Ante in die Straße einbog und dort einen Van entdeckte, der offenbar zu keinem ihrer Nachbarn gehörte und auch nicht nach Handwerkern aussah, bremste er so abrupt, dass dem Fahrer des LKA-Teams gar nichts anderes übrig blieb, als haarscharf an seinem Audi vorbeizuschlittern, um einen Auffahrunfall zu vermeiden. Der Passat des LKA stand daher in dem Moment, als die Maskierten aus dem Van heraus das Feuer eröffneten, halb schräg vor Antes Kombi auf der Straße und schützte die Pulas so vor der ersten Salve.

Die Beamten in dem Passat trugen Schutzwesten und befanden sich im Innenraum des Autos, als die Geschosse einschlugen. Dennoch war dem Mann auf dem Rücksitz der Unterschenkel fast komplett abgerissen worden und der Beifahrer hatte einen Steckschuss in der Lunge. Das Projektil hatte nicht nur den B-Holm des Wagens und einen Teil des Sitzes durchschlagen, sondern war auch noch in die Schutzweste eingedrungen.

Wenigstens zwei der insgesamt achtunddreißig von dem Transporter aus abgefeuerten Geschosse perforierten den Motorblock des LKA-Wagens und drangen danach noch in Ante Pulas Audi ein. Der Fahrer des Passats erwiderte das Feuer mit seiner Dienstpistole, obwohl er von umherfliegenden Metallpartikeln verletzt worden war. Er leerte fast sein komplettes Magazin auf den Van, bevor eine neue

Salve der Angreifer ihn dazu zwang, vorübergehend Deckung zu nehmen. Aus diesem zweiten Beschuss mussten die Geschosse stammen, die Ante so schwer verletzt hatten. Nach dieser Attacke sprang einer der Maskierten aus dem Transporter und ging vier, fünf Schritte auf die beiden Wagen zu. Er feuerte dabei noch einmal mindestens vier Schüsse aus seiner MPi ab, bevor er sich abwandte und wieder in den Van stieg, der daraufhin über eine Einbahnstraße, die etwa zweihundert Meter hinter Antes Haus von der Hauptstraße abzweigte, davonfuhr.

Marion war, bis auf einige oberflächliche Kratzer und Schnitte, bei der Schießerei nahezu unverletzt geblieben. Das hatte Meyer Vier zunächst misstrauisch gemacht, aber Jale fand das so auffallend nicht. Was sie nachdenklich machte, war der Teil von Marions Aussage, auf dem sie trotz Nachfragen stur beharrte: Sie behauptete, dass die Männer, die den Angriff ausgeführt hatten, keine Helmut-Kohl-Karnevalsmasken getragen, sondern ganz gewöhnliche dunkle Sturmhauben übergezogen hatten, wie sie auch das SEK benutzte.

Das war nicht die einzige Ungereimtheit, die Jale aufgefallen war. Die Kanzlergang hatte es bisher auf Kapos abgesehen gehabt, aber keinen Boss angegriffen. Ante Pula war aber nun mal ein Boss, kein Kapo. Sicher war nicht auszuschließen, dass die Maskencrew ihre Vorgehensweise geändert hatte. Aber dann stellte sich die Frage, weshalb sie das hätte tun sollen?

Das alles ergab für Jale keinen Sinn. Es sei denn, die Angreifer gehörten gar nicht zur Kanzlergang, sondern imitierten sie nur.

Meyer Vier rief nach Jale. Sie löste sich aus ihren Gedanken und ging auf ihn und den fremden LKA-Typen zu. Die beiden wirkten ziemlich aufgeregt. Hm, dachte Jale, wäre ja nur angemessen, dass die zu denselben Schlussfolgerungen gekommen sind wie ich: So einiges passte bei dem Anschlag auf Ante Pula nicht ins Bild.

„Jale? Du hast es noch nicht gehört, oder?“, fing Meyer Vier an und ging dabei zum unter engeren Kollegen üblichen Du über.

„Nö. Was?“, fragte Jale.

„Boyle hat vor 'ner knappen Stunde in einer Livepressekonferenz eine öffentliche Warnung vor den XTC-Pillen herausgegeben. Der Präsident und Köhler wollen dafür seinen Kopf. Boyle meldet sich nicht, sein Handy ist abgeschaltet. Hat er mit dir innerhalb der letzten Stunde Kontakt gehabt? Oder vielleicht mit Beierle?“

Das hatte er nicht, dachte Jale, gleich nachdem sie ihre Überraschung darüber, dass ausgerechnet Boyle für die Warnung seine Marke riskiert haben sollte, halbwegs hatte verarbeiten können.

Meyer Vier, der Jale gerade noch angesehen hatte, wandte sich auf einen Wink des LKA-Mannes von ihr ab und schaute an den Kollegen der Spurensicherung vorbei die Straße herunter.

Leicht verwirrt folgte Jale seinem Blick.

Sie kannte den alten Mann, der in einem viel zu großen Mantel auf sie zu lief, nur von Fotos in den Zeitungen. Dort wirkte er immer deutlich größer und etwas jünger. Sein schmales, knochiges Gesicht wirkte schlaff und seine Augen müde.

Das war Premuda, Ante Pulas Onkel und für fast dreißig Jahre der mächtigste Pate auf dem Hamburger Kiez. Beierle hatte ihr irgendwann einmal erzählt, dass Premuda einem Mann das linke Auge aus dem Gesicht geschält, es zu Boden geworfen und dann zertreten hatte. Das tat er, während einer seiner Totschläger dem Mann eine Waffe an den Kopf hielt und ihn zwang, dabei zuzusehen, wie Premuda sein Auge am Boden zertrat. Beierle hatte damals darauf bestanden, dass das die reine Wahrheit sei.

Jale stellte verdutzt fest, dass Premuda Hausschlappen trug.

Meyer Vier und der LKA-Mann strafften sich, als Premuda näher kam. Das, dachte sie, wirkte ja fast, als seien die beiden drauf und dran, dem alten Mann zu salutieren.

Keiner der Schutzpolizisten, die den Tatort absperrten, hinderte Premuda daran, ihn zu betreten. Im Gegenteil, einer der Beamten hob für den alten Mann sogar das rot-weiße Absperrband, das die Kollegen vorhin angebracht hatten.

Premuda nickte dem Mann zu und ging weiter auf Meyer Vier, Jale und den LKA-Beamten zu.

Was will der hier, fragte sich Jale. Sehen, wo sein Neffe beinah draufgegangen war?

Premuda blieb stehen, schob seine Hände in die Manteltaschen und schaute einen Moment nachdenklich auf die beiden zerschossenen Wagen. Schließlich trat er zu Meyer Vier.

„Sag deinem Boss, dass ich ihn treffen muss. Er hat meine Nummer. Ich werde ihm sagen, wo …“

Meyer Vier nickte.

Jale fragte sich, welchen Boss Premuda wohl gemeint haben mochte.

Meyer Vier allerdings stellte sich diese Frage offenbar nicht.

„Da gibt's ein Problem, Premuda. Wir können Boyle selbst auch nicht finden.“

Der kleine, alte Mann senkte den Kopf etwas. Auf Jale wirkte es wie eine Geste der Erschöpfung.

„Ihr seid die Polizei. Findet Boyle. Dann rede ich mit euch.“

20 Uhr 58. Boyle saß auf dem Stuhl unter dem einzigen Fenster in Zimmer 221 des „Kapitän Hoyer“-Hotels und starrte auf das Blut, das über Rebekka Bahrenbaums blondes Haar geflossen war. Ihr Gesicht war unglaublich bleich, das fiel ihm auf, bleicher, als er es bei einer Leiche je gesehen hatte. Aber das konnte auch an dem kalten, furchtbar weißen Neonlicht liegen, mit dem die Lampe über dem zerwühlten Bett den Raum flutete. Die Vorhänge am

Fenster waren zugezogen, sodass es ohne das Licht der Neonlampe ziemlich dunkel im Raum gewesen wäre.

Teddy hatte das Zimmer gebucht. Und das Loch in Rebekkas Kopf passte ziemlich gut zu dem Revolver, den Boyle Teddy vorhin gegeben hatte. Er hatte Teddy zwar ganz bewusst bisher nie danach gefragt, aber sowohl das LKA als auch die alte Bulldogge Haffner, Boyles Vorgänger bei der MoKo, glaubten, dass Teddy mindestens zwei Menschen getötet hatte. So, wie es momentan aussah, war es bei den beiden nicht geblieben.

Rebekka war schwanger und hatte abtreiben wollen. Teddy war dagegen gewesen.

Natürlich war er das.

Er hätte nie zugelassen, dass Rebekka sein Kind wegmachen ließ. Das wäre gegen alles gegangen, woran er glaubte und worauf er hoffte. Gangster, jedenfalls die wirklich erfolgreichen, waren im Grunde alle Spießer. Teddy hatte daher auch ewig von einer Familie und einem Haus irgendwo in der Vorstadt geträumt. Das ganz große, stinklangweilige Klischee: Vater, Mutter, zwei bis vier Kinder.

Boyle konnte ihm seine Träume nicht übel nehmen. Angesichts der kaputten Verhältnisse, in denen sie beide aufgewachsen waren, war es nur natürlich, dass Teddy sich nach dem sehnte, was er in seiner Kindheit nie gehabt hatte: Verlässlichkeit, Sicherheit, Respekt, Verständnis und Liebe. Boyle hatte nie den

Mut gehabt, wirklich darauf zu setzen. Weswegen seine Ex Sascha mit ihrer gemeinsamen Tochter Zora ohne ihn in dem kleinen Haus in Winsen wohnte. Vielleicht ging es dabei auch gar nicht um Mut, sondern eher darum, sich seiner Zukunft wirklich sicher zu sein. Aber dazu reichten der Beamtenstatus, das pünktlich überwiesene Gehalt und die Pensionsansprüche Boyles Meinung nach nun mal nicht aus. Um Teddys absolut ungebremstes Zutrauen darin, dass die Zukunft gut sein werde, hatte Boyle ihn immer schon beneidet. Was jeden Ansatz von Vertrauen in die Zukunft in ihm immer wieder erschütterte und vernichtete, waren Orte und Augenblicke wie diese. Er stand zu oft vor den Trümmern anderer Leute Leben, um noch glauben zu können, dass sich Vertrauen und Zuversicht wirklich lohnten. Eine beschissene *déformation professionnelle.* Nur hin und wieder, wenn er neben Bellini im Bett lag und ihr beim Schlafen zusah, ihren leisen, regelmäßigen Atemzügen lauschte, glaubte er so etwas wie eine Ahnung von Frieden gefunden zu haben. Aber die war nie stark genug gewesen, um sich je auch wirklich zu einem Versprechen darauf qualifizieren zu können.

Rebekka war bis auf einen roten Spitzenslip nackt und lag fast exakt auf halber Strecke zwischen der offenen Badtür und dem Bett auf einem hässlichen graubraunen Läufer. Boyle war kein Mörder und war sich sicher, dass er nie einer werden könnte. Das alte Krokodil Premuda hatte ihm vor ein paar Jahren neben einer anderen Leiche prophezeit, dass er wegen seines fehlenden Killerinstinkts irgendwann einmal draufgehen würde, sollte er weiter bei der Bullerei bleiben. Boyle hatte ihm nicht geglaubt. Aber das spielte jetzt auch gar keine Rolle mehr. Er hatte vor knapp einer Stunde seine Karriere versaut. Falls er Glück hatte, würden die Bosse ihn vor die Wahl stellen: Entweder kündigte er heimlich, still und leise oder verschwand für den Rest seines Berufslebens in irgendeinem Drecksloch von Revier, in dem er seine Arbeitstage damit verbringen würde, Löcher in eine rissige Tapete zu starren.

Boyle zog sein Handy hervor und schaltete es ein. Er brauchte Meyer Vier jetzt hier. Und das beste Team an Spurentechnikern, das er kriegen konnte. So wie Boyle das sah, war das alles, was er noch für Teddy tun konnte, bevor ihm seine Marke abhandenkam. Ihm die Fresse so sehr zu polieren, dass sie nicht einfach bloß schimmerte, sondern glänzte, war dann etwas, was er wahrscheinlich bereits als Zivilist tun würde.

Das hieß, falls Teddy je lebend wieder auftauchte. Was angesichts der Beschreibung der Typen, die ihn vorhin vor dem Hotel entführt hatten, eher unwahrscheinlich war. Bisher hatte die Maskengang noch keinen Fehler gemacht und Boyle bezweifelte, dass sie ausgerechnet in Teddys Fall damit anfingen.

Nein, dachte Boyle erschrocken, besser er machte sich erst gar nichts vor: Teddy war tot.

Während der Screen seines kleinen Handys ihm immer neue SMS und verpasste Anrufe anzeigte, fragte sich Boyle, ob er Teddys Kidnapping anzeigen sollte, bevor er den Mord an Rebekka meldete.

Ein dumpfer Druck baute sich in seinem Magen auf, den er nicht zu ignorieren vermochte. So fühlt sich Trauer an, dachte er. Der Druck würde irgendwann von einem Gefühl der Leere abgelöst werden und schließlich von einem Stechen in der Brust. Er hatte all das schon erlebt. Nur eben nie zuvor derart intensiv.

Rebekkas blaugraue Augen starrten leer zur Decke hinauf. Boyle dachte, dass er von dem Stuhl aufstehen, zu ihr gehen und sie schließen sollte. Aber er konnte sich nicht rühren. Er fühlte sich wie festgewachsen auf diesem beschissenen Stuhl vor diesem verhangenen Fenster, das auf einen betonierten, nach Bratfett stinkenden Hinterhof voller Müllcontainer hinausging.

Wie lange, fragte er sich, saß er hier schon? Eine Viertelstunde? Zwanzig Minuten? Länger? Er hatte jegliches Zeitgefühl verloren.

Eigentlich war Boyle nur ins Hotel gegangen, um zu überprüfen, ob es da nicht doch Videoaufzeichnungen gab, die ihm vielleicht einen Hinweis auf Teddys Kidnapper geben konnten. Der Typ an der Rezeption war ein Sachse, blond, etwas jünger, aber fast so groß wie Boyle selbst. Boyles Dienstausweis, den er ihm vors Gesicht hielt, brachte ihn keinen Moment aus der Fassung. Doch eine Videoüberwachung des Eingangsbereichs hatte man hier nicht. Es gab nur ein System, das die Lobby und das Rezeptionsbüro überwachte, weil man da mit Bargeld hantierte und die Besitzer sichergehen wollten, dass dabei keiner ihrer Angestellten schummelte. Boyle hatte darauf bestanden, die Aufzeichnungen von der Lobby aus den letzten beiden Stunden zu überprüfen.

Der Sachse führte Boyle kommentarlos in ein Hinterzimmer, in dem sich außer zwei Computern mit Monitoren und Tastaturen auf einem Tisch bloß ein altertümlicher waldgrüner Safe der Firma „Franz Jäger, Berlin“ befand.

Der Rezeptionist aktivierte einen der beiden Computermonitore und ließ die Aufzeichnung knapp zwei Stunden zurückspringen.

Boyle sah, wie Rebekka das Hotel betrat, das Zimmer cash bei dem Sachsen zahlte und dann zu dem engen Lift ging und nach oben fuhr. Sie trug andere Kleider als am Morgen am Flughafen, aber wirkte keinesfalls eingeschüchtert oder in irgendeiner Weise nervös. Sie lächelte den Hotelmitarbeiter sogar fröhlich an, während sie für das Zimmer löhnte. Kurze Zeit später schneite Teddy herein, ging wortlos zum Aufzug und fuhr ebenfalls nach oben. Daraufhin hatte Boyle nach Rebekkas Zimmernummer gefragt und war dann selbst nach oben gegangen, benutzte dabei allerdings die Treppe, da er zu kleine Lifte nicht mochte. Er hatte nicht damit gerechnet, dass Teddy sich hier mit Rebekka treffen würde. Und auch nicht mit dem, was ihn in Zimmer 221 erwartete.

Boyle hatte keine Erinnerung an die Minuten unmittelbar nachdem er Rebekkas Leiche entdeckt hatte. Seine Erinnerung setzte erst wieder ein, als er sich unterm Fenster in den Sessel setzte und zu begreifen versuchte, was er da vor sich sah. Nur dass Teddy inzwischen tot sein musste – genauso tot wie Rebekka –, das begriff er durchaus. Die Frage, vor der Boyle sich fürchtete, lautete: Hatte Teddy Rebekka erschossen?

Alles hier, soweit Boyle das erfassen konnte, schien darauf hinzudeuten.

Zwei Fliegen liefen über Rebekkas Gesicht. Putzten sich ihre Flügel und liefen weiter. Eine der beiden kroch in Rebekkas Nasenloch. Die zweite lief auf ihr linkes Auge zu.

Der Anblick der Insekten auf ihrem Gesicht brach Boyles Erstarrung. Er warf das Handy aufs Bett, stand auf, trat zu Rebekkas Leiche und verscheuchte die verdammten Viecher.

Boyle warf einen Blick zum Bett, von da aus zum Badezimmer und zur Zimmertür. Er atmete ein paar Mal tief durch und zwang sich dazu, eine Bestandsaufnahme des Tatorts zu machen und daraus den vermutlichen Ablauf von Rebekkas letzten Minuten zu schlussfolgern.

Sein Handy klingelte und piepste im Wechsel. Die

Geräusche gingen ihm zwar auf die Nerven, aber er war inzwischen so weit, dass er sie zu ignorieren vermochte.

Das Bett war zerwühlt. Auf eine ganz bestimmte Art und Weise zerwühlt. Er ging vorsichtig um Rebekka herum zum Bett, roch an der dünnen Decke und den Laken. Der unverkennbare Duft von Sex hing immer noch in dem Gewebe.

Was die beiden hier getrieben hatten, war heftiger, aber zweifellos einvernehmlicher Sex gewesen. Das stand für ihn fest. Boyle ging ins Bad und schaute aufs Waschbecken und in die Dusche. Die waren beide staubtrocken. Hatten weder Rebekka noch Teddy nach dem Sex geduscht? Teddy war kein großer Hygienefreak, er trug nach dem Sex das Aroma aus Mösensaft und Parfum seiner Geliebten so unbekümmert vor sich her wie ein neues Designeraftershave. Aber Rebekka war eine Frau. Und Frauen duschten nach dem Sex.

Aber es war auch verdammt heiß in dem Zimmer und in dem winzigen Bad staute sich sogar noch mehr an Hitze. Alle Feuchtigkeit in der Dusche konnte inzwischen weggetrocknet sein.

Was war nach der Übung auf dem Bett geschehen? Teddy hatte sich angezogen, Rebekka allerdings nur ihren Slip übergestreift.

Teddy hatte ihm gesagt, sie hätten sich auf Ibiza wegen Rebekkas Schwangerschaft in die Haare bekommen. Dann waren sie nach ihrer Rückkehr heute

Morgen hier wieder zusammengetroffen und hatten was? – Natürlich Versöhnungssex.

Nach dem Sex hatte Teddy sich in seine Klamotten geworfen. Aber Rebekka war duschen gewesen und hatte danach zuerst ihren Slip vom Haufen genommen und übergezogen. Dann fiel der Schuss. Und der traf sie offenbar, als sie nach dem Duschen dabei gewesen war, sich anzuziehen. Weshalb sollte Teddy mit dem Schuss auf sie so lange gewartet haben, bis Rebekka sich anzuziehen begann?

Teddy neigte nicht zu Kurzschlussreaktionen. Dazu war er zu sehr Kopfmensch und reagierte nicht aus dem Bauch heraus, wie Boyle das manchmal tat. Und bei aller Härte, zu der Teddy fähig war, dass er hierherkam, um mit Rebekka zu schlafen und sie anschließend kaltblütig zu erschießen, traute Boyle ihm einfach nicht zu.

Boyle hob den Hörer des Zimmertelefons ab, wählte die Null für die Rezeption, wies den Rezeptionisten an, ihn in dem Hinterzimmer zu treffen und rannte die drei Treppen hinab in die Lobby.

Der Sachse stand bereits im Büro und rauchte, als Boyle hereinkam. „Hier hat keiner nix verändert, Chef. Alles genau so wie vorhin", erklärte er.

„Ich will die letzten drei Stunden deiner Aufzeichnungen sehen. Im Schnelldurchlauf!"

Der Rezeptionist öffnete die Videodatei, sprang darin einige Zeit zurück. Boyle schaute zu.

Zwei ältere Damen, die aussahen, als seien sie

schon reichlich beschwipst, hatten nach Teddy die Lobby betreten, sich kurz mit dem Hotelangestellten unterhalten und waren dann zum Lift gegangen. Eine Viertelstunde später erschien ein junger Mann mit Glatze und Baggyjeans. Doch der zeigte ganz offen sein Gesicht und wirkte mit seinem Rucksack eher wie ein Globetrotter als ein Killer. Boyle ließ den Rezeptionisten so lange vorspulen, bis er Teddy durch die Lobby zur Hoteltür schlendern sah, er steckte sich dabei eine Kippe an und wirkte sehr entspannt.

Doch kurz nach Teddys Abgang betrat ein sehniger Typ mit schwarzem Basecap, dunklen Jeans und Combatboots die Lobby. Er ging geradewegs auf den Lift zu und checkte dabei irgendwas auf seinem Handy. Vor der Tür des Aufzugs steckte er das Handy weg und betrat ihn.

Obwohl Boyle mehrmals vor- und wieder zurückspulen ließ, fand er keine Aufzeichnung darüber, wann und über welchen Weg der Typ das Hotel wieder verlassen hatte. Und der Rezeptionist versicherte ihm, dass die Videokamera in der Lobby wirklich die einzige im ganzen Haus war.

„Er könnte aber easy über den Hof abgehauen sein. Die Tür ist nie verschlossen. Unsere Gäste zahlen immer gleich beim Einchecken. Die haben keinen Anlass, die Zeche zu prellen. Da macht's also nichts, wenn die Tür zum Hof mal offen steht, Chef", erläuterte er.

Das war eine blöde Ausrede, dachte Boyle, die verdammte Hintertür war nicht verschlossen, damit die Nutten und Escortladys, die den Laden als Fickbude nutzten, ungesehen von der Kamera und den übrigen Gästen kommen und gehen konnten, wie sie wollten und auch ihre Freier sich sicher sein durften, dass kein Dritter ihnen allzu leicht beweisen konnte, was sie hier mit wem getrieben hatten.

Boyle hörte Sirenengeheul durch das gekippte Fenster. Die Razzia hatte begonnen. Ihm fiel ein, dass er sein Handy auf dem Zimmer vergessen hatte.

„Ich brauch ein Telefon", sagte er.

„In der Lobby ist eines", antwortete der Sachse.

Während sie den Eingangsbereich betraten, sah Boyle Malling auf dem Fernsehschirm, der schräg gegenüber der Rezeption an der Wand hing.

Boyle verzog angewidert das Gesicht, trat zum Telefon und wählte die Nummer der Einsatzzentrale.

4. Teil

Hamburg, 2.–3. September 2005
21 Uhr 38–0 Uhr 52

21 Uhr 38. Jale fuhr Meyer Viers Dienstopel so, wie sie ihren eigenen gepimpten Golf fuhr, schnell, rücksichtslos und darauf vertrauend, dass die Bremsen wirklich so gut waren, wie Meyer Vier behauptet hatte. Sie hatte das Funkgerät abgestellt, dafür aber ihr Handy griffbereit auf den Beifahrersitz gelegt.

Beierle hatte sich noch nicht wieder gemeldet und so allmählich wurde die Personaldecke der Hamburger Kripo wirklich dünn. Drei Morde innerhalb von etwa zwölf Stunden, dazu ein versuchtes Attentat und diese Razzia auf dem Kiez bedeuteten, dass man sogar Jale mit ihrer extrem begrenzten Erfahrung in Tötungsdeliktermittlungen als vorübergehendes Mitglied der Mordkommission einstufte und zu diesem Hotel losschickte, in dem Boyle ausgerechnet bei der Leiche einer bekannten Anwältin wieder aufgetaucht war. Meyer Vier war wohl der Meinung, dass Jale für ihn ein Auge auf Boyle haben würde, der spätestens seit seiner improvisierten Pressekonferenz heftig in der Scheiße steckte, jedoch jetzt, nach diesem Leichenfund, mindestens bis zu den Haarspitzen darin versunken war.

Sie hatte eine ungefähre Vorstellung davon, wo das Hotel lag, in dem Boyle die Leiche entdeckt hatte, aber die Schupos, deren Razzia gerade im vollen ersten Schwung war, machten es ihr nicht leicht, dorthin vorzudringen. Schon weit vorm Bahnhof hatten sie die ersten Mausefallen installiert und fischten jede Menge verdächtig wirkender Wagen für Drogentests und oberflächliche Fahrzeugdurchsuchungen aus dem zähen Verkehr. Nachdem sie auf dem Weg hierher schon zwei Mal gestoppt worden war, hatte Jale ihren Polizeiausweis auf dem Armaturenbrett abgelegt und war damit bislang mindestens einer weiteren Kontrolle entgangen.

Sie bog in eine Seitenstraße ab, da sie hoffte, dort schneller voranzukommen. Ein Fehler, denn keine hundert Meter in die Straße hinein hatte sich ein Stau gebildet. Und da es eine Einbahnstraße war, konnte sie nicht einmal wenden, um ihr Glück weiter auf einer der Hauptzufahrten zu versuchen.

Sie hörte Sirenen. Nicht weit entfernt. Dann Geräusche, die Schüsse hätten sein können, aber wahrscheinlich nur von Böllern stammten, die irgendwelche aggressive Idioten auf Schupos warfen. Jedenfalls wollte sie sich das einreden. Bis sie das Funkgerät abgestellt hatte, war es während der Razzia relativ ruhig geblieben. Doch sowohl die Molli-Anschläge auf Ante Pulas Kebabläden als auch die Brandstiftung in Tuki Hellmanns Harley-Niederlassung konnten nur den Anfang des Kiezkrieges markiert haben und Jale bezweifelte, dass es das damit für heute gewesen sein sollte. Inzwischen hatte sich die Story von der Gang mit den Helmut-Kohl- Masken selbst bis in die allerletzte Junkiebude herumgesprochen, jeder auf dem Kiez musste nervös sein und sich bedroht fühlen. Die Zeigefinger, Fäuste, Messer und Schusswaffen saßen auf allen Seiten gefährlich locker und sie war auf dem Weg mitten hinein in die Gegend, in der es am dicksten kommen musste, sobald die Lage eskalierte.

Im Radio wurde das Popgedudel durch einen Nachrichtenblock unterbrochen. Jale drehte es lauter, während sie mit den Fingern auf dem Lenkrad herumtrommelte.

„Der Erste Bürgermeister und der Polizeipräsident haben in einem gemeinsamen Statement erste Kritiken an der gerade angelaufenen Polizeiaktion auf dem Hamburger Kiez zurückgewiesen und darauf hingewiesen, dass durch die Maßnahme weder eine erhöhte Gefahr für die Hamburger Bürger noch Besucher der Hansestadt einhergehe. Allenfalls sei als Konsequenz der Großrazzia mit schleppendem Verkehr im Innenstadtbereich zu rechnen. Der Erste Bürgermeister rief die Anwohner und Besucher der betroffenen Stadtviertel zu Geduld und Ruhe auf…"

Jale warf einen genervten Blick auf das Autoradio.

„Insider werten die gemeinsame Erklärung von Bürgermeister und Polizeipräsidenten allerdings auch als Reaktion auf die immer lauter werdende Kritik, der sich Senatsverwaltung und Polizeibehörde ausgesetzt sehen, seitdem am frühen Abend Lewis Boyle, der Leiter einer Kripo-Sonderkommission, eine von der Polizeiführung nicht autorisierte öffentliche Warnung vor besonders gefährlichen XTC-Pillen veröffentlichte, die aktuell in der Hamburger Drogenszene kursieren und, Boyle zufolge, bereits zu mehreren Todesopfern und einem erheblichen Anstieg von lebensbedrohlichen Überdosierungen führten. Überraschend bestätigte etwa eine Stunde nach Hauptkommissar Boyles Auftritt vor der Presse auch Innensenator Malling in einem Interview mit dem NDR, dass es in dieser Angelegenheit innerhalb der obersten Polizeiführung zu Fehleinschätzungen gekommen sein könnte. Für Malling, der Koalitionspartner des Ersten Bürgermeisters ist, gilt diese Aussage zu Beginn der heißen Phase des Wahlkampfs als ungewöhnliche politische Reaktion. Einige Beobachter sehen darin einen Versuch Mallings, sich im heißer werdenden Wahlkampf persönlich zu profilieren …"

Jale blies die Wangen auf und trommelte nur noch heftiger auf dem Lenkrad herum. Malling, dachte sie, der bisher eher als Schoßhündchen des Bürgermeisters aufgefallen war, versuchte sich jetzt darin, auf ehrlichen Macker zu machen. Wer sollte ihm das bitte schön glauben?

Der Wagen vor Jale fuhr an und rollte etwas über zehn Meter weiter. Jale verdrehte die Augen und schloss mit dem Opel zu ihm auf. Für ein paar Augenblicke wurden die Nachrichten aus dem Radio zur Nebensache.

Einige Wagen weiter vorn in der Reihe sah Jale

zwei Schupos, die heftig mit einem Typen mit Glatze und Jeans diskutierten. Der Glatzentyp begann, einen der beiden zu schubsen. Eindeutig ein Fehler, die Polizisten waren jung und fit und die Glatze zwar massiv aufgepumpt, aber zu langsam und wohl auch wie die meisten Studiopumper zu eitel, um die Lage objektiv genug einschätzen zu können. Er fand sich nach einer Folge harter, schneller Griffe der Schupos mit dem Gesicht auf der Motorhaube seines Wagens wieder, seine Hände in Handschellen. Einige Leute stiegen aus ihren Autos, um besser sehen zu können, was da abging.

Jales Telefon klingelte. Kripoboss Himmel. Scheiße, auch das noch, dachte sie, aber traute sich nicht, den Anruf zu ignorieren.

„Wo bist du?", fragte er.

„Auf dem Weg ins Hotel ‚Kapitän Hoyer' zu Hauptkommissar Boyle", antwortete Jale.

„Wo genau?"

Sie nannte ihm leicht verblüfft den Straßennamen und die Nummer des nächstgelegenen Hauses.

„Bleib dort. Warte da auf Boyle. Er ist auf dem Weg zu dir. Kein Mensch erfährt etwas davon, kapiert? Absolute Funkstille. Der Einzige außer Boyle, mit dem du redest, bin ich!"

„Verstanden", sagte Jale.

Himmel legte auf.

Jale fuhr den Opel auf den Bürgersteig, schaltete den Warnblinker ein, stieg aus und steckte sich eine

Zigarette an. Sie dachte darüber nach, was Himmels Anruf bedeuten mochte. Nach dem Stunt mit der unautorisierten Pillenwarnung hätte Boyle – aller Erfahrung mit der Vorgehensweise der Bosse nach – eigentlich sofort suspendiert werden müssen. Aber das schien nicht der Fall zu sein.

Seltsam.

Boyle war nach über einer Stunde Funkstille neben der Leiche irgendeiner Anwältin wieder aufgetaucht. Als MoKo-Boss war es nur zu erwarten, dass er die Ermittlungen in dem Fall führte. Jale hatte den Namen des Opfers schon irgendwo gehört, aber verband damit nichts.

Sie hätte erwartet, dass Boyle ihr die Straße herab entgegenkommen würde, stattdessen tauchte er in einem schmalen Durchgang zwischen zwei Mietshäusern auf. Er lief mit diesem schnellen, irre raumgreifenden Gang, den sie instinktiv mit männlicher Stärke und Selbstsicherheit verband.

Er trug immer noch den scharfen dunklen Anzug, hatte nur die Krawatte abgelegt. Das Erste, was er zu ihr sagte, sobald er sich sicher sein durfte, nah genug herangekommen zu sein, war: „Sie haben Ihre Dienstwaffe dabei?"

Jale nickte.

„Gut. Kann sein, dass Sie das Ding einsetzen müssen", meinte Boyle, öffnete die Autotür und glitt auf den Beifahrersitz. „Ab dafür!", drängte er aus dem Wageninnern heraus.

22 Uhr 18. Boyle öffnete den Kofferraum des Opels, suchte darin herum und kehrte schließlich mit einem blauen Nageleisen und einer Taschenlampe zurück. Die hätte Jale in einem Dienstwagen der MoKo erwartet, aber sicher nicht das Nageleisen. Doch Boyle machte den Job schließlich schon deutlich länger als sie.

Boyle drückte ihr die Lampe in die Hand, stieß die flache, gespaltene Spitze des Eisens unter den Riegel der massiven Doppeltür und riss ihn mit einem Ruck samt Verschraubung aus dem dunklen Holz der Tür. Sie gehörte zum einzigen Haus in der Silbersackstraße, das weder Wohnungen noch eine Kneipe, einen Club oder wenigstens einen Imbiss enthielt.

Die Fenster des Erdgeschosses waren mit Gittern versehen, die Scheiben von innen her mit dicker Farbe überstrichen. Unmöglich zu sehen, was dahinter lag. Vor den Fenstern in den darüber liegenden beiden Stockwerken hingen dunkle Tücher oder Vorhänge. Nur ein paar Schritte weiter lag das Hard Rock Café und parallel zu der Straße befand sich der Hans-Albers-Platz, auf dem es heute Nacht hoch herging, weil die Partypeople, Dealer und Touris dort in eine Falle des Razziakommandos liefen. Doch auch vorm Hard Rock Café hatte sich eine ziemliche Menschenmenge angesammelt, aus der heraus Rufe und Flaschenklirren ertönte.

Keiner dort kümmerte sich allerdings darum, dass hier ein zwei Meter großer Schwarzer mit einem Nageleisen und eine zarte Rothaarige mit Taschenlampe gerade dabei waren, einen Einbruch zu begehen.

Boyle warf Jale einen nachdenklichen Blick zu und trat kräftig gegen die Doppeltür. Nur einer der beiden Flügel schwang ein Stück weit auf. Irgendetwas dahinter blockierte die Tür. Boyle schob das Nageleisen in den Spalt und zog daran, die Tür öffnete sich noch ein Stück weiter, doch sie ganz aufzudrücken schaffte er nicht. Jale schaltete die Lampe ein und richtete sie in die Dunkelheit. Was die Tür blockierte, war ein zusammengerollter Teppich. Er war rot und wirkte wie eines jener Teile, auf denen sich bei Filmpremieren Stars und Mediengrößen dem Blitzlichtgewitter stellten. Als Jale den Strahl der Lampe etwas höher ausrichtete, traf er auf eine weitere Doppeltür aus Glas, über der ein Schriftzug aus weich gerundeten, ausladenden Buchstaben funkelte. „Sarajevo Disco“ stand dort.

Boyle fragte sich, ob Jale alt genug war, dass ihr der Name, den er da aufleuchten sah, irgendetwas sagte. Gemessen an ihrem Gesichtsausdruck tat er das nicht. Er zuckte mit den Achseln, griff nach Jales Arm und zog sie hinter sich her durch den Spalt ins Innere des Hauses.

Nachdem sie beide drinnen waren, drückte er die Tür wieder zu und schob sogar die Teppichrolle wieder davor. „Irgendwo rechts von hier muss ’n Büro mit einem Sicherungskasten sein“, sagte er, nahm Jale die Lampe ab und machte sich auf die Suche. Jale blieb nichts anderes übrig, als ihm zu folgen, wenn sie nicht allein im Dunkeln bleiben wollte. Und das wollte sie eindeutig nicht.

Boyle fand das kleine Büro, klemmte die Lampe zwischen Schulter und Wange und fummelte einige Zeit an dem Sicherungskasten herum, bis er den Hauptschalter fand, ihn umlegte und so dafür sorgte, dass im Inneren des Gebäudes plötzlich jede Menge Deckenlampen und Lichterketten aufleuchteten.

Boyle ging aus dem Büro durch den hohen, weitläufigen Vorraum und die Glastüren mit dem „Sarajevo Disco"-Schriftzug.

„Willkommen zu Sex, Drugs and Rock 'n' Roll!", sagte Boyle zu Jale, nachdem beide einen Augenblick schweigend den großen Raum hinter der Glastür betrachtet hatten. Das war das Innere einer Disco auf dem Höhepunkt der Feierwut der wilden Achtzigerjahre. Über einer Tanzfläche aus riesigen bunten Leuchtpaneelen drehte sich eine Discokugel, darum herum waren Sitznischen mit roten Lederpolstern und Glastischen gruppiert und direkt neben dem erhöhten DJ-Pult, das an eine Kirchenkanzel erinnerte, lag eine Empore, abgesperrt durch dicke rote Kordeln, die von ziselierten Messingständern gehalten wurden. An einem der Ständer war ein silbernes Schild befestigt: „VIP-Lounge".

Auf sechs Podesten um die Tanzfläche herum reckten sich Poledance-Stangen aus silbernem Edelstahl gegen die hohe Decke. Die Theke der Bar bestand aus hellem Naturstein und zog sich in zwei weiten Bögen rechts neben dem Eingang durch den Raum. In den Glasregalen standen immer noch Gläser und Flaschen, als warteten sie nur darauf, dass jeden Moment ein Barkeeper mit Gelfrisur, schwarzer Hose und einem halb geöffneten weißen Seidenhemd erschien, um beim Cocktailmixen seine mächtigen Panzerarmbänder aneinanderklirren zu lassen.

Jale trat völlig fasziniert von diesem Ort an Boyle vorbei und ging über die Tanzfläche hinweg auf das DJ-Pult zu. Doch sie verharrte auf halbem Weg und schaute sich über die Schulter hinweg erstaunt nach Boyle um.

Der ahnte wohl, was seine Kollegin so überrascht hatte. „Gehen Sie einfach dran vorbei. Aber berühren Sie bloß nichts dabei, okay?", rief er.

Ungefähr dort, wo Jale jetzt auf der Tanzfläche stand, war am 23. Mai 1986 gegen ein Uhr dreißig nachts Premudas Sohn und Erbe Branko erstochen worden. Der gesamte Laden, aber ganz besonders die Tanzfläche, war in dieser Nacht brechend voll gewesen. Trotzdem hatte nie endgültig geklärt werden können, wer Premudas Thronfolger getötet hatte. Es hieß, dass Premuda die Schuld an diesem Mord Haffner, Boyles Vorgänger bei der MoKo, gab, der damals ein kleiner Schupo gewesen war und sich nah genug bei Branko aufgehalten hatte, um zumindest rein theoretisch als sein Killer infrage zu kommen. Heute, fast zwanzig Jahre später, war Branko Premudas Tod längst nicht mehr als eine weitere von unzähligen Legenden, die auf dem Kiez kursierten.

Jale stand immer noch mitten auf der Tanzfläche und schaute auf den Blutfleck und das Kreuz, das in jenen ausgehärteten Blutfleck hineingeritzt worden war.

„Beierle hat mir mal davon erzählt. Aber, Mann, ich dachte …"

„Dass es nur eine Geschichte ist?", unterbrach Boyle sie. „Ist es nicht. Seit fast zwanzig Jahren sind wir wahrscheinlich die Ersten, die den Laden betreten haben. Himmel sagt, Sie waren vorhin bei Ante Pulas Haus und haben gesehen, was da passiert ist. Stimmt das?"

Jale schaute Boyle an und nickte langsam. „Ich stand neben dem alten Premuda, als er Meyer Vier gesagt hat, dass er Sie treffen muss …"

Boyle senkte den Kopf und rieb sich den Nacken. „Heute sind zwei Kapos erschossen worden und Ante Pulas Chancen, das Krankenhaus aufrecht und auf zwei Beinen zu verlassen, stehen auch – vorsichtig ausgedrückt – extrem mies. Vor zwei Stunden haben einige Typen mit Helmut-Kohl-Masken Teddy Amin entführt. Das passierte, nachdem er das Hotel verließ, in dem ich nach seinem Kidnapping die Leiche von Rebekka Bahrenbaum fand, Teddys Geliebter. Das Loch in ihrem Kopf passt auffallend gut zu dem 38er Revolver, den Teddy dabeihatte, als er das Hotel heute am späten Nachmittag betrat. Die beiden hatten am Morgen Streit, Teddy könnte also ein Motiv gehabt haben, sie zu töten. Aber es gibt auch einen anderen Verdächtigen: Männlich, zwischen Ende zwanzig und Ende dreißig, Basecap, schwarze Jeans und Combatboots. Erinnert Sie das an etwas?"

Jale dachte darüber nach. „Keine Kohl-Maske, nehme ich an?"

Boyle schüttelte langsam den Kopf.

„Die Männer, die Ante Pula angegriffen haben, trugen auch keine. Dafür Sturmhauben, Jeans und – vielleicht – ja sogar Combatboots. Nur falls Ihnen das noch keiner mitgeteilt haben sollte", antwortete Jale.

„Meyer Vier hat es in seinem ersten Bericht an Himmel erwähnt. Was er allerdings nicht erwähnte ist, ob vor Antes Haus ebenfalls mit dieser Uranmunition geschossen wurde."

„Nein", antwortete Jale. „Einige Geschosse haben zwar den Motorblock des LKA-Autos durchschlagen und sind danach noch in Antes Audi eingedrungen. Deshalb tippe ich auf Sturmgewehre mit NATO-Munition. Sie wissen schon, 5,65er. Hätten sie allerdings mit derselben US-Spezialmunition geschossen, deren Splitter wir bei Hansi und Monster gefunden haben, wären weder Ante noch der verletzte LKA-Beamte jetzt noch am Leben. So viel steht fest."

Boyle schürzte die Lippen, griff in sein Jackett und holte eine Schachtel Zigaretten hervor.

„Weshalb sind wir hier?", fragte Jale etwas zu laut und schaute Boyle dabei in die Augen.

„Falsche Frage, Frau Kollegin", entgegnete Boyle. „So weit sind wir noch nicht. Bleiben wir erst mal bei den Motiven für eine ganze Reihe von aktuellen Morden und Mordversuchen."

Jale schien Boyles Einwand zwar nicht wirklich zu passen, trotzdem fuhr er fort. „Ich glaube nicht, dass die Kanzlergang auf Ante geschossen hat. Das waren Angels, die sich für den Mord an Hansi rächen wollten, von dem Tuki glaubt, dass Ante ihn befohlen hat. Was typisch Tuki ist. Aber deswegen nicht wahrer wird. Von dieser bescheuerten Großrazzia wird sich keiner auf dem Kiez beeindrucken lassen. Kann sein, dass die Schupos dabei ein paar Waffen und einige Kilo Drogen vom Markt sammeln. Aber das ist am Ende nur Kleinkram. Ante ist aus dem Rennen und Teddy Amin sehr wahrscheinlich tot. Er war das einzige logische Ziel der Kanzlergang, weil er ihr direkter Konkurrent im Partydrogengeschäft war. Hansi war eine Warnung an Rot-Weiß, gefälligst die Finger stillzuhalten, während der Mann, der in Hamburg wirklich die Strippen zieht, die Koscha Nostra fertigmacht. Ich glaube auch, dass er, was Teddy betrifft, sogar goldrichtig lag. Ohne ihn und Monster ist die Koscha Nostra mittelfristig aus dem Rennen. Geirrt hat er sich bloß in Tuki Hellmann. Der wird zwar nie beim Blitzschach Punkte sammeln, aber er ist ein Prachtexemplar von einem Psychopathen. Aufzugeben liegt einfach nicht in seiner Natur. Die Angels werden so lange weiter Terz auf dem Kiez machen, bis Tuki entweder tot ist oder den Krieg gewinnt und sich zum neuen King Kong aufschwingen kann. So ein Turfwar kann sich hinziehen. Mit anderen Worten: Es wird in den nächsten Wochen noch eine Menge mehr Leichen in Hamburg geben."

Jale verarbeitete einen Augenblick, was Boyle gesagt hatte. Er hoffte nur, dass sie dabei zu denselben Schlüssen kam wie er.

„Sie meinen, der alte Premuda und sein Neffe stecken hinter der Kanzlergang?"

„Ja. Und ich wette, sie haben Talent von außerhalb angeheuert, um die Drecksarbeit für sie zu erledigen. Bloß haben die einen Fehler gemacht. Sie haben nämlich ihr Ding durchgezogen, bevor Ante dazu kam, seine Familie aus der Schusslinie zu bringen, deshalb ist er heute Nachmittag aus seiner Deckung gekommen, um die Kids zu Marions Eltern zu bringen. Danach wäre er mit seiner Frau in einem Safehouse untergetaucht und hätte dort abgewartet, bis seine angeheuerten Killer Teddy abräumen und vielleicht ja sogar auch im selben Abwasch Tuki von der Platte wischen. Ante hatte Pech, dass Tuki schneller war. Das hat dann wiederum heute Abend Premuda aus seinem Bau gezwungen."

„Warum denken Sie, dass Teddy Amin das Hauptziel der Kanzlergang war?", fragte Jale und überraschte Boyle damit, der eigentlich erwartet hätte, dass sie sich danach erkundigte, weshalb er darauf bestand, ausgerechnet sie bei seiner Zusammenkunft mit dem alten Mann dabeihaben zu wollen.

„Die Koscha Nostra hat praktisch ein Monopol auf den XTC-Markt in der Stadt. Mit dem Dreckszeug, das die Kanzlergang seit heute Morgen überall gratis unter die Leute wirft, ist das Geschäft auf Monate hinaus mehr oder weniger am Arsch. Aber Kids haben 'n kurzes Gedächtnis und einen irren Appetit auf Drogen. Wenn die hören, dass XTC gerade deutlich ungesund ist, steigen sie eben auf Koks und H um. Und davon hat Premuda jederzeit raue Mengen am Lager. Kann sein, dass ihn diese Aktion ordentlich was gekostet hat. So gut, wie die Kanzlergang arbeitet, können die Typen nicht wirklich billig gewesen sein. Aber das holt er spätestens bis zum Monatsende locker doppelt wieder rein. Das alte Krokodil verdient sich an diesen Morden eine goldene Nase."

Boyle war überzeugt, dass Jale seine Argumente nachvollziehen konnte. „Jetzt dürfen Sie übrigens gern noch einmal die Frage wiederholen, die Sie vorhin schon gestellt haben ...", sagte er.

„Das ist der Ort, an dem Premuda sich mit Ihnen treffen will, oder? Und deswegen sind wir hier?"

„Ja."

Jale ging wortlos einige Schritte von dem Blutfleck weg auf Boyle zu. „Teddy Amin war ein Freund von Ihnen und jeder sagt, dass Sie ein rücksichtsloses Arschloch sind. Vielleicht kein regelrechtes Monster, aber immerhin nah genug an einem dran, um sich manchmal, wenn es Ihnen wirklich drauf ankommt, wie eines zu benehmen."

Boyle war klar, dass ihn seine Kollegen nicht gerade für den Titel „Supersympath des Jahrzehnts" nominiert hätten. Doch dass diese kleine Anfängerin ihn als Beinah-Monster charakterisierte, traf ihn doch härter, als er erwartet hätte.

„Sie haben sich vorhin nicht einfach so danach erkundigt, ob ich meine Dienstwaffe dabei habe, oder?", fragte Jale.

Boyle erwiderte ihren befremdlich kühlen Blick und antwortete: „Vielleicht …" Er sah, wie Jale begriff. Wirklich begriff, weswegen er darauf bestanden hatte, dass sie bei ihm war, während er die zweifellos letzten Stunden seines Dienstes bei der Hamburger Kriminalpolizei damit verbrachte, sich mit dem mutmaßlichen Mörder seines Freundes Teddy Amin zu treffen.

„Scheißegal, was in dem Psychoprofil in Ihrer Akte steht, Frau Kommissarin", sagte Boyle. „Ich weiß, wer und was Sie wirklich sind. Und wozu Sie fähig sind. Falls der alte Mann kommt und wirklich reinen Tisch machen will, stehe ich auch auf seiner Liste. Nur sollte er dann genauso dran glauben. Ich hoffe, ich kann mich dabei auf Sie verlassen."

22 Uhr 32. „Was ist sie denn, Bulle? Etwa genau das, was du nicht bist? Ein Killer?", sagte Premuda und richtete sich ächzend in der Sitzgruppe im VIP-Bereich neben dem DJ-Pult auf.

Reiner Instinkt, dass Jale ihre Waffe zog und auf ihn richtete, sobald sein Oberkörper über der Lehne der rot gepolsterten Sitzgruppe auftauchte.

„Hallo, alter Mann. Ich hoffe, du hast alles, was ich gerade gesagt habe, deutlich genug gehört? Ich hasse es nämlich, mich wiederholen zu müssen“, sagte Boyle kalt.

„Hast du noch irgendwas von meinem Vordereingang übrig gelassen, als du in meine Disco eingebrochen bist, Bulle?“

„Genug“, antwortete Boyle und wies auf die Lampen über ihnen. „Zahlst ja sogar noch die Stromrechnung für den Laden. Muss ’n doofes Gerücht sein, dass du ein Geizhals bist …“

Jale hörte Boyle zwar, wie er die nächste Runde seines Spiels mit Premuda einleitete, aber sah ihn dabei nicht an, weil sie sich völlig auf den alten Mann konzentrierte, der gerade steif und quälend langsam die vier Stufen der VIP-Lounge herunterstieg. Sobald er die Tanzfläche betreten hatte, schaute er ihr zum ersten Mal ins Gesicht. Nur war das, was er dabei sagte, eindeutig an Boyle gerichtet. „Ich weiß es übrigens zu schätzen, dass du deiner rothaarigen Hexe geraten hast, nicht auf dem Blut meines Sohnes herumzutrampeln.“

Jale, die immer noch damit zu kämpfen hatte, dass Boyle ihr vorhin ganz klar gesagt hatte, dass er sie durchschaute, ertrug den abschätzigen Blick des alten Mannes nicht länger und senkte den Kopf.

„Ich nehme an, du weißt, wer damals das Kreuz in das Blut meines Sohnes geritzt hat?“, fragte Premuda.

Sie schüttelte den Kopf.

„Deine Frau, seine Mutter“, meinte Boyle an Premudas statt und wandte sich wieder dem alten Mann zu. „Ein paar Monate später ist sie wahnsinnig geworden, oder? Ich nehme an, sie hat einfach nicht ertragen, was aus dir und ihrem Jungen geworden war.“

Premuda schürzte die Lippen und wiegte den Kopf. „Wie geht's deiner Tochter, Bulle?“, fragte er.

Jale hatte bisher nicht einmal gewusst, dass Boyle Vater war. Trotzdem war es keine große Überraschung für sie, zu sehen, dass sich Boyles Miene auf Premudas Bemerkung hin verhärtete.

„Das Problem mit dir, Bulle, war immer schon, dass du eigentlich zu clever für deinen Job bist. Ich habe Teddy nicht umlegen lassen. Und ich habe auch diese Maskenkiller nicht angeheuert.“

„Sie halten Ihre Waffe weiterhin auf Herrn Premuda gerichtet, Kommissarin Arslan. Das ist ein Befehl!“, sagte Boyle.

Premuda lächelte und hob amüsiert die Hände.

Jale stellte verblüfft fest, dass der alte Mann immer noch seine Hausschuhe trug. Wie war er damit den ganzen Weg hierhergekommen, fragte sie sich. Selbst ihr fiel es überraschend schwer, diesen Greis mit ihrer Waffe zu bedrohen, während er so blöde bunte Schlappen trug und wirkte, als bestünde die einzige echte Gefahr, die von ihm ausging, darin, dass sie der Duftwolke nach Rheumacreme, die er vor sich hertrug, zu nahe kommen könnte.

„Sie müssen wissen, Frau Kommissarin, Boyle hat einen Hang dazu, seine Drecksarbeit von Frauen erledigen zu lassen. Halif Kahn, zum Beispiel, könnte ein Lied davon singen, wenn er nicht tot wäre. Die Türkenbullen behaupten ja, dass sie nie klären konnten, wer Halif damals in seinem Haus am Bosporus den Schuss ins Gesicht verpasste. Die hätten sich mal bei Boyle danach erkundigen sollen, wo eine gewisse Aziza Aris gewesen war, an dem Tag, an dem Halif eine Packung kriegte."

Jale hatte von Halif Kahn gehört, ein Gangster und Strippenzieher, der vor einigen Jahren in Istanbul erschossen wurde. Dass Boyle etwas mit seinem Tod zu schaffen haben sollte, war ihr allerdings neu. Sie glaubte das auch nicht. Der alte Mann, dachte sie, sah wohl seine Felle wegschwimmen und warf mit Anschuldigungen um sich, weil er hoffte, sie damit zu verunsichern.

„Wer bist du eigentlich, Kleine?", fragte Premuda sie mit einem feinen Lächeln.

„Sie hat letztes Jahr Schoops, den RAF-Mann, erschossen", antwortete Boyle, bevor Jale dazu kam.

Premuda stieß einen Pfiff aus und wiegte erneut den Kopf. „Sieh an, da hast du dir ja einen echten Profi rangezogen, was, Bulle?"

Boyle zuckte mit den Achseln und steckte sich eine neue Kippe an. Er sah durch den dünnen, grauen Rauch hindurch zu Jale, die sich von seinem Blick seltsamerweise ertappt fühlte, obwohl sie nichts getan hatte, wofür sie sich schämen müsste.

„Du hast dieses Treffen arrangiert, alter Mann. Falls es dir darum gegangen sein sollte, mich so richtig wütend zu machen – ist dir gelungen. Gratulation", knurrte Boyle.

Premuda senkte betont langsam seine Arme wieder. „Ihr habt euch von den Maskenclowns reinlegen lassen, Bulle. Aber das kann man euch wohl nicht mal wirklich vorwerfen, weil denen ja sogar der Jude und mein Neffe auf den Leim gegangen sind. Dass die Biker darauf reinfallen würden, kann keinen wundern, die sind so doof, dass sie die Schweine beißen", sagte Premuda und wandte sich dabei bedächtig Boyle zu. „Die Maskengang gehört zu keinem der hiesigen Bosse. Die hat irgendwer von außerhalb angeheuert. Ich weiß zwar nicht, wer das war. Aber ich weiß, wozu er es getan hat."

„Weshalb sollte ich dir glauben, Premuda?", fragte Boyle.

Der Alte wies auf den Blutfleck. „Weil ich dich nicht irgendwohin, sondern *hierher* bestellt habe. Das hier ist kein Ort, an dem ich lügen würde. Jedenfalls nicht in einer solchen Sache. Und erst recht nicht, während mein Neffe vielleicht gerade auf einem OP-Tisch krepiert", sagte Premuda und zum ersten Mal hatte Jale das Gefühl, dass er sich dabei nicht mehr so vollständig im Griff hatte wie bisher.

„Ich habe dir vorhin schon gesagt, dass du ein paar Takte zu clever für deinen Job bist, Bulle. Dein Problem ist, dass du zwar die richtigen Klunker funkeln siehst, aber die dann auf die falsche Kette fädelst. Du hast nämlich recht gehabt mit deiner Vermutung, dass es bei diesen Attentaten um den Spaßpillenmarkt in der Stadt geht", verkündete Premuda und griff dabei sehr langsam in seine Manteltasche.

Jale machte das nervös. Sie hatten den alten Mann nicht nach Waffen abgetastet, wie sie das eigentlich besser hätten tun sollen und er konnte Gott weiß was aus der ziemlich geräumigen Tasche hervorholen. Andererseits, versuchte sie sich zu beruhigen, konnte er nicht so naiv sein zu erwarten, dass er mit einer Waffe, die er aus seinem Mantel zog, schneller sei als sie. Doch Premuda holte etwas anderes aus der Tasche, ein Zipptütchen mit einem groben, türkisfarben schillernden Pulver darin.

Er warf es Boyle zu, der es auffing. Aber dabei so wirkte, als wisse er nicht recht, was er da bekommen hatte.

„Manche nennen das Zeug ‚Hazel'. Angeblich haben es GIs, denen es bei den Kameltreibern im Irak langweilig wurde, als Erste zusammengekocht. Aber das kann auch nur 'ne Legende sein. Das, was da in der Tüte ist, kommt jedenfalls entweder aus Bulgarien oder Rumänien. Es ist einfacher zu kochen als

Meth und die Grundstoffe, die man dazu braucht, kriegst du für ein paar Euro in jedem Düngemittelgroßhandel."

Boyle öffnete das Tütchen und roch an dem Pulver. Er verzog dabei das Gesicht. Durch einen besonders angenehmen Duft scheint sich das Zeug darin offenbar nicht auszuzeichnen, dachte Jale.

„Meine Leute sagen, dass das Zeug dich so lange wach und bei Laune hält, bis entweder dein Herz explodiert oder dein Hirn vor lauter Schlafmangel zu Brei verkocht. Die Herstellung kostet dich so gut wie nix, vor allem, wenn du irgendwo im Osten kochen lässt. Und bisher ist der Stoff in den meisten Ländern nicht mal als verboten gelistet. Du kannst den also derzeit noch ganz legal produzieren."

Boyle verschloss das Tütchen wieder und steckte es ein. „Woher hast du das, Premuda? Und weshalb bist du dir so sicher, dass dafür nicht nur Teddy, Monster und Hansi draufgehen mussten, sondern auch mindestens acht weitere Leute, die seit heute Morgen an den Scheißdrops schon überdosiert haben? Bisschen heftiger Overkill, nur um 'ne neue Droge unter die Leute zu werfen, denkst du nicht?", sagte Boyle.

„Für dich und mich wäre es das, Boyle. Aber vielleicht sind wir einfach auch langsam zu alt, zu traurig und zu rücksichtsvoll für die Welt geworden, in der wir leben? Glaub mir, Bulle, wer auch immer den Kiez zurzeit aufmischt, kommt von außerhalb."

Jale konnte sich gerade so gar nicht vorstellen, wie

eine Welt aussehen mochte, in der Männer wie Boyle und vor allem Premuda zu rücksichtsvoll handelten, um darin noch einen Platz an der Sonne zu ergattern.

„Du hast meine Frage nicht beantwortet, alter Mann. Woher hast du das Zeug bekommen?"

„Vor drei Monaten ist ein Ami in Antes Restaurant geschneit und hat Grüße bestellt von einem Mann aus Belgrad, den ich kenne. Dann hat er Ante angeboten, ihm für kleines Geld fünf Kilo von dem Hazel zu liefern und versprochen, dass er noch jede Menge mehr davon hätte. Ante war höflich und hat ihn zu Ende angehört, sich zwei Proben geben lassen und dann ein neues Treffen vereinbart. Man muss mit der Zeit gehen und dein verschissener Russenfreund hat den Markt für Spaßpillen in der Stadt fast ganz allein im Griff. Ante fand, es könnte den Versuch wert sein, ein neues Produkt zu testen und die Koscha Nostra damit zu ärgern. Ich hab das Hazel testen lassen und Ante danach von dem Deal abgeraten. Zu dem zweiten Treffen in München ist der Ami dann auch nicht mehr aufgetaucht. Frühes Ende einer Geschäftsbeziehung, sollte man meinen. Aber eine Woche, nachdem der Ami meinen Neffen in München versetzt hat, fischen die dort eine Leiche ohne Zähne und Hände aus der Isar. Die Bayernbullen haben deswegen ein bisschen gebraucht, um die zu identifizieren. Stellt sich raus, dass das unser Ami war, der Charles Andrew Pulver hieß, früher mal Infanterieoberst war und danach 'n paar Jahren von Brüssel, London und Belgrad aus mit Armeeschrott gehandelt hat. Die Münchner haben bisher angeblich keine Ahnung, weshalb er ohne Zähne und Hände da unten in München in dem Fluss landete. Aber die wissen wohl auch noch nichts davon, dass der Mann außer mit Armeeschrott auch noch mit Spaßbeschleunigern handelte. Dann passiert, was heute eben passiert ist, und ich habe so ein Scheißkribbeln, seit da jede Menge Kids und Junkies an einem Zeug krepieren, das eine gut dressierte Gang mit Karnevalsmasken gratis in der Stadt verteilt. Andererseits hab ich bestimmt nichts dagegen gehabt, dass Monster und Hansi ins Gras gebissen haben."

Jale hielt immer noch ihre Waffe auf Premuda gerichtet, obwohl der inzwischen wirkte, als könnte ihm nichts annähernd so egal sein wie das. Als er den Amerikaner erwähnt hatte, suchte sie Boyles Blick. Doch der hielt den Kopf gesenkt und hatte noch dazu diese Kippe zwischen den Lippen, deren Rauch erst recht jede Sicht in seine Augen verhinderte.

Allerdings ahnte sie auch so, in welche Richtung Boyles Gedanken gerade gehen mussten: Sie hatten es mit zwei Morden zu tun, die mit US-Spezialmunition ausgeführt worden waren und im Zusammenhang mit diesen Pillen standen. Dann berichtete Premuda von einem toten Amerikaner, der sowohl mit Armeeschrott als auch mit dieser neuen Droge Hazel handelte. Da fielen gerade so einige Puzzleteile in gut passende Leerstellen.

„Du behauptest, hinter den Morden steckt eine Gang von außerhalb. Die kannten sich dann aber auffallend gut mit Monsters und Hansis täglichen Gewohnheiten aus. Mal ganz abgesehen davon, dass sie offensichtlich gewusst haben, wo in der Stadt sie ihre giftigen Drops unter die Leute bringen müssen, um eine maximale Verteilung von dem Zeug zu garantieren. Irgendeiner muss ihnen das gesteckt haben. Und wahrscheinlich noch 'ne Menge mehr an ziemlich intimen Informationen. Zum Beispiel konnte nicht mehr als eine Handvoll Leute gewusst haben, dass Teddy was mit Rebekka Bahrenbaum hatte. Und wohl kaum einer, wo und wann er sich heute mit ihr zum Vögeln getroffen hat."

Premuda breitete die Arme aus und ließ sie wieder sinken. „Du bist hier der Bulle. Geh los, frag Leute, finde es raus. Aber halt gefälligst mich und meine Crew aus dem Scheiß heraus. Wir haben nichts mit den Morden und den dreckigen Pillen zu tun", verkündete er.

Seine Ruhe und die unerschütterliche Selbstsicherheit, mit der er seine Ansage machte, machten Jale wahnsinnig. „Irgendwer aus Ihrer Gang hat ja wohl heute Tuki Hellmanns Harley-Niederlassung angesteckt, oder nicht?", zischte sie dem alten Mann zu.

Premuda zuckte mit den Achseln. „Nachdem die Biker drei von meinen Kebabläden angegriffen haben. Was dachtest du denn, Schnalle, dass wir es uns leisten könnten, die andere Wange hinzuhalten und die Füße stillzuhalten? Das Leben ist keine Weißbrotbäckerei …"

Jale regte es auf, dass Premuda sie ‚Schnalle' genannt hatte. Boyle ließ seine Zigarette zu Boden fallen und trat sie aus. Premuda sah das offenbar nicht gerne. Jale fand Boyles Kippe am Boden vor dem Blutfleck nur angemessen.

„Ich will alles, was du über diesen Ami hast, Premuda", sagte Boyle entschlossen. „Und du hältst deine Männer auf Linie. Rot-Weiß ist nervös genug, die müssen nicht auch noch auf die Idee kommen, jetzt, wo du zurück auf dem Spielplatz bist, den ganz großen Hammer zu schwingen."

Premuda griff in seinen Mantel und warf Boyle einen braunen Umschlag vor die Füße. „Da ist alles drin, was ich über den Ami habe."

Boyle machte keine Anstalten, den Umschlag aufzuheben.

Der Alte sah ihn zornig an. „Und, Bulle", sagte er, „ich gehöre nicht zu deiner Trachtentruppe. Also hör auf, mir Anweisungen zu geben."

Jale fragte sich, ob sie nicht doch noch in die Verlegenheit käme, schießen zu müssen. Nachdem Boyle und der alte Mann ihre Angelegenheiten bisher halbwegs zivilisiert über die Bühne gebracht hatten, waren sie jetzt offensichtlich in die Phase des Schwanzvergleichs eingetreten. Und obwohl sie überzeugt davon war, dass Boyles länger war als Premudas, konnte der immerhin durch seinen Ruf als rücksichtsloser Mörder punkten.

„Du hast da was falsch verstanden. Das war keine Anweisung, Premuda. Sondern ein gut gemeinter Rat“, sagte Boyle. Aber bückte sich trotzdem nicht nach Premudas Umschlag.

Scheiße, das ist doch wirklich wie im Kindergarten hier, dachte Jale, senkte die Waffe, trat auf den Umschlag zu, hob ihn auf und steckte ihn unter ihre Lederjacke.

Boyle und Premuda sahen ihr dabei zu. Premuda tat es leise amüsiert, Boyle schien jedoch nur noch wütender geworden zu sein. Ich will auch mal ein Mann sein, dachte Jale, nur für einen Tag. Einfach um zu sehen, wie es sich anfühlt, wenn man nie wirklich erwachsen geworden ist.

„Wir sind fertig hier“, sagte Premuda. „Sieh zu, dass du beim Rausgehen meine Tür nicht noch mehr versaust, Bulle.“

Boyle schaute Premuda eine sehr ungemütliche und überlange Minute stumm an, dann drehte er sich um und ging auf die Glastür zu. Jale folgte ihm. Selbst als sie neben Boyle schon wieder draußen auf der Straße vor dem Haus stand, meinte sie, die Blicke des alten Mannes in ihrem Nacken spüren zu können.

Boyle sah einen Moment zurück auf die Tür, dann trat er auf die schmale Straße, hob seine Arme und legte den Kopf in den Nacken. So blieb er eine ganze Weile stehen.

23 Uhr 09. Einige der Touris aus der kleinen Menschentraube vor dem Hard Rock Café sechzig Meter weiter sahen verwundert zu ihm herüber.

Boyle senkte langsam die Arme und drehte sich zu Jale herum. „Wahrscheinlich hat mich der Bürgermeister oder der Polizeipräsident schon suspendiert oder gefeuert. Keine Ahnung. Ist auch egal. Das hier hat nie stattgefunden, verstanden? Premudas Umschlag war eine anonyme Spende, die Sie gerade jetzt unterm Scheibenwischer Ihres Dienstwagens gefunden haben."

Jale nickte.

Doch da war etwas, das sie nicht ungesagt lassen konnte. Etwas, das nur sie und ihn anging. „Ich bin nicht, wofür Sie mich halten, Boyle. Der alte Mann ist es ja vielleicht. Aber ich nicht."

Boyle steckte sich eine Zigarette an. „Doch, Sie sind genau das, wofür ich Sie halte, Frau Arslan. Ich habe ein paar von Ihrer Art kennengelernt, ich erkenne einen Soziopathen, wenn ich einen vor mir habe", sagte er und tippte sich dann an seine Nase. „Ich kann es hören, sehen und sogar riechen. Wir alle sind, was wir sind, hat mir der alte Mann mal gesagt. Ich habe es damals schon gewusst, als Sie Schoops erschossen haben."

So nah bei ihm sah Jale, dass Boyles Hemd über der Brust und unter den Achseln völlig durchgeschwitzt war. Sie konnte ihn riechen. Er dünstete warmen Schweiß und ein teures Aftershave mit Sandelholz und vielleicht Thymian darin aus. So, dachte Jale, riecht Angst in dieser Stadt: Nach Männerschweiß und holzig-erdigem Aftershave.

Um sie herum heulten Sirenen, drang Musik aus Lautsprechern, riefen sich Leute etwas zu und liefen Gruppen von Schupos durch die Straßen des Viertels auf der Suche nach tödlichen XTC-Pillen, Waffen und den Männern, die verborgen unter der grotesk verzerrten Maske eines Alt-Bundeskanzlers zwei Männer getötet und die Intensivstationen und Leichenhallen der Stadt mit Junkies und Partygängern gefüllt hatten.

Jale ließ Boyles Worte schweigend in sich nachhallen. Natürlich war es blanker Unsinn, dass er ihresgleichen riechen konnte, wie man Fisch in einer Pfanne voller brutzelnder Butter roch oder die fettig schwarzen Abgase aus dem Auspuff eines alten Lastwagens.

Aber sie erinnerte sich an diesen Nachmittag, als sie im Büro einer Schulpsychologin saß und sich, nachdem sie eine ganze Menge an ziemlich bescheuerten Fragen beantwortet hatte, anhören musste, dass sie zwar irgendwie schon psychisch krank sei, aber für ihre Krankheit keine Therapie existiere. Dabei hatte Jale sich nie krank gefühlt oder wirklich verschieden von all den anderen Kids auf ihrem Gymnasium. Nur ab und zu schienen die Entscheidungen zu treffen und Dinge zu sagen, die sie nicht wirklich nachvollziehen konnte.

„Ich habe die Tests gemacht. Ich bin weit unten auf der Skala“, sagte sie schließlich.

Boyle lächelte sie überheblich an. Er glaubt mir nicht, dachte Jale. Und eigentlich hatte er ja recht damit. Denn der Einzige, den Jale nicht hatte täuschen können wie die Psychologen und Therapeuten, die sie bisher getestet hatten, war ihr Vater gewesen. Als der denselben Check machte, landete sie im oberen Teil der Testskala. Demzufolge war sie nicht ganz ein Monster. Aber auch mit absoluter statistischer Sicherheit weit entfernt davon, normal zu sein. Doch sie wollte ausgerechnet jetzt nicht daran zurückdenken.

„Außerdem haben wir ja wohl Wichtigeres zu tun, oder? Zum Beispiel, einige Killer von der Straße zu holen …“

Boyle schüttelte bedächtig den Kopf. „Das ist ab jetzt dein Job“, sagte er und wies dabei auf eine Bar, vor deren Eingang drei Nutten in zu engen Oberteilen standen und sich eine Tüte teilten. Das Aroma des Grases war bis hierher zu riechen.

„Ich geh mich jetzt besaufen und trauere um meinen Freund. Kann sein, dass er ein paar Menschen umgelegt hat, kann auch sein, dass die meisten Leute ihn für ein Quadratarschloch gehalten haben. Aber für mich war er immer da, wenn ich ihn gebraucht habe. Das ist mehr, als ich von den meisten Leuten im Präsidium behaupten könnte. Und zwar inklusive Andres Himmel.“

Boyle nickte ihr zu, steckte die Hände in die Hosentaschen und ging auf die Bar zu.

Jale war sich sicher, dass er jedes Wort so gemeint hatte, wie er es sagte. Es war vorbei. Er schmiss hin. Gab auf. Einfach so. Sie war unfähig, das zu begreifen. Und weil er sie gerade auch geduzt hatte, sah sie keinen Grund für übertriebene Höflichkeiten mehr. „Du gibst also einfach so auf, Boyle? Das war dein Freund, den die Kanzlergang umgelegt hat! Was ist mit Rache? Wenigstens das. Wenn du es schon nicht wegen deiner Marke tust?"

Boyle blieb stehen und blickte sich über die Schulter hinweg nach ihr um. „Wir alle sind nun mal, was wir sind. Genau wie der alte Alligator das gesagt hat. Ich könnte dir hier für den Rest der Nacht erklären, was gerade in mir vorgeht. Bloß würdest du es sowieso nicht verstehen. Warum also überhaupt versuchen?"

„Du scheißarrogantes Arschloch! Ich hab auch Gefühle!", rief Jale ihm nach. Sie tat es nicht mal so sehr aus Wut heraus. Sondern weil sie wusste, dass er recht hatte. Nicht in allem, was er ihr unterstellte. Aber doch in genug davon.

23 Uhr 34. Die Bar war besser, als Boyle anhand der drei eher schäbigen Nutten vor ihrer Tür erwartet hätte. Aber der Eindruck konnte auch trügen. Heute Nacht lief die große, gut geölte Maschine des Kiezes wegen der Razzia nicht so rund wie sonst. Daher traf man in miesen Bars gute Leute und verirrten sich Arschlöcher in gute Lokale, deren Personal sie an jedem anderen Tag nie an ihrer Theke geduldet hätte. Was ein guter Barbesucher und was ein mieser war, entschied sich für Boyle weder anhand von Kleidung, Sprache oder Hautfarbe, sondern daran, ob – wer immer da neben ihm an der Tränke saß oder stand – die erste und wichtigste Regel jeder guten Bar begriffen hatte und befolgte: Respektiere deinen Nachbarsäufer und wage es nicht, ihn anzusprechen, wenn er dir mit einem Blick oder Wink deutlich gemacht hat, dass er für sich allein und ohne irgendeine Konversation saufen will.

So viel stand fest: Die halblaute Musik, die aus den Lautsprechern drang, war hier jedenfalls einen Tick besser als in der Kaschemme, in der er vorhin Bellini gevögelt hatte, und soweit er das Angebot an Alk im Regal hinter der Theke übersah, war das breit und hochprozentig genug, um ihm genau jenes still bedächtige Besäufnis zu garantieren, das er heute so dringend nötig hatte.

Boyle beschloss, mit Bier anzufangen. Teddy hatte Bier immer gemocht. Er trank jeden Mist, sogar Astra und Oettinger. Wählerischer war er da schon bei hartem Stoff. Von Scotch und Wodka hatte Teddy wirklich etwas verstanden. Da machte ihm keiner etwas vor. Teddys Leben und Taten würden in die lange Reihe von Kiezlegenden eingehen, über die Männer für ein, zwei Generationen in Bars wie dieser redeten, nachdem die Themen Fußball, Steuern, Politik und

Wetter erschöpft waren, aber sie noch nicht besoffen genug waren, um über ihre Ehefrauen, Freundinnen und Geliebten herzuziehen.

Vorhin im Hotel war Boyle noch voller Furcht und Zorn gewesen und entschlossen, Teddys Killer selbst die Acht anzulegen. Oder ihn – noch besser – über den Haufen zu knallen. Doch das war reine Augenwischerei gewesen. Er war nun mal kein Mörder. Und am Ende spielte es auch gar keine so große Rolle, wer Teddy umgelegt hatte oder weshalb. Wichtig war nur, wie er gestorben war und dass er, bei allen furchtbaren Dingen, die er über die Jahre angestellt hatte, eben nicht so weit gegangen war, seine schwangere Geliebte umzubringen. Und zwar auf diese Art und Weise umzubringen. Irgendwo ganz unten auf dem dunklen Talboden seines Bewusstseins war Boyle vielleicht sogar erleichtert darüber, dass seine Freundschaft mit Teddy so zu Ende gegangen war. Mit etwas so Endgültigem und Unverrückbarem wie dem Tod.

Beide hatten sie in dieser Nacht verloren, woran sie sich ihr Leben lang so rücksichtslos und verbissen festgehalten hatten: Teddy verließ sein auf dem Kiez fast schon sprichwörtliches Glück und Boyle seinen von Angst und grimmigem Zorn angetriebenen Kampfgeist, der ihm eine der bemerkenswertesten Polizeikarrieren ermöglichte, die diese Stadt je gesehen hatte.

Früher hatte Boyle, sobald er spürte, dass weder der Lärm von obskuren Punkbands aus den Lautsprechern in seinem Wohnzimmer noch jede Menge Bier ausreichten, um nach einem Tag wie diesem halbwegs wieder zu sich selbst zu finden, manchmal Zuflucht in den Gedichtbänden genommen, die er irgendwann mal als Meterware in einem Antiquariat gekauft und neben die Fachliteratur in sein Bücherregal gestellt hatte. Zwar zweifelte er daran, dass in Worten je echter Trost liegen konnte. Trotzdem fand er dort hin und wieder einige Zeilen, die der Leere und der Angst vor dem nächsten Tag, der aller Erwartung nach auch nicht besser verlaufen würde als der vorangegangene, wenigstens vorübergehend ihre scharfen Widerhaken nahmen. Doch heute hätten nicht mal die besten unter all den Versen ausgereicht, um ihm eine Illusion von Trost vorzugaukeln, deren Halbwertzeit höher gewesen wäre als die einer Schneeflocke in der Sahara.

Während er auf sein drittes Bier und den zweiten Scotch wartete, erinnerte sich Boyle an die Nacht, als ihm klar geworden war, dass er Sascha nicht länger derart nah in seinem Leben ertrug. Damals hatte er sich so sehr betrunken, dass er auf Händen und Knien zu seinem Bett gekrochen war. Genauso wie seine Säufermutter das immer getan hatte. Das war ein verdammt dunkler Tag in seinem Leben gewesen. Doch so fertig er damals auch gewesen war, heute musste es definitiv mehr sein. Vielleicht genug, um zu garantieren, dass er die nächsten achtundvierzig Stunden im Alk-Koma blieb und so die hämischen ersten Schlagzeilen und Sprüche über Teddys Tod, die Razzia und all die übrigen Katastrophen, die der Stadt heute Nacht bestimmt noch bevorstanden, gnädig verpasste.

„Da gumschst hierher anne Güste und doa mache die alle Puffs zu und schicke alle Bulle, die se habbe, uffe Schtrasse zum Schtress mache und denn geschst inne Bar und sitzt denne och noch nebbe e Nescher, der schtinkt wie äh Pferd", knurrte ein dürrer Tourist mit Poloshirt und dreiviertellanger Khakihose seinem Nachbarn zu.

Eigentlich war das die Art von Alltagsrassismus, die Boyle sonst zähneknirschend ignoriert hätte. Aber heute Nacht hatte er seinen besten Freund und seine Polizeimarke verloren. Vielleicht, dachte er, wäre es ja sogar ein passenderer Abschied von Teddy, wenn ich dem dürren Wichser hier und jetzt die Fresse so sehr poliere, dass der nicht vor Ostern nächstes Jahr wieder ohne Schmerzen lachen kann. Andererseits gab es schließlich auch andere Bars, in denen er sich zuschütten konnte, ohne sich dabei solchen Schwachsinn anhören zu müssen.

„Der Nescher ist Hauptkommissar bei der Mordkommission und außerdem angeblich 'n ziemlich guter Boxer. Ich wäre an Ihrer Stelle also vorsichtig", sagte plötzlich Andres Himmel hinter ihm und hielt dem Hessen seinen Dienstausweis so nah vors Gesicht, dass der erschrocken so weit davon zurückwich, dass er von seinem Barhocker rutschte.

Boyle warf einen Seitenblick auf den Typen am Boden, zuckte mit den Achseln und trank von seinem Bier. Andres setzte sich auf den Barhocker neben ihn. Was ein Schachzug war, der Boyle zu einer Reaktion zwang. „Hau ab, Andres. Ich besaufe mich hier", sagte er.

„Im Dienst saufen ist verboten. Aber bestell mir auch 'n Bier", antwortete Himmel.

„Kauf dir dein Bier selber!", antwortete Boyle, stand auf, warf einen Fünfzigeuroschein auf die Theke und ging zur Tür. Der Barkeeper fischte den Schein von der Theke und sah Andres Himmel fragend an. Der stand auf und folgte Boyle nach draußen in die Nacht. Der hatte das Jackett ausgezogen, über die Schulter geworfen und ging auf das Hard Rock Café zu.

„Bleib stehen", rief Andres ihm hinterher.

Boyle ging weiter.

„Bleib stehen! Das ist eine offizielle Anweisung! Ich bin immer noch dein Vorgesetzter!"

„Ich bin schon fest für das Disziplinarverfahren gebucht, Andres", sagte Boyle. „Setzt es einfach mit auf die Liste. Ich habe heute einen Freund verloren. Und meinen Job. Falls du das Memo vom Präsidenten noch nicht gekriegt haben solltest ..."

„Das hättest du wohl gerne, du überhebliches Arschloch! Aber ich hab schlechte Neuigkeiten für dich. Malling hat vor 'ner Stunde den Lamettaträgern klargemacht, dass er darauf besteht, dass du bleibst. Und wegen dir einen offenen Konflikt mit

Malling anzuzetteln, kann sich der Bürgermeister so kurz vor der Wahl nicht leisten. Ob's dir passt oder nicht, Boyle – du bist immer noch im Geschäft. Also beweg dich gefälligst und finde den Mörder von Rebekka Bahrenbaum. Oder bring mir die Kanzlergang. Und das ist nicht bloß 'ne Anweisung, sondern ein Befehl!"

Boyle war sich ziemlich sicher, dass er Andres nicht richtig verstanden haben konnte. Dass Malling sich für ihn eingesetzt hatte, ergab so gar keinen Sinn.

„Lüg mich nicht an, Andres!"

Himmel schüttelte den Kopf und wies an Boyle vorbei auf Jale, die vor der Bar in einer dunklen Ecke stand. „Es stimmt, Chef! Ich war dabei, als es über Funk kam", sagte sie.

„Sie hat mich angerufen und mir gesagt, wo du dich verkrochen hast", erklärte Andres.

Diese Scheißwelt, dachte Boyle, gerade wenn du denkst, dass du fertig mit ihr bist, tritt sie dich gleich im Doppelpack in den Arsch.

„Was ist nun?", fragte Himmel.

0 Uhr 31. Sie hatten mit den bayerischen Kollegen gesprochen, zwei von ihnen mussten Boyle und Jale sogar dafür aus dem Bett holen. Doch deren Ermittlungen in Bezug auf den Tod von Oberst Charles Andrew Pulver, den Amerikaner, der Ante Pula angeblich diese neue Droge namens ‚Hazel' verkaufen wollte, waren in einer Sackgasse gelandet. Die Münchener Kommissare waren Boyle zwar dankbar für die Rückmeldung, aber zu den Hamburger Ermittlungen hatten sie nichts Entscheidendes beizutragen.

Beierle war schon vor einiger Zeit von einem Trip zu irgendeinem der Bundeswehrstützpunkte im Umland und einem Treffen mit einem pensionierten General ins Präsidium zurückgekehrt. Doch der hatte weiter nichts gebracht als heiße Luft. Soldaten hielten zusammen. Oder vielleicht hatte der General a. D. ja tatsächlich keine Möglichkeit gesehen herauszufinden, wo und wann in Deutschland US-Truppen mit dieser Uranmunition Übungen veranstalteten und ob jemals von da Teile dieser Munition verschwunden waren. Eine weitere potenziell vielversprechende Spur, die im Leeren endete.

Jetzt saß Beierle Jale gegenüber breitbeinig auf einem Bürostuhl im zweiten Stock des Präsidiums und blies in einen Pappbecher, der die ekligste Fertigsuppe enthielt, die Jale je gerochen hatte.

Boyle und Himmel unterhielten sich einige Meter entfernt vor einem Whiteboard, auf dem Boyle vorhin Fotos von Rebekka Bahrenbaum, Ausdrucke von dem Videomaterial aus dem Hotel und denen von der Baustelle, neben der Hansis Leiche aufgefunden worden war, befestigt hatte. Zwischen den Bildern befand sich ein Diagramm, auf dem sie alle gemeinsam von Monsters Ermordung über die Angriffe auf Antes Läden und Tukis Harley-Niederlassung bis hin zum Attentat auf Ante und Teddy Amins Kidnapping sämtliche Ereignisse des Falles „Kanzlergang" in eine mehr oder weniger exakte zeitliche Reihenfolge aufgeführt hatten.

Bisher hatten allerdings weder die Fotos noch das Diagramm bei einem von ihnen einen Geistesblitz provoziert, der sie einen Schritt weitergebracht hätte.

Bis vor zwei Minuten hatten Beierle und Jale außerdem unabhängig davon zusammengetragen, was sie bisher über die Kanzlergang sicher wussten. Das war erschreckend wenig gewesen.

Abgesehen davon, dass die Gang stets in dunkelblauen oder weißen unbeschrifteten Mercedes- oder VW-Vans unterwegs gewesen war und sehr genau wusste, wo sich die Drogenhandelsschwerpunkte der Stadt befanden, die sie relativ gefahrlos bedienen konnten, war bisher nicht einmal sicher, aus wie vielen Mitgliedern die Crew bestand. Was sie wussten, war, dass die auch nicht zufällig dieselbe Kleidung trugen, und zwar von den identischen Masken angefangen bis hin zu den Schuhen, Hosengürteln und Basecaps. Boyle hatte außerdem darauf hingewiesen, wie straff koordiniert die Abläufe bei ihren Aktionen waren und damit einmal mehr den Verdacht erhärtet, dass es sich bei den Männern um Soldaten oder Ex-Soldaten handeln musste. Wer hatte sie angeheuert? Was war das Ziel ihres Einsatzes? Hatte Premuda wirklich recht, dass sie aus dem Dunstkreis dieses mysteriösen Oberst Charles Andrew Pulver kamen? Der tauchte aber in keiner ihrer polizeilichen Datenbanken auf. Und Boyles Kontakt beim BND behauptete, dass er einige Stunden bräuchte, um zu prüfen, ob Pulver in deren Datenbanken aufgeführt war.

Auch darüber, dass das Attentat auf Ante Pula eher von Tuki Hellmanns Bikern als der Kanzlergang verübt worden war, herrschte Uneinigkeit. Himmel fand das genauso wenig plausibel wie Beierle und Meyer Vier, der bis vor einigen Minuten ebenfalls an ihrer Bestandsaufnahme beteiligt gewesen war, dann aber von Boyle zu irgendeiner Befragung oder Überprüfung weggeschickt worden war, von der Jale nichts weiter mitbekommen hatte, als dass es Boyle damit eilig gewesen sein musste.

Beierle löffelte seine eklige Fertigtütensuppe. Jale holte sich lauwarmen Kaffee aus einer Thermoskanne und schaltete das Radio ein, das auf einem der Schreibtische stand. Der Bürgermeister hatte sich neben dem Polizeipräsidenten auf einer Pressekonferenz am Hans-Albers-Platz produziert und eine positive Zwischenbilanz der Razzia gegeben. Jale schloss im Stillen mit sich selbst Wetten darüber ab, wie lange Boyle und Himmel die verlogenen Sprüche der beiden ertragen würden. Himmel regte sich noch vor Boyle, trat vom Whiteboard zum Radio und stellte es kommentarlos wieder ab.

Beierle grinste dazu in seine Suppe.

Himmel kehrte zu Boyle und dem Whiteboard zurück und setzte ihre Diskussion, die er gerade unterbrochen hatte, nahtlos fort. „Wenn Teddy Rebekka Bahrenbaum nicht erschossen hat, Boyle, dann will ich wissen, wer sonst? Die Kanzlergang hatte kein Motiv dafür! Wie oft soll ich's denn noch sagen? Bisher war alles, was die getan haben, rational nachvollziehbar. Aber die Bahrenbaum umzubringen, ergibt absolut keinen Sinn", sagte er.

Boyle schaute an Himmel und Beierle vorbei zu Jale. Ihr war sein Blick unangenehm. Umso mehr, als sie ahnte, weshalb er das gerade jetzt tat. Und was er sich davon versprach. Sie nahm sich dennoch vor, es ihm nicht zu geben. Irgendwann gab Boyle auf und wandte sich wieder Himmel zu.

„Angst auszulösen, wäre zum Beispiel ein Motiv", sagte Boyle. „Und das würde ja wohl gut zu all dem Rest passen."

Jale musste sich eingestehen, dass Boyle damit den Nagel auf den Kopf getroffen hatte. Sie hätte Himmel nämlich eine ganz ähnliche Antwort gegeben.

Boyles Handy klingelte, er nahm den Anruf an und hörte schweigend zu. Er beendete die Verbindung, griff nach seinem Jackett und winkte Jale zu sich, während Himmel weiterhin verbissen auf das Whiteboard starrte.

„Du kommst mit", sagte Boyle zu ihr und ging zur Tür.

Himmel sah ihm verblüfft nach. Boyle erwiderte seinen Blick. „Das war 'n Informant. Könnte was dran sein."

Himmel breitete genervt die Arme aus und blies dazu die Wangen auf. „Na toll."

Boyle verließ den Raum.

Die Flure des zweiten Stocks im Präsidium waren verstopft von wimmelnden Beamten, die Jale beinah vorkamen wie ferngesteuert. Sie mochte ja eine Art Monster sein. Und hin und wieder sogar darunter leiden. Aber ihre emotionale Behinderung hatte auch Vorteile. Die hatte sie nämlich schon von sehr früh an dazu gezwungen, auch auf die geringsten Gesten ihrer Mitmenschen zu achten und diese interpretieren zu lernen.

Boyle hatte gelogen, was diesen Anruf betraf, der konnte nicht von irgendeinem Informanten gekommen sein. Dazu war Boyle zu erschrocken gewesen über das, was er da zu hören bekommen hatte.

5. Teil

Hamburg, 3. September 2005
0 Uhr 52–4 Uhr 09

0 Uhr 52. Boyle hatte während ihrer Fahrt kein Wort zu Jale gesagt. Dazu war er zu sehr mit sich selbst und seiner Furcht beschäftigt. Er war Jale dankbar, dass sie seine Überlegungen nicht mit einer Frage unterbrochen hatte. Und sei es nur der danach, wohin sie führen oder was sie an ihrem Ziel erwartete.

Diese Spätsommernacht, dachte Boyle, war nie dunkler als in dem Moment, als er den BMW in einer schmalen Wohnstraße in der Nähe der Langen Reihe parkte. Er zögerte einen Moment, bevor er ausstieg, warf dann den Wagen noch mal an und fuhr einige Meter weiter unter einen Baum. Dort war es so dunkel, dass man kaum die Hand vor Augen sah. Boyle forderte Jale auf, ihm zu dem Hauseingang des Mietshauses schräg gegenüber zu folgen.

In dem Treppenhaus, das Boyle gleich darauf betrat, roch es nach frischen Zitrusfrüchten aus der Bar nebenan, Bienenwachs und Patschuliräucherstäbchen. Er zog seine Waffe hervor und prüfte das Magazin.

Jale sah ihm mit gerunzelter Stirn dabei zu. Sie war eindeutig zu sehr Waffenprofi, um nachsehen zu müssen, ob ihre Dienstwaffe voll geladen und funktionstüchtig war. Dass Boyle sich vergewissern musste, ob seine Waffe voll geladen war, sprach nicht dafür, dass er wirklich professionell mit dem Teil umgehen konnte, fand sie.

„Im dritten Stock ist das Studio einer Astrologin. Die lebt allein, soweit ich weiß. Aber als sie mich vorhin im Präsidium anrief, habe ich im Hintergrund eine Männerstimme gehört. Ziemlich undeutlich, aber trotzdem laut genug, um sich sicher zu sein, dass der Typ Russisch sprach. Die Astrologin heißt Anya Hanali und ich habe sie vor ungefähr vier Jahren wegen Menschenhandels festgenommen. Sie hat damals Kinder aus Osteuropa an deutsche Eltern vermittelt, gegen 'ne heftige Gebühr. Aber das war bloß ein Cover. Denn die echte Kohle hat sie damit gemacht, Kids an illegale Puffs zu vermitteln. Das hat der Richter damals nicht als erwiesen angesehen und sie deswegen bloß wegen eines minder schweren Falls von Steuerhinterziehung und Verstoßes gegen die Adoptionsgesetze verknackt. Nach zweieinhalb Jahren war sie auf der Straße zurück und hat den Laden hier aufgezogen. Sie hat absolut keinen Grund, mir irgendeinen Gefallen zu tun. Aber genau das hat sie vorhin bei ihrem Anruf versprochen", sagte Boyle und ging auf die Treppe zu.

Jale hielt ihn jedoch auf. „Was für einen Gefallen wollte sie dir denn tun?"

Boyle wandte sich für seine Antwort ganz bewusst nicht zu Jale um. Die hätte allerdings, so dunkel wie es in dem Hausflur war, sowieso kaum eine Chance gehabt, irgendetwas aus seiner Miene herauszulesen. „Dass sie mir sagt, wo Teddy Amins Leiche ist. Sie stammt angeblich aus Kasachstan und ich weiß, dass sie früher mal von der Koscha Nostra Drogen gekauft hat. Aber zu Teddys Gang hat sie nie gehört. Dazu war Anya ihm zu sprunghaft und zu rücksichtslos."

Es dauerte einen Moment, bis Jale ihm antwortete. Aber das hatte Boyle nicht anders erwartet. „Aber du glaubst ihr nicht, oder? Du denkst, bei dieser Astrologiebitch wartet ein Killer mit einer Helmut-Kohl-Maske auf dich?"

„Ja. Obwohl ich andererseits auch keinen plausiblen Grund sehe, warum die Maskengang einen Polizisten umlegen sollte", antwortete er. Das war eine glatte Lüge. Denn mindestens einen guten Grund dafür gab es: Nämlich allen auf dem Kiez inklusive der Polizei mit einem Hit auf den Chef der MoKo unmissverständlich klarzumachen, was die Kanzlergang davon hielt, dass man öffentlich ihre Geschäfte sabotierte, wie Boyle das mit seiner Warnung vor den tödlichen Pillen getan hatte.

„Warum sind wir dann nur zu zweit? Eigentlich sollte hier 'n SEK-Team in Stellung gehen, um die Bude zu stürmen."

Boyle schüttelte den Kopf. „Das macht zu viel Wirbel. Außerdem will ich zuerst mit jedem reden, der da oben vielleicht auf uns wartet", sagte Boyle, griff in seine Hosentasche und zog den Wagenschlüssel daraus hervor. „Aber falls dir das zu heiß ist, kannst du auch gern im Auto auf mich warten."

Immer noch hatte Boyle sich nicht zu Jale umgewandt. Und er verzichtete auch ganz bewusst darauf, das Flurlicht einzuschalten. Die Frage, vor der er sich wirklich gefürchtet hatte, stellte Jale allerdings nicht, während sie die drei Treppen zu Anya Hanalis Studio hinaufstiegen. Er hätte auch gar keine Antwort darauf gehabt, falls Jale hätte wissen wollen, wie er reagieren würde, sollte sich herausstellen, dass die Kinderhändlerin irgendetwas mit Teddys Kidnapping und Tod zu tun gehabt hatte.

Anya Hanalis Studiotür war aus massivem, dunklem Holz und hatte ein Sicherheitsschloss, das eindeutig zur besseren Kategorie zählte. Boyle hätte aber auch gar nichts anderes erwartet. Er lehnte sich neben Jale an die Wand, tauschte einen Blick mit ihr, legte den Zeigefinger auf die Lippen und zog sein Handy hervor. Er wählte eine Nummer und schaltete in den Freisprechmodus. Eine kratzige Frauenstimme sagte „Hallo?"

„Ich bin's, Boyle. Ich habe vor dem Haus geparkt. Dreier BMW. Schräg gegenüber. Unter dem Baum."

Es dauerte einen Moment, bis die Frau antwortete. „Ja, sehe ich. Und?"

„Anya hat zwei Minuten, runterzukommen und bei meinem Auto aufzuschlagen, sonst fahre ich wieder. Und sie kommt gefälligst allein …", sagte Boyle und beendete die Verbindung.

Dann traten sie beide mit schussbereiten Waffen neben die Wohnungstür und warteten. Boyle hatte seine Pistole nie zuvor abfeuern müssen und sie bisher während all seiner Jahre im Polizeidienst sicher nicht mehr als zwei Dutzend Mal überhaupt ziehen und auf ein potenzielles Ziel richten müssen. Er spürte, wie ihm ein dumpfes Gefühl von irgendwo in seiner Magengegend Richtung Brust und Kehle stieg. Schweiß perlte ihm über die Stirn, tropfte in seine Augen. Jale hingegen wirkte so gelassen, als wartete sie mit ihrer gezückten Waffe auf einen Drink in irgendeiner Strandbar.

Die Tür öffnete sich langsam einen Spaltbreit.

„Boyle? Falls du da draußen bist: Nicht schießen!", sagte ein Mann, dessen Stimme so sehr nach Teddy klang, dass Boyle unwillkürlich seine Waffe senkte.

1 Uhr 02. Totgesagte, dachte Jale, leben offenbar wirklich länger. Zumindest in dieser Stadt.

Boyle griff sich Teddy und schob ihn ins Wohnzimmer, während Jale hinter ihnen die Tür verschloss. Von zwei tiefen Schrammen auf der Stirn und seiner linken Wange abgesehen, schien er unverletzt zu sein.

„Wie lange bist du schon hier? Und weshalb rufst du mich nicht selbst an?", fragte Boyle.

Teddy biss in den Korken einer Aldi-Weinflasche, der ein, zwei Zentimeter aus dem Flaschenhals ragte. Mit einer geübten Kombination aus Kopfruck und festem Zug beförderte er den Korken aus dem Hals und spuckte ihn dann auf den hellen Teppich. „Die Kanzlergang besteht entweder aus Bullen oder Soldaten. Ich hab keinen Bock, heute Nacht doch noch draufzugehen, sobald die mitkriegen, dass ich sie bei dir verpfeife."

„Scheiße!", sagte Boyle und warf einen langen, angewiderten Blick auf die Hausherrin, die sich im Flur in eine Ecke drückte und eingeschüchtert von Teddy zu Boyle und von dem zu Jale starrte. Sie war gut gepflegte Ende dreißig, etwa eins siebzig groß, eher dürr als schlank und trug ihre langen schwarzen Haare seitlich gescheitelt.

„Ist sonst noch wer hier?", fragte Jale.

Anya schüttelte den Kopf.

Jale wies mit ihrer Waffe auf eine halb geöffnete Tür, die zu einer Küche führte und winkte Anya, ihr zu folgen.

Anya warf ihr einen bissigen Blick zu. Jale beantwortete ihn mit einem überheblichen Lächeln. „Ich weiß, weswegen du das letzte Mal eingefahren bist. Und ich hatte 'nen echt langen und wirklich beschissenen Tag. Also strapazier gar nicht erst meine Geduld." Sie zog ihre Handschellen hervor. „Du weißt, wie's geht. Ab dafür!"

Anya streckte ihre Arme aus. Jale schloss die Handschellen und folgte ihr in die Küche, wo Anya sich auf einen ihrer drei Stühle setzte.

Jale trat ins Wohnzimmer zurück und lehnte sich

neben die Küchentür an die Wand. Das Wohnzimmer wirkte nicht, wie sie es bei einer Wahrsagerin erwartet hätte. Statt rüschigem Biedermeier mit Stickrahmen und Sinnsprüchen an den Wänden bestand deren Einrichtung aus klar geschnittenen Schwedendesignmöbeln. In einem schlichten Glas auf dem Couchtisch glimmten zwei Räucherstäbchen vor sich hin, die einen penetranten Gestank nach Patschuli absonderten, während sie allmählich zu grauer Asche herunterglühten.

Teddy warf Jale einen abschätzigen Blick zu. „Ich kenn dich nicht. Also krieg das jetzt nicht in den falschen Hals, Lady, aber was Boyle und ich hier zu besprechen haben, gehört zu der Sorte Scheiße, an der man sich schnell mal die Finger verbrennen kann. Also schau einfach mal, was Anya in der Küche grade so treibt. Und nimm dir richtig viel Zeit dafür …"

Jale fand, dass Teddy nach seiner Lazarusnummer noch nicht wirklich wieder in gewohnter Form sein konnte, wenn er so tat, als sei er hier derjenige, der die Ansagen machte.

„Sie gehört zu meiner Gang, Arschloch. Meine Gang, meine Ansagen", knurrte Boyle, wischte sich Schweiß von der Stirn und warf Jale einen, wie sie fand, deutlich fragwürdigen Blick zu. „Jale? Sichere die Zeugin nebenan. Und schließ dazu die Tür."

„Von einem Zuhälter erwarte ich ja, dass er keine Umgangsformen hat. Trotzdem ziehe ich es vor, von Kriminellen gesiezt zu werden. Hat was mit meiner

Marke zu tun. Und mit meiner Würde“, sagte sie zu Teddy, aber wandte sich dennoch um und ging in die Küche.

Das fiese Grinsen, mit dem Anya sie am Küchentisch begrüßte, hätte Jale beinah dazu gebracht, etwas zu tun, was sie gleich darauf ganz sicher bereut hätte. Boyle hatte sie benutzt und dann verarscht, fand sie. Das gab definitiv keine positiven Punkte auf ihrer Liste für ihn.

„Na, Schickse, ist halt immer noch so, die Schwanzträger machen die Ansagen und wir Mösen kuschen“, sagte Anya.

Jale fand, dass sie Anyas Spott nicht auch noch zu ertragen hätte und ignorierte sie. Anya grinste Jale daraufhin nur noch schadenfroher an. „Macht jetzt auch nix besser, Schwester“, sagte sie.

1 Uhr 06. Teddy zündete sich am Stummel der eben zu Ende gerauchten Zigarette eine neue an und warf ihn dann in das Glas mit den Patschulistäbchen.

Boyle fragte sich, ob die Scham darüber, dass er Teddy zu schnell für tot gehalten und nichts unternommen hatte, um ihn zu suchen, ihn später heimsuchen würde. Jetzt gerade empfand er jedoch statt Scham nur eine unbestimmte dunkle Wut, die er an nichts endgültig festzumachen vermochte. Andererseits spürte er natürlich auch eine tiefe Erleichterung darüber, dass Teddy am Leben war. Aber eben auch jene Wut, von der er ahnte, dass sie sich zum Teil auch gegen Teddy richtete. Die Toten, einmal für tot gehalten, sollten gefälligst auch tot bleiben, dachte er. Und schämte sich gleich darauf dafür. Außerdem war da noch diese nicht ganz unerhebliche Kleinigkeit, dass Rebekka tot war. Und mit ihr das ungeborene Kind. Dies Teddy mitteilen zu müssen, war jetzt nichts, worauf Boyle irgendwie scharf gewesen wäre. Er hasste es schon, Fremden solche Nachrichten überbringen zu müssen. Umso beschissener fühlte er sich, wenn er es bei Freunden zu tun hatte.

„Ich war mir sicher, dass die mich nicht umlegen würden, als sie mich in ihren Hundefänger zerrten", sagte Teddy, nahm seine Zigarette aus dem Mund und trank aus der Weinflasche.

Boyle atmete ein paarmal kurz nacheinander tief ein und aus und vermied dabei Teddys Blick. Jetzt, dachte er, bring's hinter dich. Besser, er hört es von dir als von irgendeinem Arsch, dem er nicht mehr bedeutet als eine Fliege an der Wand.

„Teddy?", fing er an. „Es ist was passiert. Rebekka …"

Teddy nahm einen tiefen Zug von der Kippe. „Ich weiß. Anya hat's mir gesagt", flüsterte er.

„Okay. Scheiße, Teddy … ich weiß nicht, was ich sagen soll …"

Teddy warf Boyle einen Blick zu, der Stahlbetonbrückenpfeiler hätte zermahlen können, setzte sich breitbeinig auf Anyas Couch und trank ihre Weinflasche aus.

Boyles Handy klingelte. Meyer Vier. „Himmel ist am Austicken. Er will wissen, wo du bist."

„Sein Problem. Ich melde mich", antwortete Boyle und steckte das Handy wieder weg. Als er dabei Teddy ansah, der sich gerade unbeobachtet glaubte, wurde ihm klar, wie verletzlich, verloren, fast kindlich er wirkte, mit seiner fast heruntergebrannten Kippe im Mund, den Schrammen auf Wange und Stirn und dem völlig durchgeschwitzten, fleckigen Hemd.

„Erzähl's mir, Teddy. Alles. Egal wie lang es dauert …"

Teddy warf die Kippe zu ihrer Vorgängerin in das Glas mit den Patschulistinkern.

„Deine Rothaarige da, das war die, die letztes Jahr den RAF-Rentner umgelegt hat, oder?", fragte er.

Boyle nickte, obwohl er nicht begriff, was daran jetzt so wichtig sein sollte. „Der war kein Rentner. Das war ja Teil des Problems …"

„War das Zufall oder ist die wirklich gut?", fragte Teddy, ohne auf Boyles Antwort einzugehen.

„Sie ist 'ne echte Soziopathin", entgegnete Boyle. „Außerdem war sie unter den besten Schützen in ihrem Ausbildungsjahrgang. Warum?"

Teddy stand von der Couch auf, trat zu einem Sideboard, öffnete es und holte eine Zipptüte Koks daraus hervor. Er benutzte seine Zigarettenschachtel, um sich auf dem Couchtisch eine Line zurechtzuklopfen. Es war nicht die sauberste Line der Welt. Aber das spielte auch keine Rolle. Teddy brauchte kein affiges Röhrchen oder eine zusammengerollte Banknote, um sich die Line in die Nase zu ziehen. Dann wischte er mit Daumen und Zeigefinger seine Nasenlöcher ab, fletschte die Zähne und verrieb die Reste von Schnee, die sich an seinen Fingern verfangen haben mochten, auf seinem Zahnfleisch.

„Wenn sie 'n echtes Monster ist, wie du sagst, dann könnte sie heute Nacht noch zu 'n paar mehr Abschüssen kommen. Ich auch. Die Kanzlergang gehört plattgemacht."

Boyle sagte nichts. Er wusste nicht mal, ob es auf Teddys Ansage überhaupt eine passende Antwort gab. Aber er erinnerte sich an einen anderen Mann, der vor einigen Jahren in einer ganz ähnlichen Situation gewesen war wie Teddy jetzt und nach Rache verlangt hatte. Das war nicht gut für ihn ausgegangen.

1 Uhr 08. Jale goss sprudelndes Wasser über einen Teebeutel in einer weißen Porzellantasse. Sie mochte den Duft von frisch aufgebrühtem Tee, der für sie seit ihrer Kindheit mit dem Gefühl von Sicherheit und Zuversicht verbunden war. Anya saß am Küchentisch, sah zum Fenster in die Nacht hinaus und weigerte sich, mit ihr zu sprechen.

So weit ging ihre emotionale Behinderung, wie sie ihre Kondition gern umschrieb, nun auch nicht, als dass sie Anyas Schweigen nicht hätte nachvollziehen können. Abgesehen davon war es nichts, was sie gerade wirklich beschäftigte. Das war eher die Frage danach, was Boyle und Teddy da nebenan besprachen. Sie war zwar immer noch wütend darüber, dass Boyle sie vorhin einfach so in die Küche abgeschoben hatte, aber sie begriff auch, dass Teddy keine Fremde dabei haben wollte, während er erklärte, weshalb seine Geliebte tot war und wer ihn entführt und dann wieder freigelassen hatte.

Doch was immer im Wohnzimmer zwischen Teddy Amin und Boyle abging, konnte auch ihre Karriere gefährden. Und Jale waren ihr Job und die Position, die er bedeutete, enorm wichtig. Sie wollte ganz sicher nicht von Boyle und seinem Gangsterkumpel blind in irgendetwas hineinmanövriert werden, das sie ihre Marke oder gar ihr Leben kosten könnte. So viel war klar: Von nun an würde sie mehr auf jeden ihrer Schritte und jedes ihrer Worte achten müssen als je zuvor. Und dasselbe galt für alles, was Teddy und Boyle taten oder von sich gaben.

Der Tee duftete so gut.

„He, Schlampe, das ist – ganz nebenbei – MEIN Tee. Du hättest wenigstens fragen können, bevor du dich bedienst“, beschwerte sich Anya.

Jale warf ihr eine Kusshand zu, blies in ihre Teetasse und trank.

1 Uhr 12. „Einer dieser Helmut-Clowns schiebt sich von rechts mit einer Pistole an mich ran, gerade als ich aus dem Hotel komme. Ich schaffe es, ihm auszuweichen, aber da habe ich schon Helmut Nummer zwei an der Backe und weiß, dass ich durch bin, weil ich nicht mehr rechtzeitig an das Eisen komme, das du mir gegeben hattest. Also heb ich die Arme und hoffe, dass es wenigstens schnell geht. Bloß schießen die nicht, sondern ziehen mir 'nen Plastikmüllsack über, zippen mir die Hände mit Kabelbindern fest und schieben mich zu dem Van, wo noch zwei Helmuts rumhocken. Einer macht die Schiebetür auf, einer fährt die Schleuder, zwei bleiben bei mir im Laderaum. Ich bin für die nächste halbe Stunde am Boden in dem Teil. Keiner sagt was. Das hat mich beeindruckt, dass die so gut gedrillt sind, dass 'ne halbe Stunde lang keiner von denen 'n Wort sagt. Ich hab auch keine Ahnung, wo die mich hingefahren haben. Wirklich nicht. Aber ich weiß sicher, dass es eine halbe Stunde gedauert hat, plus minus zwei, drei Minuten. Mein Zeitgefühl ist gut. War's schon immer. Das Teil hält, die machen die Tür auf, holen mich raus und schieben mich durch 'nen hohen, großen Raum, das merkste ja an dem Hall, dass der groß war. Dann 'ne Tür und irgendwas Schmaleres oder Niedrigeres, vielleicht 'n Flur, dann 'n Lift, bisschen ruckelig, dann sind wir da. Die nehmen mir diese Scheißtüte ab. Ich bin in 'nem Zimmer auf 'ner Baustelle. Gipswände, Betonboden, überall liegen Säcke und Werkzeug herum. Die Fenster sind von innen weiß gestrichen, die Farbe ist frisch, die beißt in der Nase. Drei Werkbänke, für Klempner oder so, mit Schraubstöcken dran und Schweißgeräten, die überall herumlagen. Da sind zwei mehr von den Wichsern. Alle die gleichen Klamotten, dunkle T-Shirts, Combatboots, Schutzwesten, schwarze Fieldjackets drüber und diese bescheuerten Kohl-Masken. Von denen in dem Zimmer seh ich nicht viel. Die haben auch alle Handschuhe an. Ich hab nicht mal 'ne echte Ahnung, wie alt die sind. Die Arschlöcher in dem Zimmer könnten zwanzig oder fünfzig sein, keine Chance, da was Sicheres zu sagen, die bewegen sich ja auch nicht mal wirklich, hocken da bloß still auf 'nem Stapel Rigipsplatten rum. Keiner sagt was zu mir. Die ganze Zeit kommunizieren die mit mir per SMS-Text und halten mir 'n Blackberry-Handy vor die Fresse, damit ich ihre Ansagen lesen kann. Dann zeigen sie mir Handyfotos aus dem Fleur du Mal, von Monster, wie der fast kopflos in seinem Sessel sitzt und von Hansi, wie der brennt. Hab ich Schiss, Alter? Ich habe Schiss. Eigentlich hätte ich mich einpissen sollen. Die gratulieren mir, dass ich von ihnen angeblich ausgewählt worden bin, um ein neues Produkt zu launchen. Genau so stand das da, Boyle, 'n neues Produkt launchen – Managersprech. Und dass die mir gratulieren, weil sie mich ausgewählt hatten. Ich hätte den Wichsern die Eier abreißen und an die nächste Straßentöle verfüttern sollen. Und denen war garantiert klar, wie mich das aufregen muss. Den Arschlöchern hat das gefallen", berichtete Teddy, wobei er immer lauter wurde und sich offensichtlich in einen Wutanfall hineinsteigerte.

Boyle befürchtete, dass er deswegen irgendein entscheidendes Detail vergessen könnte. Er wäre nicht der erste Zeuge gewesen, dem das so ging. Aber er musste auch zugeben, dass die Kanzlergang wirklich wusste, was sie tat. Die schossen mit Spezialmunition und trugen Klamotten, die schwer an Uniformen erinnerten. Außerdem verfügten sie über Insiderinformationen zu den Hamburger Gangs und hatten den Mumm, die zusammen mit der Polizei ganz offen herauszufordern. Mord war nicht so easy, wie sie es immer im Fernsehen zeigten. Es gehörte schon eine ganz besondere Art von Härte dazu, Typen wie Hansi und Monster zu erschießen. Es gab einige wenige Leute, die über diese Fähigkeit verfügten. Einige Menschen wurden damit geboren. Jale zählte dazu. Aber man konnte diese Skrupellosigkeit auch erwerben. Manche Polizisten verfügten darüber, nachdem sie einmal zu oft in einem wirklich haarigen Einsatz gestanden hatten. Oder eben Soldaten, die unter Feindbeschuss gestanden hatten.

„He, Boyle? Hörste mir noch zu, oder was?", fragte Teddy.

Boyle nickte ihm zu. Er brauchte eine Zigarette und Bier. Jede Menge an Bier. Je mehr er über die Kanzlergang erfuhr, je näher er ihr kam, desto größere Angst machte sie ihm.

„Also, ich piss mich da fast ein und die fangen mit ihrer SMS-Nummer an und ich hab zwar immer noch richtig Schiss, aber werd auch wirklich sauer.

Ich begreife aber auch, was die von mir wollen, weil sie mir fünf große Tüten voll Stoff zeigen. Ich weiß, was das ist, ich kann das Zeug schließlich riechen. So viel, wie die davon haben, krieg ich das sogar trotz der frischen Farbe an den Fenstern hin. Jedenfalls, was die da haben, ist Hazel. So 'n neuer Scheiß. Wird im Osten gekocht. Hat hier noch keiner auf dem Menü. Aber ist ganz klar im Kommen. Bloß isses nix für mich und meine Kunden, weil's zu brutal reinhaut und dich noch schneller fertigmacht als das Crystal, das die Tschechen gerade in Ostdeutschland in den Markt drücken. Außerdem hab ich meine Stammlieferanten und müsste mir mit dem Dreck selbst Konkurrenz machen, weil Hazel was für dieselbe Kundschaft ist wie das XTC, das meine Crew bisher vertickt. Na jedenfalls, die Maskenwichser wollen, dass ich bis um sechs Uhr heute Morgen 'ne halbe Million cash auftreibe und damit das Hazel bezahle, das sie dabeihaben. Das sind locker zwanzig, fünfundzwanzig Kilo. Der Preis wäre okay. Eigentlich ist der sogar fast 'n Sonderangebot."

Teddy steckte sich eine neue Zigarette an und Boyle nahm sich auch eine aus Teddys Schachtel.

„Die haben auch zugegeben, dass sie die Gratispillen verteilt haben und erklären mir, was das angeblich für 'n geiler Zug war. Weil sie nämlich damit den Markt für XTC in der Stadt für die nächsten Wochen plattgemacht haben, aber die Kids nun mal ihr High brauchen und sich jetzt wie irre auf das

Hazel stürzen würden, so lange sie noch Schiss vor XTC haben. Verstehste, Boyle? Die haben was weiß ich wie viele Leute an 'ner Überdose krepieren lassen, nur um den Markt für ihr Hazel freizuräumen. Du hast denen mit deiner Warnung vor den tödlichen XTC-Drops sogar noch 'n Gefallen getan."

Boyle warf seine Kippe in das Glas mit den Patschulisticks. „Das will ich jetzt bitte noch mal ganz deutlich und langsam hören: Die wussten, dass ihre Pillen scheiße waren und haben die mit voller Absicht unter die Leute geworfen, um damit den Markt für das Hazel freizumachen? Das hab ich so richtig verstanden?"

Teddy nickte. „Hab ich doch gerade gesagt, Boyle. Du hast deinen Job für diese Warnung riskiert und denen damit so richtig unter die Arme gegriffen. In Hamburg rührt für Wochen keiner mehr XTC an."

Die letzten Zahlen, die Boyle über Überdosierungen an den XTC-Pillen hatte, waren zwei Stunden alt und seither musste sich die Warnung vor ihnen nun wirklich bis in die letzte Dorfdisco herumgetrommelt haben. Dennoch waren innerhalb der letzten knapp zwanzig Stunden acht Menschen an den Pillen gestorben und mindestens neunzehn mit schweren Überdosen auf diversen Intensivstationen gelandet. Und Boyle wusste, dass er sich sein Leben lang Vorwürfe machen würde, letztlich doch zu lange mit seiner Warnung gezögert zu haben.

Teddy sah ihn an. Was immer er jetzt sagen würde,

dachte Boyle, war ihm wichtig oder regte ihn sehr auf.

„So richtig heftig wurde es, als sie mir mit dieser Handyübung erklärten, weshalb sie Monster umgelegt haben. Sie wollten einen von ihnen in meiner Crew installieren. Der sollte den Handel mit dem Hazel überwachen. Aber die meinten, dass Monster das niemals akzeptiert hätte. Und Boyle, da hatten die Arschlöcher auch recht. Monster hätte keinen durchgewunken, der kein Russe ist. Aber die haben außerdem Fotos gehabt, auf denen Monster mit einem Arsch vom LKA zu sehen war: Nick Heitmeyer, der bei denen für Organisierte Kriminalität zuständig ist. Die wollten mir weismachen, Monster hätte mich fürs LKA verpfeifen wollen."

Boyle rieb sich wieder über den schweißfeuchten Nacken. Dass Monster für Nick Heitmeyer gearbeitet haben sollte, war unwahrscheinlich. Und vielleicht bestand in der Behauptung, dass es so gewesen war, auch die erste echte Dummheit, die die Kanzlergang begangen hatte. Denn dass die Kanzlergang Fotos von Heitmeyer und Monster hatte, bedeutete, dass sie noch besser über Teddys Gang und die Interna des Präsidiums Bescheid wussten, als Boyle es je erwartet hätte. Irgendwer in Teddys Umfeld musste die Maskenspinner damit versorgt haben. Und die Gefahr war groß, dass, wer immer das war, noch nicht enttarnt worden war. Doch er musste Kontakt zur Kanzlergang haben. Sollten alle anderen Versuche fehlschlagen, sie von der Straße zu holen, konnte man immer noch versuchen, den Informanten zu identifizieren und auszuquetschen, dachte Boyle. Aber spürte zugleich ein dumpfes Drücken im Magen, das ihn darauf hinwies, irgendetwas konnte an seiner Überlegung gerade nicht richtig sein. Verdammt, dachte er.

„Monster hat nicht fürs LKA die Beine breitgemacht, Teddy. Heitmeyer versucht seit Jahren, einen von den Kapos der großen Gangs umzudrehen. Er hat's auch mal bei Hansi und bei Premudas zweitem Mann versucht. Da lief nie was. Heitmeyer ist zu stürmisch, um es subtil zu machen und zu stolz, um es mit offener Erpressung zu versuchen. Kann also sein, dass er Monster 'ne Weile hat observieren lassen und ihn dann irgendwo abgepasst hat, um seinen Spruch von wegen: ‚Arbeite für mich, dann sorg ich dafür, dass du am besten beim Strafmaß davonkommst, wenn wir demnächst deine Crew hochnehmen', anzubringen. Aber ich weiß sicher, dass es nichts gebracht hat, weil Himmel sich nämlich ein paarmal über Heitmeyers Pech bei mir beklagt hat."

Teddy nahm angesichts seiner Miene Boyles Erklärung wohl mit mehr Erstaunen als Erleichterung auf. „Scheiße, Boyle. Das hat Monster mir nie erzählt. Und du auch nicht …"

Boyle zuckte mit den Achseln. „Ich hab sowieso erst davon erfahren, als die Nummer schon durch war. Und davon abgesehen hatte ich keinen Bock, mich strafbar zu machen und meinen Job zu verlieren. Ich arbeite schließlich immer noch für die Bullerei und nicht für dich."

Das Kokstütchen auf dem Tisch übte plötzlich eine unerhörte Faszination auf Boyle aus. Auch wenn er nie wirklich ein Schneekopf gewesen war, jetzt und hier hätte er gut etwas von der weißen Scheiße gebrauchen können. Und sei es nur, um sicherzustellen, dass er für den Rest der Nacht auf den Gleisen blieb.

„Die haben aber trotzdem diese Fotos von Monster und Heitmeyer gehabt, Boyle. So was kaufste dir ja nicht beim Aldi um die Ecke. Die liegen bei euch gut verpackt in irgend 'nem Safe rum, oder?"

Boyle löste seine Blicke von dem Zipptütchen und nickte. Beierle vermutete ehemalige Soldaten hinter der Kanzlergang. Aber dass die Maskenclowns Teddy Observationsfotos von Heitmeyer und Monster gezeigt hatten, wies in eine Richtung, die Boyle sogar noch weniger passte als die Soldatenthese. Diese Fotos konnten wirklich nur aus einer sehr kleinen Gruppe innerhalb der Polizei gekommen sein. Boyle fragte sich, ob das jetzt der Moment war, in dem die sprichwörtliche Scheiße auf den ebenso sprichwörtlichen Ventilator traf. Um gleich darauf von dessen Rotor breitflächig auf alles verteilt zu werden, was sich in dessen näheren Umfeld befand.

Was, wenn hinter der Kanzlergang wirklich Bullen stehen und keine Soldaten, dachte er.

1 Uhr 23. Anya saß nebenan noch immer steif am Tisch und weigerte sich weiterhin, auch nur ein Wort mit Jale zu wechseln.

„Wie geht das eigentlich so mit der Wahrsagerei? Lohnt sich das? Kommt da mehr herum als beim Handel mit Babystrichfrischfleisch?", fragte Jale.

Anya hob den Kopf, sah sie an und deutete einen Kussmund an. „Nur bei Leuten, die besser lügen können als du, Schlampe. Und außerdem gut aussehen!", sagte sie.

Jale lachte. „Schon okay. Ich versteh das. Auf der Kante der Gosse, wo du dich herumtreibst, ist Aussehen natürlich 'n entscheidender Karrierefaktor. Da wo ich herkomme, zählt ja mehr, was man im Kopf hat."

Anyas Handschellen klirrten. Jales Blicke folgten dem Geräusch. Anya hatte den Stinkefinger ausgefahren. Leck mich doch, Bitch, dachte Jale. Und fragte sich, wie tief sie schon in Boyles Sumpf saß und ob sie da je wieder herauskam. Sie fühlte sich so hilflos hier – weggesperrt von der Action im Wohnzimmer, die immerhin über ihre Zukunft entscheiden konnte.

1 Uhr 24. „Die haben behauptet, sie hätten auch Ante umgelegt. Stimmt das?", fragte Teddy im Wohnzimmer.

Boyle schüttelte den Kopf. „Ante ist nur schwer verletzt. Außer ihm hat's bei dem Angriff auch zwei LKA-Beamte heftig erwischt, die ihn observiert haben."

Teddys Augen glänzten unnatürlich von dem Koks und er wirkte zunehmend fahriger. „Der alte Alligator muss ausgerastet sein, als er es erfahren hat", meinte er. Das, fand Boyle, konnte man so sagen. Selbst wenn „ausrasten" im Fall von Nicolas Premuda anders aussah als bei gewöhnlichen Menschen.

„Er ist zurück. Jale und meine Leute waren noch dabei, den Tatort zu sichern, da tauchte er auf. In Hausschlappen und Mantel. Hat ein Treffen mit mir verlangt. Er hat mir 'ne komische Story erzählt. Hazel spielte 'ne Hauptrolle darin. Und ein US-Army-Oberst namens Charles Andrew Pulver. Der hat Ante vor 'n paar Wochen angeblich ebenfalls Hazel angeboten. Premuda behauptet, er und Ante hätten dankend abgelehnt. Fest steht, dass Oberst Pulver vor 'ner Weile tot und ohne Hände und Zähne in der Isar gelandet ist."

Teddy reagierte auf diese Neuigkeit verwundert. „Das passt nicht, Boyle. Denn das Hazel, das ich gesehen habe, kommt nicht von der anderen Teichseite, sondern aus dem Osten."

Boyle war enttäuscht, dass Teddy keine Verbindung zu Pulver herstellen konnte.

„Weshalb bist du dir so sicher, dass der Stoff aus dem Osten kam? Drogen werden ja wohl immer noch ohne Herkunftsstempel ausgeliefert. Oder hab ich da 'n Trend verpasst?"

Teddy spielte mit der halb leeren Zigarettenschachtel herum. „Die Russen benutzen Glas, Holz oder Papier für ihre Verpackungen. Ich meine so allgemein. Im Großhandel benutzen sie transparente Plastiksäcke. Die sind fester als die aus dem Westen und haben so ’nen speziellen Gelbstich. Absolut unverwechselbar. Aber auch wenn es in Mütterchen Russlands unendlichen Weiten inzwischen von jeder Sorte Dope wimmelt, Hazel gibt’s dort noch nicht. Sonst hätte ich davon gehört. Das Zeug, das ich gesehen habe, war aber in solche russischen Plastiktüten verpackt. Deswegen tippe ich auf Rumänien. Die Rumänen sind bei neuen Drogen ab und zu schneller als die Russen. In Rumänien kommst du auch leichter an die Grundstoffe ran als in Russland. Die Rumänen machen immer noch ’ne Menge legale Geschäfte mit den Russen. Deswegen gehe ich jede Wette ein, dass die Tüten, die ich bei der Kanzlergang gesehen habe, russisches Großhandelsverpackungsmaterial waren.“

Boyle warf ihm einen längeren Blick zu. „Hm“, sagte er.

„Ja“, antwortete Teddy. „Die haben mir außerdem gesagt, weshalb sie mich statt Premuda oder Rot-Weiß für ihre Partnerschaft ausgewählt haben. Das hatte mit dir zu tun. Sie glauben nämlich, dass du Insider-Informationen an mich vertickst und das der Grund ist, weswegen ich nicht mehr im Knast gelandet bin, seit du bei der Bullerei angeheuert hast.“

„Scheiße“, sagte Boyle, dem das Gerücht, er stecke mit Teddy unter einer Decke, seit Jahren anhing und fürchterlich ankotzte.

„Ja, scheiße", sagte Teddy und klopfte sich eine zweite Line Koks zurecht. Boyle war neidisch darauf. „Lass das. Ich weiß, was passiert, wenn du zu viel von dem Zeug nimmst", sagte er, griff nach Teddys Hand und presste sie auf den Tisch. Teddy schlug seine Hand weg und sprang von der Couch auf.

„Spielst du jetzt bei mir den Bullen?"

Boyle war sich nicht sicher, ob er es gerade jetzt auf einen Streit mit Teddy ankommen lassen sollte, obwohl es ihm schwer gegen den Strich ging, dass Teddy sich derart aufpushte. Wenn Teddy sich mit Koks abfüllte, neigte er entweder zu Depressionen oder zu unberechenbaren, brutalen Ausfällen. Aber diese Nacht war noch lange nicht zu Ende und Boyle war sich sicher, dass er Teddy noch brauchen würde.

„Wir haben wirklich 'n paar richtige Probleme. Auch ohne, dass wir hier 'n Schwanzvergleich starten, okay?"

Teddy ließ sich wieder auf die Couch fallen. „Rebekka hat mir im Hotel verklickert, dass sie das Kind definitiv wegmachen lässt, Boyle. Aber sie hat mir auch gesagt, dass sie sich von ihrem Mann trennt und wir dann ja sehen, ob wir es für länger miteinander aushalten. Ich hab ihr versprochen, nach und nach aus dem Drogen- und Nuttengeschäft auszusteigen. Die Restaurants und die Häuser werfen auch so ganz schön was ab. Begreifste, was passiert ist? Irgendwer hat heute meine Zukunft erschossen. Und … scheiße … ich hab das alles sowas von satt. Ich weiß gar nicht, ob ich wirklich wissen will, wer Rebekka umgebracht hat. Ich will mich nur noch irgendwo verkriechen. Aber dann hasse ich mich selbst dafür, dass ich das will. Verstehst du das?“

So ungefähr, dachte Boyle und machte sich klar, dass er Teddy aus dem tiefen dunklen Loch herausholen musste, in das der gefallen war, wenn er die Kanzlergang von der Straße haben wollte. Teddy war der beste Zeuge, den er bisher hatte auftreiben können.

„Noch mehr Koks hilft da aber auch nicht. Ich brauche dich, um die Kanzlergang abzukacken. Also lass das Puder sein, okay? Wir gehen das jetzt Schritt für Schritt alles noch mal durch …“

Teddy zog sich trotz Boyles Bitte demonstrativ die Line Koks in die Nase, wischte sich den Rest aufs Zahnfleisch und starrte dann einen Moment auf Anyas Teppich.

„Dann los“, sagte er schließlich.

Die Kanzlergang bestand aus Profis, Soldaten oder vielleicht auch Polizisten, obwohl Boyle das nicht gern zugeben wollte. Sie bestand aus mindestens sechs Mitgliedern, wahrscheinlich aber eher acht. Sie verfügte über gefährlich akkurate Insiderkenntnisse über die Hamburger Gangsterbosse, deren Lebensgewohnheiten und die Hierarchien innerhalb der Organisationen. Einige dieser Informationen waren streng vertraulich und mussten aus dem Präsidium stammen. Sie war finanziell gut genug sortiert, um sich mehr als zwanzig Kilo Hazel auf Halde zu legen, das höchstwahrscheinlich aus dem Osten kam, und sie war unbeeindruckt von der Polizei oder den Gangs in der Stadt. Was schon daran zu ersehen war, dass sie kein Problem damit gehabt hatte, Größen wie Monster und Hansi zu töten und Ante Pula anzugreifen. Die Morde waren geradlinig durchgezogen worden und mit einer Spezialmunition ausgeführt, die extrem selten war. Was sowohl Teddy als auch Boyle erstaunte, da gewöhnliche Munition aus einer weit verbreiteten Waffenart für die Polizei wesentlich schwerer einem Täter und einer Tatwaffe zuzuordnen gewesen wäre.

Bisher war keine Verbindung zwischen der Kanzlergang und dem toten US-Oberst Pulver zu erkennen. Aber der hatte im Osten Geschäfte mit Militärschrott gemacht, speziell in Belgrad. Konnte also auch über Kontakte nach Rumänien verfügt haben, wo angeblich das Hazel herkam, das die Kanzlergang Teddy aufdrängte. Die Maskenclowns behaupteten außerdem, dass Monster für Heitmeyer vom LKA gearbeitet hätte. Was eine Lüge war, wie Boyle sicher wusste. Aber trotzdem auf mindestens so gute Insiderkenntnisse bei der Polizei hinwies, wie sie die Kanzlergang auch über Hamburgs Milieugrößen gesammelt hatte.

Alles in allem war das nicht besonders viel, was Boyle bisher in fast zwanzig Stunden über die Gang hatte zusammentragen können. Zumal Teddy unmöglich sagen konnte, wo man ihn hingekarrt und festgehalten hatte. Baustellen gab es in Hamburg in rauen Mengen. Nicht nur in der City, sondern auch außerhalb und eine halbe Stunde Fahrtzeit war selbst zum Ende der Rushhour noch genug, um es fast bis an den Hamburger Stadtrand oder sogar in eine der umliegenden Ortschaften zu schaffen.

So viel dazu, dachte Boyle, sobald sie mit der Rekonstruktion der Fakten zu Ende gekommen waren.

Teddys Augen glänzten immer noch von dem Koks.

Nach all dem hier waren genau drei Fragen offen, die dringend gestellt werden mussten. Bei mindestens einer davon wollte er Teddy nicht ins Gesicht schauen müssen. Denn das würde bedeuten, dass Teddy auch in sein Gesicht sah und daraus lesen konnte, was Boyle vorhatte, falls die Antwort, die er bekam, genauso ausfiel, wie er das erwartete.

Boyle steckte sich eine Zigarette an und setzte sich auf den Rand des Couchtischs, wobei er Teddy den Rücken zuwandte. „Hast du die halbe Mille cash, die sie von dir wollen, um das Hazel zu kaufen?"

Es dauerte, bis Teddy antwortete. „Ich bin kein Banker. Mehr als zweihunderttausend cash treibe ich heute Nacht nicht mehr auf. Aber ich hatte auch gar nicht vor, mit 'nem Geldkoffer bei dem Treffen mit den Helmutclowns aufzuschlagen. Sondern mit dir, deiner Rothaarigen, zwei von Monsters Jungs und 'n paar geladenen Wummen. Wie du das deinen Bossen erklärst, können wir ja danach sortieren. Aber erst mal brauchen diese Wichser richtig was auf die Glocke."

Das war genau die Antwort, die Boyle zwar erwartet, aber nicht erhofft hatte. Er zog an seiner Zigarette und wurde sich klar darüber, dass er Teddy nur auf die harte Tour vor der Katastrophe bewahren konnte, in die der sich so enthusiastisch stürzen wollte.

Immer noch warteten zwei Fragen darauf, gestellt zu werden. Und dafür war es Boyle wichtig, dass er Teddy ins Gesicht sah. Also stand er auf und stellte sich mit leicht gesenktem Kopf vor die Couch. „Ich hab vorhin gesagt, dass ich alles wissen muss, Teddy. Aber du hast mindestens einmal gelogen. Ich hätte dir ja beinah noch zugetraut, dass du zu fertig warst, um wirklich zu wissen, was ich meine. Bloß biste das nicht. Du bist nur zu feige gewesen, es einzusehen."

Teddy zog die Nase hoch und legte seine Hände flach auf den Couchtisch. „Was, Boyle? Bloß keine Zurückhaltung. Ich hab ja heute so 'n grandiosen Tag gehabt! Also los, gib dir Mühe, dass er auch so geil bleibt, wie er angefangen hat!"

Obwohl er sich selbst dafür verachtete, wie weh er Teddy damit tun würde, ging Boyle es frontal an. „Rebekka. Wenn ihr Mann nicht das Weichei wäre, das er ist, könnte ich ja noch glauben, dass er sie erschossen hat, weil er hoffte, dass er es irgendwie den Maskenclowns oder dir in die Schuhe schieben könnte. Aber weil der ein Alibi hat und als Killer ausfällt, muss ihr Tod was mit dir zu tun gehabt haben.

Du hast selbst zugegeben, dass kaum einer von eurem Treffen in dem Hotel wusste …"

„Woher weißt du, dass der Arsch ein Alibi hat?"

„Meine Leute haben ihn befragt. Er war angeblich in seinem Büro, als Rebekka erschossen wurde. Es gab da wohl Zeugen."

„Der feine Herr hat Zeugen und 'n Alibi? Na, schick …", knurrte Teddy aggressiv.

Boyle ahnte, dass er gleich einen Fehler machen würde, trotzdem konnte er nicht anders.

1 Uhr 31. Jale stellte ihren Tee ab und blickte zu Anya herüber, die eben erschrocken den Kopf gehoben und dann zur Tür geschaut hatte.

Vom Wohnzimmer waren Geräusche zu hören, die so gar nicht nach einem Gespräch zwischen zwei alten Freunden klangen. Das hörte sich eher wie zersplitterndes Glas und umstürzende Möbel an.

„Wenn die mir meine Einrichtung zerdeppern, will ich 'ne Entschädigung von der Schmiere!", rief Anya.

Jale sprintete an ihr vorbei zur Tür und nach nebenan.

Die Glasplatte des Couchtischs war zerbrochen, das Glas mit den Patschulistinkern und Zigarettenkippen umgeworfen.

Boyles Wange hatte einen Kratzer, aus dem ein dünner Faden Blut lief. Teddys Lippen waren aufgeplatzt, er fuhr sich gerade mit den Fingern über seinen Mund und betrachtete dann das Blut daran.

Die beiden hatten sich gegenseitig eingeschenkt. Und so wie sie es sah, hatte Teddy dabei verloren. Denn er war heftiger verletzt als Boyle.

„Das Scheißkoks macht dich fertig, Alter. Vor 'n paar Jahren hättste noch 'ne Chance gegen mich gehabt. Ist halt immer tragisch zu sehen, wenn Leute zu viel von ihrem eigenen Stoff naschen. Endet auch immer auf die gleiche Weise", sagte Boyle, der zwar registriert haben musste, dass Jale hereingestürmt war, aber seinen Blick nicht von Teddy wandte, der ihm etwa einen Meter entfernt gegenüberstand.

„Halt die Fresse, Boyle. Kommt eh nur Dünnschiss raus", knurrte Teddy und wischte seine blutigen Finger an der Jeans ab. Dann machte er einen Ausfallschritt, beugte sich etwas zur Seite und knallte Boyle seinen Ellenbogen in die Magengrube.

Boyle stöhnte auf und taumelte einen Schritt zurück. Teddy hatte da bereits seine Deckung wieder oben und schoss eine bilderbuchreife Kombination auf Boyles Gesicht und Oberkörper ab. Boyle war gerade noch schnell genug, Teddys Fäusten zu entgehen, indem er sich aus Teddys Schlagweite herausdrehte. Teddy tänzelte zur Seite und wartete kampfbereit auf Boyles Reaktion. Die erfolgte auch prompt. Boyle kickte ihm heftig gegen die Knie, fegte seinen Gegner damit von den Füßen und sah dann mit erhobenen Fäusten zu, wie Teddy zu Boden ging, wo er sich abrollte und erstaunlich schnell wieder auf die Füße kam, um einen Jab gegen Boyles Leber zu schicken, dem Boyle nicht ganz ausweichen konnte. Jale zog ihre Dienstwaffe, trat an Teddy heran und hielt ihm deren Lauf an den Hinterkopf. „Gong zur letzten Runde“, sagte sie und war zuversichtlich, dass Teddy wirklich lange genug im Geschäft war, um zu wissen, dass sie auch meinte, was sie sagte.

„Nimm ihn vorläufig fest“, keuchte Boyle, während er mit schmerzverzerrtem Gesicht seine Hände auf den Bauch presste.

„Mein Tisch! Mein Teppich! Ihr Schweine!“, brüllte Anya aus sicherer Entfernung vom Küchentisch her ins Wohnzimmer.

Jale sah zur Küche und streckte ihre Hand nach Boyle aus. „Meine Handschellen sind anderweitig engagiert.“

Boyle schüttelte den Kopf. „Meine sind im Auto …“

Teddy sah zu Jale herab. „Brosche, was glaubste denn, wer ich bin? Irgendein Eierdieb? Mein Blutdruck verträgt sich nicht mit Handschellen. Und um euch in den Arsch zu treten, bezahle ich meinen Anwalt“, sagte er und trat mit angewinkelten Armen langsam von Boyle weg.

„He! Und was ist mit mir?“, rief Anya aus der Küche herüber.

Jale zuckte mit den Achseln und warf den Schlüssel für ihre Handschellen auf den Tisch. „Ich bin mir sicher, du weißt, wie man sie aufmacht.“

Anya warf ihr einen Blick zu, der so hasserfüllt

war, dass er Fledermäuse im Flug hätte töten können. Boyle forderte eine Streife an, die Teddy ins Präsidium bringen sollte.

1 Uhr 57. Boyles Dienst-BMW parkte an einer verlassenen Kreuzung in Wilhelmsburg, keine zehn Minuten von Anyas Wohnung entfernt. Vor ein paar Minuten hatte er die Warnblinker eingeschaltet, sich eine Zigarette angezündet, die Seitenfenster heruntergelassen und sich im Sitz zurückgelehnt, um in Ruhe seine nächsten Züge zu durchdenken. Jale saß neben ihm, aber sagte nichts.

Boyle rechnete nicht damit, dass Teddy länger als ein paar Stunden in Gewahrsam bleiben würde. Seinem Anwalt musste klar sein, dass in dieser Nacht mit Stress für seinen Mandanten zu rechnen war. Bestimmt saß er daher Gewehr bei Fuß neben seinem Telefon und wartete auf Teddys Anruf. Zwar hatten die Schupos Teddy vor ungefähr einer Viertelstunde ins Präsidium gekarrt und er wurde dort wegen Widerstands gegen die Staatsgewalt vorläufig eingebuchtet, aber das war kein Vorwurf, der strafrechtlich relevant genug gewesen wäre, um Teddys Aufenthalt dort für längere Zeit zu garantieren. Anderseits hatte die Staatsanwaltschaft heute Nacht alle Hände voll zu tun, die knapp siebzig vorläufigen Festnahmen während der Großrazzia zu sortieren und über die weitere Verwahrung der Betroffenen zu entscheiden, sodass Boyle einfach hoffte, dass Teddy weit genug unten in dem Stapel landen würde, um bis zum frühen Vormittag aus dem Rennen zu bleiben.

Worauf es jetzt ankam, war Rebekkas Ehemann aufzutreiben und zu befragen. Denn auch wenn alles, was Teddy ihm vorhin über die Kanzlergang berichtet hatte, sich plausibel ineinanderfügte und mit allem zusammenpasste, was Boyle zuvor schon über sie erfahren hatte, blieben zwei ganz entscheidende Fragen bisher unbeantwortet: Wer waren die Hintermänner der Maskentypen und welchen Grund hatten sie gehabt, ausgerechnet Teddys Geliebte zu töten? Dass der Mord an Rebekka irgendein von der Kanzlergang völlig unabhängiges Motiv gehabt haben sollte, wollte Boyle nicht in den Kopf. Es gab Zufälle, die tatsächlich welche waren und es gab Zufälle, die nur so wirkten, als seien sie welche. Die Kunst bestand darin, die eine Sorte von der anderen zu unterscheiden und Boyle war bisher immer überdurchschnittlich erfolgreich dabei gewesen.

Zumal ihn immer noch dieser leise Druck im Magen verfolgte. Ein Hinweis seines Unterbewusstseins, dass er irgendein Detail, eine Spur oder einen Hinweis entweder übersehen oder bisher noch nicht in den passenden Zusammenhang gebracht hatte.

In vier Stunden war die Geldübergabe für den Drogendeal angesetzt und obwohl sie theoretisch eine Chance bot, die Kanzlergang hochzunehmen, blieb Boyle in der Beziehung skeptisch. Die Kanzlergang bestand aus Profis, denen das Risiko, das sie mit diesem Treffen und dem Deal eingingen, sehr klar sein musste. Sie würden daher Vorkehrungen gegen jede Überraschung treffen. Aber das war ein Problem, mit dem er sich herumzuschlagen haben würde, sobald es so weit war.

Bis dahin bestand sein Ziel jedoch darin, Rebekkas Mörder zu finden und ihre Verbindung zu all dem Wahnsinn aufzudecken, der in den letzten vierundzwanzig Stunden über die Stadt hereingebrochen war.

Monster, Hansi, Ante Pula, Teddy und in gewisser Weise sogar die LKA Beamten, deren Tod die Kanzlerclowns riskiert hatten, waren alle ein Teil des Kiezes der Stadt. Doch Rebekka Bahrenbaum war eine respektierte Anwältin und gesetzestreue Bürgerin gewesen, deren einzige – und noch dazu sehr diskrete – Verbindung zum Milieu in ihrer heimlichen Affäre mit Teddy bestand. Warum man ausgerechnet sie über die Klinge springen hatte lassen, ergab bisher absolut keinen Sinn. Boyle wusste aber aus Erfahrung, dass immer dann, wenn irgendein Puzzleteil in einem Fall so gar nicht zu allen anderen passen wollte, sich später herausstellte, dass es gerade dieses Detail gewesen war, in dem der Schlüssel zur Lösung des Rätsels zu finden war.

Boyle war überzeugt, dass der Einzige, der ihn auf die richtige Spur bringen konnte, Rebekkas Mann Paulus Bahrenbaum war. Nur hatte die Zivilstreife, die er schon vor Mitternacht zur Villa der Bahrenbaums geschickt hatte, berichtet, dass sie diese verlassen vorgefunden hatte. Der letzte bekannte Aufenthaltsort von Paulus war das gerichtsmedizinische Institut gewesen, wo er gegen 21 Uhr 40 Rebekkas Leiche identifiziert hatte. Meyer Vier hatte zwar eine Ortung seines Handys eingeleitet, aber die war bisher ergebnislos geblieben.

Boyles Frustlevel stieg mit jeder Minute, die er tatenlos hier herumsaß. Doch ziellos durch die Stadt zu fahren oder gar ins Präsidium zurückzukehren, kam auch nicht infrage. Es war schon fast zwei Uhr.

„Was jetzt? Schreiben wir Bahrenbaum zur Fahndung aus und schütteln inzwischen im Präsidium Teddy Amin so lange, bis doch noch irgendeine nützliche Info aus ihm herausfällt?", erkundigte sich Jale leise vom Beifahrersitz aus.

„Teddy kann sich ums Verrecken nicht eingestehen, dass Rebekka der Schlüssel zu all dem Irrsinn sein könnte. Außerdem ist er gerade verdammt sauer auf mich. In dem Zustand gewinnt er jede Weltmeisterschaft in der Disziplin ‚stures Schweigen'. Mit Teddy verschwenden wir nur Zeit. Aber Bahrenbaum müsste irgendeine Vorstellung darüber haben, weswegen eine Gang von drogendealenden Maskenwichsern scharf darauf war, seine Frau umzubringen. Außerdem ist er ein stadtbekannter Angeber und ein Spitzenklasseweichei. Bei dem dürften sogar ein paar böse Blicke von dir genügen, dass er sich in die Boxershorts macht."

Jale putzte sich die Nase, klappte die Sonnenblende herunter und überprüfte ihr Aussehen in dem kleinen Schminkspiegel auf deren Rückseite. „Ich will ja deinen Elan nicht bremsen, Chef. Aber Paulus Bahrenbaum hat erst vor ein paar Stunden erfahren, dass seine Frau von einer Kiezgröße schwanger war und dann auch noch ermordet wurde. Ich gebe ja zu, dass ich emotional ein bisschen behindert bin. Aber sogar ich könnte nachvollziehen, wenn der Typ sich irgendwo in einer Ecke verkrochen hat und gerade so gar keine Lust hat, mit irgendwem über seine Frau zu reden. Erst recht nicht, wenn derjenige ihm mit einer Polizeimarke kommt …“

Boyle stippte seine Zigarettenasche aus dem Fenster. „Möglich, dass *ich* jetzt zur Abwechslung mal herzlos klinge, aber angesichts der Lage bin ich bereit, mein Mitgefühl so lange Gassi gehen zu lassen, bis Bahrenbaum mit den Informationen rausrückt, die nötig sind, um diese maskierten Arschlöcher von der Straße zu holen.“

Jale sah zu Boyle herüber. „Okay. Was die Psychologie von gehörnten und trauernden Ehemännern betrifft, bin ich vielleicht wirklich nicht die führende Expertin.“

„Bahrenbaum ist Vegetarier, trinkt nicht, raucht nicht, lebt für seinen Job und seine Hobbys“, zählte er leise auf, was er über Rebekkas Mann sicher zu wissen glaubte.

„Hobbys?“, fragte Jale.

„Birdwatching, Marathon und sein dreißig Jahre alter Zwölf-Zylinder-Jaguar", erklärte Boyle.

„Klingt wie 'n Ökonazi, aber fährt dann doch 'ne Dreckschleuder mit zwölf Zylindern? Nicht wirklich konsequent, der Mann, oder?"

Boyle nickte nachdenklich. „Er könnte bei Freunden sein", meinte er.

Jale verzog den Mund. „Dann haben wir 'n Problem. Ich meine, selbst wenn wir zu 'ner Liste von denen kommen, werden das ja wohl sämtlich gesetzestreue Bürger sein, die sich längst in ihren Betten wälzen und *not amused* darüber sind, falls wir sie mitten in der Nacht da rausholen, oder?"

Boyles Handy klingelte. Er warf einen Blick auf die angezeigte Nummer und nahm das Gespräch an.

„Boyle? Mann!", drang Meyer Viers Stimme aus den Lautsprechern. „Wir haben Teddy hier. Und Himmel ist am Ausrasten. Kann nicht mehr lange dauern, bis er dich zur Fahndung ausschreibt."

„Ich bin nicht stolz drauf, aber ändern kann ich's gerade auch nicht. Warum rufst du an?"

„Ich hab ein Signal von Bahrenbaums Handy. Du glaubst nicht, wo …"

„Heute Nacht glaub ich dir fast alles. Also wo?"

„Aus dem Atlantis. Der Typ verliert seine Frau, erfährt gleichzeitig, dass sie fremdgevögelt hat und außerdem von ihrem Lover schwanger war, dann sieht er sie sich mit ihrem Loch im Kopf auf 'nem Blechtisch an, aber geht anschließend in ein Luxushotel?

Was macht der da? Sich volllaufen lassen? Eine Nutte bumsen? Das ist ’n echt stranger Vogel, Boyle.“

Boyle warf den Motor des BMW an und raste Richtung Atlantis los. Vielleicht, dachte er dabei, würde ich es ja an Bahrenbaums Stelle auch nicht an denselben Orten aushalten, an denen ich mit meiner Frau gelebt, geliebt und gestritten habe, nachdem ich erfahren habe, dass sie ermordet worden war. Zumal Trauer in vielen Fällen auch etwas mit Angst zu tun hatte. Angst vorm Alleinsein oder jener allgemeinen Angst vor der Zukunft, die einen ab und zu traf und nachts schweißbedeckt aufwachen ließ.

2 Uhr 18. „Es tut mir leid, aber ich kann Sie mit Straßenkleidung nicht hier reinlassen“, sagte die kleine Thailänderin in bestem Hochdeutsch. Angeblich war Paulus Bahrenbaum aktuell der einzige Besucher des Wellnessbereichs vom Atlantis Hotel, der für ganz besondere Gäste rund um die Uhr geöffnet war.

Boyle hatte der Thai seinen Dienstausweis vors Gesicht gehalten und noch dazu sein wärmstes Lächeln aufgesetzt, aber sie gehörte zu der Minderheit an weiblichen Wesen, die gegen seinen Charme völlig immun war.

Jale fand, dass ein anderer Ansatz angebracht sei, fing den Blick der Thai auf und schob ihre Jacke etwas zur Seite, sodass die einen Blick auf ihre Dienstpistole werfen konnte. „Wir sind nicht hier, um ’nen

Auftritt vom Polizeimusikcorps zu proben. Wir sind *echte* Bullen. Das heißt, wir ermitteln in einem *echten* Fall und wir können Ihnen und Ihrem Boss *echten* Ärger machen. Also, wenn ich bitten dürfte? Wo. Ist. Das. Dampfbad?“

Die Angestellte wies beleidigt auf eine weiße Tür mit Glasfüllung. „Danke“, sagte Boyle und ging Jale voran.

In dem Dampfbad war es extrem heiß und die Luftfeuchtigkeit so hoch, dass Jale spürte, wie ihr Shirt und die Jeans sich jede Sekunde stärker mit Wasserdampf vollsogen. In dem Dampf waren die Ausmaße des Raums nicht wirklich zu erfassen und doch meinte sie, rechts von ihnen auf einer Bank eine Gestalt ausmachen zu können. Sie berührte Boyles Arm und machte ihn darauf aufmerksam. Zusammen gingen sie auf die Gestalt zu.

„Herr Bahrenbaum?“, fragte Boyle.

Der Mann auf der Bank war nackt, rothaarig und so dürr und weißhäutig, dass er Jale abstieß. Sie mochte keine rothaarigen Männer, obwohl sie selbst rote Haare hatte. Rebekka war eine attraktive, intelligente und erfolgreiche Frau gewesen, außerdem fast acht Jahre jünger als Paulus. Jale fragte sich, was sie an diesem hageren, fahlen Mann gefunden haben mochte.

„Herr Bahrenbaum?“, fragte Boyle noch einmal lauter. Jetzt endlich sah der Mann auf der Bank auf.

„Verschwinden Sie! Ich weiß, wer Sie sind. Ich

komme morgen früh in Ihr Büro“, zischte Bahrenbaum und wedelte dabei mit seiner rechten Hand vor Boyle und Jale herum.

Boyle setzte sich neben Bahrenbaum auf die Bank. Seine Stirn war voller winziger funkelnder Schweißperlen. „Morgen früh ist uns leider zu spät. Wir haben auch nur ein paar Fragen. Dauert nicht lange“, versuchte er es weiter im Guten.

Jale fand, das sei vergebliche Mühe. Sie hatte einen guten Sinn dafür, Menschen anhand ihrer Körperhaltung und kleinsten unbewussten Gesten einzuschätzen. Das war es, was sie zu einer so fähigen Polizistin machte. Bahrenbaum, war sie überzeugt, gehörte nicht zu den Leuten, die positiv auf die softe Masche reagierten. Dazu war er zu arrogant und zugleich zu weich. Aber das hatte er mit einer erstaunlich hohen Zahl anderer Schlipse gemeinsam. Besonders schlimm waren die Milieuanwälte. Die glaubten nämlich, von dem Ruf ihrer Klienten, harte Hechte zu sein, färbe immer etwas auch auf sie selbst ab. Die wirklich guten und zähen Juristen lockte das Milieu gar nicht an. Die fanden für ihre Ambitionen in anderen Branchen fettere Weiden.

„Ich kann Sie vom Sicherheitsdienst rauswerfen lassen, Boyle. Aber ich würde Ihnen diese Blamage ehrlich gesagt lieber ersparen“, drohte Bahrenbaum, sobald ihm wohl klar wurde, dass Boyle und Jale sich nicht vertreiben ließen.

Boyle lehnte sich zurück, verschränkte die Finger

hinter seinem Kopf und sah nach oben zur Decke, von der allerdings in all dem Dampf kaum etwas zu erkennen war. „Können Sie nicht, Bahrenbaum. Wir sind hier diejenigen, die Ihnen einen Gefallen tun, weil wir Sie nicht in Handschellen aus diesem Laden führen und ins Präsidium fahren. Ich bin Erster Hauptkommissar und Chef der MoKo, außerdem in der Stadt bekannt wie ein bunter Hund. Jeder Mietbulle würde es sich dreimal überlegen, mich auch nur einmal zu oft schräg anzublinzeln. Abgesehen davon habe ich jedes Recht, Sie zu befragen, wann und wo immer ich will. Mir ist außerdem Ihre Pinkelweite scheißegal. Meiner Kollegin hier übrigens auch. Also schlage ich vor, wir bringen das hinter uns wie vernünftige Leute."

Bahrenbaum schaute Boyle eine kleine Ewigkeit mit fassungslos geöffnetem Mund an und schüttelte dann einige Male langsam den Kopf. „Sie unverschämter Bastard walzen hier rein und drohen mir?! An dem Tag, an dem meine Frau erschossen wurde …? Ihre Karriere ist zu Ende!"

Jale nahm ebenfalls neben Bahrenbaum Platz und rückte ihm dabei so dicht auf die Pelle, dass der angewidert von ihr wegrutschte und dabei gegen Boyle stieß. Der jedoch keinen Zentimeter wich.

„Sie kennen das sicher aus dem Fernsehen", erklärte Boyle. „Das Spiel nennt sich guter Bulle, böser Bulle. Aber meine Kollegin und ich, haben das ein bisschen variiert. Bei uns heißt das Ganze böser Bulle und wirklich rücksichtsloser Bulle. Sie dürfen raten, wer welche Rolle spielt."

Bahrenbaum tat unbeeindruckt. „Und Sie, Boyle, sollten sich 'ne Zeitung mit Stellenanzeigenteil kaufen. Der im Hetzblatt Ihrer Matratze Bellini soll ganz ordentlich sein. Jedenfalls für Jobs in den unteren Kategorien, für die Sie noch infrage kommen, sobald ich mit Ihnen fertig bin", sagte Bahrenbaum.

Er versuchte aufzuspringen.

Boyle stieß ihm den Ellenbogen gegen die Brust, sodass er schwer atmend auf die Bank zurückfiel. „Nur um hier noch mehr Missverständnissen vorzubeugen: Den bösen Bullen in unserer Show gibt meine Kollegin. Ich bin der rücksichtslose ..."

Jale fand Boyles Ansage ziemlich lustig. Umso mehr angesichts der Tatsache, dass er ihr vor ein paar Stunden noch vorgeworfen hatte, ein echtes Monster zu sein.

„Eine Crew sehr gut gedrillter Killer bringt zwei Kiezgrößen um und verletzt eine andere schwer. Sie entführt anschließend den Boss der härtesten Gang der Stadt. Das ist beschissen genug, wenn auch auf 'ne sehr brutale Art plausibel. Aber dann killt dieselbe Gang offenbar Ihre Frau. Das war auf den ersten Blick völlig verrückt. Es sei denn, die hatten Ihre Frau auf der Liste, weil sie ihnen im Weg stand. Nur fragt sich, weshalb? Weil sie mit Teddy Amin gevögelt hat? Das kommt mir 'n bisschen dünn vor als Motiv."

Bahrenbaum rieb sich mit schmerzverzerrtem Gesicht seine linke Seite. „Sie haben sich gerade eine Klage wegen Körperverletzung eingehandelt, Boyle!"

Jale beugte sich etwas vor und schaute an dem nackten Anwalt vorbei zu Boyle. „Wetten, dass er uns gleich mit dem Polizeipräsidenten und dem Bürgermeister droht?"

„Ich setze 'nen Zehner darauf, dass er zuerst mit dem Bürgermeister kommt", entgegnete Boyle.

Jale streckte ihren Daumen hoch. „Angenommen!"

Bahrenbaum versuchte erneut, aufzustehen und zwischen ihnen herauszuschlüpfen. Jale und Boyle verständigten sich mit einem Blick und ließen es geschehen. Bloß kam Bahrenbaum nicht weit. Denn sobald er von der Bank hochgekommen war und wegzulaufen versuchte, trat Jale ihm gegen die Beine. Bahrenbaum stürzte zu Boden.

Während er versuchte, sich auf den feuchten Fliesen aufzurappeln, stand Jale auf, zog ihre Dienstwaffe und presste deren Mündung gegen Bahrenbaums Hinterkopf. „Boyle lügt, wenn er behauptet, dass er in unserem Team der rücksichtslose Bulle ist", flüsterte sie und dachte, wie verdammt gut sich das anfühlte, diesen nackten wehrlosen Mann so absolut unter ihre Kontrolle gebracht zu haben. Sein Leben abhängig von einer winzigen Bewegung ihres Zeigefingers.

Boyle trat zu Bahrenbaum heran und stellte dabei sicher, dass der jede seiner Bewegungen mitverfolgen konnte. Er stand einen Augenblick neben ihm und blickte wortlos auf ihn herab. Dann beugte er sich zu ihm herunter. „Könnte sein, dass meine Kollegin und ich wirklich unsere Jobs verlieren, falls ich ihr jetzt befehle, Ihnen in den Oberschenkel zu schießen, Bahrenbaum. Andererseits gibt's hier bestimmt keine Überwachungskameras und ich bin mir ziemlich sicher, dass jedem Richter nur ein einziger Blick auf Kommissarin Arslan im Zeugenstand genügt, um völlig überzeugt davon zu sein, dass sie sich von Ihnen derart bedroht gefühlt hat, dass ihr gar nichts anderes übrig blieb, als auf Sie zu schießen. Sie ist so 'ne kleine, zarte Frau. Eigentlich 'n Wunder, dass man sie überhaupt zum Polizeidienst zugelassen hat."

Bahrenbaum zuckte zusammen, seine Beine wischten einige Male panisch über die nassen Fliesen.

„Wir haben mit dem Hotelpersonal gesprochen, du bist gleich nach deiner Pflichtübung im gerichtsmedizinischen Institut hierhergefahren und hast dich im Spa erst durchkneten lassen und danach ins Dampfbad verkrochen", sagte Boyle in einem überraschend weichen Tonfall. „Ich frage mich, was bist du für 'n Mann? Deine Frau vögelt mit einem stadtbekannten Gangster, wird erschossen und in der Gerichtsmedizin sagen sie dir, dass sie noch dazu schwanger war. Und du weißt, dass das Kind von dem Russen war. Jeder Mann, den ich kenne, hätte sich daraufhin entweder ein Eisen besorgt und wäre auf die Suche nach Teddy Amin gegangen oder hätte sich so lange in einer Bar volllaufen lassen, bis jede Verkehrsstreife mit seiner Blutprobe 'n Volksfest ausrichten könnte. Trauer sieht anders aus als das, was du hier veranstaltest. Nein, du hast vor irgendetwas Angst, mein Freund. Deswegen hast du dich hier verkrochen. Vor wem hast du die Hose voll, Bahrenbaum? Und weshalb?"

Bahrenbaum begann zu wimmern. Jale registrierte erstaunt, wie unangenehm es Boyle offenbar war, ihm dabei zusehen zu müssen.

„Ich bin doch der Nächste auf ihrer Liste! Oh Gott …", sagte Bahrenbaum.

Jale lockerte den Druck ihrer Waffe gegen seinen Hinterkopf.

Boyle schloss einen Moment die Augen und wirkte, als fiele ihm dabei gerade eine unerträgliche Last von den Schultern. Jale fand das bemerkenswert. Sicher hatte Boyle Angst gehabt, dass ihre Thesen falsch seien und sie mit leeren Händen dastehen könnten. Aber dass er ihr einen so tiefen Blick in sein Inneres gewährte, hätte sie nicht erwartet. Das, meinte sie, war beinah schon naiv von ihm.

„Auf *wessen* Liste stehst du als Nächster? Red mit mir!", sagte Jale zu dem wimmernden, zuckenden, nackten Mann vor ihr am Boden.

„Wir sind die Polizei. Wir können Sie schützen. Aber Sie müssen mit uns reden. Verstehen Sie mich?", sagte Boyle leise und mit einem Mitgefühl in seiner Stimme, das Jale ziemlich überzeugend fand.

„Das könnt ihr nicht … die … gehören … doch zu euch …", stammelte Paulus Bahrenbaum.

Scheiße, dachte Jale und sah Boyle an. Aber der schien davon weniger geschockt zu sein, als sie erwartet hatte.

„Wer, Paulus?", fragte Boyle.

„Nyberg", antwortete Bahrenbaum.

Jale hatte von Nyberg gehört. Das hatte so ziemlich jeder Bulle in Hamburg, bei dem das Gehalt selten so weit reichte wie der Monat. Er war Hauptkommissar im KDD gewesen, aber bei einem Verkehrsunfall vor einigen Jahren schwer verletzt worden und seitdem auf einen Rollstuhl angewiesen. Heute arbeitete er als Geschäftsführer einer Firma, die Alarmanlagen verkaufte, Geldtransporte durchführte und Security-Personal verlieh. Deswegen war er bei seinen ehemaligen Kollegen immer noch so beliebt, denn er vermittelte ihnen eine Menge Nebenjobs.

„Erklären Sie mir das, Bahrenbaum", verlangte Boyle. Sein Gesicht glänzte feucht und sein Hemd war über der Brust und um den flachen Bauch herum völlig durchnässt.

„Rebekka, die Heilige. Dass ich nicht kotze. Wegen ihr bin ich doch erst in diese Scheiße reingeraten!", sagte der nackte Mann am Boden.

Boyle wies auf Jales Waffe und schüttelte den Kopf. Sie steckte daraufhin die Pistole in das Clipholster zurück. Boyle half Bahrenbaum auf die Beine.

Jale fand ihn aufrecht stehend sogar noch abstoßender als zuvor. All das drahtige rote Haar auf seiner schmalen Brust und um sein Gemächt herum, dazu die fahle Haut und dieser brettflache Bauch. Doch wahrscheinlich ist es nicht mal so sehr sein Äußeres, dachte Jale, was mich an ihm so anwidert. Sondern, dass er sich plötzlich so handzahm und unterwürfig gibt wie ein zu oft geprügelter Hund. Kein Mann sollte sich je so vor einer Frau zeigen. Das war einfach widerlich. Boyle war ja zweifellos auch ein Arschloch, aber er hatte immerhin einen Sinn für Würde. Und Jale respektierte Menschen, denen ihre Würde etwas bedeutete.

„Kurz und knackig, Bahrenbaum. Was hat Rebekka mit Nyberg zu tun?", fragte Boyle.

Bahrenbaum sank auf der Bank in sich zusammen und legte den Kopf in seine Hände. „Mich hat sie ja nie ernst genommen. Ich war für Rebekka immer nur Mittel zum Zweck. So was macht einen Mann fertig, verstehst du das, Boyle?", sagte er bitter. „Sie hatte ein Drogenproblem, H und Acid. Damals hat sie noch studiert. Und richtig heiß haben Bekka nur die wirklich bösen Jungs gemacht. Nyberg hat sie nach einer Party mal mit H erwischt und gedroht, sie festzunehmen. Das wäre das Ende für ihre Zulassung zum juristischen Staatsexamen gewesen. Sie lassen dich noch zu, wenn du betrügst oder klaust. Aber Drogen, das geht gar nicht. Also hat Bekka für Nyberg die Beine breitgemacht. Und das mehr als einmal. Der war vor seinem Unfall angeblich ein echter

Steher. Sie war verknallt in ihn. Und er in sie. Ab da hat Nyberg ihr ab und zu ein bisschen Stoff zugeschanzt, für ihren Eigengebrauch. Und nicht nur H, auch Koks und Gras. Bekka hat zwar bestimmt mit der Möglichkeit gespielt, mit ihm exklusiv zu bleiben, und ihn auch ab und zu unter Druck gesetzt, wenn er mal nicht nach ihrem Kopf wollte. Aber was Festes hätte sie mit ihm trotzdem nicht gewollt. Ich meine, wer war der damals schon? Bloß ein kleiner Bulle. Bekka hatte viel größere Pläne. Ich war schon gut im Geschäft, als sie in meiner Kanzlei als Referendarin anfing. Außerdem hatte ich den Laden von meinem Vater übernommen und ein gutes Klientel mitbekommen. Und es war auch nicht so, dass Bekka nicht ranklotzen konnte, wenn's drauf ankam. Ich hab sie angefleht, das mit den Drogen zu lassen. Oder wenigstens auf das H zu verzichten. Aber sie brauchte das nun mal, um zu funktionieren. Und sie hatte das im Griff. Meistens jedenfalls. Mit H kann man wirklich alt werden, solange man darauf achtet, von wem man's kauft. Ab und zu, wenn der Stress mal zu heftig wird, nehme ich auch was. Kein H, aber Koks. Jeder nimmt irgendwas in meiner Branche. Sonst hältst du den Druck gar nicht aus. Sechzig, siebzig Stunden die Woche, manchmal neunzig oder hundert. Und immer kann dir irgendein Klient oder Richter reingrätschen und deine Ergebnisse versauen. Für den Dreck, den du in dem Job fressen musst, ist keiner wirklich gemacht. Nyberg hat Bekka weiter mit H versorgt, auch als wir schon verheiratet waren. Ich war immer dagegen, aber sie hat mir klar gesagt, dass zwischen ihnen außer den Drogen nichts mehr lief. Am Anfang hab ich ihr das geglaubt. Später nicht mehr. Aber dann hat es Nyberg, das Schwein, erwischt. Querschnittlähmung. Für den Rest seines Lebens pisst der in 'nen Plastiksack. Mein Mitleid hielt sich in Grenzen. Bekka hat ihn trotzdem heimlich gesehen. Hat dem Krüppel sogar erlaubt, sie zu befummeln. Ich hab Fotos. Hab sie observieren lassen. Das muss man sich mal vorstellen! Der kriegt den Schwanz nicht mehr auf Halbmast, aber meine Frau lässt sich weiter von dem angrapschen. Widerwärtig, oder? Mich hat sie ja nur noch alle paar Jubeljahre noch mal rangelassen. Jeder Kerl zieht sie mit seinen Blicken aus, in der Kanzlei, vor Gericht, bei Partys, und die genießt das, aber mich – ihren Ehemann! – lässt die nicht ran. Das frisst an einem wie Krebs. Aber was hätte ich denn tun sollen? Sie übers Knie legen? Die hätte mich glatt angezeigt oder wäre ins Frauenhaus gegangen und hätte noch der Presse einen Tipp gegeben, dass die das brühwarm in der Klatschspalte aufkochen. Wenn ich dann doch mal randurfte, kam ich mir vor wie kastriert. Das ist doch kein Leben."

Szenen einer Ehe, dachte Jale sarkastisch und erinnerte sich dunkel, dass das der Titel eines alten Films war, den sie mal zusammen mit ihrer Mutter gesehen hatte. Angesichts der Vorstellung, die Bahrenbaum gerade gab, konnte sie mühelos verstehen, dass Rebekka diesen Waschlappen nicht mehr ertragen hatte. Dass sie ihre Ehe als Sprungbrett in die Hamburger High Society genutzt hatte, fand Jale auch nicht weiter verwerflich. So war die Welt nun mal eingerichtet, alle mussten zusehen, wie sie ihre Schäfchen ins Trockene brachten.

„Ich versteh Ihren Frust, Bahrenbaum“, sagte Boyle. „Aber Rebekka war von Teddy Amin schwanger. Nicht von Nyberg. Und wie passt die Kanzlergang in Ihr Ehedrama?“

Bahrenbaum nahm endlich seine Hände vom Gesicht, hob den Kopf und blickte Boyle an. Nicht Jale – an der sah er geflissentlich vorbei.

„Bekka war Nyberg hörig. So war das. Meine Frau hätte alles für den Arsch getan. Und Nyberg kann noch nicht mal mehr ficken. Warum hat sie da nicht einfach einen Schlussstrich ziehen können?“

Es dauerte einige Zeit, bis Boyle mit einer neuen Frage nachstieß. „Weshalb hat sie dann was mit Teddy angefangen, wenn sie Nyberg doch angeblich hörig war?“

Bahrenbaum schwieg. Jale fand, dass er das zu lange tat und außerdem bisher nur um den heißen Brei herumgeredet hatte. „Wir können dich nur schützen, wenn du uns etwas gibst, Bahrenbaum. Also gib uns etwas. Rede mit uns!“

Bahrenbaum wandte sich Jale zu und starrte sie aus geweiteten Augen beinah so an, als hätte er keine

Ahnung, wie sie hierhergekommen war und was sie hier tat. Schweiß tropfte von seinem Kinn auf seinen Bauch. Aber als er dann sprach, wandte er sich nicht an Jale, sondern sah wieder Boyle an. „Nyberg hat sie umbringen lassen. Sie hat Teddy Amin gefickt. Nicht mal ich wollte sie danach noch anfassen. Kapierst du das, Bulle? Die hat mit diesem Stück russischen Dreck gefickt und dann hat sie sich von dem auch noch die Röhre füllen lassen. Ist das zu fassen?“, rief Bahrenbaum in den Dampf und die Stille hinein.

Jale sah in Boyles Gesicht während Bahrenbaums Ausbruch, sie erkannte die Wut und den Schmerz darin, der dem Anwalt entging. Und zwar schon deswegen, weil der zu sehr mit seinem Hass und Selbstmitleid beschäftigt war, um auf die Reaktion seines Gegenübers zu achten.

Nur begriff sie nicht wirklich, was Bahrenbaum meinte. Doch Boyle schien es begriffen zu haben und zwar vielleicht sogar nur deswegen, weil er irgendwo in seinem Unterbewusstsein längst erwartet hatte, genau das zu hören, was Bahrenbaum gerade gesagt hatte. Jale war daher überrascht von der Schlussfolgerung, die Boyle aus Bahrenbaums Worten zog. Sie wäre dazu nicht fähig gewesen.

„Rebekka hat Teddy und die Koscha Nostra für Nyberg ausspioniert, oder? HAT NYBERG SIE DANN UMBRINGEN LASSEN, WEIL SIE SICH IN TEDDY VERKNALLT HAT UND NICHT MEHR

SPURTE?“, fragte Boyle und wurde dabei mit jedem Wort lauter und schärfer.

„JA!“, brüllte der nackte Mann zurück, sprang auf, stand einen Augenblick voller Zorn vor Boyle und fiel dann auf die Bank zurück. „Nyberg hat diesen ganzen Wahnsinn ausgeheckt. Er hatte Kontakte, die Drogen nach Hamburg bringen konnten und zwar jede Menge davon und absolut stetig und sicher. Er hat Rebekka dazu gebracht, sich mit Amin einzulassen, weil er wusste, dass sie ihn kannte und der Scheißrusse scharf auf sie war. Der wäre doch nie auf die Idee gekommen, dass sie ihn hintergangen hat. Wegen Rebekka waren der Russe und seine Leute ein offenes Buch für Nyberg. Wenn Rebekka mal was angefangen hat, dann hat sie es auch richtig gemacht. Sie war garantiert eine erstklassige miese kleine Petze für Nyberg, bis sie sich in den Russen verknallt hat.“

Daher also die intime Kenntnis von den Abläufen in Teddys Gang, dachte Jale. Kein Problem, den Killern mitzuteilen, wie sie Monster kalt erwischen konnten, wenn frau mit dessen Boss in die Kiste stieg und so die tägliche Routine an der Spitze der Koscha Nostra hautnah mitbekam.

Bahrenbaum starrte weiter Boyle an, sein Gesicht bekam dabei etwas Weiches, Verschwommenes, das nicht nur an dem Dampf liegen konnte, der auch Jale schon beinah bis auf die Haut durchnässt hatte.

„Sie hatte doch alles!“, rief Bahrenbaum Boyle zu. „Und trotzdem musste sie immer wieder in diesen

Dreck hinuntersteigen, sich darin suhlen wie 'ne kleine rosa Sau. Und dann hat sie mich sogar noch mit reingezogen, weil sie mich dazu überredet hat, für Nyberg zwei Firmen zu gründen, eine in Luxemburg, eine in Rumänien. Das war die Sorte Firma, die man braucht, um Geld zu waschen. Viel Geld. Und Rebekka hat versprochen, dass es das letzte Mal war, dass sie mich für Nyberg um irgendetwas bittet."

Bahrenbaum ballte seine Hände zu Fäusten, winkelte seine Arme an und bewegte sie ein paarmal mit verzerrtem Mund und stumpfen Augen vor und zurück. Eine für keinen hier irgendwie missverständliche Geste. „Und ich hab der Sau geglaubt, ich dachte wirklich, dass ich sie endlich zur Vernunft gebracht hätte. Die ist sogar wieder mit mir ins Bett gegangen. Hat mich gefickt wie 'n Tier, die Schlampe!"

Während Jale Bahrenbaums Abstieg ins Vulgäre mit kühl distanziertem Interesse folgte, schien Boyle den Anblick kaum ertragen zu können.

„Das kann nicht alles sein, Bahrenbaum. Der Rest! Komm schon!", drängte Jale ihn weiterzumachen.

Jetzt endlich schien er sie auch wieder wahrnehmen zu wollen, denn er sah sie geradeheraus an, während er antwortete. „Natürlich nicht. Nyberg ist doch nur 'n Wicht. Aber der hat glatt 'ne Viertelmillion an Einlage für die Firma in Rumänien überwiesen. Die kam aus der Schweiz und lief dann über die Luxemburger Firma. Nyberg muss Partner haben. Ich hab das Zeug gesehen, das sie verkaufen wollten.

Rebekka hat es Hazel genannt. Riecht wie Pferdekacke, aber knallt wie Koks und XTC zusammen. Sie hat selbst davon genascht."

„Wer ist Nybergs Partner?", fragte Boyle gepresst.

Bahrenbaum zuckte mit den Achseln. „Ich hab den nie getroffen, sein Geld kam doch über diese Holding in Luzern. Aber ich hab all den juristischen Kram für sie gemacht und sie werden mich genauso umlegen wie Rebekka. Die lassen keine losen Enden übrig. Und ich war so bescheuert, mich mit denen einzulassen ..."

Boyle legte Bahrenbaum die Hand auf die Schulter und presste ihn hart gegen die Wand. „Ein Mann namens Charles Andrew Pulver ist vor einigen Wochen in München ermordet worden, der war auch im Hazel-Geschäft. Er hat außerdem mit Armeeschrott gehandelt. Ein ehemaliger US-Army-Oberst. Je von ihm gehört?"

Bahrenbaum dachte einen Moment nach, dann nickte er einige Male heftig. „Der war Klient von Rebekka. Widerlich schmieriger Typ. Hatte aber angeblich Beziehungen bis ganz weit nach oben im Osten. Ich hab den nur ein, höchstens zwei Mal gesehen", erklärte er, wobei er Boyle und Jale eine Zeit lang verkniffen musterte. „Womöglich hat die Schlampe ja auch mit dem gefickt, was? Dreck passt eben zu Dreck. Ich hätte mich nie mit ihr einlassen dürfen. Meine Mutter hat mich ja damals vor ihr gewarnt. Da hilft kein Studium und auch kein Benimmunterricht, man kriegt die Gosse eben nicht raus. Ich hab doch gesehen, wo sie herkam. Dreck, Dreck, Dreck. Jeder schön dort, wo er hingehört. Wird einfach nichts, wenn du eine von dort zu dir nach oben holst. Aber sie hat ja jetzt gekriegt, was sie verdient hat, oder?“ Bahrenbaum formte mit seiner Hand eine Pistole und richtete sie gegen seine Stirn. „Peng – voll ins Gesicht. Ich hab das Loch in ihrem Kopf gesehen in der Gerichtsmedizin. Frage mich, ob Nyberg es nicht bedauert hat, dass er das nicht selbst erledigen konnte. Puff, Kugel in die Fresse! Hätte dem besti...“

Jale sah nur die zweite der beiden Ohrfeigen kommen, die Boyle dem nackten Mann kurz nacheinander verpasste.

Bahrenbaums Kopf flog vom ersten Schlag gegen die Wand, der zweite brachte ihn dazu, schützend die Hände vors Gesicht zu reißen und sich auf der Bank zusammenzurollen. Er begann zu wimmern, vielleicht weinte er auch.

„Gehen wir“, sagte Boyle und verließ das Dampfbad.

Jale folgte ihm.

Bahrenbaum musste sich hinter ihnen wieder aufgefaltet haben und schaute ihnen nach, denn Jale konnte seine Blicke in ihrem Nacken spüren.

„Was ist mit mir? Was wird aus mir ... Boyle? He, WAS WIRD AUS MIR?!“, rief er ihnen hinterher.

Boyle blieb stehen und drehte sich zu Bahrenbaum um. „Du bist ein Arschloch. Das kann man dir vorwerfen. Aber einbuchten kann dich dafür keiner. Vielleicht will ja der Anwaltsverein oder die Steuerfahndung demnächst noch mal was von dir. Aber für mich bist du bloß ein Zeuge, den ich gerade befragt habe."

„Du Schwein, Boyle! Du überlässt mich diesen Killern?", rief Bahrenbaum.

„Ich werde keinem verraten, wo du bist, Bahrenbaum. Bleib einfach hier und verkriech dich, bis wir Nyberg und die Kanzlergang ausgehoben haben. Kauf dir morgen früh 'ne Zeitung. Da wird's drinstehen."

Jale starrte an Boyle vorbei in den Dampf zu der Bank und dem Schemen darauf, den sie von hier aus gerade noch ausmachen konnte.

Bahrenbaum bewegte sich, wurde größer, kam wohl einen oder zwei Schritte auf sie zu, wobei er in dem Dampf etwas deutlichere Formen annahm. Jale legte ihre Hand auf den Griff der Waffe.

„Eine Zeitung? Etwa die von deiner Matratze, Boyle? Bellini haste auch nicht allein. Wenn die nur einen lausigen Artikel dabei rausschlagen kann, rutscht die über jeden Drecksack in dieser Stadt. Ich an deiner Stelle würde mich bald mal auf Tripper oder Hepatitis testen lassen", schrie Bahrenbaum.

Boyle senkte den Kopf, zog die Schultern hoch und hob die Arme ein wenig an. Kampfstellung, dachte Jale, und war sich fast sicher, dass Boyle auf Bahrenbaum zustürmen und ihn womöglich totschlagen würde.

Der Anwalt machte zwei weitere Schritte auf sie zu. Jale konnte beinah schon sein Gesicht zwischen den Dampfschwaden ausmachen.

Sie legte Boyle die Hand auf den Arm und zog die Waffe aus dem Clipholster. „Das will er doch nur, Boyle. Lass uns gehen“, flüsterte sie.

Boyle rührte sich nicht, sah einfach nur weiter in Kampfstellung zu Boden. Plötzlich setzte er seine gut hundert Kilo Körpermasse in Bewegung und stürmte auf Bahrenbaum zu, der einige Schritte zurückwich, es aber offenbar nicht ganz bis zu der Bank schaffte. Jale rannte Boyle hinterher, konnte aber zwischen den Dampfschwaden nur zwei ineinander verkeilte Schemen ausmachen. Als sie die beiden Männer erreichte, hatte Boyle Bahrenbaum niedergeschlagen, kniete neben ihm auf dem Boden und zwang ihn dazu, ihn anzusehen. „Wir gehen jetzt. Du kannst hierbleiben oder versuchen, dich woanders zu verkriechen. Ganz egal, wo. Sollte sich herausstellen, dass du mich über Nyberg belogen oder Rebekka doch erschossen hast, sorge ich dafür, dass dich Teddy Amin noch vor uns findet. Er wird dir bei lebendigem Leib die Haut abziehen.“

Boyle drehte sich abrupt um und ging, Jale folgte ihm wortlos.

Im Lift nach unten in die Lobby vermied sie es, in den Spiegel zu sehen, der darin angebracht war. Die Dampfsauna hatte ihrer Frisur nicht wirklich gut getan. Ganz abgesehen davon, dass sie fröstelte, weil die Klimaanlage die Temperatur im Lift bis kurz vor Eisschrank herunterkühlte.

„Was jetzt?", fragte Jale.

„Nicht hier", zischte Boyle und sah zur Decke des Aufzugs, wo in einer Ecke eine kleine Kamera angebracht war.

Jale biss sich auf ihre Unterlippe und kam sich blöd vor. Denn natürlich konnte keiner ausschließen, dass einer oder mehrere der Securityleute, die im Hotel die CCTV-Aufzeichnungen überwachten, Freunde von Nyberg waren. Oder Polizeibeamte, die nach dem Polizeidienst ganz gern mal noch eine Zusatzschicht schoben.

2 Uhr 49. Bahrenbaum war ein Arschloch, aber er war kein dummes Arschloch, dachte Boyle. Dass Rebekka einem Typen wie Nyberg „hörig" gewesen sein sollte, kam Boyle spanisch vor. Nach allem, was der Anwalt ihnen über Nyberg und Rebekka erzählt hatte, könnte Nyberg durchaus ein Motiv gehabt haben, sie umbringen zu lassen: Nämlich Eifersucht auf Teddy. Obwohl Boyle das für am wenigsten plausibel hielt. Aber er kannte Nyberg auch so gut wie gar nicht. Er war bislang nie auf einen der Nebenjobs angewiesen gewesen, die Nybergs Firma vergab. Und Nyberg hatte zu einer Clique im Präsidium gehört, die Boyle nicht mochte, weil die aus Dinosauriern bestand, die Boyle immer nur mit deutlichem Widerwillen begegnet waren.

Die einzige Begegnung mit Nyberg, an die er sich deutlich erinnerte, hatte in einem Sektionssaal des gerichtsmedizinischen Instituts stattgefunden, wo sie beide aus einem Kabuff heraus durch eine Glasscheibe hindurch die Obduktion einer älteren Frau verfolgten, die Nybergs KDD-Team tot auf einem Hinterhof gefunden hatte, was den Verdacht auf Fremdeinwirkung zumindest nahegelegt hatte. Boyle wusste nicht einmal mehr, wie der Fall damals letztlich ausgegangen war. Doch dass Nyberg nervös und hibbelig gewesen war, daran erinnerte er sich genau. Damals war ihm Nyberg als der typische mittlere Beamte erschienen, weder besonders ehrgeizig noch überdurchschnittlich clever. Fest stand auch, dass er damals Entzugssymptome aufwies, was Boyle seinerzeit allerdings nicht weiter gekümmert hatte.

Traute er Nyberg also zu, dass der eine Crew aus Soldaten oder skrupellose Bullen zusammentrommelte, um mit ihnen – wie Teddy und in gewisser Weise auch Premuda behaupteten – den Markt für eine neue Droge zu erschließen? AUF DIESE ART zu erschließen – indem er Dutzende Überdosen oder Tote in Kauf nahm und zugleich die mächtigsten Gangster der Stadt angriff?

Boyle war sich nicht sicher.

Ausschließen wollte er es allerdings auch nicht. Dass Bahrenbaum ihn in Bezug auf Nyberg angelogen hatte, hielt er für sehr unwahrscheinlich. Dessen Angst und Wut eben waren echt gewesen. Aber, dachte Boyle, da Nyberg auch als Bulle nur ein guter zweiter Mann gewesen war, hatte sich das während seiner Karriere in der freien Wirtschaft wohl auch nicht wirklich geändert. Weswegen es nur umso dringender war herauszufinden, wer Nybergs mysteriöser stiller Partner und Finanzier war, von dem Bahrenbaum vorhin behauptete, dass er hinter dieser Luzerner Holding steckte, die Nybergs Firma das Grundkapital zur Verfügung stellte.

Wie hinter jeder gewaltigen Sauerei steckte auch hinter dieser mehr als nur ein einzelner Mann und ganz bestimmt auch mehr als nur Gier. Denn die kam selten allein. Meistens paarte die sich mit Eitelkeiten oder Selbstüberschätzung zu einem wirklich explosiven Motivgemisch aus hässlichen Sehnsüchten und dunklen Trieben.

Er sah sich in dem Spiegel an der Liftrückwand. Sein Anzug war wohl hinüber, so schlaff, feucht und knittrig, wie er an ihm runterhing. Das Hemd war derart durchgeschwitzt, dass sich jetzt, während es trocknete, um die Schweißflecken schmale weiße Ränder bildeten. Verdammt, dachte er, das Teil ist teuer gewesen.

Jale sah deutlich besser aus als er. Obwohl ihre Jeans auch nass war, hatten ihre Lederjacke und das Shirt den Dampf besser überstanden als Boyles Anzug. Ihre roten Haare schimmerten feucht und standen wild in alle Richtungen ab. Doch irgendwie, fand er, stand ihr das.

Sie holte gerade ihr Handy aus der Tasche, verzog dann den Mund und hielt es Boyle entgegen. „Nass geworden. Tot“, sagte sie.

Boyle prüfte sein eigenes Handy. Dasselbe. Der Dampf hatte es außer Gefecht gesetzt.

„Scheiße!“, fluchte er.

Die Lifttüren öffneten sich.

Kein Mensch außer einem Rezeptionisten war in der Lobby zu sehen. Der schaute ihnen leicht verstört entgegen. Zwei Meter große Schwarze in feuchten, zerknitterten Anzügen und verschwitzten Hemden gehörten eindeutig nicht zu der Sorte Leute, die er hier gerne sah. Und das war ein anderer als der, der sie vorhin hier begrüßt und an das hauseigene Spa verwiesen hatte.

Boyle warf einen Blick auf seine Uhr. Ein Geschenk von Sascha. Automatic, wasserdicht, teuer. Es war fast drei.

Er dachte darüber nach, ob Margaret Stiller, Witwe eines unter immer noch umstrittenen Umständen umgekommenen ehemaligen Polizeipräsidenten, Mutter eines ermordeten Teenagers und Mitglied einer Schweizer Bankerdynastie, ihre Gewohnheit, sehr spät ins Bett zu gehen, inzwischen abgelegt haben könnte. Er hatte sie vor etwa einem halben Jahr zufällig bei einer Veranstaltung in der Oper getroffen, zu der er nur gegangen war, um Bellini zu ärgern, die sich geweigert hatte, ihn als Begleiter mitzunehmen. Damals hatte Margaret ihm erzählt, dass sie ohne

Medikamente immer noch nicht gut schlafen konnte, aber diese verabscheute und sie deswegen nur selten nahm. Trotzdem hatte sie immer noch sehr gut ausgesehen und einmal, da war er sich sicher gewesen, hatte er sie an dem Abend sogar lächeln sehen. Boyle war überzeugt, dass sie mit ihren Beziehungen in Lausanne, Zürich und Luzern deutlich schneller herausfinden konnte, wer sich hinter der Holding verbarg, die Nybergs rumänische Firma finanzierte. Und Margaret hatte ihm einmal versichert, dass er mindestens einen Gefallen bei ihr gut habe.

Auch wenn Boyle noch keinen exakten Plan hatte, wie er Nyberg und dessen Maskencrew aus dem Verkehr ziehen sollte, glaubte er, dass er besser dessen ominösen Partner so schnell wie möglich identifizieren sollte.

Er hatte Margaret Stillers Nummer im Kopf. An der Rezeption standen Telefone. Er wandte sich zu Jale um, doch die sah zur Drehtür am Hoteleingang.

„He, Boyle?", flüsterte sie und zeigte dabei überflüssigerweise zum Eingang. Dort hielt ein Streifenwagen, aus dem neben einem Schupo-Kommissar auch Andres Himmel und Meyer Vier stiegen und auf die Lobby zuliefen.

Auf in den Kampf, dachte Boyle missmutig.

Andres baute sich vor ihm auf. Er wirkte so sauer, dass allein von seinem Blick und der grimmigen Miene die Temperatur in der Lobby eigentlich um locker zwei Grad hätte fallen sollen.

„Woher weißt du, wo ich bin? Hat Meyer Vier gepetzt?“, begrüßte ihn Boyle.

„Jale und du, ihr steht seit fast ’ner Stunde auf der Fahndungsliste. Das hier ist zwar nicht Buxtehude, sondern Hamburg, aber selbst hier fällt ’n zwei Meter großer Schwarzer, der mit ’ner winzigen Rothaarigen um die Häuser zieht, früher oder später mal irgendwem auf“, antwortete Himmel.

Boyle wies auf den Rezeptionisten, formte mit seiner Hand eine Pistole und feuerte einen imaginären Schuss auf den Mann ab, der daraufhin tatsächlich betroffen wirkte.

„Also?“, fragte Andres wütend.

„Nicht hier“, erwiderte Boyle und zog ihn energisch an dem verdutzten Schupo vorbei zu der gläsernen Drehtür.

Meyer Vier und Jale folgten ihnen wortlos.

Draußen war es deutlich wärmer als in der Hotellobby. Boyle zog sein Jackett aus, warf es auf das Dach des Streifenwagens, streckte die Arme aus und reckte sich, bis er sich sicher war, seine Gelenke knacken gehört zu haben. Der Schupo-Kommissar hieß Rode, erinnerte sich Boyle, und war ein Freund oder Vetter von Himmel. Jedenfalls verband sie wohl auch privat irgendetwas. Boyle hatte ihn zuvor schon mit Andres gesehen. Er war ein untersetzter Mann mit einem kantigen Gesicht, angegrautem Haar und aufgepumpten Muskeln.

„Ich höre, Boyle“, sagte Andres, während Meyer

Vier an einer Zigarette zog und Jale sich mit gesenktem Kopf gegen den Streifenwagen lehnte.

„Nicht, solange er dabei ist“, antwortete Boyle und wies auf Rode. Statt einer Antwort tippte Andres sich an die Stirn.

Unmissverständlich, dachte Boyle und beschloss, das Risiko einzugehen, in Rodes Beisein sämtliche Erkenntnisperlen aus Bahrenbaums Aussage auf den Tisch zu packen.

„Nyberg? Dieser Pomadengigolo?“, fragte Rode erstaunt, sobald Boyle zum Ende gekommen war. „Der hat doch früher schon keinen Arsch in der Hose gehabt. Ohne seinen Unfall wäre der doch gefeuert worden. Zu viel Koks. Und bei den Hühnern war er auch nicht gerade scheu. Ganz egal ob Profis oder Ehefrauen, der hat alles gevögelt, was nicht bei drei auf dem Baum war oder sich hinter einem der Bosse verkrochen hat.“

Boyle blickte Rode interessiert an, während Meyer Vier und Andres wohl noch dabei waren, zu verarbeiten, was sie gerade gehört hatten. „Du kennst Nyberg?“

Der Schupo nickte und schob seine Daumen ins Koppel. „Er hat damals als Frischling bei der Bundespolizei in derselben Einheit gedient wie mein Schwager. Ich war mal ’ne Weile mit der ganzen Blase befreundet. Hab’s aber einschlafen lassen. Schon vor ’n paar Jahren. Ich hatte keine Ahnung, dass die Blonde, mit der er damals herumhing, den Bahrenbaum geheiratet hat. Sie war ’ne scharfe Braut. Voll auf Adrenalin und H. Ich hätte es selbst bei ihr versucht, aber …“, sagte Rode und hielt Boyle seine linke Hand mit dem schmalen goldenen Ehering vors Gesicht.

„Und Bahrenbaum ist jetzt alleine da oben in dem Dampfbad, Boyle? Hast du sie noch alle? Der ist wahrscheinlich unser wichtigster Zeuge. Und so fertig, wie er nach dem Mord an seiner Frau ist, könnte er durchaus auch suizidgefährdet …“, sagte Andres entsetzt.

„Der ist alles, aber nicht selbstmordgefährdet“, unterbrach ihn Jale. „Dazu ist sein Selbstmitleid ’n paar Nummern zu groß.“

Andres gab jedoch nichts auf Jales Einwurf und war schon fast an der Drehtür zurück, bevor Boyle ihn aufhalten konnte. „Was willst du denn mit ihm machen, wenn du ihn jetzt einsammelst, Andres? Ihn in Schutzhaft nehmen? Der ist kein Niemand. Irgendeiner wird ihn erkennen. Nyberg war mal einer von uns und der hat jetzt wegen der Nebenjobs, die er beidhändig verteilt, noch mehr Freunde in der Truppe als je zuvor. Was, wenn Nyberg ’n Tipp kriegt? Dass er im Rollstuhl sitzt, heißt ja wohl nicht, dass er nicht abhauen könnte. Außerdem – was ist mit seinen Männern? Keiner braucht noch ’ne Schießerei heute Nacht“, sagte Boyle.

Andres schüttelte den Kopf. „Ich lass den nicht allein da oben. Da kann sonst was passieren.“

„Dann ruf Beierle, Strunz und Hohmann an, die

sollen ihn hier babysitten, Andres. Aber bloß kein Wort darüber verlieren. Jale und ich heben inzwischen Nyberg aus."

„Wer ist Strunz?", fragte Andres.

„Zivilfahnder im Elften. Macht nur Nachtdienst. Ist 'n Freund von Meyer Viers Partner Hohmann", erklärte Boyle und schaute Himmel dabei so selbstsicher und geradeheraus in die Augen, wie er nur konnte. Meyer Vier nickte gewichtig und streckte den Daumen hoch. „Strunz ist in Ordnung."

„Das halbe Hotel hat deinen Auftritt hier mitgekriegt, Boyle. Und das ist ja wohl schon über 'ne Stunde her. Ganz zu schweigen davon, dass ein Streifenwagen vorm Eingang auch nicht gerade unauffällig ist. Nyberg könnte längst Bescheid wissen ...", gab Andres zu bedenken.

Boyle nickte. „Das Risiko nehm ich in Kauf. Du schuldest mir die Chance, ihn hochzunehmen, Andres. Ich brauch das, um mir die Bosse vom Leib zu halten, weil die doch längst drüber nachdenken, wie sie mir meine Marke abnehmen können. Insubordination vergessen die nicht. Denen ist egal, dass Malling mir doch noch den Rücken gestärkt hat."

Doch Andres hatte seine Entscheidung getroffen. „Keine Alleingänge. Zumal wir nicht mal wissen, wo sich Nyberg gerade aufhält und er sehr gut auch mit seiner Crew unterwegs sein könnte. Falls du es verdrängt haben solltest, Boyle, das sind diese maskierten Arschlöcher, die mit panzerbrechender Spezialmunition rumballern. Gegen die hättest du sowieso keine Chance. Du fährst zurück ins Präsidium und hältst mir dort Teddy Amin klein. Ich kann seinen Anwalt nicht ewig von ihm fernhalten. Und deine Festnahmebegründung war ja wohl wackliger als 'n Stehaufmännchen. Die zerreißt dir jeder Referendar in der Luft."

Boyle wusste, wann es besser war, einen taktischen Rückzug anzutreten. Nur war es ihm nie zuvor so schwergefallen wie gerade jetzt. „Du machst 'n Fehler, Andres. Einen großen", sagte er.

Himmel sah einen Moment wortlos auf die Drehtür des Hotels. „Wäre nicht mein erster. Und ganz bestimmt auch nicht mein letzter. Sie haben Ihre Anweisungen, Hauptkommissar. Führen Sie sie aus", sagte er.

Danke, Karma, dachte Boyle. Eines Tages find ich dich und trete dir mit genauso viel Schwung und Schadenfreude in deinen Arsch, wie du mir heute gerade zum dritten Mal in die Fresse getreten hast.

Ein früher Müllwagen näherte sich dem Hotel. Boyle sah ihm auf seinem Weg zu und dachte an Rebekka, das wilde Mädchen mit den großen Träumen, dem eigentümlich attraktiven Gesicht und der Vorliebe für wirklich böse Jungs. Rebekka, die wahrscheinlich sterben musste, weil sie sich in den einzigen bösen Jungen verliebte, der sein Leben lang davon geträumt hatte, gar keiner sein zu müssen.

Der Müllaster bog in eine Seitenstraße ein und

rumpelte nur ein paar Meter an ihnen vorbei. Boyle fiel die Sängerin einer Punkband ein, mit der er vor vielen Jahren mal regelmäßig um die Häuser gezogen war. Sie hatte ein Tattoo auf ihrem linken Arm. Ein Zitat aus einem Roman von Tennessee Williams: *„A prayer for the wild at heart kept in cages"* Wäre ein passender Spruch für Rebekkas Grabstein, fand er.

6. Teil

Hamburg, 3. September 2005
3 Uhr 11 – 13 Uhr 23

3 Uhr 11. Boyle war in Rodes Streifenwagen zum Präsidium zurückgefahren, weil Himmel darauf bestanden hatte. Er warf Jale den Schlüssel zu seinem BMW zu, bevor er zu dem Schupo-Kommissar einstieg. „Wer zuerst da ist, bezahlt 'n Automatenkaffee", sagte er.

Jale musste gar nicht erst einen Blick auf Rodes abgeranzten Streifenwagen werfen, um sicher zu wissen, dass ihr die zweifelhafte Ehre zukommen würde, den Automaten mit den drei Euronen zu füttern, die er brauchte, um zwei Becher kaffeeähnlichen Gebräus auszuspucken.

Mist, dachte sie, Boyle verdient locker das Doppelte und will von mir noch 'n Kaffee gesponsert haben? Scheißwelt.

Jale fuhr die verlassene Lange Reihe herunter in Richtung Hauptbahnhof. Sie hatte so gar keinen Bock, vor Boyle und Rode im Präsidium anzukommen und als sie die Leuchtreklame und die Spritpreisanzeigen einer Tanke sah, bog sie von der Straße ab und hielt einige Meter vor den Zapfsäulen an.

Sie dachte an Rebekka, an Nyberg, Teddy Amin und an all das, was Bahrenbaum ihnen gerade erzählt hatte. Rebekka hatte demnach für Nyberg Teddys

Koscha Nostra ausgespäht, um Nyberg und dessen mysteriösen stillen Teilhaber die Informationen zu liefern, die die brauchten, um ihren Hazelcoup vorzubereiten. Und hatte damit Teddy verraten.

Boyle glaubte Bahrenbaum offensichtlich dennoch, wenn der behauptete, dass Nyberg, nicht sein Kumpel Teddy, Rebekka hatte umbringen lassen. Dabei, fand sie, hätte Teddy Amin das deutlich stärkere Motiv dafür gehabt. Immerhin hatten Rebekkas Insiderinformationen dafür gesorgt, dass Monster seine Packung bekam und damit Teddys Crew für einige Zeit in genau das Chaos gestürzt wurde, das Nyberg und dessen Kanzlergang brauchten, um zu versuchen, den Drogenkuchen auf dem Kiez neu aufzuteilen.

Sie fragte sich, ob sie Rebekka gemocht hätte. Jedenfalls soweit sie mit ihrer psychischen Behinderung überhaupt fähig dazu war, jemanden in irgendeiner verdrehten Art zu mögen. Nein, dachte Jale, gemocht hätte ich sie bestimmt nicht. Aber ich hätte sie ganz bestimmt respektiert. Was immer frau auch davon halten mochte, dass Rebekka sich gleichzeitig mit drei Kerlen eingelassen hatte, von denen mindestens zwei auch noch eher keine Kuschelbärchen waren und der dritte sogar ein abstoßender, weinerlicher Narziss, ihren Mut und ihre schiere Lebenslust musste sie anerkennen.

Konnte Rebekka sie alle drei zugleich geliebt haben, fragte sich Jale und kam sich ziemlich bescheuert dabei vor. Denn was wusste sie denn schon von Liebe? Ihr Empathielevel, das war Jale klar, entsprach so ungefähr der Rückenhöhe eines Plattfischs. Und Liebe war ja wohl so etwas wie ein Empathieexzess. Liebe erschien ihr daher so fremd und bedrohlich lebensfeindlich wie die dunkle Seite des Mondes.

Im Gegensatz zu Liebe waren Gier und Begehren hingegen Empfindungen, mit denen Jale durchaus etwas anfangen konnte. Gier war ihr vertraut. Dass Nyberg und sein Partner sich mit ihrer Übung den großen Reibach versprachen, leuchtete ihr ein. Selbst wenn die es auf eine Art und Weise versuchten, die sie abstieß. Nicht einmal wegen all der Opfer, die das mit sich brachte, sondern weil sie es unglaublich naiv und schlicht bescheuert fand. Wie hatten die darauf setzen können, DAMIT davonzukommen? Unfassbar, dachte sie. Und dann auch noch dieser Deal mit dem Hazel danach. Diese Idioten glaubten offenbar wirklich, dass Teddy dort mit einer halben Million im Koffer aufschlug, ihnen die Hand schüttelte, das Hazel einpackte, davonfuhr und jeden der Maskenclowns und ihrer Bosse von da ab in sein Abendgebet einschloss?

Verrückt. Total verrückt.

Und genauso irre war es, dass sie womöglich sogar Ante Pula angegriffen hatten, dachte sie, obwohl – zumindest für sie – noch nicht ganz klar war, ob das nicht auch eine Vergeltungsaktion der Biker gewesen sein könnte. So saublöd, wie Boyle das gern behauptete, waren sie ja vielleicht doch nicht. Und wenn schon Kiezkrieg, weshalb nicht die Gelegenheit nutzen, Premudas Neffen wegzuputzen?

Hinter dem Sicherheitsglas des beleuchteten Verkaufsraums tauchte ein Typ mit blauer Latzhose und einem dunkelblonden Rastaturm auf dem Kopf auf. Er wischte sich über die Augen und tappte auf das Fenster zu. Dort angekommen, machte er Jale irgendwelche Zeichen, die sie zunächst nicht zu deuten vermochte. Offenbar wollte der Rasta, dass sie ihren Wagen aus der Zufahrt zu den Zapfsäulen wegfuhr.

Sie ignorierte ihn eine Minute, als er darauf allerdings mit immer wilderen, ausladenderen Gesten reagierte, sprang sie aus dem Wagen, knallte ihren Dienstausweis an die Scheibe und schnippte ihm dazu den Stinkefinger.

Der Rasta war beeindruckt und wich hinter der Scheibe respektvoll zurück.

Jale ging zu Boyles BMW, startete ihn und fuhr davon.

Sie würde Teddy Amin im Auge behalten, nahm sie sich vor. Und Boyle sowieso. Den ganz besonders.

Als sie zwölfeinhalb Minuten später mit ihrer Tüte und den Wagenschlüsseln im Büro aufschlug, reichte Boyle ihr einen lauwarmen Automatenkaffee, hob die Augenbrauen und schaute demonstrativ auf seine Uhr. „In ’nen Stau gekommen?“

„So ähnlich“, antwortete Jale.

„Hm“, sagte Boyle und rieb mit der linken Hand über seinen Nacken.

In dem Büro waren neben Boyle noch vier weitere Beamte, von denen Jale nur zwei kannte: Meyer Vier und einen stillen Halbtürken namens Amir Ölgür, der als Zivilfahnder im 16. Revier arbeitete. Sie alle waren damit beschäftigt, Dokumente auszuwerten.

Boyle ging zu einem der Schreibtische, öffnete eine Schublade und holte einen Beweismittelumschlag daraus hervor, öffnete ihn und schüttete daraus ein graues Nokia-Handy auf den Tisch. Er ging zu einem der anderen Schreibtische, öffnete dessen Schublade und zog ein zweites Handy daraus hervor. Es war eines dieser Billigteile und hatte eine weiß-blaue gehäkelte Hülle, auf die „Alle lieben Ella“ eingestickt war. Wohl eindeutig kein männlicher Bullenstyle, dachte Jale.

Boyle zog das Handy aus der Hülle, öffnete es, entfernte dessen SIM-Karte und tauschte sie geschickt und schnell gegen die des Nokia-Telefons aus dem Beweismittelumschlag aus. Die des Nokias steckte er in seine Tasche. Dann legte er das Handy mit der Häkelhülle wieder in den Nachbarschreibtisch.

Keiner der übrigen hatte darauf geachtet. Außer vielleicht Meyer Vier, aber der war Boyles zweiter Mann in der MoKo und verschwiegen.

Jale trank einen Schluck lauwarmen Automatenkaffee, der genauso schrecklich schmeckte wie er roch und fragte sich, was diese Übung mit der SIM-Karte eben sollte.

„Was jetzt? Dienstschluss kommt ja wohl nicht infrage, oder?“, sagte Jale zu Boyle.

Er griff sich den Beweismittelumschlag mit dem Nokia-Handy. „Teddy macht Ärger. Sein Schlips hat es fertiggebracht, um diese Zeit einen Staatsanwalt aufzutreiben, der die Festnahmegründe prüft. Falls der so blöd ist, ihn gehen zu lassen, könnte Teddys Schlips in spätestens zwanzig Minuten mit den Formalitäten durch sein und Teddy ist zurück auf der Straße. Das ließe ihm etwa zwei Stunden Zeit, um seine Crew zusammenzutrommeln und bei der Geldübergabe mit den Kanzleraffen ein Feuerwerk zu veranstalten.“

Jale fand, dass das nicht nur Nachteile haben musste. „Man könnte das auch pragmatisch sehen: Es würde uns immerhin den Zirkus ersparen, die Kanzlergang selbst auszuheben.“

Boyle grinste sie an. „Das ist die Sorte von Dienstauffassung, mit der man in dem Laden Karriere macht.“

Irgendetwas sagte Jale, dass sie besser darauf reagierte. „Aber?“

„Nicht heute Nacht.“

Boyle fuhr mit Zeigefinger und Daumen an seinem heillos verspeckten Hemdkragen entlang und ging dann zur Tür. „Ab dafür!“

Jale war unschlüssig, ob das eine Aufforderung an sie darstellte, ihm zu folgen. Doch da keiner der Übrigen hier besonderen Wert auf ihre Anwesenheit zu legen schien, folgte sie Boyle auf den Korridor.

„Keiner hier weiß von Bahrenbaums Aussage in Bezug auf Nyberg. Und das bleibt auch so, verstanden?", flüsterte Boyle Jale zu, sobald sie neben ihn getreten war.

„Klar", bestätigte Jale. „Diese Nummer mit dem Nokia gerade, hatte die was mit Teddy zu tun?"

Boyle hob den Beweismittelumschlag etwas an. „Das ist das Handy, das er von der Kanzlergang bekommen hat, um ihm die Details der Geldübergabe mitzuteilen."

So, so, dachte Jale. „Und da ist jetzt wessen SIM-Karte drin?"

„Die von der Etagenputze. Hat zwei Kinder und 'nen eifersüchtigen Busfahrer zu Hause. Das Handy hier im Schreibtisch benutzt sie, um mit ihrem Lover zu kommunizieren. Der ist Techniker bei der SpuSi."

„Und du bist dir sicher, dass Teddy Amins Humor ausreicht, um damit klarzukommen?"

„Schwer zu sagen. Aber ich hatte auch nicht vor, es auf 'nen Test ankommen zu lassen."

Boyle rief den Lift und wartete, bis Jale eingestiegen war, ehe er den Knopf für die Tiefgarage drückte.

Jale war unschlüssig, ob Boyle gerade ungefähr zwanzig Dienstvorschriften über die korrekte Handhabung von Beweismaterial nur deswegen gebrochen hatte, weil er seinen Freund Teddy Amin vor einer Dummheit bewahren wollte, die ihn mit ziemlicher Sicherheit für ziemlich lange in den Knast bringen musste. Oder es ihm einfach grundsätzlich darum ging, die Kanzlergang ohne unnötigen Showdown von der Straße zu holen. Falls er es für Teddy und ihre Freundschaft tat, dann war das grundsätzlich ziemlich bescheuert, fand sie. Aber andererseits machte es sie auch ein wenig neidisch, weil ihr klar war, dass sie niemals erfahren würde, wie sich eine solche Freundschaft wirklich anfühlte.

Die Aufzugtüren öffneten sich.

„Was jetzt?", fragte Jale.

„Gib mir deine Waffe", antwortete Boyle und streckte die Hand aus. Jale zögerte, sie ihm auszuhändigen. Was immer Boyle vorhatte, schien ihr weder legal noch wirklich ungefährlich zu sein.

Boyle wedelte ungeduldig mit seiner Hand.

Jale reichte ihm die Waffe.

Er ließ das Magazin herausspringen und entfernte die Munition, die sich darin befand, sammelte jede der Patronen in seiner linken Hand, zuletzt entfernte er auch die eine Patrone, die Jale – vorschriftswidrig – in die Kammer geladen hatte. Boyle schnappte das leere Magazin wieder ein, ließ die Patronen in seine Jackentasche gleiten und gab Jale die Waffe zurück.

„Keine Fragen! Vertrau mir einfach", erklärte er.

Jale gab sich Mühe, ihr Pokerface zu halten.

3 Uhr 32. Boyle hatte den BMW quer vor der Zufahrt zu einem Supermarkt-Parkplatz geparkt, den Warnblinker angeschaltet, setzte sich jetzt auf die Motorhaube seines Dienstwagens und wartete. Er hatte Angst, aber wusste, dass er die nicht zeigen durfte. Ganz besonders nicht gegenüber Jale.

Vorhin auf der Fahrt vom Hotel Atlantis zum Präsidium hatte er Rode anhalten lassen und zwei Telefonate geführt, nachdem ihm klar geworden war, dass es nur einen Weg gab, Teddy vor sich selbst zu retten und außerdem die Kanzlergang ohne allzu viel Blutvergießen von der Straße zu schaffen.

Der erste seiner Anrufe ging an Margaret Stiller, die tatsächlich um diese Uhrzeit sofort auf den Rufton reagierte und dabei klang, als bestünde ihre Diät schon seit Wochen aus Wodka on the rocks und Zigaretten pur. Sie hatte sich Boyles Bitte geduldig angehört und ihn dann aufgefordert, sich in drei oder vier Stunden wieder bei ihr zu melden.

Boyle bedankte sich, legte auf und erledigte den zweiten Anruf.

Sein Plan bestand aus fünf Phasen. Die erste waren diese beiden Anrufe gewesen, die er auf dem Weg ins Präsidium getätigt hatte. Das hier war Phase zwei und es war die, vor der er sich am meisten fürchtete, weil er wusste, dass er damit nicht nur so ziemlich jede wirklich wichtige Dienstvorschrift brach, sondern auch Andres Himmels Vertrauen missbrauchte. Und der war immerhin der letzte Verbündete, den er noch im Präsidium hatte. Mal abgesehen von Meyer Vier. Doch er wollte Nyberg selbst von der Straße holen. Das war er nicht nur sich selbst und seinem Ruf schuldig, sondern vor allem Teddy. Der würde

Nyberg nämlich ganz sicher umlegen, statt ihn an die Polizei auszuliefern. Und aus dieser Nummer würde Teddy nicht mehr herauskommen, dafür ginge er sehr lange in den Knast. Trotzdem war Boyle sich sicher, dass er gerade dabei war, seinem besten und so ziemlich einzigen Freund damit einen Gefallen zu erweisen, den der für immer als einen Verrat betrachten musste. Doch Verrat war manchmal die einzige Möglichkeit, sich selbst treu zu bleiben. Himmels Vermutung, Nyberg könnte mit seiner Maskengang unterwegs sein, fand Boyle naiv. Der Typ war immerhin querschnittgelähmt und saß in einem Rollstuhl, aber die Kanzlergang war bei ihren Aktionen darauf angewiesen, schnell und flexibel zu agieren. Einen Behinderten mit sich herumzuschleppen, passte da eindeutig nicht ins Konzept.

Auf dem Parkplatz setzten sich zwei Wagen in Bewegung, rollten zur Ausfahrt und parkten da. Aus einem stieg Premuda, aus dem anderen drei tätowierte Typen, die aussahen, als hätten sie sich vor ein paar Stunden noch damit vergnügt, niedlichen Kanarienvögeln die Köpfe abzubeißen oder in Kneipenhinterzimmern säumigen Schuldnern mit Hämmern die Fingerknochen zu zertrümmern. Beides, fand Boyle, waren relativ realistische Theorien. Diese Crew passte nicht zu Premuda, dachte er. Die gehörten eher in eine Geisterbahn. Der Alte musste echte Angst haben, wenn er sich mit derart auffälliger Muskelmasse umgab.

„Zwei Rendezvous in einer Nacht, Bulle. Die Leute werden anfangen, über uns zu tratschen …“, sagte der alte Alligator leise, während er in seinen Hausschlappen auf den BMW zu schlurfte.

Boyle wies auf die drei Tätowierten, deren Blicke ihn konstant dazu aufforderten, ihnen doch bitte, bitte, bitte irgendeinen Grund zu liefern, ihn falten zu dürfen.

„Der übliche Muskelverleih hatte heute Ruhetag, Premuda?“, fragte Boyle und war sich dabei sehr bewusst, wie lächerlich er neben der winzigen Jale in seinem zerknitterten Anzug und dem speckigen Hemd auf die Crew des alten Alligators wirken musste.

„Was willst du, Bulle? Es ist so spät, eigentlich ist es schon wieder viel zu früh für mich“, sagte Premuda ärgerlich.

„Alte Leute brauchen weniger Schlaf“, schnappte Boyle zurück und erwiderte die Blicke der drei Tätowierten.

„Alte Leute hängen vor allem an ihrem geregelten Tagesablauf, Bulle. Also, was willst du?“, konterte Premuda.

„Ich weiß, wer hinter der Kanzlergang steckt. Ich brauche deine Hilfe, um sie von der Straße zu holen, alter Mann. Aber falls du es selbst versuchst, wirst du damit den Kiezkrieg erst richtig heißmachen und dir außerdem den Hass von so vielen Trachtentruppenbullen einhandeln, dass selbst deine Gang daran kaputtgehen würde. Also, hilfst du mir und garantierst mir, dass du danach die Füße stillhältst?", sagte Boyle, gespannt darauf, ob Premuda sein Pokerface halten konnte.

Premuda konnte. Zumindest für den Augenblick. „Garantien gibt's bei der Bank, Bulle. Geh zu Tuki Hellmann, wenn du einen Hampelmann suchst. Ich bin keiner. Ich kaufe nicht die Katze im Sack", entgegnete er.

„Diesmal kaufst du die Katze im Sack, Premuda. Ich verspreche dir, dass du deinen Schnitt dabei machen wirst. Sauber, schnell und reichlich. Hab ich dein Wort oder nicht?", drängte Boyle.

Premuda schürzte die Lippen und wiegte sich unmerklich hin und her. Er wirkte dabei so alt, zart und zerbrechlich, dass jeder andere außer Boyle befürchtet hätte, ihn gerade mit seiner Ansage überfordert zu haben.

„Du wärst nie ausgerechnet zu mir gekommen, wenn du damit zu deinen eigenen Leuten oder zu dem Juden hättest gehen können. Also müssen diese Kanzlerclowns entweder Bullen sein oder Russen. Richtig?"

Boyle schüttelte den Kopf. „Der Versuch war unter deinem Niveau, alter Mann. Ich will dein Wort oder wir verschwinden. Du hast 'ne Minute, um dich zu entscheiden", antwortete Boyle.

Premuda schwieg. Seine Muskelhelden schauten Boyle angestrengt böse an. Jale trommelte demonstrativ mit den Fingern auf dem Griff ihrer Waffe herum.

„Falls du deinen Teil des Deals nicht einhältst, setze ich 'n Kopfgeld auf jeden Informanten aus, der mit dir zusammenarbeitet. Dann kannst du deinen Laden dichtmachen", sagte Premuda.

Boyle bezweifelte nicht, dass der alte Alligator zu seinem Wort stehen würde. Im Guten wie im Schlechten. Und ihm war auch klar, dass Premuda noch vor einem oder zwei Jahren damit gedroht hätte, ihn umzubringen zu lassen, sollte er den Deal nicht einhalten. Andererseits konnte man das auch positiv sehen, sagte sich Boyle. Denn dass das alte Monster es nicht mehr wagte, ihn persönlich anzugreifen, war immerhin ein Beweis mehr, dass er es wirklich zu etwas gebracht hatte in dieser Stadt.

„Nyberg hat die Kanzlergang angeheuert, um den Markt für Hazel in Hamburg zu erschließen. Er hat Teddy ein Angebot gemacht, sein Partner zu werden. Irgendwo in der Stadt liegen über zwanzig Kilo von dem Zeug herum. Ich kann dir in zwei Stunden sagen, wo. Alles, was du tun musst, ist, es dir zu holen", sagte Boyle.

Premuda dachte nervenaufreibend lange über seine Worte nach. Und Boyle wagte es nicht, zu Jale herüberzuschauen, für den Fall, dass er in ihrem Gesicht genau die Verachtung für ihn und seinen Deal lesen konnte, die er gerade für sich selbst empfand.

„Okay, Bulle. Ich bin dabei. Wie kann ich dir helfen?", fragte Premuda sehr langsam und deutlich.

„Ich kann keine Kollegen einsetzen, um Nyberg

festzunehmen. Er ist zu gut vernetzt und würde davon hören. Finde ihn für mich, Premuda. Du hast dazu genug Leute auf der Straße. Bisher weiß ich nur, wo er nicht ist. Nämlich weder in seinem Büro noch in seinem Haus."

Premuda nickte, trat zu seinen drei tätowierten Helden und bellte ihnen auf Kroatisch oder Serbisch eine Reihe von Anweisungen zu, woraufhin jeder der Typen nach seinem Handy griff und zu telefonieren begann. Bei keinem der Telefonate fiel ein einziges deutsches Wort.

„Wie geht es Ihrem Neffen, Herr Premuda? Besser?", meldete sich Jale.

Boyle erstarrte. Damit hatte er nicht gerechnet. Ganz besonders nicht von einer Frau, deren Empathielevel ungefähr auf dem einer antarktischen Eisscholle lag. Premuda war geduldig und innerhalb gewisser Grenzen auch vernünftig. Aber was seine Familie betraf, war er extrem empfindlich und neigte erfahrungsgemäß zu ziemlich irrationalen Handlungen.

„Falls er die Nacht übersteht, hat er eine Chance", flüsterte der Alte. „Danke der Nachfrage."

Es dauerte genau sechs Minuten, bis Premudas Netzwerk eine Antwort auf Boyles Frage produzierte. Nyberg war in einem seiner Firmenwagen unterwegs, um die Routen seiner Geldtransporte zu überprüfen. Premuda gab Boyle eine Liste der beiden Stationen, an denen er innerhalb der nächsten Dreiviertelstunde auftauchen musste.

Der Bastard macht offenbar auf *business as usual*, dachte Jale, als sie es hörte.

Boyle sagte kein Wort, als er wieder in den BMW stieg und mit ihr den Parkplatz verließ.

Erst als er einige Hundert Meter außer Sichtweite von Premuda und dessen Mietmuskeln war, wagte er es, den Wagen an den Straßenrand zu lenken, das Fenster herabzulassen und sich mit leicht zitternden Händen eine Zigarette anzustecken.

„Ich hätte eben meine Nerven nicht verloren, Boyle. Nie im Leben. Hätte einer von denen nur zweimal zu oft geblinzelt, wäre ich schnell genug gewesen, um sie alle drei auszuschalten. Danach wäre immer noch genug Zeit gewesen, um dem alten Mann seine Packung zu verpassen", sagte Jale irgendwann in die Stille hinein.

Boyle blies Rauch aus dem Fenster, spürte das Kratzen in seinem trockenen Hals dabei.

„Ich weiß, wie Premuda arbeitet, weil ich weiß, wie er denkt. Die drei Tattoomodels, die um ihn herumstanden, waren nur Show. Irgendwo auf einem der Hausdächer oder in einem Auto in der Nähe hatte er seinen echten Bodyguard installiert. Ich bin mir sicher, dass der uns die ganze Zeit im Fadenkreuz gehabt hat. Und weil ich das weiß, war deine Munition in meiner Jackentasche besser aufgehoben als im Magazin deines Eisens."

Boyle ahnte, dass Jale eine Frage auf den Nägeln brannte, aber er war nicht scharf darauf, sie zu beantworten. Deswegen wartete er ab, bis Jale den Mut fand sie auszusprechen. Es dauerte länger, als er angenommen hätte.

„Du hast da gerade Dienstinterna an einen Kriminellen weitergegeben, Boyle. Und ihm außerdem versprochen, dass er sich um die zwanzig Kilo Drogen unter den Nagel reißen kann. Deine Entscheidung und ich sehe ein, dass die nicht ganz unvernünftig war. Aber ich will nun mal gefälligst nett gebeten werden, bevor ich gefickt werde. Und du hast mich mit der Nummer da gerade echt gefickt. Und dann hast du mich eben auch noch angelogen. Falls ich jetzt nämlich nicht das LKA anrufe, hänge ich genauso in diesem Deal mit Premuda drin wie du. Kann ja sein, dass du befürchtet hast, ich könnte vor Premuda die Nerven verlieren. Aber verarsch mich gefälligst nicht. Denn der einzige echte Grund, weswegen ich mit meinem Eisen gerade nicht mehr anfangen kann, als es dir über dein Gesicht zu ziehen, ist, dass du Angst hast, ich hätte es dir genau jetzt an den Kopf halten können, um dann doch noch das LKA anzurufen …“

Voll ins Schwarze, dachte Boyle.

„Der alte Mann hat recht, wenn er behauptet, dass ich kein Killer bin. Du könntest also immer noch aussteigen, ein Telefon auftreiben und das LKA anrufen. Ich werde dich nicht dran hindern“, sagte Boyle und spielte damit den Schwarzen Peter wieder in Jales Ecke.

„Könnte ich …“, sagte Jale, aber rührte sich dabei nicht von ihrem Platz.

Boyle rauchte wortlos seine Zigarette zu Ende, warf sie auf die Straße und startete den Motor.

„Boyle?“, fragte Jale leise, während er den BMW mit überhöhter Geschwindigkeit durch eine verlassene Straße in einer Wohngegend jagte.

„Hm“, antwortete er lauernd.

„Warum wolltest du mich eben bei Premuda dabeihaben?“

Boyle bremste an einer roten Ampel. Gerade rumpelte ein Zehntonner über die Kreuzung.

„Wäre doch easy gewesen, mich außer Hörweite abzustellen“, setzte Jale nach. Genauso leise wie zuvor.

„Dieser Deal lässt sich nicht unter der Decke halten. Spätestens, nachdem Premudas Crew die Kanzlergang abgeräumt hat, wird es heftig zu stinken beginnen. Die Leute werden anfangen, Fragen zu stellen und damit ziemlich schnell bei mir landen. Das wäre dann der Moment, auf den Köhler und der Polizeipräsident nur gewartet haben, um mich endgültig kaltzustellen. Aber sie gehen damit auch ein Risiko für ihr so kostbares Image von der sauberen, effektiven und ethnisch vielfältigen Polizeibehörde ein. Immerhin bin ich ja nun mal schwarz, der Mo-Ko-Boss und war mal der Posterboy für sie. Trotzdem könnten sie mich alleine vielleicht noch als einzelnen faulen Apfel hinstellen. Und da kommst du ins Spiel:

Eine Beamtin mit Migrationshintergrund und guten Bewertungen, außerdem die Frau, die einen gefährlichen RAF-Mann in Notwehr entsorgt hat. Falls sie uns beide wegen dieser Sache feuern müssten, würde sie das zu viel an Gesicht kosten. Dann werden die Medien sich nicht mehr mit der Story von dem einen faulen Apfel im Korb zufriedengeben, sondern von Systemfehler und Korruptionsepidemie reden. Zumal ihnen klar ist, dass ich, sollten sie mir zu nah auf den Pelz rücken, immer noch 'n paar andere dreckige Geheimnisse kenne, die ich in schönster Breite in Bellinis Zeitung ausschlachten könnte, falls sie mich fallen lassen. Mit anderen Worten: Du bist meine Versicherung."

„Du hast mich also ohne Ansage nicht nur einmal, sondern volle drei Mal gefickt, oder, Boyle?"

Er dachte einen Moment darüber nach. Dann nickte er.

Jale lehnte sich zurück und zog ihre Beine an. „Wer hat dir eigentlich garantiert, dass es Premuda oder die Bonzen im Präsidium sind, vor denen du dich in Acht nehmen solltest? Ich hab schon 'n klaren Abschuss auf meiner Liste. Und bin außerdem, was du 'n Monster nennst. An deiner Stelle würde ich also mal drüber nachdenken, ob nicht *ich* diejenige bin, vor der du dich wirklich fürchten solltest, Boyle."

Die nächste Station auf Nybergs Route, diejenige, die sie immer noch rechtzeitig erreichten, falls Boyle auf die Tube drückte, war das Reggiani, in dem Boyles Exfreundin Sascha um diese Zeit gerade dabei sein musste, ihre Tageseinnahmen abzurechnen und ihrem Personal das Trinkgeld auszuhändigen.

Boyle zog ein Handy aus seinem Jackett, das eindeutig nicht dasselbe sein konnte, das er vorhin im Dampfbad ruiniert hatte, öffnete es und schob die SIM-Karte, die er vorhin aus dem Beweismittelumschlag entfernt hatte, in das neue Handy.

Die Ampel sprang auf Grün. Boyle gab Gas.

3 Uhr 58. Eine Frau in einem engen Etuikleid saugte den Teppich im Eingangsbereich des Reggiani, als Jale und Boyle durch die Tür traten. Sie warf einen einzigen kurzen Blick auf Boyle und machte ihnen wortlos Platz.

Die Frau mit dem Staubsauger konnte eindeutig nicht Boyles Exfreundin Sascha sein, stellte Jale fest und folgte ihm durch den Vorraum an einer kurzen Theke voller indirekt beleuchteter Edelalk- und Schampusflaschen vorbei zu einer Tür mit der Aufschrift „Büro".

Früher mal war das Reggiani ein reiner Fresstempel gewesen. Doch seit ein paar Jahren war die Küche hier mehr und mehr in den Hintergrund gerückt und der Laden entwickelte sich zu einem teuren Club, exklusiv, klein und eng genug, um die hohen Drinkpreise zu rechtfertigen, aber trotzdem noch immer nicht ganz so versnobt wie manche der neueren Clubs auf dem Kiez.

„Du wartest hier", wies Boyle Jale an und trat ohne anzuklopfen durch die Bürotür.

Jale sah der Frau mit dem Staubsauger zu. Und versuchte, über den Lärm des Teils hinweg unauffällig an der Tür zu lauschen. Vergeblich. Nichts von dem, was Boyle und Sascha dahinter besprachen, drang nach außen.

Eine Bar nach Geschäftsschluss. Jale dachte an all die kleinen Hoffnungen und Erwartungen, die während einer langen Nacht an einem Ort wie dem Reggiani aufgeflackert, mit Cocktails und Lächeln genährt und gleich darauf ja vielleicht mit nur einer winzigen Geste oder einem einzigen Blick getötet worden waren. Sie fragte sich unwillkürlich, ob sie an einem Ort wie diesem ihr Geld verdienen könnte, falls man ihr in ein paar Stunden doch noch ihre Marke und die Dienstwaffe abnahm. Bars, Clubs und Discos waren immerhin die modernen Entsprechungen der alten Kathedralen, jener heiligen Orte, an denen sich früher die Menschen trafen, um ihre Hoffnungen, Sorgen, Träume und Ängste zu zelebrieren und oft genug auch, um Absolution für ihre Sünden zu erbitten. So weit entfernt vom Dienst bei Hamburgs Besten, wie der Bürgermeister die Polizeibeamten in seinen Sonntagsreden gern nannte, war ein Job hier deswegen vielleicht gar nicht. Auch Polizisten waren schließlich so etwas wie Beichtväter. Trotzdem konnte hier zu arbeiten nie dasselbe sein wie der Job bei der Polizei.

„Du hast Zora und mich in Gefahr gebracht, Lewis!“, riss sie eine Frauenstimme aus ihren Gedanken. „Du kennst Nyberg und seine Crew nicht so wie ich. Das hast du doch gerade zugegeben. Auch wenn der im Rollstuhl sitzt, ist der kein Opfer. Und ist mir egal, ob deine Übung hier nötig ist, um Teddy aus der Scheiße zu reiten! Hier geht's um unsere Tochter!“

Jale sah eine große blonde Frau aus dem Büro kommen. Boyle folgte ihr.

Die Blonde blieb stehen und starrte wütend auf die Theke mit all dem Edelstoff. Sie hatte lange Beine, die in einem dieser festen kleinen Hintern endeten, wie große Frauen sie manchmal einfach hatten. Sie trug eine eisblaue Chiffonbluse zu einem schlichten schwarzen Seidenrock, beide von der Sorte, die es – sehr zu Jales Bedauern – nie in die Auslagen von H&M schaffte. Konnte sein, dass ihre Krähenfüße schon ein wenig zu ausgeprägt waren für ihr Alter und ihr Mund eine Spur zu hart wirkte. Aber Jale wäre hier und jetzt trotzdem die Erste gewesen, die voller Neid zugegeben hätte, dass Boyles Ex wirklich in einer Klasse für sich lief.

„Ich weiß, was ich tue, Sascha. Und es war ja wohl ausgemacht, dass Zora heute Nacht im Haus bleibt. Was macht sie also hier?“, fragte er.

Die Blonde zuckte mit den Achseln. „Sarah ist in Florida. Irgendein Studentenaustausch oder so was. Ich hab zwar 'ne neue Babysitterin engagiert, aber die ist gleich beim ersten Mal ausgefallen. Und ein einziger Anruf, bevor du meinen Laden in ein Schlachtfeld verwandelst, wäre ja wohl nicht zu viel verlangt gewesen, oder?", entgegnete die Blonde mit ihrer rauchigen, etwas harten Stimme, die entweder von zu vielen durchgemachten Nächten zeugte oder das letzte Überbleibsel eines osteuropäischen Akzents darstellte.

„Ich hab jetzt keine Zeit, Sascha. Du sammelst deine Leute ein und gehst mit ihnen nach oben! Ihr bleibt von den Fenstern weg, kapiert?! Meine Kollegin und ich kümmern uns um den Rest."

Die Blonde schüttelte den Kopf und ging dann mit langen, sehr anmutigen Schritten auf die Frau mit dem Staubsauger zu. Sie wechselte ein paar Worte mit ihr, dann verschwand die Angestellte durch eine Seitentür.

Sascha folgte ihr jedoch zu Jales Überraschung nicht, sondern kehrte zu Boyle zurück. Die Anspannung in dessen Gesicht war unmöglich zu übersehen. Sie blieb vor Boyle stehen, sah ihn eine kleine Ewigkeit an, dann legte sie ihm ihre Hand auf die Wange. „Deine Tochter braucht ihren Vater. Also bleib gefälligst übrig", flüsterte sie, wandte sich ab und musterte Jale für einige Augenblicke. „Er kann nicht mit Waffen. Konnte er noch nie. Ich hoffe, du bist wirklich so gut damit, wie er da drin behauptet hat", sagte sie, wies auf das Büro und ging dann mit diesem so verstörend anmutigen Gang zur Seitentür. Wenigstens, versuchte Jale sich selbst zu trösten, hat sie hässliche Hände.

Boyle zog seine Waffe, überprüfte sie, dann hielt er sie an die Seitennaht seiner Hose gepresst und wies auf den Eingang. „Sascha sagt, Nyberg macht diese Runden ziemlich regelmäßig. Immer kommt er so zehn Minuten nach seiner Werttransportcrew, stoppt sein Auto vor dem Eingang und ruft dann an, damit sie weiß, dass er da ist, und zu ihm hinausgeht. Er war dabei bisher jedes Mal allein im Wagen. Sie ist sich nicht sicher, ob er jedes Mal bewaffnet war. Aber ein paar Mal hat sie gesehen, dass er ein Eisen unter die Jacke geklemmt hatte. Sie meint, er ist immer höflich, immer auf den Punkt und hat, so lange sie ihn kennt, nie über die Stränge geschlagen. Keine blöden Witze, keine Anmache. Aber hin und wieder so Blicke. Sie behauptet, er sei schnell mit den Händen. Sascha ist sich sicher, dass er zumindest bei seinen ersten Runden hier ganz bewusst dafür gesorgt hat, dass sie sein Eisen gar nicht übersehen konnte. Und natürlich kommt er auch nie aus seiner Karre heraus."

Jale hörte sich Boyles Beschreibung an und machte sich so unwillkürlich ihr eigenes Bild von Nyberg. „Er besteht darauf, immer mit Sascha selbst zu sprechen und hat wahrscheinlich auch jedes Mal eine Waffe dabeigehabt? Er war mal Bulle, hat zu viel Koks genommen und Rebekka Bahrenbaum irgendwie von sich abhängig gehalten? Außerdem gibt er mit seiner Wumme an? Hm, klingt nach einem dieser Scheißkerle, die ihre Frauen schlagen und ihr Eisen vor allem als Schwanzersatz betrachten."

Boyle warf einen Blick auf seine Uhr. „Wenn er pünktlich ist, kommt er in drei, vier Minuten. Wir warten draußen auf ihn. Sobald er auftaucht und nach dem Telefon greift, um anzurufen, gehen wir es von beiden Seiten an. Bei all dem, was seine Maskencrew heute durchgezogen hat und so kurz vor dem Deal mit Teddy, ist er sicher nervös. Also kein langsamer Walzer, Jale. Er kriegt unsere Eisen zu sehen, ich ziehe ihm seines ab, falls er es dabei hat und du sicherst mich dabei, okay?"

Jale nickte und zog ihre Waffe aus dem Holster. Sie lag schwer und sicher in ihrer Hand. Genau so, wie Jale es gewohnt war. Ihr Magazin war wieder gefüllt und die zusätzliche Patrone in die Kammer geladen. Jale fand es verrückt, dass Boyle sich bei dieser Aktion offenbar einzig auf seinen Bauch verließ, anstatt mit irgendetwas, das wirklich einem Plan ähnelte, herumzukommen. Aber sie hatte vorhin ihre Chance vertan, vor all dem wegzulaufen. Jetzt war sie hier und musste mit ihm da durch. Es war nicht so, dass sie dies bedauert hätte. Die Mischung aus Anspannung, Erwartung und Angst bescherte ihr Schmetterlinge im Bauch, ihr Mund trocknete aus, sie spürte, wie sich ihr Bewusstsein leerte, ihre Sinne sich schärften – sie sich in Kampfmodus begab.

Boyle schlüpfte ins Büro, öffnete dort das Fenster und nickte Jale zu, die ihm nach draußen auf die Straße folgte.

Das Reggiani war in einem zweistöckigen Haus

aus der Gründerzeit untergebracht, im oberen Geschoss hielten sich offenbar Sascha, ihre Angestellte und Boyles Tochter Zora auf, im unteren Geschoss lagen die Gasträume, das Büro, Garderoben, Toiletten und die Küche. Hinter dem Haus war ein Hof, der mit Müllcontainern und einigen Stapeln alter Kisten vollgestellt war. Außerdem parkten dort drei Wagen. Vor dem Lokal hatte man einige Tische und Stühle lose zusammengeschoben und durch Kettenschlösser gesichert. Sie nahmen fast den gesamten Bürgersteig ein und boten ganz gute Deckung. Gegenüber auf der anderen Straßenseite waren, im Erdgeschoss von drei schmalen, aneinandergebauten Mietshäusern, ein Deli und zwei Boutiquen untergebracht. Keine ausreichende Deckung dort.

Jale schob einige der Tische etwas von der Hauswand ab und zwängte sich zwischen Wand und Tische. Sie spürte, wie ihre Lederjacke dabei über den rauen Putz kratzte. Scheiße, dachte sie, die ist erst drei Wochen alt und hat fast dreihundert Ocken gekostet. Für Jale war es kein Problem, sich hinter den Tischen eine ausreichende Deckung zu suchen. Aber Boyle war viel größer und wog doppelt so viel wie Jale. Sie war sich nicht sicher, ob er hier wirklich einen Unterschlupf finden würde, der ihn vor Nyberg verbarg, aber ihm dennoch genug Bewegungsfreiheit garantierte, dass er schnell genug an Nybergs Wagen kam, sobald der Tanz begann. Boyle musste dabei extrem schnell aus seiner Deckung heraus, dann noch rascher auf den Wagen zulaufen, Nyberg währenddessen jederzeit mit seiner Waffe in Schach halten und um die Motorhaube herum auf die Fahrerseite kommen.

Jale versuchte, etwas Abstand zwischen ihre neue Lederjacke und die raue Wand zu bringen, aber spürte, wie sie dabei wieder nur über den blöden Putz schubberte. Mist! Sie sah sich zu Boyle um, der es tatsächlich irgendwie fertiggebracht hatte, seine Körpermasse hinter zwei Tischen und einem Stapel Stühle halbwegs zu verbergen.

„Hey? Boyle?“, flüsterte sie. „Lass mich gehen. Mich kennt Nyberg nicht. Außerdem bin ich ’ne Frau und der ist ganz sicher einer von denen, die Frauen grundsätzlich unterschätzen. Ich sag ihm einfach, Sascha sei gerade auf dem Klo und hätte mich vorausgeschickt, damit er sich keine Sorgen macht, okay?“

Boyle bewegte sich nicht und sein Gesicht lag im Dunkeln. Trotzdem war Jale klar, was er von ihrem Vorschlag halten musste, nämlich: nichts. Außerdem war Boyle natürlich das Prachtexemplar eines nur scheinbar gezähmten Machos. Was bedeutete, dass er es – schon in Erwartung der Kollegenwitze – eigentlich nicht zulassen durfte, eine Frau vorzuschicken, um den gefährlichsten Teil eines so heiklen Gigs durchzuziehen. Dennoch hoffte sie, dass er klug genug sein würde einzusehen, wie vernünftig ihr Vorschlag war.

„Du glaubst, dass ich nicht auf ihn schießen würde, falls er doch das Cowboyprogramm durchzuziehen versucht?“, antwortete Boyle schließlich flüsternd. „Kann ja sein, dass ich sonst nicht so schnell mit dem Eisen dabei bin, aber dieser Wichser ist definitiv die Ausnahme, die diese Regel bestätigt.“

Die Zeit lief ihnen davon, denn durch das angelehnte Bürofenster hörten sie ein Telefon klingeln. Und über die Dächer der am Straßenrand geparkten Wagen sah Jale einen schwarzen Chrysler 300 C auftauchen.

Sie hatte noch ein paar Sekunden, um sich zu entscheiden. Von Boyle war nichts zu hören oder zu sehen, was angedeutet hätte, dass er ihrem Plan zustimmte. Also nahm sie die Sache selbst in die Hand, rutschte hinter ihrer Tischdeckung hervor und bewegte sich dicht an der Hauswand entlang zur Tür des Reggiani. Das, dachte sie dabei, war's dann endgültig für meine neue Jacke.

Das Telefon in Saschas Büro klingelte immer noch. Und irgendwie, fand Jale, klingelte das Scheißteil jetzt sogar lauter und fordernder.

4 Uhr 21. „Du bescheuerte Schnitte …“, knurrte Boyle leise, als ihm klar wurde, dass Jale sich nicht an seine Anweisung halten würde.

In dem Moment, als Nybergs dunkel grummelnde Achtzylinderschleuder vor dem Reggiani stoppte, lehnte sie an der Lokaltür und sah ihm entgegen. Sobald das Telefon im Büro zu klingeln aufhörte, setzte sie sich in Bewegung und ging mit leicht gesenktem Kopf auf das Auto zu. Boyle konnte aus seiner Deckung heraus nicht durch die Frontscheibe in den Wagen sehen und wusste daher nicht, wie Nyberg auf Jale reagierte. Doch er war nah genug an ihr dran, um zu hören, was Jale zu Nyberg sagte, als der sein Fenster herabsurren ließ und wohl zu ihr herausschaute.

„Hallo! Sascha musste gerade mal für Königstigerinnen, als Sie angerufen haben. Ich bin die Neue an der Bar. Aber Sascha kommt gleich noch selbst raus."

„Schon gut. Hast du meine Crew gesehen? Hat Sascha was gesagt? War alles in Ordnung mit der …", hörte Boyle Nyberg sagen und hasste sich dafür, dass er sich von Jale eben so hatte überrumpeln lassen. Jetzt war er darauf angewiesen, dass Jale den ersten Zug bei Nyberg machte. Kam er zu früh aus seiner Deckung, konnte es sein, dass Nyberg trotz der Überraschung genug Zeit blieb, an seine Waffe zu kommen und zu schießen, reagierte er zu spät, stand Jale Nyberg vielleicht zu lange allein gegenüber und so schnell sie auch mit ihrer Pistole war, kam es womöglich trotzdem zu einem Feuergefecht. Hier, mitten in einem Wohngebiet, keine fünf Meter von dem Haus entfernt, in dem sich Zora und Sascha aufhielten.

„Ich hab Ihre Crew verpasst vorhin. Obwohl ich echt auf Männer in Uniform stehe. Schade, dachte ich noch", plapperte Jale beim Wagen weiter auf Nyberg ein. „Oh … was ist denn das da? Dort hinter Ihnen auf dem Rücksitz? Ist das etwa …?"

Boyle ahnte Jales Bewegung, mit der sie nach ihrer Waffe griff und sie dann auf Nyberg richtete. Das war sein Einsatz, er hob sein Eisen, warf die Tische um, sprang zwischen ihnen hervor und war gerade noch schnell genug an dem Chrysler, um zu sehen, wie Nyberg einen Augenblick auf dem Fahrersitz zusammensank. Das leise Leerlaufgrummeln des Achtzylindermotors verwandelte sich in ein tiefes, ohrenbetäubendes Dröhnen, als Nyberg plötzlich Gas gab.

Scheiße, dachte Boyle, das war es, was wir nicht auf der Rechnung hatten: Nyberg ist gehbehindert, er schaltete und bremste seinen Wagen mit den Händen. Alles, was er tun musste, um seine Schwanzverlängerung in Marsch zu setzen war, zwei Schaltwippen an seinem Lenkrad zu bedienen. Er tat das seit Jahren und war daher einfach verdammt schnell dabei.

Boyle knallte kurz nacheinander zwei Schüsse in die Motorhaube des Chryslers. Er war blind dafür, was Jale trieb, obwohl er gleich darauf am Rande seines Bewusstseins registrierte, dass auch Jale mindestens einen Schuss abgegeben hatte.

Nybergs riesiger Wagen schoss voran und stieß am Ende der Straße gegen einen geparkten VW Polo. Boyle war kein besonderer Schütze, aber gut genug, um das Heck und die Reifen eines US-Straßenkreuzers zu treffen, der mit durchdrehenden Reifen gerade dabei war, einen Polo vor sich herzuschieben.

Er schoss drei Mal. Wohin auch immer der erste Schuss ging, war unklar, doch die beiden folgenden setzten Nybergs Hinterräder außer Gefecht.

Aus den Augenwinkeln heraus sah Boyle, dass Jale regungslos auf dem Asphalt lag. Ich hab's versaut, dachte er, das war's. Ich hab es so gründlich versaut, eigentlich sollte ich mir mein Eisen in den Mund stecken und abdrücken. Und das sollte ich nicht nur tun, weil Jale tot auf der Straße liegt, sondern schon deswegen, weil ich zu blöd war, einen Krüppel in einem Wagen davon abzuhalten, womöglich gleich die halbe Scheißstraße zusammenzuschießen.

„Jale?", brüllte er.

Die Hinterräder des Chryslers drehten sich immer noch. Fetzen von Reifengummi flogen umher und die Stahlfelgen schlugen Funken, während sie tiefe Rillen in den Asphalt frästen.

Doch Boyle hatte keinen Blick dafür. Er starrte auf Jale, seine Hände immer noch ausgestreckt, die Waffe im Anschlag.

„Jale?!", brüllte er noch einmal, obwohl er wusste, dass er sich jetzt besser in Bewegung setzen sollte, um nachzusehen, was Nyberg in dem Chrysler trieb, statt hier wie festgewachsen auf seine Kollegin zu starren und darauf zu hoffen, dass die sich aufgrund eines Wunders doch wieder erhob.

„Der hat auf mich geschossen, Boyle!“, hörte er sie plötzlich rufen.

Mit einem letzten, seltsam singenden Kreischen kamen Nybergs Hinterradfelgen zum Halt. Was zur Folge hatte, dass der Motor seiner Amischleuder nur umso lauter aufheulte.

Jale bewegte sich, hob ihren Kopf, zog ihre ausgestreckte linke Hand zur Brust heran.

Boyle rannte erleichtert, aber zorniger als je zuvor auf Nybergs Wagen zu. Er war nicht mehr er selbst, weil er bereit war zu töten. Und irgendwo in den tieferen Kammern seines Bewusstseins war ihm klar, dass er sich, sobald er Kugel um Kugel in Nybergs Körper knallte, wieder genauso leer und verloren fühlen musste wie der Siebzehnjährige, der einst in der Küche seiner Mutter beinahe einen Fremden totgeprügelt hatte.

Er lief wie in einem seltsamen Zeitvakuum weiter auf den Chrysler zu. Der Motor verstummte und aus dem Seitenfenster des Wagens schob sich eine Hand, die einen verchromten Revolver hielt, der auf eines der Fenster über dem Deli gerichtet war.

Boyle registrierte die Pistole zwar, aber er rannte weiter auf den Wagen zu mit der festen Absicht, Nyberg zu töten.

„Nicht!“, rief Sascha hinter ihm.

Boyle blieb irritiert stehen und schaute sich nach ihr um. Sascha stand mit einer Pumpgun, die sie eigentlich nicht haben sollte, zwischen ihm und dem

Reggiani. Einige Meter näher an ihm humpelte Jale mit schussbereiter Dienstwaffe auf den Chrysler zu.

„Verschwinde!“, rief Boyle ihr zu, wandte sich ab und ging weiter auf Nybergs Wagen zu. Der blinde Zorn, mit dem er losgelaufen war, legte sich zwar allmählich, aber lauerte dicht unter der Oberfläche seines Bewusstseins darauf, erneut hervorzubrechen.

„Nyberg?!“, rief er. „Du weißt, wie es läuft! Lass das Eisen fallen und zeig mir beide Hände, okay!“

Keine Reaktion aus dem Wagen.

„Nyberg? Jetzt sei vernünftig. Lass das Eisen fallen!“, setzte Boyle noch einmal nach, während er weiter auf den Wagen zuging.

Fenster wurden in den umliegenden Häusern geöffnet, Licht eingeschaltet und Boyle hörte von irgendwoher einen Mann brüllen: „Ich hab die Polizei gerufen!“

Er sah, dass Jale sich nach dem Ruf umwandte. „Vom Fenster weg! Die Polizei ist schon hier!“

Boyle blieb ein paar Meter von Nybergs Chrysler entfernt stehen. Sascha und Jale gingen links und rechts von ihm in Stellung.

„Hey, Boyle? Lange her, was?“, rief Nyberg aus dem Wagen. „Sorg dafür, dass deine Schnitten keinen Mist bauen, okay?“

„Ich will deine Hände sehen, Nyberg! Beide! Jetzt! Lass die Waffe fallen“, brüllte Boyle.

Nyberg wackelte etwas mit dem Revolver und richtete ihn auf ein anderes der Fenster gegenüber.

Eines, in dem eine Donald-Duck-Lampe im Fenster leuchtete und ein buntes Häschenmobile hing. Kein Problem zu erraten, welche Sorte von Zimmer hinter dem Fenster lag.

„Ich. Will. Dass. Du. Das. Eisen. Fallen. Lässt. Jetzt!", brüllte Boyle jedes Wort übermäßig betonend.

„Sorry, Boyle. Ist nicht drin", antwortete Nyberg.

Boyle sah, wie Jale an ihm vorbeiging und sich mit schussbereiter Waffe Nybergs Fahrerseite näherte. Boyle bedeutete ihr, stehen zu bleiben und ging selbst als Erster noch zwei Schritte auf Nyberg und das Wagenfenster zu.

„Du bist fertig, Nyberg. Was soll der Cowboyscheiß? Lass uns das vernünftig regeln. Ich meine, du bist doch aus der Branche, Mann", versuchte es Boyle auf die kumpelhafte Tour, während in seinem Kopf furchtbare Bilder von blutenden Kleinkindern und schreienden Müttern herumwirbelten.

„Cowboyscheiß? John Wayne und so? Darauf stehen deine Schnallen, was, Boyle?", rief Nyberg aus dem Wagen.

Jale signalisierte Boyle mit einem Blick und einem kaum merklichen Heben ihres Daumens, dass sie Nyberg sicher im Visier hatte und bereit war, ihn außer Gefecht zu setzen.

„Ich verstehe ja, dass du keinen Bock hast, in den Knast zu gehen, Nyberg. Hätte ich an deiner Stelle auch nicht. Aber irgendwann muss es mal gut sein. Also, lass jetzt das beschissene Eisen fallen, okay?"

„Eisen fallen lassen ist nicht, Boyle! Hab ich doch gerade schon gesagt“, entgegnete Nyberg relativ erwartungsgemäß.

Boyle fragte sich, welche Optionen er hatte. Jale war schnell und sie war sicher. Die Chance, dass sie Nyberg außer Gefecht setzte, bevor er sinnlos in die gegenüberliegenden Fenster schoss, war trotzdem gefährlich gering. Dazu müsste sie schon einen Kopfschuss setzen, bei dem Nybergs Kleinhirn zerstört wurde. Und in dem Winkel, in dem sie gerade stand, war das selbst für Jale so gut wie ausgeschlossen. Auf Nybergs ausgestreckten Arm zu schießen, um ihn zu entwaffnen, war auch keine Erfolg versprechende Option. Das hier sah nach einer Pattsituation aus. Jedenfalls so lange, bis die Kollegen eintrafen, deren Notrufzentrale inzwischen bestimmt von Anrufen aus der Straße überflutet wurde.

„Wenn du damit rechnest, dass ich dir den Gefallen tue, dich hier mit ’nem schönen, klaren Kernschuss abzulegen, Nyberg – vergiss es! Du wirst in den Knast gehen und sie werden dich nie wieder rauslassen. Aber du wirst es dort sowieso nicht allzu lange machen, weil Teddy und Premuda nicht happy darüber waren, dass du in ihrem Revier wildern wolltest. Mal ganz abgesehen davon, was deine Maskencrew mit Monster, Hansi und Ante angestellt hat. Falls du dich fragst, weswegen ich hier bin und dir deine Karre zerballert habe: Paulus Bahrenbaum hat mir sein Herz ausgeschüttet. Ich hab seine Aussage auf Band im Präsidium. Und, ich meine … du kennst das Spiel. Sie werden dich nach Santa Fu verfrachten. Dann gibt's erst 'n Schwanz in deinen Arsch und danach 'nen frisch angeschliffenen Schraubenzieher zwischen die Rippen. Angesichts der Tatsache, dass auch Schließer Kids haben, die am Wochenende schon mal 'ne Pille werfen, würde ich mich an deiner Stelle auch nicht wirklich darauf verlassen, dass die sich bewegen, falls sie zufällig gerade dabeistehen, wenn eine Horde Knackis dir deinen Arsch platzen lässt. Oder dich absticht. Falls es die Russen sind, die dich zuerst in Santa Fu erwischen, könnte ich ja noch 'n gutes Wort für dich einlegen und darum bitten, dass sie sich weniger als 'ne Stunde Zeit nehmen, um dich abzuplatten. Aber Premuda hört nicht auf mich. Dessen Knastcrew besteht aus Jungs, die im Krieg in Bosnien und Serbien geübt haben, würde mich wundern, wenn die es unter drei oder vier Stunden machen. Die ziehen das volle Programm durch: Messer, Gabeln, Löffel, Hammer. Aber vielleicht isses dann ja auch die Küche und sie grillen deine Visage auf 'nem Herd oder frittieren deine Finger einzeln im Pommesfett. Wer weiß?", rief Boyle und war sich dabei sehr bewusst, dass nicht nur Jale ihm zuhörte. Sondern auch Sascha, die Mutter seiner Tochter. Die gerade eine Seite an ihm entdecken musste, die er vor ihr immer verborgen gehalten hatte. Nicht nur, weil sie darüber zutiefst erschrocken und verstört gewesen wäre. Sondern auch, weil Boyle sich selbst verachtete, sobald er sie wirklich einmal herauslassen musste.

„Geiler Vortrag, Boyle. Hältste den beim Präventionstraining in Problemvierteln? Beeindruckt der die Pickelspacken dort? Nö, oder?“, rief Nyberg eindeutig amüsiert aus dem Wagen. Und noch immer wies der Lauf seines verchromten Angebereisens auf das Kinderzimmerfenster.

Boyle erinnerte sich plötzlich so deutlich an Nybergs Gesicht, als stünde er wieder wie damals in dem Kabuff im gerichtsmedizinischen Institut neben ihm. Es war kantig gewesen, fast asketisch, dazu hatte Nyberg raspelkurze Haare getragen. Die Haut fein, fast porenfrei, aber immer ein wenig gerötet.

„Weshalb hast du es getan, Nyberg? Ich begreif's einfach nicht. Du hattest doch was Solides am Laufen hier in der Stadt. Du bist wer gewesen. Wegen der Kohle? All der Terz, die Toten, nur weil du schneller reich werden wolltest als alle anderen?“

Nybergs Revolver bewegte sich um eine Winzigkeit. „Wow, Boyle! Jetzt geht's aber wirklich ans Eingemachte. Was ist das jetzt? Lass mal überlegen. Geiselsituationsbewältigungsregel Nummer vier? Oder schon die Sechs? Mann, ist zu lange her. Ich hau das durcheinander“, machte sich Nyberg über ihn lustig. Und Jale schaute Boyle immer noch so durchdringend an und gab ihm Zeichen mit ihrem Daumen.

Trotzdem wollte Boyle es nicht auf diese Art beenden. Nicht, so lange er noch Zeit und einige Fragen hatte, die ihm keiner außer dem Mann in dem zerschossenen Chrysler beantworten konnte.

„Wie lange bist du bei der Truppe, Boyle? Fünfzehn Jahre? Bisschen länger? Wir Bullen sind in dieser Stadt bloß noch als Wischmopp gut. Millionen an Überstunden, für die keiner je bezahlt wird. Und für die Medis gegen deine Depression musst du dich mit der Kasse herumschlagen, bis der Arzt kommt, der dann auch behauptet, du wärst bloß 'n Simulant. Beförderungen? Neue Ausrüstung? Nicht in dieser Stadt. Und dann hörst du die Bonzengang aus dem Präsidium von Dienstauffassung schwafeln, nachdem du beim tausendsten Nachtdienst zum zweitausendsten Mal dieselbe Sorte von zooreifen Kids von der Straße gesammelt, 'n Protokoll getippt und abgeheftet hast und dabei weißt – dabei GANZ GENAU weißt –, dass du die sowieso wieder laufen lassen musst, weil der Knast überbelegt ist, der Jugendschutz mit seiner Tränendrüsenmasche kommt oder die Staatsanwaltschaft dir vorrechnet, wie hoch deren Papierberge auch ohne dein Ermittlungsverfahren schon sind und dir Endlosvorträge drüber hält, dass du gefälligst 'n bisschen Teamgeist beweisen und dich nicht so haben sollst, weil die müssen ja gegen richtige Kriminelle verhandeln und können jetzt schon vor lauter Kosten und Fehlstunden nicht mehr aus'n Augen sehen. Immer dieselbe beschissene Mühle, tagein, tagaus, zweiundzwanzig Jahre lang. ZWEIUNDZWANZIG JAHRE, Boyle!

Von der Wiege bis zur Bahre biste in diesem Land nur Ware. Das beste Mittel gegen Bullendepression? Koks. Ist auch leichter zu kriegen. Bei den Dealern musste keine Anträge auf Therapiekostenbeihilfe ausfüllen. Die schieben dir das Zeug mit Kusshand in den Hintern, solange du 'ne Marke hast oder 'ne Uniform trägst. Ich hab so oft dieselben angeblich unschuldigen Kakerlaken abgeräumt und weggeschlossen, dass ich in meinem Revier nur noch mit 'nem Ganzkörperkondom auf die Straße hätte gehen dürfen, so oft bin ich blöde angelabert oder bespuckt worden. Aber jetzt, HERR HAUPTKOMMISSAR, kommt der echte Hammer. Ich treffe diese Braut, 'ne Anwältin. Na ja, noch nicht ganz, studiert noch, aber auf'm besten Weg, bla, bla, bla. Ich bin 'n schmucker Macker. Sie ist 'ne saftige Schnitte. Wir landen in der Kiste. Die hat keine Hemmungen und die steht auf die harten Jungs. Ich bin happy. Auch wenn die mir gleich sagt, dass ‚für immer' bei ihr bloß von zwölf bis Mittag dauert. Aber, hey, ich bin 'n cooler Junge, ich hab 'n Job, der mir zusammen mit den Deals auf der Seite 'n Batzen bringt, an den erst mal einer von den Sesselfurzern aus der Uni rankommen muss. Also rammeln wir wie die Karnickel, ich lass schon mal 'n paar Gramm abgestaubtes H oder Koks bei ihr liegen. Sie kann damit umgehen. Natürlich fickt die auch noch auswärts, aber damit hab ich kein Problem. Endlich krieg ich die Beförderung durch. Alles pink, Boyle. Aber die

Überstunden werden mehr. Noch mehr. Und mein blondes Superhuhn nimmt ’n büschen mehr H, als gesund ist. Also geb ich ihr ’ne Tracht Prügel und die lässt es ruhiger angehen, wenn ich dabei bin. Bla, bla, bla. Jedenfalls bin ich mit ihr verabredet. Riesenaufriss. Versöhnungsdinner, weil wir uns gekabbelt hatten. Aber ist keiner im Revier und ich werd gerufen. ’N Springer auf’m Hochhaus. Ich kenn den, hab den schon gefühlt fünftausendmal wegen allem möglichen Kleinscheiß aufgesammelt. Asi. Dreck. Zoo, hinterer Käfig. Trotzdem quatsch ich den vom Dach. Dann der Papierkrieg. Ich weiß, ich bin zu spät. Aber rase trotzdem zu dem Fresstempel. Sie ist gerade gegangen. NACHDEM SIE DREI SCHEISSSTUNDEN GEWARTET HAT. DREI, HERR HAUPTKOMMISSAR. Es regnet wie aus Eimern. Ich finde mein blondes Huhn. Nass wie ’n begossner Pudel und sauer wie nur was steht die an ’ner Bushaltestelle. Also erklär ich’s ihr. Springer, Überstunden, Pflicht, blablablubberbla. Sie kommt langsam rum. Hat ne Pulle dabei. Guter Stoff. Hat sie aus dem Restaurant mitgenommen. Wollte sich damit zu Hause die Kante geben, nehme ich an. Wir trinken was, sparen uns das Dinner und ficken auf’m Rücksitz vom Dienstwagen. Ich bin fertig. Richtig durch. Fahre trotzdem los. Der Plan war: Zweite Runde bei ihr. Schön langsam und dicht. Dann: Knall. ’N Transporter in uns rein. Erwischt mich voll. Ich bin draußen. Weißt schon: Erst wird’s finster um dich rum. Dann tut's weh. Dann wirste wieder munter. Meine Schnitte hat nur 'n paar tiefe Kratzer. Ich sag ihr: ‚Hau ab.' Sie haut ab. Der andere Fahrer ist durch. Kein Gurt. Blutet mir durch die kaputte Frontscheibe aus seiner Fresse raus aufs Hemd. Ich werd ins Krankenhaus gekarrt. Die sagen mir, was Sache ist. Und ich denk noch: Doppelt ins Knie gefickt. Aber ich krieg volle Bezüge, oder? War schließlich streng gesehen 'n Dienstwegeunfall. Und 'ne Blutprobe hat keiner genommen. Die vermuteten zwar, aber WUSSTEN nicht, dass ich was getrunken hatte. Bloß finden die 'ne Lücke in den Vorschriften und Beierle, die fette Sau, sagt aus, er hätte mich öfter als nur 'n paar Mal mit weißen Nasenflügeln gesehen. Das Ende vom Lied: Die Bonzen kicken mich mit Drittelbezügen und 'n paar Hundert Euronen Behindertenrente raus. Mein Huhn angelt sich 'n Zwangsmillionär und ich bin aus'm Rennen. UND DA FRAGST DU ARSCHLOCH NOCH, WESHALB ICH KEIN PROBLEM DAMIT HAB, DASS DA 'N PAAR BERUFSSCHMAROTZER, TANZMÄUSE UND PICKELDACKEL AN MEINEN PILLEN VERRECKEN? Das war noch viel zu gut für die. Alles dieselbe stinkende, arrogante Soße. Menschen?! Das sind keine Menschen. Das sind Nummern. Und zwar EINSTELLIGE. Ende der Meldung, HERR HAUPTKOMMISSAR."

Boyle hatte Nyberg nicht unterbrochen. Sondern versucht, sich auf jedes seiner Worte zu konzentrieren, während er gleichzeitig seinen Blick auf Jales Gesicht hielt. Ihre Reaktionen auf Nybergs Ansagen waren, was ihn davon abhielt, auszuticken und doch noch auf ihn zu schießen. Oder eben Jale durch ein längeres Blinzeln sein Okay dafür zu geben, es an seiner Stelle zu tun.

Jale musste dabei derselbe Punkt klar geworden sein, der auch Boyle seit ihrem Besuch bei Bahrenbaum in der Dampfsauna nicht mehr losgelassen hatte: Rebekka war Nyberg so verpflichtet gewesen, weil sie sich zumindest die moralische Schuld an seinem Unfall gegeben haben musste. Immerhin wäre der wohl nicht passiert, wenn sie diese Flasche nicht dabeigehabt und Nyberg zum Trinken animiert hätte.

„Du Schwein", flüsterte Sascha hinter Boyle. Sie war unbemerkt von ihm näher gekommen. „Wenn du ihn nicht umbringst, tu ich es, Boyle!"

Wahrscheinlich war es angesichts von Jales sehr besonderer Form von Behinderung reiner Zufall, dass sie Sascha auf ihr Flüstern hin zunickte.

Dennoch war Boyle endgültig darüber hinaus, Nyberg umbringen zu wollen. Zu viele Fragen waren noch ungeklärt. War es wirklich die Kanzlergang gewesen, die Ante Pula angegriffen hatte? Oder war das ein Kommando von Tuki Hellmanns Bikern? Woher kam diese Spezialmunition? Gab es noch mehr davon auf dem Kiez? Wer hatte Oberst Pulver getötet? Und weshalb?

Boyle hörte die ersten Sirenen. Er wunderte sich, wie lange es gedauert hatte, bis die Kollegen hier eintrafen.

Dann vibrierte und piepte das Handy in seiner Jacketttasche. Er fragte sich, ob er wirklich genug Zeit hatte, die SMS-Nachrichten von Nybergs Kanzlergang an Premuda weiterzuleiten, bevor die Straße von nervösen Schupos nur so wimmelte.

Er riss sich zusammen. „Keiner wird dir den Gefallen tun, dich auszulochen, Nyberg. Du krepierst in Santa Fu. Mit 'nem Klobürstenstiel im Arsch und 'ner aufgeschlitzten Brust", sagte Boyle. Meinte es genau so. Und wandte sich damit sowohl an Nyberg als auch an Jale und Sascha.

Er zog mit der freien Hand das Handy aus der Tasche, öffnete die einzige SMS, die es wohl je empfangen würde, las sie, tippte dann die Nummer von Premudas Telefon ein und leitete die Informationen über den Treffpunkt der Geldübergabe an den alten Alligator weiter.

Es war ihm nicht recht, dass Jale ihm dabei zusah. Aber das war jetzt nicht mehr zu ändern. Nybergs Kanzlergang würde jedenfalls eine heftige Überraschung erleben, sobald sie am Treffpunkt auftauchte.

„Wer hat diesen GI-Offizier Andrew Pulver umgelegt?", fragte Boyle.

Nyberg lachte. „Okay, Boyle, den kriegste gratis. Der hat mit Serben und Rumänen gedealt. War 'n arrogantes Arschloch. Er hat aber nicht nur mit

Schrott und Hazel gehandelt, sondern wollte auch ins Nuttengeschäft expandieren. Ich hab Waffen und Munition bei ihm gekauft. Also wollte Pulver, dass ich ihm 'n Puff hier in Hamburg klarmache. Er wollte keinen neuen aufmachen, sondern was gut eingeführtes und richtig Schickes haben. Ich hab ihm den Finger gezeigt. Noch 'ne Ostschlampenfickbude braucht's hier nun wirklich nicht. Also hat der Pulver sich was in München aufgerissen. Ich meine, MÜNCHEN? Was denn noch?! Aber der Laden lief an. Nur kriegt Pulver Ärger mit seinem Nuttenlieferanten und sucht sich 'n anderen. Aber der schiebt ihm zwei Schlampen unter, die noch nicht eingeritten sind und 'ne andere hat Tuberkulose, AIDS oder so was. Bloß für Ramsch hat Pulver nun mal nicht bezahlt. Also schaukelt er sich zu 'ner Rambonummer auf und will seinem Lieferanten in den Arsch treten. Aber das ist kein Wackeldackel, der erwischt Pulver zuerst und macht ihn alle. Hackt ihm die Hände ab und zeigt die seinen Neunutten rum, dass die wissen, was sie zu erwarten haben, falls sie mal auf die Idee kommen ihn richtig zu ärgern."

Dass Pulver auch ins Sexgeschäft eingestiegen sein sollte war Boyle neu. Davon hatte in den Akten aus München nichts gestanden. Das KONNTE immerhin ein neuer Ermittlungsansatz sein. Selbst wenn er Nyberg die Story so nicht wirklich glaubte. Denn die war zu einfach gestrickt, um wirklich wahr sein zu können.

„Hast du deine Maskenclowns zu Ante geschickt oder waren das Tukis Biker, die ihn fertigmachen wollten, Nyberg?“, setzte Boyle nach.

Nybergs Waffe wackelte ein wenig. Nicht genug, um sicherzustellen, dass er nicht trotzdem das Kinderzimmerfenster treffen würde, falls Jale oder Boyle jetzt auf ihn schossen.

„Pula? Dieser Waschlappen? Ich werd nie begreifen, weshalb meine Jungs den nicht umgelegt haben. Sag das dem alten Mann, sobald du ihn siehst, Boyle. Wenn ich irgendwas an all dem hier bereue, dann isses, dass ich Ante nicht gekriegt habe und zu feige war, auch ’n paar Jungs zu dem alten Mann selbst zu schicken. Seine Scheißjugos sind sogar noch ’n mieserer Haufen als Teddys Itzigrussen.“

Na klar, dachte Boyle, du Drecksack bist nicht nur ein selbstgefälliges Arschloch, sondern womöglich auch noch ein Scheißnazi, wie die meisten der Dinosaurier, mit denen du dich früher im Präsidium so gern herumgetrieben hast.

„Ich krepier jedenfalls nicht in Santa Fu, Boyle“, sagte Nyberg und machte einen Fehler, denn er richtete seine Waffe auf Jale.

„Doch!“, sagte Jale, schoss ihm in die Schulter und ließ sich zu Boden fallen.

Nybergs Arm wurde gegen den Türholm geschleudert, er verlor seine Waffe, die an Boyle und Sascha vorbei auf die Motorhaube eines geparkten Opels flog und dort liegen blieb.

Boyle wischte das Handy an seiner Hose ab, trat zu Nybergs Wagenfenster und warf es neben dessen Sitz.

Nyberg registrierte es zwar, war aber unfähig, ein Wort herauszubringen. Er war bleich und seine Augen blickten seltsam glasig in etwa dorthin, wo Jale gerade noch gestanden hatte.

Aus seiner Schulter spritzte Blut. Lief über seine Jacke und das Hemd herab und bildete eine wachsende Lache zwischen seinen Beinen.

Boyle geriet ein letztes Mal in Versuchung, ihm doch noch ins Gesicht zu schießen. Und vielleicht einfach nur deswegen, weil Nyberg nicht nur ein Mörder und wahrscheinlich sogar ein Nazi war. Vielleicht würde ihm das ja sogar so gut tun, dass er für einen einzigen trügerischen Moment das Gefühl bekam, all das, was er in dieser Nacht versaut hatte, doch wieder in den Griff kriegen zu können.

Nyberg wandte ihm unendlich langsam und mühsam sein Gesicht zu. „Bestell Paulus, dass ich ihr niemals hätte wehtun können, Boyle", flüsterte er, riss dann seine linke Hand hoch und schlitzte sich mit dem Springmesser, das er darin hielt, die Kehle durch.

Das Blut aus seinem Hals spritzte gegen die Frontscheibe des Chryslers.

5 Uhr 04. Wie die Erdhörnchen haben die sich alle um den Kommandobulli herum in Positur geworfen, dachte Jale. Winner, Himmel, der Schupo-Chef und diese zwei zerknitterten Typen von der Staatsanwaltschaft.

Boyle erklärte ihnen zum dritten Mal, was hier gerade passiert war und weswegen es unmöglich gewesen war zu verhindern, dass die beiden Anzugträger aus dem Bestattungshaus Weiche & Wiese gerade dabei waren, Nybergs Leiche in eine Blechkiste zu packen.

Auch wenn es nicht so aussah, weil man allgemein den Eindruck von Geschäftigkeit vermittelte, warteten doch alle auf Heitmeyer vom LKA und einen Anruf aus dem Büro des Polizeipräsidenten, der entscheiden würde, wie mit Boyle und Jale weiter verfahren werden sollte.

Auf dem Tisch im Bulli lag Jales Waffe, eingetütet und beschriftet, neben der von Boyle. Außerdem lag da auch ein Stapel Ausdrucke und ein Exemplar des Leitfadens für Schusswaffengebrauch während der polizeilichen Dienstausübung.

Die Bonzen diskutierten gerade Nybergs Suizid und vor zwei Minuten hatte Himmel sich mit dem Schupo-Boss darauf geeinigt, die beiden Hamburger SEK-Einheiten weiterhin in erhöhter Alarmbereitschaft zu halten und das LKA-Observationsteam von Teddy Amin zu verstärken, um ganz sicherzugehen, dass sie ihn nicht aus den Augen verloren, sobald er sich zu der Geldübergabe aufmachte. Das war natürlich überflüssig, weil Jale wusste, dass es nur einen

Grund für Boyles seltsame Übung mit dem Handy vorhin gegeben haben konnte: Er hatte Premudas Mietbodyguards den Treffpunkt für den Hazel-Deal zwischen Teddy und der Kanzlergang weitergeleitet und danach dafür gesorgt, dass man das Handy in Nybergs Wagen fand, um ihm den Verrat in die Schuhe zu schieben. Was Jale bisher allerdings noch nicht begriffen hatte war, wie Boyle allen anderen später erklären wollte, was zum Geier Nyberg dazu bewogen haben könnte, seine Maskenclowns ausgerechnet an Premuda auszuliefern.

Jale schaltete ihr Gehör so gut es ging auf Durchzug und konzentrierte sich auf das Stillleben auf dem Tisch des Polizeitransporters. Sie musste nachdenken. Das Letzte, was Boyle zu ihr sagen konnte, bevor sie vorhin von gleich drei hoch nervösen Streifenwagenbesatzungen umstellt wurden, war: „Wir haben Mist gebaut, Jale. Nyberg hat Rebekka nicht umbringen lassen."

Nur drei oder vier Minuten nach den Schupos rauschte auch das Bonzenteam hier an, bestand darauf, Boyle und Jale zu trennen, wobei Himmel sich zunächst Boyle für eine Befragung vornahm und dann Jale anhörte, die bislang einfach nur hoffen konnte, dass ihre Story sich halbwegs mit Boyles deckte. Anderweitig waren sie beide am Arsch. Und Himmel war zu sehr Profi, um sich anmerken zu lassen, ob er bei ihren Befragungen auf signifikante Widersprüche gestoßen war.

Jale sah zufällig ihr Gesicht in dem großen Rückspiegel des Kommandobullis. Seit Stunden hatte sie jeden Spiegel vermieden, weil sie sich ungefähr vorstellen konnte, wie furchtbar sie aussehen musste. Sie war milde erstaunt, dass sie doch noch besser aussah als befürchtet. So scheiße es war, aber so schlimm, dass man sie vom Fleck weg als Zombie in einem Horrorfilm gecastet hätte, wirkte ihr Spiegelbild nicht.

Eine kleine Meute der üblichen Pressegeier hing außerhalb der Absperrung herum, die die Schupos großzügig um den Tatort gezogen hatten. Keine Prominenz dabei, wie Jale schon vor einigen Minuten festgestellt hatte. Das NDR-Kamerateam schien noch unterwegs oder anderweitig beschäftigt zu sein.

Die Techniker, die gerade mit Pinseln, Tütchen, Schäufelchen und Kameras Nybergs Wagen durchforsteten, hatten etwas gefunden. Denn einer von ihnen hielt eine Plastiktüte voller Medikamentenschachteln und Ampullen hoch. Jale konnte von hier aus nicht erkennen, was das für Meds waren. Aber unübersehbar waren das verdammt viele für einen einzelnen Mann.

„Der hat 'ne ganze Apotheke unter seinem Sitz und im Handschuhfach“, sagte der Techniker. „Schmerzmittel. Antivirales Zeug. Alles richtig heftige Dröhnungen!“

Falls nur die Hälfte von all dem Stoff zu Nybergs täglicher Pillendiät gehörte, konnte er nur noch ständig bedröhnt durch die Gegend gerollt sein.

Himmels Telefon klingelte. Er sprach kurz mit dem Anrufer. Tat es allerdings ohne Füllwörter und in kurzen, abgehackten Sätzen. Unmöglich, daraus Schlüsse zu ziehen.

Boyle und Jale tauschten einen längeren Blick aus. Er dachte wohl, dass er ihr dadurch Mut machen konnte. Doch erreichte das komplette Gegenteil damit, weil Jale mühelos seine aufgesetzte Zuversicht durchschaute.

Himmel klatschte zwei Mal kurz in die Hände und winkte dann Jale zu sich heran. Das, dachte sie, wird dann wohl die vorläufige Urteilsverkündung über meine zukünftigen Karrierechancen. Sie trat zwar an den Kreis der Bonzen heran, stellte sich dabei aber ganz bewusst NICHT neben Boyle, sondern hielt betont Abstand zu jedem der Männer.

„Okay, Kollegen, Erster Hauptkommissar Boyle und Kommissarin Arslan sind vorläufig vom Dienst suspendiert. Bisher gehen wir allerdings davon aus, dass ihr Schusswaffeneinsatz zumindest teilweise gerechtfertigt war. Trotzdem wird beiden Kollegen eine Rüge ausgesprochen und ein Strafverfahren in Zusammenhang mit einer möglicherweise gegebenen vorsätzlichen Strafvereitelung im Amt eingeleitet. Außerdem herrscht bis auf Weiteres eine Mediensperre zu den Vorfällen hier. Ich gehe davon aus, dass die verdammt noch mal gefälligst auch eingehalten wird!"

Die Rüge war kein Karrierekiller. Aber ein Strafverfahren schon. Verdammt, dachte Jale, das war es.

Ihre Familie würde sie beim nächsten Sonntagsessen mit ihren „Hab ich doch von Anfang an gesagt …“ und „Ist nicht ganz zu spät, Jale, dann musst du jetzt eben endlich mal heiraten …“-Sprüchen kreuzigen.

Aber sie würde nicht ohne einen Fight untergehen, nahm sie sich vor. Und was schattige Deals betraf, war sie auch keine ganz blutige Anfängerin mehr. Nicht nach dieser Nacht. Innerhalb der Polizei, der größten Gang der Stadt, ging es letztlich auch nicht anders zu als draußen bei denen auf der Straße. Derjenige, der verzweifelt oder rücksichtslos genug war, das Denunziationswettrennen als Erster zu starten, hatte immer die besten Chancen, mit dem geringsten Strafmaß davonzukommen. Sie wollte doch mal sehen, ob sie in den letzten zwölf Stunden nicht genug an Dienstvergehen und schmutzigen Absprachen von Boyle gehört und mit angesehen hatte, um sich bei den Bossen aus dem Strafverfahren herauszudealen.

„’Tschuldigung“, sagte einer der Schupos, die die Absperrung bewachten, und trat zu ihnen heran, „aber wir haben eben ’ne Meldung aus der Einsatzzentrale bekommen. Schießerei mit mehreren Beteiligten in der Hardenberger Straße im Industriegebiet West. Das ist genau …“

An der Grenze zu Niedersachsen, dachte Jale. Und ahnte da bereits schon, was der Schupo gleich darauf berichten würde, nämlich, dass an der Schießerei angeblich Typen mit Helmut-Kohl-Karnevalsmasken beteiligt seien.

Himmel starrte zunächst Boyle, dann Jale jeweils einen Moment extrem sauer an, bevor er sein Telefon zückte und Heitmeyer vom LKA anrief, um dem die Hölle heißzumachen, weil dessen Beamte ihren Job ganz offensichtlich nicht beherrschten, wenn gerade eine Ballerei zwischen Teddys Russen und der Kanzlercrew stattfand.

Nur bestand Heitmeyer dabei wohl darauf, dass die Ballerei mit Teddy Amin nichts zu tun haben konnte. Jedenfalls so weit, wie Jale das aus Himmels Gesichtsausdruck und den wenigen kurzen Antworten, die er gab, herauslesen konnte.

Nach Himmels Telefon piepsten auch die des Schupo-Bosses und von Winner los. Da ging's eindeutig um dieselbe Sache.

Boyle hatte die Bosse reihenweise verarscht, das war mal klar, dachte sie. Die hatten sich tatsächlich auf Teddy und dessen Männer konzentriert, während Premudas Crew der Kanzlergang bei dem vermeintlichen Hazel-Deal die Hölle heißgemacht hatte.

Boyles Miene war nicht ganz pokerfacetauglich. Unter der bemühten Gelassenheit, die er zur Schau stellte, erkannte Jale seine Anspannung. Es konnte für sie eng werden, falls die niedersächsischen Kollegen zu früh in das Scharmützel eingriffen und Premudas schießwütige Revolverhelden festnahmen. Zwar waren das sicher Profikriminelle, aber war der Druck nur hoch genug, fielen auch die früher oder später um. Und dann würde man Boyles Trick mit dem Handy und seiner Absprache mit dem alten Alligator auf die Spur kommen.

Das konnte auch für Jales Karriere gefährlich werden.

Himmel warf einen letzten zutiefst enttäuschten und verletzten Blick auf Boyle, dann trat er zu dem Kommandobulli und flüsterte „Scheiße! So 'ne verdammte Scheiße!", gegen dessen Blechwand. Winner und der Schupo-Boss sprachen immer noch hektisch in ihre Telefone, als Himmel sich wieder Boyle und Jale zuwandte.

„Wie viele Leichen gibt's heute denn noch? Als ob der Bodycount gestern nicht schon gereicht hätte!"

Gut möglich, dass Boyle ein moralisches Problem damit hatte, dass wahrscheinlich in diesem Moment erneut einige Menschen ins Gras bissen. Jale hingegen dachte, dass es durchaus Unterschiede zwischen den Toten in diesem Fall gab. Die Männer der Kanzlergang, die jetzt sehr wahrscheinlich einer nach dem anderen ihre Packung bekamen, waren ihr jedenfalls mindestens so gleichgültig wie der aktuelle Wasserstand des Ganges.

Der SpuSi-Mann hatte die Tüte mit den Medis, die er in Nybergs Handschuhfach eingesammelt hatte, auf den Tisch im Kommandobulli gelegt. Obwohl Jale niemals Ambitionen verspürt hatte, in die beruflichen Fußstapfen ihres Vaters zu treten, hatte sie im Laufe der Zeit doch einiges mehr an medizinischem Fachwissen aufgeschnappt, als für eine Polizeibeamtin üblich gewesen wäre. Und so war es kein Problem für sie zu erkennen, dass es sich bei einigen der Pillen, die Nyberg so reichlich mit sich herumkutschierte, um hochdosierte Krebsmedikamente handelte.

7 Uhr 08. Boyle stand an Deniz Yildirims Kebab-Imbiss, trank Kaffee aus einem Pappbecher mit dem Aufdruck „Ich bin Hamburger!" und wartete auf Jale, die jede Minute auftauchen musste. Das hieß, falls alles nach Plan lief, was nicht so sicher war. Er hätte Schlimmeres erwartet als ein lahmes Ermittlungsverfahren wegen Strafvereitelung im Amt. Angesichts dessen, was die Chefetage ihnen mit ein wenig mehr Entschlossenheit und Fantasie sonst hätte aufbrummen können, war das wenig mehr als ein Klaps auf die Finger. Zumal Boyle sowieso davon ausging, dass das Ermittlungsverfahren nichts weiter produzierte als eine Wolke heißer Luft über einem sehr dünnen Stapel Papier.

Soweit er gehört hatte, waren im Industriegebiet West bei der Schießerei sechs Männer getötet worden. Keiner von ihnen war bisher identifiziert worden. Ein anonymer Hinweis hatte außerdem zu einer Lagerhalle geführt, in der man außer jeder Menge Fingerabdrücken und Waffen auch vier Vans gefunden hatte, die Bereifung eines von ihnen stimmte mit den Spuren am Fundort von Hansis Leiche überein.

Jene Typen, die die Männer angegriffen und getötet hatten, waren wie Geister gekommen und wieder verschwunden, nachdem sie erledigten, was sie zu erledigen gehabt hatten.

Boyle fand beängstigend, was der alte Alligator innerhalb von nur wenigen Stunden an professioneller Kampfkraft aufgeboten hatte. Er war allerdings auch ohne konkrete Hinweise davon überzeugt, dass sich die sechs Toten als Söldner aus irgendeinem osteuropäischen Land erweisen würden. Es gab dort eine Menge dieser Leute. Alle ebenso gut ausgebildet wie schlecht bezahlt.

Das von Fett und Soßenresten verschmierte Tastentelefon in Deniz' Imbiss begann zu klingeln. Boyle öffnete die Klappe in der Theke und ging an Deniz vorbei auf das Telefon zu.

Er hatte zuvor bereits von diesem Telefon aus einen Amtsrichter aus dem Bett geklingelt und dem sehr deutlich gemacht, dass er eine richterliche Anordnung von ihm brauchte, die zu der Sorte gehörte, die deutsche Richter nur selten ausstellten. Falls sie es doch mal taten, dann nur nach reiflicher Prüfung der Sachverhalte. Nur war dafür heute Morgen keine Zeit gewesen. Was den Richter schließlich dazu bewog seinen Widerstand aufzugeben, war Boyles Hinweis darauf, dass er sehr gut darüber Bescheid wusste, wie oft der Herr Amtsrichter sich mit einer Kiezdame namens Madeleine von Styx vergnügte, die in gewissen Kreisen dafür berühmt war, ihrer auserwählten Klientel eine sexuelle Spielart namens Naturkaviarbehandlung anzubieten.

Das Telefon klingelte und Boyle hob ab. Dass er den Richter dazu bringen würde, ihm diese Anordnung auszustellen und ins Büro zu faxen, war für Boyle keine Frage gewesen. Doch das Telefonat, das ihm jetzt bevorstand, fiel in eine ganz andere Kategorie. Dessen Ausgang stand keineswegs von vornherein fest.

„Hallo?", fragte Margaret Stiller etwas verunsichert, nachdem Boyle abgehoben hatte.

„Ich bin's", antwortete er.

„Jemand hat mir vor ein paar Minuten eine Nachricht auf meine Mailbox gesprochen, dass ich Sie jetzt unter dieser Nummer erreichen würde …"

„Konnten Sie etwas für mich tun?"

„Ja. Aber ich kann Ihnen nur unter einer Bedingung helfen: Ich muss darauf bestehen, dass dem Inhaber oder der Inhaberin dieser Schweizer Firma, nach der Sie sich erkundigten, nichts zustoßen wird. Einige Mitglieder meiner Familie haben Interessen, die in diesem Fall Schaden nehmen könnten."

Boyle wäre auch bereit gewesen, Margaret das Blaue vom Himmel oder das Glitzern der Sterne zu versprechen, solange sie ihm nur den Namen von Nybergs stillem Teilhaber und Finanzier nennen würde.

„Kein Problem. Nur müssen Sie wissen, dass ich nicht der Einzige bin, der möglicherweise hinter den Inhabern dieser Firma her ist. Und für alle anderen Parteien in dieser Sache kann ich keine Garantien übernehmen. Dabei handelt es sich um Männer mit sehr geringer Toleranz gegenüber Leuten, die ihre Geschäfte zu stören versuchen. Und genau das haben der oder die Inhaber dieser Schweizer Firma getan."

„Das klingt fair, Herr Boyle", entgegnete Margaret Stiller nach einer kurzen Pause. „Es handelt sich um einen ehemaligen rumänischen Minister. Er besitzt zwei Transportunternehmen und einen TV-Kanal. Aber es gibt wohl schon länger Gerüchte, dass er sich mit russischen Mafiosi eingelassen haben könnte. Sein Name lautet Elia Dimutrescu. Ich lasse Ihnen die Dokumente, die seine Verbindung zu den beiden fraglichen Firmen dieses Herrn Nyberg beweisen, zukommen, sobald ich sie erhalte."

Boyle sagte der Name Elia Dimutrescu nichts. „Ich weiß Ihre Hilfe wirklich zu schätzen, Margaret. Das sollen Sie wissen", bedankte er sich.

Am anderen Ende der Verbindung herrschte Schweigen. Beinahe glaubte Boyle, dass Margaret aufgelegt hatte, als sie plötzlich doch noch antwortete. „Es könnte sein, dass auch ich eines Tages auf Ihre Unterstützung angewiesen sein werde, Herr Boyle. Ich gehe davon aus, dass ich dann auf Sie zählen kann. Gute Nacht oder vielleicht ja auch Guten Morgen."

Margaret hatte das Gespräch beendet.

Boyle fragte sich einen Moment, wobei genau ausgerechnet Margaret Stiller je die Hilfe eines Polizeikommissars benötigen könnte. Doch angesichts all der anderen Probleme, denen er sich gerade ge-

genübersah, beschloss er, dass es gesünder sei, sich darüber jetzt und hier nicht länger den Kopf zu zerbrechen. Er spürte die Erleichterung wie eine warme Welle, die über ihm zusammenschlug.

Als ehemaliger Minister war Dimutrescu offenbar ein dicker Fisch. Wahrscheinlich so dick, dass sogar Premuda oder Teddy ihn nicht zur Rechenschaft ziehen konnten. Mal ganz abgesehen von der deutschen Justiz. Teddy war sogar noch mehr als der alte Alligator auf das Wohlwollen bestimmter russischer Mafiosi angewiesen. Dimutrescu würde zumindest für diese Schweinerei ungeschoren davonkommen. Boyle wurmte das zwar, aber ändern konnte er daran nichts. Gerade als er überlegte, ob er einen zweiten Kaffee ordern sollte, rollte Rodes Streifenwagen an den Imbiss heran. Während er zusah, wie Jale ausstieg und mit verwundertem Gesichtsausdruck auf ihn zuging, steckte er sich eine Zigarette an. Gier, dachte er dabei, immer wieder nur Gier, die hinter all dem Terz und den Morden steckt. Er hatte die Schnauze derart voll davon.

Boyle fand es so deprimierend. Fast war all das niederschmetternd genug, um ihn zu verlocken, demnächst doch mal ernsthaft darüber nachzudenken, ob es nicht vielleicht doch irgendeinen Job außerhalb der Polizeibehörde gab, der ihm lag und in dem er sich wohlfühlte.

„Hey, Boyle! Ist kein Spaß, auf halbem Weg nach Hause von einer Streife angehalten und dann fast 'ne halbe Stunde sinnlos durch die Gegend gekarrt zu werden, ohne dass mir irgendwer gesagt hat, was das sollte", eröffnete Jale ihre zweifellos anstehende Auseinandersetzung.

„Da war etwas, das ich erledigen musste, bevor ich dich hierher lotsen konnte. Und es gibt eindeutig Schlimmeres, als in einem Streifenwagen spazieren gefahren zu werden, oder?"

Jale funkelte ihn böse an. „Wann bist du zum letzten Mal in 'ner Streife mitgefahren, Boyle? Diese Geruchsmischung aus alten Füßen, Schweiß und Bierkotze vergisst man eigentlich nicht so schnell. Aber vielleicht stimmt ja mit dir einfach bloß noch viel mehr nicht, als ich bisher immer angenommen hatte", blaffte sie zurück. Stellte sich dann auf die Zehenspitzen und tippte ihm mit dem Zeigefinger gegen die Brust. „Danke übrigens für nichts. Außer dafür, dass du mir meine Karriere versaut hast. Meine Family wird Freudentänze aufführen, sobald sie davon hört. Die fanden nämlich schon immer, dass ich in 'ner Küche hinterm Herd besser aufgehoben bin als auf 'nem Polizeirevier."

Boyle grinste auf Jale herab und beugte sich ein wenig zurück, da er fürchtete, sie könnte sich wirklich jeden Moment dazu hinreißen lassen, ihn zu schlagen. „Komm gefälligst wieder runter, ja?! Das Ermittlungsverfahren ist doch bloß 'ne Show für die Presse. Keiner verliert hier seinen Job. Dafür sorge ich schon."

Jale glaubte ihm nicht. „Wie? Hast du 'nen Zauberstab, mit dem du winken und die Zeit um vierundzwanzig Stunden zurückdrehen kannst?"

Boyle schüttelte den Kopf, reichte Jale einen von Deniz frisch gebrühten Espresso und wies dann auf das schmierige Telefon. „Ich hab etwas, womit ich die Bonzen zum Stillhalten bringen kann", log er.

„Schön für dich. Was hab ich davon?"

„Ich gehe davon aus, dass sie demnächst den Beförderungsstopp aufheben müssen. Du kriegst 'nen Platz schön weit oben auf der Liste. Und dann vielleicht im nächsten halben Jahr eine Versetzung zu meiner Abteilung."

Boyle sah ihr zwar an, dass sie ihm nicht ganz glaubte, war sich aber sicher, dass er ihren Zorn zumindest vorläufig besänftigt hatte. Und darum war es ihm mit seiner Lüge eben gegangen.

„Wehe, wenn nicht, Boyle! Wehe, wenn nicht ...", sagte Jale, nahm den Pappbecher mit dem Espresso entgegen, blies hinein und trank einen Schluck.

Rode, der sich wohlweislich abseits gehalten hatte, warf demonstrativ einen Blick auf seine Stahlswatch. „Wird eng, wenn wir unser Ding noch vor der Ablösung durchziehen wollen, Boyle", rief er und wies auf den großen, von einer Mauer umgebenen Hinterhof gegenüber dem Imbiss. Er gehörte zum Atlantis. Dem Hotel, in dem Beierle und Meyer Vier gerade Paulus Bahrenbaum babysitteten.

„Ich dachte, du wüsstest es zu schätzen, eine Hauptrolle dabei zu kriegen, wenn wir Rebekkas Mörder festnageln", erklärte Boyle.

Jale blies wieder in ihren Pappbecher und warf dann einen langen Blick auf den Hinterhof des Hotels. „Ich dachte, dass Nyberg sie getötet hat? Was er in seinem Handschuhfach hatte, waren Krebsmedis. Und zwar keine, die man verschrieben bekommt, wenn da noch viel Hoffnung auf Heilung besteht. Der Typ war ja wohl dabei, mit dem ganz großen Knall abzugehen, bevor die Krabbe ihn totbeißt. Der war ein gieriger, neidischer Arsch. Würde immerhin zu ihm passen, dass er auch seine Geliebte mitnehmen wollte, oder?"

Nach allem, was Boyle über Nyberg bisher wusste, war das zwar eine exakte Analyse seiner Motive, sich plötzlich als ganz harter, böser Hund zu versuchen. Und mithilfe einiger Morde den Kiez aufzumischen, war immerhin, was in dieser Stadt, die ihren Hang zum Understatement quasi zum Motto erhoben hatte, als ordentlicher Knall durchging. Bloß hatte Nyberg aber nun einmal – kurz bevor er sich die Kehle durchschnitt und dadurch den Innenraum seiner Amischleuder blutrot umdekorierte – behauptet, dass er Rebekka niemals hätte wehtun können. Und Boyle glaubte ihm. Noch während er auf die Blutfontäne starrte, die aus der grotesken Wunde in Nybergs Hals spritzte, hatte er plötzlich begriffen, weswegen Bahrenbaum letzte Nacht von allen möglichen Orten ausgerechnet in einem Hotel-Spa Zuflucht gesucht hatte.

Grundsätzlich war Boyle der Meinung, dass es keine zweite Chance für den ersten Eindruck gab und seine Erfahrung lehrte ihn, dass der in den allermeisten Fällen auch zutraf. Doch Ausnahmen bestätigten nun mal die Regel. Keiner wusste besser als Boyle, dass sich Menschen, trieb man sie nur heftig genug in eine Ecke, völlig neu erfinden konnten. Manchmal dauerte das Wochen, Monate, Jahre oder sogar Jahrzehnte. In ganz seltenen Fällen passierte es jedoch auch innerhalb von wenigen Sekunden. Doch immer blieb in diesen Leuten genug an früherer Substanz zurück, um selbst den besten Instinkt zu täuschen. Boyle selbst hatte sich in seinem Leben bisher mindestens drei Mal neu erfunden. Zum ersten Mal, als er klein und dicklich den Schulhof betrat und dort gleich während der ersten Pause als „Kongolippe" und „Kanakenunfall" beschimpft worden war. Einige Jahre später verwandelte sich der moppelige Junge in einen aufsässigen Punk und Boxer, um sich schließlich als ehrgeiziger Polizist wiederzufinden und dann eine allerletzte Wandlung zum skrupellosen Navigator in den trüben Intrigengewässern der höheren Polizeiführung seiner Stadt durchzumachen.

Er hätte dem Mann, den er in wenigen Minuten mit dem Mord an Rebekka konfrontieren wollte, noch vor ein paar Stunden nicht zugetraut, dass er wirklich über die Grausamkeit verfügte, einer Frau brutal ins Gesicht zu schießen. Doch das wäre eben auch längst nicht das erste Mal gewesen, dass Boyle sich in einem Menschen geirrt hatte.

7 Uhr 22. Jale ging zwischen Boyle und Rode einen mit edlen Seidentapeten und dicken Teppichen ausgestatteten Korridor des Hotels Atlantis entlang.

Boyle hatte ihr auf dem Weg zum Lift gesagt, weswegen er Bahrenbaum für Rebekkas Mörder hielt. Nicht nur aufgrund von Nybergs letzten Worten, die schließlich keiner außer ihm selbst gehört hatte. Sondern vor allem, weil der Herr Anwalt sich ausgerechnet in eine Dampfsauna zurückgezogen hatte.

Rebekka war in einem Hotelzimmer ermordet worden. Noch dazu in einem auf dem Kiez, wo – gerade jetzt in der Sommersaison – keines der Zimmer länger als für ein paar Stunden ungenutzt blieb. DNA-Spuren waren in Hotelzimmern notorisch schwer zu trennen und zu sortieren, da es so ungewöhnlich viele von ihnen dort gab – Gäste, Personal, Besucher der Gäste, sie alle hinterließen ihre DNA in einem Hotelzimmer. Dazu kamen die Spuren ihrer Angehörigen daheim, die diese Leute unweigerlich mit sich trugen. Rebekkas Mörder anhand von DNA-Spuren zu identifizieren, war daher fast aussichtslos. Zumal vor Gericht jede DNA-Spur aus einem Hotelzimmer sowieso nur geringen Beweiswert gehabt hätte. Jeder halbwegs clevere Strafverteidiger wusste, wie man die vor einem Richter erfolgreich diskreditierte.

Was daneben noch an möglichen Beweisen blieb, waren im Grunde entweder Zeugenaussagen oder CCTV-Aufnahmen. Doch die Ermittlungen hatten keine Zeugen aufgetan und mehr als Geschlecht, Körpergröße und Art der Kleidung ging aus der Videoaufzeichnung, die Boyle von Rebekkas mutmaßlichem Mörder gefunden hatte, nicht hervor. Was das anging, waren sie also auch aufgeschmissen.

Doch es gab bei einem Mord mit Schusswaffen immer noch mindestens einen weiteren sicheren Nachweis, der sich nicht einfach beseitigen oder vor Gericht wegdiskutieren ließ: Schmauchspuren. Die entstanden beim Abfeuern einer Waffe und waren noch Tage später klar nachweisbar. Die einzigen Möglichkeiten, sie nach einem abgegebenen Schuss vollständig zu entfernen, bestanden entweder darin, sie mit aggressiven chemischen Reinigern zu neutralisieren, die allerdings anschließend leicht nachweisbar gewesen wären. Oder eben darin, die obersten Hautschichten der Schusshand ohne die Hilfe von chemischen Mitteln wirklich porentief zu säubern. Wie das in einer Dampfsauna möglich war. Die bildete den besten denkbaren Ersatz für jeden chemischen Reiniger.

Boyle erinnerte Jale im Lift außerdem an das Protokoll über Bahrenbaums Alibi, das die Kollegen letzte Nacht aufgenommen hatten. Angeblich hielt er sich zur Tatzeit in seinem Büro auf. Zwei seiner Mitarbeiter konnten immerhin unabhängig voneinander bestätigen, dass sein Wagen zur fraglichen Tageszeit in der Tiefgarage des Bürogebäudes parkte. Außerdem hatte er einem von ihnen eine Mail von seinem Computer aus geschickt. All dies reichte den Kollegen aus, um Bahrenbaum zunächst aus dem Kreis der dringend Verdächtigen auszuschließen. Doch wasserdicht war Bahrenbaums Alibi deswegen nicht. Denn gesehen hatte ihn zur fraglichen Zeit keiner in seinem Büro. Und so furchtbar weit war es nicht von dort bis zum „Kapitän Hoyer"-Hotel, wo Rebekka erschossen worden war. Bahrenbaum war Marathonläufer und hatte an mehreren Ironman-Wettbewerben teilgenommen. Wahrscheinlich wäre er zu Fuß daher sowieso schneller gewesen als mit seinem Wagen.

All das waren Theorien und nur mit viel Enthusiasmus konnte man diese zu Verdachtsmomenten und Indizienketten hochjubeln. Was sie brauchten, um Bahrenbaum zu überführen, war ein glasklares Geständnis. Und bisher sah Jale nicht im Entferntesten, wie Boyle Bahrenbaum dazu bringen wollte, dieses Geständnis abzulegen. Mal ganz davon abgesehen, dass sie beide suspendiert waren und daher gar nicht hätten hier sein dürfen, um diese Ermittlung zu führen.

Rode blieb stehen und wies auf eine Tür einige Meter weiter rechts von ihnen. „Sie sind da drin. Ihr habt ungefähr 'ne halbe Stunde, bis Andres die Ablösung schickt", erklärte er, nickte Jale zu, aber schüttelte Boyle die Hand. Dann wandte er sich ab und ging Richtung Aufzug zurück.

Boyle lehnte sich an die cremefarbene Seidentapetenwand und blickte ihm einen Augenblick nach. Jale war sauer darüber, wie Rode sie behandelt hatte. Beinahe, als sei sie Luft. Scheißmachoverein, dachte sie grimmig.

„Kurzes Psychoprofil unseres liebsten Schlipses bitte“, sagte Boyle und machte sich dabei nicht die Mühe, Jale anzusehen, was sie nur noch mehr aufbrachte. Trotzdem antwortete sie ihm. „Er ist ’n Feigling und, falls du recht hast, hat er gestern seine Frau umgebracht. Ich würde sagen, er muss auf dem Zahnfleisch kriechen. Davon abgesehen hält er dich für exakt das Arschloch, das du meistens ja wirklich bist.“

Boyle nickte langsam und tippte dann mit dem Zeigefinger gegen Jales Stirn. „Nicht übel, aber nicht ganz das, was ich hören wollte. Egal. Die Zeit rennt uns weg. Vor wem von uns fürchtet er sich mehr? Vor dir oder mir?“

Jale nervte seine überhebliche Art, aber es war für sie gar keine Frage, wer von ihnen Bahrenbaum schneller auf die Palme bringen oder in eine Ecke drängen könnte. „Außer seiner Mutter und Rebekka hat der noch nie im Leben eine Frau wirklich ernst genommen. Jedenfalls nicht, bis ich ihm heute Nacht mein Eisen an den Kopf hielt und er seine Lektion lernte, weil er mir nämlich im Gegensatz zu dir auch abgenommen hat, dass ich schießen würde. Womit er, nebenbei bemerkt, auch goldrichtig lag."

Boyle rieb sich den Nacken und schnippte mit den Fingern. „So sehe ich das auch. Deswegen wirst du jetzt da reingehen, steckst ihm, du hättest einen wasserfesten Beweis dafür, dass er Rebekka umgebracht hat. Du willst eine halbe Mille cash im Koffer für dein Schweigen. Er wird sich zwar winden und empört alles abstreiten. Aber irgendwann blinzelt er garantiert auch. Der ist 'n Schlips, außerdem war er, bis er Rebekka traf, sein Leben lang auf Rosen gebettet, nichts macht dem so sicher und gründlich die Boxershorts braun wie die Aussicht, demnächst sein Loft gegen 'ne drei mal vier Meter große Zelle in Santa Fu tauschen zu müssen und sich dort jeden Tag mit 'ner Horde tätowierter Kumpel von Teddy Amin 'ne Gemeinschaftsdusche zu teilen."

Jale sah zu der Zimmertür, dann zu Boyle zurück. „Das Zimmer da ist voller Bullen, Boyle. Und um dieses Ding so durchzuziehen, wie du das gerade gesagt hast, sollte es verwanzt sein. Video und Audio. Nur stellt dir dafür heute kein Richter mehr eine entsprechende Anordnung aus, weil die nämlich alle fürchten, dass ihnen die auf die Füße fallen könnte, sollte es zu einem Prozess kommen. Wenn das dein Plan ist, will ich bitte zurück in den richtigen falschen Film. Und zwar sofort!"

Boyle schaute auf seine Uhr. „Was die Bullen da drinnen betrifft …", sagte er langsam.

Wie aufs Stichwort öffnete sich die Tür. Beierle, Meyer Vier und ein weiterer Mann, den Jale nicht kannte, traten auf den Korridor und gingen, ohne ihnen einen Blick zugeworfen zu haben, auf das Fenster am Ende des Flurs zu, das Meyer Vier öffnete, bevor er eine Schachtel Zigaretten aus der Hemdtasche zog und den beiden anderen einladend hinhielt.

„Shit!", sagte Jale und war sich dabei sehr bewusst, dass Boyle ihr ansehen musste, wie beeindruckt sie war.

„Rode. Ist nützlich, Freunde zu haben …", erklärte er.

„Falls ich da jetzt reingehe und diesen Gig durchziehe, steht im Prozess dann trotzdem Bahrenbaums Aussage gegen meine, wenn du die Bude da nicht verwanzt hast."

„Er hat vor zehn Minuten ein Frühstück geliefert bekommen. Nobel und schick, alles dabei was man sich nur wünschen kann. Wurde auf 'nem Servierwagen geliefert. War gerade noch genug Zeit, die Wanzen aus dem Lager zu holen und das Ding damit aufzurüsten, bevor Bahrenbaum begann sich über den lahmen Zimmerservice hier zu beklagen. Die Anordnung über die Aufzeichnungen und deinen verdeckten Einsatz liegt schon bei den Akten im Präsidium. Wir sind auf der sicheren Seite, Jale", erklärte Boyle und konnte dabei nicht verbergen, wie stolz er darauf war, das so auf den Punkt hingekriegt zu haben. Jale gab widerwillig zu, dass sie beeindruckt war. „Okay, du Angeber. Und was sollen das für Beweise sein, mit denen ich ihm da drin komme?“

Boyle zuckte mit den Achseln. „Sag ihm einfach, dass ihn ein Tourist auf dem Weg ins Hotel zufällig auf seinem Urlaubsfoto mit drauf bekommen hätte. Du hast das Bild bei ’ner Zeugenbefragung im Umfeld des Hotels in die Finger gekriegt und vorhin irgendwann, nachdem wir ihn vernommen hatten, dann eins und eins zusammengezählt. Das Bild stammt von ’ner Digitalkamera. Deswegen waren auf dem Bild Uhrzeit und Datum mit vermerkt. Damit geht Bahrenbaums Alibi den Bach runter. Und mehr als das hatte er schließlich nicht.“

Das war sogar nicht mal ganz unglaubwürdig, dachte Jale.

Boyle schob sie sanft auf die Tür von Zimmer 334 zu.

Sie ging los. Sie hieß dieses Gefühl von Anspannung und Jagdfieber, das sich gerade von ihrem Bauch aus auf den Weg zu ihrem Hirn machte, willkommen.

7 Uhr 33. Obwohl sicher zumindest Meyer Vier erwartet hatte, dass Boyle sich zu ihnen ans Fenster gesellte, verbrachte er die vielleicht zweitschlimmsten fünfzehn Minuten seines Berufslebens an derselben Stelle, von der aus er vorhin Jale losgeschickt hatte. Was ihn davon abhielt, der unausgesprochenen Einladung in die Gruppe der Kollegen zu folgen, war seine Angst davor, dass die ihm ansehen mussten, dass er welche hatte. Und wie tief und umfassend sie war.

Boyle hatte gerade alles, was ihm an Reputation noch geblieben war, auf eine Karte gesetzt. Diese Karte war eine grünäugige menschliche Anomalie, deren hervorstechendste Eigenschaft darin bestand, dass sie einen Mann töten konnte, ohne dabei ihren Puls über Normalfrequenz zu treiben. Er kannte eine Menge Leute, die deswegen sehr laut und deutlich Zweifel an seinem Verstand geäußert hätten.

Trotzdem musste er es riskieren. Bahrenbaum zu überführen war er nicht nur Teddy schuldig, sondern der ganzen Stadt. Denn Teddy konnte nicht akzeptieren, dass der Mörder seiner Geliebten und seines Kindes frei herumlief. Schon um das Gesicht bei seiner Gang zu wahren, wäre er gezwungen, jedes noch so hirnrissige Risiko einzugehen, Bahrenbaum umzubringen. Keiner konnte vorhersehen, wie viele Opfer Teddys erzwungener Rachefeldzug womöglich außerdem noch fordern musste. Dass Boyle Bahrenbaum vor Teddy erwischte und dafür sorgte, dass man ihn in einer Zelle wegschloss, die für ein paar Wochen selbst für Teddys außerordentlich reichlich vorhandenes Vitamin B unter der Knackibevölkerung unerreichbar blieb, würde Teddy aus dieser Zwangslage befreien und mit ziemlicher Wahrscheinlichkeit Bahrenbaums Leben retten.

Es dauerte dann fast eine Viertelstunde, bis Jale wieder aus Bahrenbaums Zimmer heraustrat und sich ein wenig unsicher umsah. Die Kollegen am Fenster blickten sie wortlos an.

„Und?“, fragte er.

Jale nickte Boyle zu.

Der gab daraufhin Beierle mit einem Wink zu verstehen, dass er jetzt zu Bahrenbaum zurückkehren könne, um dem mitzuteilen, dass er festgenommen war und des Mordes an seiner Frau beschuldigt wurde.

Beierle, Meyer Vier und Strunz gingen ins Hotelzimmer zurück. Sie ließen die Tür dabei angelehnt, sodass Boyle und Jale deutlich jedes Wort hören konnten, das im Zimmer fiel. Beierle eröffnete die Partie, dicht gefolgt von Meyer Vier, der offenbar den guten unter den bösen Bullen mimte.

„Boyle?“, flüsterte Jale. „Lass uns verschwinden, ja?“

Er legte ihr die Hand auf die Schulter und ließ sie während der kleinen Ewigkeit, die sie brauchten, um zum Lift zurückzukehren, dort. Nachdem sich die Aufzugstüren geschlossen hatten, betrachtete Jale wortlos einen Moment ihre beiden Spiegelbilder in der Rückwand des Lifts.

„Was?“, fragte Boyle schließlich in das Spiegelbild hinein.

Jale zuckte die Achseln und schüttelte unmerklich den Kopf.

„Erzähl’s mir. Was lief da in dem Hotelzimmer?“, forderte Boyle sie leise auf.

Jale betätigte den Nothalteknopf. Scheiße, dachte Boyle, das wird Ärger geben. Doch weiter kam er nicht, denn Jale baute sich so nah vor ihm auf, dass er fast befürchtete sie könnte ihn plötzlich entweder küssen oder ihm ihr Knie in die Eier rammen wollen. Dass sie für beide Optionen gut war, stand absolut fest.

Boyle wiederholte seine Aufforderung von vorhin. „Erzähl's mir, Jale. Alles!"

Sie setzte sich zwischen ihm und der Lifttür auf den Boden und schaute sich selbst dann in der verspiegelten Rückwand an.

„In dem Zimmer steht der Servierwagen mit dem Frühstück. Auf dem Tisch daneben auch 'n paar Fläschchen aus der Minibar. Aber das sind nicht genug, um ihn wirklich weggeschossen zu haben. Es sei denn, er verträgt so gar nichts. Er ist zuerst unsicher ... Nein! ... überrascht, fast überrumpelt, als er mich sieht und wiedererkennt. Ich denke: Der hat immer noch zuviel Angst vor dir, wegen dem Aufriss in der Dampfsauna, den wir mit ihm gemacht haben. Aber dann merk ich: Angst hat er nicht wirklich.

Er fragt, was ich will, was das soll, wo die anderen sind: Beierle, Meyer Vier und der andere.

Ich antworte, die machen 'ne Kippenpause und frage dann, ob er sich von mir etwa nicht beschützt fühlt.

Das passt Bahrenbaum nicht, dass ich ihn hinterfrage. Also lass ich ihm gar nicht erst Zeit zu antworten, sondern komme gleich mit den News des Morgens rüber: Dass Nyberg tot sei und alle ihn für Rebekkas Mörder hielten. Alle außer mir, weil ich wüsste nämlich, dass Nyberg sie nicht erschossen haben kann.

Bahrenbaum tut so, als sei ihm das boogie. Er fragt wieder nach Beierle und Meyer Vier. Ich sage noch mal: Kippenpause. Und dann komm ich ihm damit, dass ich beweisen könnte, dass er zur Tatzeit bei Rebekkas Hotel gewesen sei. Sein Alibi ist 'n Fake. Er nimmt das zuerst mal so hin. Meint dann, dass das ja wohl unter seiner Würde sei und außerdem auch unter der der Polizei, ihm zu unterstellen, dass er gelogen hätte. Wo er doch hier der trauernde Witwer sei und außerdem ja vielleicht immer noch auf der Abschussliste von der Kanzlergang stünde.

Ich nehme mir 'n Stück Brötchen von dem Servierwagen und kau drauf rum. Das passt ihm nicht, das findet er wohl frech oder was weiß ich.

Dann sag ich ihm, was ich angeblich habe, um sein Alibi als Fake zu entlarven: Nämlich den Schnappschuss von 'nem Touri, der ihn zufällig vorm „Kapitän Hoyer"-Hotel zusammen mit seiner Angetrauten auf das Foto gekriegt hätte. Und zwar mit 'ner Digitalkamera, die zu jedem Foto auch Datum und Uhrzeit registriert. Und dass das vielleicht vor Gericht nicht reiche, um ihn zu überführen, aber dass es genug sei, um 'ne Anklage zu bauen und ihn in U-Haft zu schaffen, weil es ihm auf jeden Fall sein angebliches Alibi versaue und er damit ganz weit hoch auf unserer Verdächtigenliste rutscht, sobald außer mir noch wer mitschneidet, was da auf dem Tourifoto wirklich zu sehen ist.

Das nimmt er nicht mehr cool. Er zögert 'nen Moment, bis er mir wieder vorwirft, dass ich bluffe.

Ich daraufhin: Dann lass es doch drauf ankommen.

Das hört er sich an und macht dazu, was er für sein Pokerface hält. Aber ich krieg mit, dass seine Fassade bröckelt. Er ist verunsichert.

Wir stehen gut drei Meter voneinander weg. Zwischen uns ist der Servierwagen. Er sagt: Du bist verwanzt, oder?

Ich: Nein. Ich bin hier, weil ich Kohle für das Tourifoto haben will.

Er: Glaub ich dir nicht.

Ich: Dann eben nicht. Viel Spaß im Knast. Teddys Kumpel warten dort schon auf dich.

Er: Das traut ihr euch nicht. Wenn ich in den Knast komme und mir passiert da was, kann der Bürgermeister seinen Hut nehmen. Ich bin kein scheiß Krimineller.

Ich: Du hast deine Frau erschossen. Aus nächster Nähe. Ins Gesicht. Für die meisten Knackis in Santa Fu stehn Typen wie du gerade mal zwei Zentimeter über Kakerlake und bloß vier über Kinderficker.

Da hat er gelächelt. Das Arschloch hat mich angegrinst. Und dann sagt er, er will wissen, ob ich das Bild wirklich habe.

Ich schau ihn an und sage: Klar.

Er: Zeig's mir.

Ich: Das ist in der Akte, wo's hingehört. Aber wenn wir uns nicht bald einigen hier, wird's wer finden und die richtigen Schlüsse draus ziehen.

Er überlegt, starrt mich dabei an. Zuerst ins Gesicht. Aber nur kurz. DANN STARRT DER TYP MEINE TITTEN AN. Und sagt: Ich muss sichergehen, dass du nicht verwanzt bist.

Ich: Dann komm doch nachschauen, falls du die Eier dazu hast.

Er geht um den Servierwagen herum zu mir, GANZ LANGSAM, dann steht er vor mir. Ich bin ganz ruhig. Der macht mir keine Angst, Boyle. Er fährt mit seinen Fingern durch meine Haare, dann … will er, dass ich mich ausziehe. Damit er ganz sichergehen kann, dass ich nicht verkabelt bin.

Ich überleg gar nicht erst. Ich zieh mich aus. Erst die Jacke, die er dann durchsucht. Ich hab ja mein Handy nicht dabei. Keine Handtasche nichts. Bloß Wagenschlüssel und 'n paar U-Bahntickets. Da ist nichts, was er ertasten könnte. Er starrt mich weiter an, als ich oben rum blankziehe und dann auch die Jeans runterstreife. Ich weiß, dass der scharf auf mich ist. DER HAT VOR 'N PAAR STUNDEN SEINE FRAU UMGELEGT, ABER JETZT ISSER SCHARF AUF MICH. Kann sein, dass ich 'n Monster bin, Boyle. Aber seit der mich so angestarrt hat, fühl ich mich trotzdem dreckig."

Boyle hatte ein paar Mal scharf aus- und eingeatmet, während Jale ihm berichtete. Er fühlte sich schuldig, klein und machtlos. Doch das ging vorbei.

„Ich streife mein Höschen ab und dann greif ich seine Hand und leg die mir über den BH, zwischen die Brüste. Dann führ ich sie weiter runter. Zwischen meine Beine, zu meiner Möse. Er sagt nichts. Keinen Ton. Aber ich sehe und höre wie sein Atem kürzer geht, schneller wird.

Ich sage: Keine Wanze. NICHT MAL IN MEINER MÖSE.

Er zieht seine Hand weg. Dann macht er 'n Schritt zurück. Jetzt hat er wirklich Angst vor mir. Das sehe ich ihm an. Ich hab keine Ahnung weshalb, ABER JETZT STEIGT IHM DER SCHISS BIS OBERKANTE HALS.

Ich sage: Ich will 'ne halbe Million für das Foto und das Protokoll der Aussage von den Touris in der Akte. Du hast zwei Minuten, um dich zu entscheiden.

Dann zieh ich mich wieder an. Er sagt nix. Schaut mir nicht mal wirklich zu dabei. Ich bin bei der Jacke, als er endlich wieder was sagt. Dass es nämlich scheißegal sei, ob ich 'ne Wanze dabeigehabt hätte, weil die nämlich sowieso nicht zugelassen sei bei Gericht. Und selbst wenn es 'ne Aufzeichnung gäbe, würde jeder Verteidiger die aus der Beweisaufnahme herausgekickt kriegen, weil ich ja eben vor ihm blankgezogen und seine Hand in meine Möse geschoben hab.

Ich zu ihm: Deine Zeit ist um. Was ist nun? Komm ich zu der Kohle für meine Frühpensionierung oder nicht?

Er: Ich brauch achtundvierzig Stunden, um die Kohle zu beschaffen. So viel Cash hab ich nicht herumliegen. Und 'ne Überweisung wirste ja nicht wollen.

Ich darauf: Du hast zwölf Stunden. Gib dir Mühe."

Aus einem Lautsprecher irgendwo rechts neben Boyle meldete sich ein Techniker. „Hallo? Sie haben den Nothalt betätigt? Was ist passiert? Hilfe ist unterwegs." Jale sah auf das Gitter des Lautsprechers, als erwachte sie aus einem tiefen bösen Traum. Boyle entdeckte einen Knopf unter dem Lautsprecher, betätigte ihn und sagte: „Polizei. Alles in Ordnung hier. Geh aus der Leitung, Mann!" Er hoffte, dass es ausreichte, den Mann zur Ruhe zu bringen.

Boyle war klar, dass Jale Mist gebaut hatte. Bahrenbaum lag richtig, wenn er behauptete, dass sie mit ihrem Striptease jedem Verteidiger eine Steilvorlage dafür geliefert hatte, in einem Prozess die Aufzeichnung ihres Auftritts in dem Hotelzimmer als unzulässig aus der Beweisaufnahme zu kicken. Er begriff auch nicht einmal wirklich, weshalb sie so weit gegangen war. Trotzdem hatte er das Gefühl, dass er sie jetzt trösten sollte. Er beugte sich zu ihr herab, streckte seine Hände nach ihr aus, wie um sie in den Arm zu nehmen. Oder ihr wenigstens übers Haar zu streichen.

Doch Jale rückte an der glatten Spiegelrückwand entlang von ihm weg und hob abwehrend die linke Hand. „Lass das. Ich war noch nicht fertig. Du wolltest doch alles hören, oder nicht?"

Boyle nickte.

Sie sah einen Moment an ihm vorbei. Wahrscheinlich, um sich zu sammeln. Oder einfach nur nach Worten zu suchen. „Ich steh da also in dem Hotelzimmer bei dem bescheuerten Servierwagen und Bahrenbaum guckt an mir vorbei zum Fenster und sagt nichts. Aber ich will wissen, weshalb er es getan hat. Weil ich weiß, dass der nicht so ist wie ich. Der ist ein Weichei und Wackelpudding. Ich muss einfach wissen, wieso er das draufgehabt hatte, Rebekka frontal ins Gesicht zu ballern. Also frag ich ihn, wieso er es getan hat.

Er: Aus Liebe. Du musst das doch verstehen, du bist doch 'ne Braut. Ich konnte es nicht länger ertragen zuzusehen, wie sie immer weiter in diesem Sumpf versank. Erst Nyberg, dann dieser verdammte Russenitzig. Am Ende hab ich sie von sich selbst erlöst. Ich hab ihr 'n Gefallen damit getan.

Ich hab ihm nichts geantwortet drauf. Ihm bloß auf den Hinterkopf gestarrt und dann gesagt, dass ich mich bei ihm melden würde, wegen der Kohle. Ich hab mich umgedreht und bin rausgegangen. Fertig."

Boyle war nicht sicher, was er darauf antworten sollte. Er hatte hören wollen, was sich in dem Hotelzimmer abgespielt hatte. Aber jetzt kam er sich wie ein Voyeur vor. Und ihr dabei zuzuhören, wie sie es berichtete, konnte sogar schlimmer gewesen sein, als sich das Videoband anzusehen und anzuhören, das die auf dem Servierwagen zwischen dem Geschirr versteckten Wanzen und Minikameras aufgezeichnet hatten.

„Boyle?“, fragte Jale leise.

„Ja ...“

„Hab ich's versaut oder nicht?“

Boyle dachte darüber nach. Er tat es lange und gründlich, wog dabei jede Möglichkeit zweimal ab und kam zu dem etwas überraschenden Schluss, dass Jale es nicht so sehr verbockt hatte, wie sie und er das wohl angenommen hatten.

„Ich hab die richterliche Anordnung für deine Undercoverbluffaktion mit Bahrenbaum. Wenn wirklich auf Band ist, dass er zugibt Rebekka umgelegt zu haben, ist er so oder so am Arsch. Ob du nun blankgezogen hast oder nicht. Die Aufzeichnung reicht auf jeden Fall, um ihn in U-Haft zu nehmen. Er wird zwar Terz machen, drohen, meckern und seine Anwaltskumpelclique in Marsch setzen. Aber wir halten ihn trotzdem in U-Haft. Länger als eine Woche hält er es dort aber nicht aus, ohne wirklich das ganz große Muffensausen zu kriegen. Spätestens dann wird er versuchen zu irgendeinem Deal zu kommen. Außerdem ...“

Jale sah zu ihm auf und unterbrach ihn mit einer Geste. „Er hat die Waffe nicht weggeworfen, stimmt's? Ich könnte das. Premuda könnte es. Teddy und Ante Pula auch. Aber er nicht. Dazu bedeutet ihm das Teil zuviel, oder?"

„Ja", antwortete Boyle bedächtig. „Der hat das Eisen aufgehoben. Wir haben jetzt genug Zeit, danach zu suchen. Und wir finden das Ding auch. Er ist dran. Ich bin sicher, er wird es am Ende auch nicht mal auf 'n Prozess ankommen lassen, weil er nämlich einsieht, dass er mit einem Deal besser wegkommt. Vielleicht redet er sich ja sogar auf Totschlag raus. Das sind zehn Jahre. Davon muss er bei guter Führung mindestens acht abreißen."

Jale wandte ihr Gesicht von ihm ab und betrachtete sich einige Zeit in dem Spiegel an der Rückwand des Lifts. „Irgendwann kommt er zwar raus, aber dann wartet Teddy auf ihn. Bahrenbaum hat im „Kapitän Hoyer" immerhin auch Teddys Kind getötet."

Boyle sagte nichts dazu, obwohl er wusste, dass sie recht hatte. Teddy würde Bahrenbaum irgendwann seine Rechnung für das tote Baby präsentieren. Solange er es erst in ein paar Jahren tat, hatte Boyle allerdings keinerlei Bauchschmerzen damit.

„Schon gut. Ich weiß, wie's läuft", flüsterte Jale. Und sah dabei noch immer ihr Gesicht in dem Spiegel an. „Boyle?"

„Hm ..."

„Ich will wissen, weshalb Bahrenbaum vorhin so plötzlich Angst vor mir hatte. Obwohl ich doch nackt war und viel kleiner als er."

Boyle dachte einen Moment darüber nach, wie er ihr das so erklären könnte, dass sie begriff. „Scheiße, Jale, ich sag's mal, wie es ist, auch wenn ich befürchte, dass du es nicht verstehen kannst, weil es etwas mit diesem Empathieding zu tun hat, das dir nun mal fehlt. Aber am Ende hatte Bahrenbaum vorhin Angst vor dir, weil er dir angesehen hat, dass du keine Angst vor ihm hattest. Er wusste einfach, dass er dir nicht mehr drohen konnte. Mit nichts. So was zu sehen ist verdammt beängstigend für uns Normale."

Jale nickte ein paar Mal kurz nacheinander. Er war sich ziemlich sicher, dass sie nichts davon wirklich begriffen haben konnte.

Boyle drückte auf den Knopf fürs Erdgeschoss. Der Lift setzte sich wieder in Bewegung.

Als er hielt, sprang Jale auf und schoss durch die Tür zur Lobby, bevor Boyle auch nur dazu kam den ersten Schritt zu machen. Nachdem sie einige Meter Abstand zwischen sich und den Lift gebracht hatte, fuhr sie ihr Tempo kurz herunter, nur um es dann ohne ersichtlichen Grund plötzlich wieder zu erhöhen und mit jedem Meter, den sie auf den Hoteleingang zuhielt, noch weiter zu steigern. Es war ziemlich offensichtlich, dass sie vor ihm davonlief.

Boyle blickte ihr nach, bis sie, unberührt von den erstaunten und zuweilen sogar pikierten Blicken einiger früher Hotelgäste, vorm Hotel in ein Taxi stieg.

Als sein Blick dabei zufällig auf die Rezeption fiel, erkannte er dort denselben Nachtmanager, der ihn bei seinem letzten Besuch hier an Himmel verpetzt hatte.

Bei ihm stand eine Frau Anfang dreißig, zu fit und gut gestylt, um ein Überbleibsel der vergangenen Nacht zu sein. Aber eindeutig gekleidet wie eine Hotelhure. Eine der teureren.

Sie kam auf ihn zu.

Hm, ist wohl Zeit für einen neuen Tanz mit dem alten Alligator, dachte er.

„Du musst Boyle sein", sagte die Fremde. „Premuda sucht nach dir. Er wartet auf dich. Du weißt schon, wo."

Boyle holte seine Zigarettenschachtel hervor, in der nur noch zwei Kippen waren. Er steckte sich eine zwischen die Lippen, klopfte dann seine Taschen nach einem Feuerzeug ab. Bevor er es fand, hatte die Fremde eines parat. Es schien schwer zu sein und schimmerte golden.

„Wie hast du mich gefunden?", fragte er, während der erste bittere Zug Rauch in seine Lungen strömte.

„Zufall. Ich glaube, der alte Mann hat jede Nutte, jeden Kellner, Dealer, Rausschmeißer und Taxifahrer, die ihm etwas schulden oder sowieso auf seiner Gehaltsliste stehen, nach dir in Marsch gesetzt."

Der Nachtmanager warf ihm von seiner Theke aus einen empörten Blick zu. Boyle blies demonstrativ eine Rauchwolke in seine Richtung.

„Ich nehme an, ich kann dich nicht überreden, mich einfach zu übersehen, oder?", fragte er.

Die Fremde lächelte. „Dazu bist du zu groß, zu schwarz, zu attraktiv und zu bekannt, Boyle.

Außerdem, wenn ich es nicht bin, ist es irgendwer anderes, der dich erkennt …"

Auch wieder wahr, dachte Boyle.

7 Uhr 58. Der Fahrer hatte Jale gefragt, wohin sie wolle. Sie hatte ihm gesagt: „Einfach weg hier" So wirklich hilfreich fand er das nicht, aber fuhr sie jetzt trotzdem an der Alster entlang auf irgendein Ziel zu. Nach ein paar Minuten ließ sie ihn anhalten, öffnete das Fenster und steckte sich eine Zigarette an. Es hatte nach Rauch gerochen, als sie in den Wagen gestiegen war, deswegen ging sie davon aus, dass es okay sei und der Fahrer sagte auch nichts dazu. Wartete nur in seinen Sitz zurückgelehnt ab und sah gelassen zu, wie das Taxameter in regelmäßigen Abständen tickte.

Jale fragte sich, ob sie sich ins Präsidium fahren lassen sollte. Aber beschloss dann, dass sie das jetzt nicht ertragen hätte.

Sie dachte an Bahrenbaum, wie der sie vorhin erst erstaunt, dann zornig und zuletzt so grenzenlos eingeschüchtert angesehen hatte, während sie ihm klarmachte, dass sie ihn mithilfe ihrer angeblichen Beweise so heftig ins Knie ficken könnte, dass er sich danach vorkommen würde wie ein Entenküken unter einem Rasenmähermesser.

Klar, da war für einen Moment wieder dieses

Macht-High in ihr aufgewallt. Doch hielt der Rausch diesmal nicht so lange an wie sonst und machte gleich darauf einer stillen Traurigkeit Platz, die Jale neu gewesen war. Alle neuen Empfindungen machten ihr Angst.

Bahrenbaum hatte sie vorhin, ganz zuletzt – nachdem er ihr in einem Wortschwall selbst das Schwarze unter seinen Fingernägeln und die Jungfräulichkeit seiner Mutter versprochen hatte, so lange sie nur den Mund hielt – so unterwürfig und ERLEICHTERT angesehen. Während er sie mit diesem Dackelblick ansah, hatte er es dann gesagt. „Ich habe sie erschossen, weil ich sie so sehr geliebt habe ..."

Das, was Bahrenbaum Liebe nannte, würde für sie wirklich immer eine Art von Naturkatastrophe bleiben. Sie nahm sich vor: Der nächste Kerl, der ihr irgendwann damit kam, wie geil es war, verliebt zu sein und geliebt zu werden, bekäme von ihr kommentarlos einen Tritt in die Eier.

„Der Zähler tickt", sagte der Fahrer.

8 Uhr 29. Der Blutfleck am Tanzboden wirkte jetzt auch nicht hübscher als gestern Nacht. Aber immerhin war Premuda wohl noch nicht dazu gekommen, einen seiner Unterlinge vorbeizuschicken, um die Eingangstür der Sarajevo Disco zu reparieren, sodass Boyle keine Schwierigkeiten gehabt hatte, das Gebäude zu betreten.

Auf dem Weg durch den Vorraum dachte er darüber nach, ob es klug war, ohne seine Dienstwaffe hier aufzukreuzen. Andererseits hatte er die abgeben müssen und Teddy sein einziges Ersatzeisen gegeben, weswegen die Frage sowieso müßig war.

Der alte Alligator trug immer noch diese lächerlichen Hausschlappen, als Boyle ihn beim DJ-Stand ausmachen konnte. Vor ihm auf dem Boden lagen drei in gelbliches Plastik eingeschlagene Pakete. Ziemlich große Pakete.

Und rechts neben Premuda lehnte Teddy am DJ-Pult und spielte mit einem Plastikfeuerzeug, das er hochwarf und wieder auffing, hochwarf und wieder auffing.

„Hallo Bulle, wir sehen uns in letzter Zeit eindeutig zu oft. Die Leute werden sich das Maul zerreißen …“, eröffnete Premuda ihren Tanz.

„Ist zwar nicht so, dass mir deswegen das Herz vor Mitleid überfließt, aber Sie hätten die Typen draußen im Industriegebiet West auch nur anschießen und dann uns überlassen können, Premuda“, antwortete Boyle.

Der alte Alligator zog den Mantel enger um seine eingefallene Brust. „Das waren rumänische Mittelklassepistoleros. Davon gibt’s derzeit sowieso ein Überangebot. Ich hab der Welt einen Gefallen damit getan, Bulle“, entgegnete Premuda kalt.

„Ich bin hier. Sie sind hier, Premuda. Teddy ist hier. Was wird das jetzt? Für ’n Ringelpiez bin ich nicht in der Stimmung. Und bei allem Respekt, Premuda, Sie fallen auch nicht wirklich in mein Altersbeuteschema."

Teddy fing zum x-ten Mal das Feuerzeug auf und grinste Boyle herablassend an. „Du brauchst dringend Nachhilfe in der Witzklasse, Alter. Fängst da am besten in der kleinen Gruppe an. Die trifft sich im Keller. Immer mittwochabends", sagte er.

Boyle zuckte mit den Achseln und blickte dann einige Zeit auf die drei Pakete auf dem Boden. Das waren zweifellos zwanzig Kilo Hazel.

„Du hast Nyberg also abgelegt, was, Bulle? Respekt", sagte Premuda.

„Der hat sich selbst gewippt. Springmesser über die Kehle gezogen. Kein schöner Anblick", antwortete Boyle, von all dem hier allmählich wirklich gereizt.

„Glaubt dir keiner, Bulle. Aber ist am Ende auch egal. Hauptsache, er ist weg vom Fenster", erwiderte Premuda.

Teddy stieß sich von dem DJ-Pult ab und trat zwei Mal nacheinander gegen eins der gelblichen Plastikpakete. „Das hat Premudas Crew in der Lagerhalle gefunden. BEVOR deine Jungs da waren. Ist 'n Geschenk für dich. Wir liefern den Scheiß, wohin immer du ihn willst", erklärte er. „Das ist mieser Stoff. Lohnt sich nicht wirklich, es zu verticken. Ist bei euch besser aufgehoben. Da habt ihr was, um die Beschlagnahmestatistik aufzuhübschen und geht dann vielleicht für 'ne Weile Leuten wie

Premuda und mir nicht mehr ganz so heftig auf den Sack."

Was wird das hier, fragte sich Boyle, Weihnachten im September? Nach allem menschlichen Ermessen hätten Teddy und Premuda gerade heute Morgen so gar nicht in der Stimmung dafür sein sollen, ausgerechnet ihm Geschenke zu machen.

„Du hast erwartet, dass ich wütend auf dich bin, oder, Boyle?", fragte Teddy. „Du hast mich mit dem Handy verarscht. War nicht so wirklich geil, Alter."

Das sollte es auch gar sein, dachte Boyle. Sprach es aber nicht aus, sondern breitete nur die Arme aus und ließ sie dann wieder sinken. „Du hast es doch noch nie wirklich zu schätzen gewusst, wenn ich dir mal deinen Arsch gerettet hab. Weshalb sollte das ausgerechnet heute anders sein?"

Teddy warf das Feuerzeug wieder in die Luft, fing es auf und schmiss es dann gegen Boyles Brust.

„Weil das heute 'n historischer Tag ist. Premuda und ich haben nämlich beschlossen, dass der Kiez mal wieder etwas frischen Wind braucht. Ab sofort schmeißen wir unsere Kernkompetenzen zusammen und klemmen Rot-Weiß die Eier ab. Wäre nicht so weit gekommen, falls ich gezwungen gewesen wäre, Nyberg selbst abzuräumen. Wahrscheinlich hättest nämlich nicht mal du mich dann vorm Knast bewahren können. Aber so … hat sich das ja von selbst erledigt, oder?"

Boyle brauchte einige Zeit, um diese Neuigkeit

zu verdauen. Sobald er sie einigermaßen verarbeitet hatte, fragte er sich, ob eine Fusion von Premudas Gang und Teddys Koscha Nostra nicht genau den Turfwar provozieren musste, den er die letzten vierundzwanzig Stunden so verzweifelt zu verhindern versucht hatte. Er war von sich selbst überrascht, als er schließlich feststellte, dass es ihm fast völlig egal war. Allerdings gab es zwei Dinge, die ihm nicht egal sein konnten.

„Ich weiß, wer Nybergs stiller Partner war. Ich kann es auch beweisen. Ich nehme an, dass Sie es inzwischen auch wissen, Premuda. Gehört auf jeden Fall zu der Sorte, die für die deutsche Justiz unerreichbar ist."

Teddy und der alte Alligator tauschten einen Blick aus.

„Bahrenbaum hat Rebbeka erschossen", erklärte Boyle. „Er wird gerade im Präsidium in 'ne Zelle gesperrt. Er hat gesagt, dass er es aus Liebe getan hätte. Er war sich wohl sicher, dass Rebekka ihn für dich abmelden wollte, Teddy. Und Nyberg hat die Krabbe gebissen. Der kann bloß noch 'n paar Monate gehabt haben. Nyberg hat's für den ganz großen Abgang getan. Sein Partner war wegen der Kohle dabei, die er sich aus dem Hazel-Deal erhofft hat. Und ich bin gerade so fertig, dass ich nicht weiß, ob ich jeden Moment im Stehen einschlafe oder jetzt hier rausmarschiere und mir den Kater des Jahrzehnts ansaufe."

Boyle nickte Teddy zu, wandte sich ab und ging zum Ausgang.

„Was wird aus dem Hazel? Wo willst du es hinhaben, Boyle?", fragte Teddy.

Boyle blieb stehen, zuckte mit den Achseln und blickte nicht zu ihm zurück. „Ist mir scheißegal. Hauptsache, es landet nicht auf der Straße", antwortete er. Er ging weiter auf die Tür zu.

Dies war dann wohl das Ende einer wundervollen Freundschaft. Nach heute Nacht konnte zwischen Teddy und ihm nichts mehr so sein wie zuvor. Der Gedanke, sich den fettesten Kater des Jahrzehnts anzusaufen, wurde zunehmend verlockender. Andererseits war Bellini ganz klar doch nicht nach Sylt gefahren. Und sich zu besaufen, nachdem er ausgiebig mit ihr gevögelt hatte, war sogar eine noch weitaus verlockendere Idee.

8 Uhr 29. Jale trat zum dritten Mal gegen die zerschossene Tür von Beierles Informanten Wagner, dem Schuppenmonster. Sie hatte eindeutig Licht hinter den weiß gestrichenen Fenstern gesehen und war sich daher sicher, dass entweder der Schlangenmann oder dessen sechsfach in Wohlfühlfett gelagerte Wuchtbrumme Sophia zu Hause sein musste.

Als sich schließlich hinter der Tür etwas rührte und die endlich auf eine Sperrkettenlänge geöffnet wurde, erschien dahinter tatsächlich das Mondgesicht von Wagners Schnitte.

„Wagner is nich hier, Schönste! Kommt auch heute nicht mehr zurück. Und morgen oder übermorgen auch nicht. Also lass mir meine Ruhe, ja?“

„Wer sticht bei euch? Er oder du?“, fragte Jale.

Sophia runzelte die Stirn und zog ihre Fake-Augenbrauen zusammen.

„Wir beide. Aber ich bin teurer …“

Jale stemmte sich gegen die Tür. „Ich will ein Tattoo. Jetzt. Heute. Gleich …“, sagte sie, weil sie wusste, dass sie kneifen würde, falls Sophia sie nicht sofort hereinließ.

„Arschgeweih kostet fünfhundert Ocken“, antwortete sie lauernd und schaute Jale dabei misstrauisch an.

„Lass mich rein“, verlangte Jale.

Und siehe da, die Kette wurde zurückgezogen und die Tür weit genug geöffnet, um Jale hindurchschlüpfen zu lassen. Seit gestern Morgen hatte sich hier nichts verändert. Nur wirkte der Gynstuhl inmitten des gefliesten Studios auf Jale heute nicht mehr ganz so bizarr. Sophia verriegelte hinter ihr wieder die Tür. Sie trug einen Kunstseidenkimono und dazu High Heels, die sie nur in einem der Nuttenshops um die Ecke vom Hans-Albers-Platz gekauft haben konnte.

„Ich will kein Arschgeweih. Ich will Anker, Herz und Kreuz. Und darüber schreibst du ‚Fuck Love‘. Und ich will es genau hier“, verkündete Jale und schlug sich dabei auf die linke Seite ihres kleinen, festen Pos.

Die Wuchtbrumme warf einen längeren, abschätzigen Blick auf Jales Hinterteil. Dann schürzte sie die Lippen und wiegte den Kopf. „Geritzt, Süße. Lass schon mal Luft an deinen Arsch, leg dich auf die Liege da hinten und ich such inzwischen 'n schönes Motiv für dich raus, okay?"

Musik in Jales Ohren.

Sie ging zu der mit Kunstleder gepolsterten Liege, die hinter einem der Arbeitstische stand, und begann damit, sich aus Jacke, Jeans und Höschen zu schälen.

Sophia blätterte sich inzwischen durch einen Stapel Pergamentpapier mit vorgezeichneten Motiven.

„Willste nicht lieber …?", fragte sie und hielt eine der Vorlagen hoch.

Jale schüttelte energisch den Kopf.

„Anker, Herz und Kreuz. Auf meinen Arsch. Darüber ‚Fuck Love'. Und wenn du es versaust, lass ich deinen Laden jede Woche dreimal von der Hygienestaffel auseinandernehmen, kapiert?"

10 Uhr 18. Bellini hatte weder auf Boyles Anrufe noch sein Klingeln an ihrer Tür reagiert. Also hatte Boyle sich am Bahnhof einen Kasten Bier und eine Flasche guten Scotch gekauft und beschlossen, dass er sich ebenso gut zu Hause die Kante geben konnte. Außer Bellini und vielleicht Zora oder Sascha hätte er heute Morgen sowieso keinen anderen Menschen ertragen können.

Boyle wohnte in einem ziemlich heruntergekommenen Gründerzeithaus am Ende einer schmalen Sackgasse. Lange war er dort der einzige Mieter gewesen, doch vor einem Jahr war eine junge Familie in eine der Wohnungen im Erdgeschoss gezogen. Die Frau schaute ihn bei jeder Begegnung seltsam scheu an und ihr Mann wirkte wie einer jener Typen, die auf Schlager, Grillpartys und überteuertes Importbier standen und seit das erste Kind gekommen war, zwar im Biomarkt einkauften und von der Umwelt laberten, aber trotzdem heimlich davon träumten, irgendwann den Volvo-Pampersbomber gegen einen Sportwagen auszutauschen. Gegenüber des Hauses lag eine riesige Baugrube hinter einem verrotteten Bauzaun, die sich allmählich so mit Regenwasser gefüllt hatte, dass sie eines nicht mehr allzu fernen Tages überlaufen musste.

Doch als Boyle den BMW mit deutlich überhöhter Geschwindigkeit in seine Straße lenkte, sah er dort einen dunklen Audi A8, der vor dem Bauzaun parkte. Keiner hier konnte sich eine solche Nobelschleuder leisten. Und sobald er das Nummernschild erkennen konnte, wurde ihm klar, dass ihm heute Morgen doch noch eine allerletzte Runde im Ring bevorstand.

Malling faltete die Ausgabe der Abendzeitung zusammen, in der er gelesen hatte, bis Boyle seinen Wagen geparkt hatte und ausgestiegen war. Der Senator ließ sich Zeit damit, seine Limousine zu verlassen.

Da Boyle glaubte, dass es keinen Zweck haben

würde, ihn einfach zu ignorieren, wartete er an die Tür seines BMWs gelehnt, bis Malling zu ihm geschlendert war. Er wirkte wie aus dem Ei gepellt, blütenweißes Hemd, grauer Anzug, schwarze Lackschuhe. Allerdings keine Krawatte.

„Meine Frau ist sauer auf Sie, Boyle. Eigentlich hätte sie mit mir um diese Zeit auf einer Hotelterrasse in Berlin stehen und an einem Gourmetbüfett knabbern wollen. Das nur, falls Sie ihr demnächst mal zufällig irgendwo über den Weg laufen sollten."

Boyle war die aktuelle Gemütslage von Mallings Frau völlig gleich. „Ich nehme an, dass ich mich geehrt fühlen sollte, dass Sie meine bescheidene Straße mit Ihrer Anwesenheit veredeln. Muss seit Ewigkeiten das erste Mal sein, dass hier irgendwer aus dem Rathaus aufschlägt. Aber, ehrlich gesagt, habe ich 'ne verdammt beschissene Nacht hinter mir und der Tag vor dieser Nacht zählt jetzt auch nicht wirklich zu den Highlights meines Lebens. Also ... was wollen Sie, Senator? Mir höchstpersönlich mitteilen, dass ich mir 'n neuen Job suchen sollte?"

Malling wies auf Boyles Hemd. „Ich weiß, dass Sie ab und zu rauchen. Ich bin Ihr Boss und ich hätte eine Zigarette nötig!"

Boyle nickte, ging zum Kofferraum, öffnete ihn und warf Malling eine der beiden Schachteln Kippen zu, die er zusammen mit dem Bier und dem Whisky vorhin gekauft hatte. Malling wies auf Boyles Einkäufe. „Beinah könnte man meinen, Sie hätten ein

Alkoholproblem", sagte er lächelnd, während er die Zigarettenschachtel öffnete.

„Nur an Tagen wie heute", entgegnete Boyle, suchte sein Feuerzeug, fand es und steckte Mallings Kippe an.

„Wo Sie mir jetzt schon meine Kippen wegrauchen, wie wär's mit 'nem Bier dazu?", bot Boyle an, weil er sich inzwischen sicher war, dass der Senator wirklich nicht gekommen sein konnte, um ihm seinen Rauswurf mitzuteilen.

„Warum nicht?"

Boyle öffnete zwei Flaschen, reichte eine an Malling weiter und steckte sich selbst eine Zigarette an. Sie lehnten nebeneinander an Boyles Wagen, rauchten, tranken Bier und schauten eine Weile wortlos auf den verrotteten Bauzaun gegenüber.

„Sie wissen, dass ich damals Beckers Archiv geerbt habe?", fragte Malling irgendwann.

„Ja. Obwohl ich nicht verstanden habe, weshalb er es ausgerechnet Ihnen hinterlassen hat."

„Stimmt schon, Becker war kein führendes Mitglied meines Fanclubs. Um das mal vorsichtig zu formulieren. Aber es gab ein Projekt, das ihm wirklich am Herzen lag und von dem er wusste, dass – so, wie die Dinge nun mal liegen – ich der Einzige bin, von dem er erwarten durfte, dass es umgesetzt werden würde. Hat ihm die Entscheidung, mir sein Archiv zu überlassen, zweifellos erleichtert."

Scheiße, dachte Boyle, der ahnte, dass das, was

auch immer jetzt von Malling kommen würde, ihm wohl eher nicht gefallen würde.

„Falls der Bürgermeister die Wahl gewinnt, wird er erneut mit meiner Partei eine Koalition eingehen. Er hat mir zwar angeboten, dann Finanzsenator zu werden, aber das Finanzressort ist ein Schleudersitz. Zu viele miese Altlasten, die einen irgendwann einholen. Also habe ich darauf bestanden, meine jetzige Position auch nach der Wahl zu behalten. Nach all dem, was in den letzten vierundzwanzig Stunden geschehen ist, wird es unumgänglich sein, einige Posten im Präsidium umzubesetzen. Zumal man auch ein paar Sündenböcke brauchen wird, damit der Bürgermeister und ich unser Gesicht vor den Wählern wahren können. Nyberg wird der ganz große Buhmann sein, sobald die Pressestelle des Präsidiums damit fertig ist, ihre Meldungen über den Fall „Kanzlergang" so glaubhaft wie irgend möglich an der Wahrheit vorbeizufrisieren, dass weder der Bürgermeister noch der Polizeipräsident oder meine nicht ganz unbescheidene Wichtigkeit allzu viel an Gesicht verlieren. Ich weiß, dass Winner immer wieder ein Auge zugedrückt hat, wenn seine Leute bei Nyberg eine Zusatzschicht geschoben haben. Das ist auch mühelos nachweisbar. Außerdem hat er sich in der Ermittlung, nach allem, was man mir berichtet hat, nicht gerade mit Ruhm bekleckert. Er wird Ende übernächster Woche seinen Stuhl räumen. Wahrscheinlich kriege ich den Polizeipräsidenten außerdem dazu, Heitmeyer von der Abteilung Organisierte Kriminalität wegzuloben. Der ist genauso ein faules Ei wie Winner. Sie dagegen haben die Warnung vor den dreckigen Pillen herausgegeben. Übrigens – nur dass es da gar keine Missverständnisse gibt – selbstverständlich auf meine Anweisung hin. Außerdem ist es Ihnen und Ihrer Kollegin Arslan zu verdanken, dass ein korrupter und außerordentlich gefährlicher ehemaliger Polizist unschädlich gemacht werden konnte. Und man darüber hinaus den Mörder einer angesehenen Anwältin dingfest machen konnte. Auch wenn der Fall Rebekka Bahrenbaum der Presse gegenüber als reines Familiendrama dargestellt werden wird."

Boyle warf Malling einen amüsierten Blick zu. „Ich habe auf Ihre Anweisung hin die Pillenwarnung herausgegeben? Das habe ich aber anders in Erinnerung, Senator. Und Teddy Amin zweifellos auch."

Malling trank einen Schluck Bier. „Ihre Erinnerung trügt, Boyle. Die von Herrn Amin erst recht. Und sie trügt auch in Bezug auf dieses Treffen heute Morgen. Das nämlich niemals stattgefunden hat. Das tut sie unter anderem schon deswegen, weil ich niemals auf offener Straße rauche und Bier trinke."

Boyle war nicht sonderlich erstaunt darüber, dass der Senator ein Problem damit hatte, vielleicht in der Öffentlichkeit mit einer Kippe und einem Bierchen ertappt zu werden. Was ihn jedoch ein wenig nervös machte, waren Mallings Ansagen zu Winner und Heitmeyer. Winner zu einem Sündenbock für Nybergs Kanzlergang zu stempeln, konnte keine leichte Übung werden. Der wusste genau, in welchem Keller die eine oder andere Leiche der Bonzen vergraben lag und würde sich auch nicht kampflos von seinem Posten schubsen lassen. Zumal da auch noch Köhler vom KDD übrig blieb, der seit letzter Nacht noch weniger ein Fan von Boyle sein konnte, als er es zuvor schon gewesen war.

„Was verschafft mir dann die Ehre Ihres Nicht-Besuchs in meiner bescheidenen Straße?", erkundigte sich Boyle.

„Es wird noch vor der Wahl ein weiteres Sonderdezernat aufgebaut werden. Und Sie leiten es", verkündete Malling zwischen zwei Schlucken Bier.

Boyle versuchte, den dumpfen Druck in seinem Magen zu ignorieren. Er ahnte dunkel, was Malling da vorhatte. So schwer war es auch nicht, sich das auszurechnen. Angesichts der an Besessenheit grenzenden Rachsucht, mit der Becker einige der Gangstergrößen verfolgt hatte, konnte es sich bei dem mysteriösen Projekt, das Malling von Becker geerbt hatte, nur um eine weitere Aufräumaktion auf dem Kiez handeln.

„Wenn Sie Beckers Dossier über mich kennen, wissen Sie auch, weshalb ich damals angeblich diesen Deal mit Premuda eingegangen bin?"

Malling nickte. „Lassen Sie dieses ‚angeblich', Boyle. Und erwarten Sie bloß keine Absolution von mir dafür, dass Sie damals mit Premudas Hilfe zwei korrupte Schupobullen drangekriegt haben. Aus Beckers Akte geht nämlich auch hervor, wie viel Kohle Sie und Teddy bei dem Geschäft damals gemacht haben. Zu viel, um jetzt die Moralkeule zu schwingen."

Dennoch, dachte Boyle, war es schon eine ganz besonders garstige Ironie, dass eine Lüge Beckers ihn überhaupt erst in den Polizeidienst gelockt hatte. Es waren ein illegaler Deal und ein immenser Bluff, die später Boyles Karriere wirklich in Schwung brachten. Und nun stand er neben einem Innensenator, der ihn fröhlich damit erpresste, dass er, Boyle, vor Urzeiten aus den richtigen Gründen die falschen Mittel angewandt hatte, um eine Truppe Dinosaurier in den Knast zu bringen. Alte Säcke, die geglaubt hatten, dass ihre Marken einen Freibrief dafür darstellten, sich mit jeder Menge dreckiger Geschäfte die Taschen zu füllen. Boyle hatte ja nie wirklich Grund gehabt, darauf zu hoffen, dass das Leben jemals wirklich fair sein würde. Aber er hatte immerhin darauf gehofft, dass es nicht allzu oft zu einer Farce wie dieser hier ausartete. Sah aus, als habe er diese Hoffnung heillos überschätzt.

„Was genau wäre die Aufgabe dieses neuen Dezernats?", fragte er und nahm einen Schluck von seinem Bier.

Malling antwortete anders, als er erwartet hätte. „In bestimmten Kreisen, in Brüssel und Washington, redet man in letzter Zeit nur noch von Terror. Jeder erwartet, dass der nächste große Anschlag in Europa kommt. Jeder muss um sein Budget kämpfen. Aber sobald es in Europa den ersten heftigen Al-Qaida-Anschlag gibt, wird der größte Teil der Mittel in Terrorabwehr und neue Überwachungstechnologien fließen. Ich habe da vertrauliche Studien gelesen, die würden Ihnen die Haare zu Berge stehen lassen, Boyle. Doch bevor es so weit ist, will ich in Hamburg aufräumen. Keine leeren Parolen diesmal. Sondern echte Action. Haben wir die Stadt allerdings nicht einigermaßen sauber, bevor der große Terrorknall kommt, werden wir auf Jahre – vielleicht sogar über ein volles Jahrzehnt hinaus – nicht wieder die nötigen Mittel dafür bekommen, unseren Saustall auszumisten."

Boyle dachte, dass Malling gar nicht laut aussprechen musste, welches Kalkül wirklich hinter dem neuen Sonderdezernat mit ihm an der Spitze steckte: Lehnte er ab, dann machte Malling zweifellos kurzen Prozess mit ihm. Aber nahm er den Job an, dann würde er in allem von Malling und dessen Politik abhängig sein, weil der glaubte, ihn nach Strich und Faden mit Beckers verdammten Dossiers erpressen zu können.

„Nicht mal mit dem dicksten Budget aller Zeiten werden Sie den Kiez jemals wirklich sauber kriegen. Da haben sich schon früher alle möglichen Leute die Zähne ausgebissen."

Malling warf die Zigarette zu Boden und trat sie aus. „Das ist mir klar. Es geht mir auch gar nicht darum, den Kiez von allen Gangs zu befreien. Das war Beckers Traum. Aber ich bin realistischer. Worum es mir geht, ist, die Verhältnisse dort handhabbar zu machen. Aktuell agieren mindestens zwei Gruppierungen zu viel in Hamburg, um die Organisierte Kriminalität wirklich so effektiv managen zu können, wie es angebracht wäre. Ante Pula wird seine Verletzungen höchstwahrscheinlich überleben. Ich weiß, dass man ihn auf dem Kiez nicht so ernst nimmt, wie man sollte. Aber ich habe erst neulich mit Beamten vom BKA und dem BND gesprochen. Ante geht es nicht darum, noch reicher zu werden und seinen Reichtum auch möglichst lange zu genießen, wie das bei seinem Onkel der Fall war. Er mischt mit seinem Drogengeld in der Politik mit. Premuda gefällt das angeblich nicht, aber er duldet es widerwillig. Die Sorte von politischen Anliegen, die Ante mit seinem Geld unterstützt, hält man in Berlin und Brüssel für gefährlich. Ante wird das erste Ziel des Sonderdezernats. Nach seinen Jugos sind die Biker dran. Die bilden inzwischen bundesweit eine immer größere Gefahr und vernetzen sich immer schneller. Nicht alle Bikerbosse sind wie Tuki Hellmann. In Berlin, Leipzig und Frankfurt agieren einige, die wirklich furchteinflößend sind. Falls er bis dahin nicht allzu weit über die Stränge schlägt, kann sich Ihr Kumpel Teddy Amin nach unserer Säuberung unter den Nagel reißen, was immer dann vom Drogen- und Partybusiness noch übrig geblieben sein mag. Er kennt seinen Platz. Er ist ein Mann, mit dem man arbeiten kann. Jedenfalls, so lange er weiter seine Grenzen akzeptiert."

Boyle trank sein Bier aus. Dieses Sonderdezernat war natürlich ein typischer Politikerhirnfurz. Doch es war immerhin einer, der ihm seine Karriere rettete. Andererseits hatten ihm vor knapp anderthalb Stunden Teddy Amin und Premuda in der Sarajevo Disco verkündet, dass sie ab heute eine Allianz eingegangen seien. Falls Malling ihn zwang, gegen Ante Pula und den alten Mann vorzugehen, würde er zwangsläufig auch Teddy und dessen Koscha Nostra angreifen müssen. Scheiße, dachte er, was jetzt?

Malling hielt seine leere Bierflasche hoch. „Da, wo das herkam, war ja wohl noch mehr davon, oder?"

Boyle öffnete den Kofferraum und ploppte zwei neue Flaschen auf. Malling prostete ihm zu. „Einer der Vorteile, Innensenator zu sein. Kein Schwein wagt es, bei mir 'ne Alkoholkontrolle zu machen ..."

Boyle trank von seinem neuen Bier und steckte sich eine weitere Zigarette an. „Sie könnten die Wahl immerhin auch verlieren. Was dann?"

Malling nickte und wackelte etwas mit seiner Bierflasche. „Dann stellt mich meine Partei übernächstes Jahr als Bürgermeisterkandidat in Hannover auf. Nur für Sie und Ihre weitere Karriere sehe ich dann leider schwarz."

Natürlich, dachte Boyle. Er stellte sein Bier auf dem Dach des BMWs ab, langte ins Innere des Wagens und holte das kleine schwarze Abhörgerät hervor, das Teddy gestern Abend bei ihrem Treffen mit Malling getragen hatte.

Boyle schaltete es ein, spulte etwas vor und spielte dem Senator dann eine zufällig ausgewählte Stelle vor. *„Sie glauben, dass die Straße ein hartes Pflaster ist, Boyle?"*, erklang Mallings Stimme ein wenig blechern aus den winzigen Lautsprechern des Geräts. *„Versuchen Sie mal, ein einziges Jahr im Senat mitzuspielen, dann können wir beide gern noch mal darüber diskutieren, wer hier wirklich der glatte Aal ist."*

Der Senator schwieg, bis er die Flasche ausgetrunken hatte. Das dauerte eine Weile. „Hm, interessiert in ein paar Wochen kein Schwein mehr."

„Kann sein", antwortete Boyle und steckte sich eine neue Zigarette an. „Aber Sie sollten besser nicht davon ausgehen, dass ich nur wegen Beckers Akte jeden Scheiß abnicken werde, mit dem Sie mir kommen, falls ich Ihr Angebot annehmen sollte."

11 Uhr 22. Jale litt. Doch was immer Sophia da mit ihrer Nadel auf ihrem Hintern anrichtete, war den Schmerz wert, redete sie sich ein. Und sei es nur, weil sie eines Tages doch versucht sein könnte so weit zu gehen, sich mit irgendeinem Kerl für länger einzulassen und dann stets auf Sophias Werk verweisen konnte, falls der Typ seltsame Anwandlungen kriegte und von so furchtbaren Dingen wie Verlobung oder gar Ehe zu labern begann.

„Du weißt, dass du jetzt für 'n paar Tage nicht richtig sitzen kannst?", sagte Sophia.

Blöde Frage, dachte Jale, bis ihr brennendheiß einfiel, dass sie in ungefähr vierundzwanzig Stunden bei ihren Eltern zum Sonntagsfamilienessen erwartet wurde. Und weder ihr Vater noch ihre Mutter eine Ausrede akzeptieren würden. Verdammt.

„Ich hab so 'n aufblasbares Gummikissen, das verkauf ich dir für 'n Zehner. Macht das Sitzen 'n bisschen leichter ...", meinte Sophia.

Jale fragte sich, wie sie ihrer Familie erklären sollte, dass sie nicht wirklich auf ihren vier Buchstaben sitzen konnte. Außerdem dachte sie über Boyle nach und welche Optionen ihr blieben, sollte der sein Versprechen, dass ihnen weiter nichts als ein Klaps auf die Finger drohte, nicht einhalten können.

„Ach übrigens ...", sagte Sophia. „Geiler Arsch. Und ich wollte dir sowieso noch was sagen ..."

‚Geiler Arsch', dachte Jale und fuhr unwillkürlich zusammen. Machte die Dessousbrosche sie hier etwa an? Spielte die auf beiden Seiten des Felds?

„Falls du noch mal meinen Hintern lobst, schick ich das Hygienekommando auch los, wenn dein Tattoo gut wird!", zischte Jale.

Sophia setzte die Nadel ab und wischte mit einem Tuch über Jales Pobacke. „Nee, Schnittchen, so lange dir zu deiner Möse nich auch noch 'n Schwanz wächst, haste von mir in der Beziehung nix zu fürchten", meinte Sophia.

Na toll, dachte Jale. Erst macht die mir ein Kompliment und gleich darauf gibt sie mir und meinem Arsch einen Korb? Blöde Schnalle.

„Aber ich wollte dir eben nur sagen, bevor mein Alter sich wieder mal verpisst hat, meinte er noch, dass diese Party gestern früh, bei Rot-Weiß, also, die war schon ewig genau so geplant. Die haben die also nicht gemacht, weil jemand Monster von der Koscha Nostra das Ticket gelocht hat. Die Party war, weil eine von den Bikertussen Geburtstag hatte, aber Tuki, der wollte, dass sie trotzdem die Spätschicht als Tresenschlampe in der Harley-Niederlassung macht und da haben die eben ihre Party so früh angefangen. Dachte bloß, dass dich das vielleicht interessiert."

Jale war für einen Moment nicht ganz klar, ob sie besser heulen oder lachen sollte. Doch letztlich, fand sie, war lachen definitiv sowieso immer die bessere Antwort. Und zwar auf so gut wie alles.

11 Uhr 22. In dem Bierkasten waren nur noch acht Flaschen. Alle übrigen standen oder lagen in Boyles Wohnzimmer verteilt. Der Scotch, den er gekauft hatte, war noch nicht geöffnet, aber Boyle ahnte, dass es nur noch eine Frage der Zeit war, bis er sich nach dem Bier auch den Whiskyschuss gab.

Er trug noch immer seinen durchgeschwitzten Anzug und das Hemd. Nur Socken und Schuhe hatte er ausgezogen.

Es gab nicht allzu viele Möbel in seiner Wohnung.

Als er hier eingezogen war, hatte er sich nur das Nötigste leisten können und als es ihm dann finanziell besser ging, hatte er sich längst an den Einrichtungsminimalismus gewöhnt.

Das edelste Teil seiner Einrichtung war die Musikanlage. Bang & Olufsen. CD-Player und Plattenspieler. Obwohl auf dem Teller eine alte „Chaos Kommando"-Platte lag, drang aus den Lautsprechern der Song einer Punkband, deren CD sich im Player drehte.

Boyle spielte immer wieder denselben Song. Sobald der zu Ende ging, drückte er auf die Replay-Taste der Fernbedienung und hörte ihn erneut.

Er hatte zunächst breitbeinig, mit geschlossenen Augen und zurückgelegtem Kopf in dem alten braunen Clubsessel gesessen und dem Song gelauscht. Während er ein Bier nach dem anderen kippte und sich dabei für Momente wieder so vorkam wie damals, als er in Springerstiefeln, Jeans und abgeranzter schwarzer Lederjacke mit Teddy um die Häuser gezogen war. Das war ein gutes Gefühl. Nur hielt es nie länger als für zwei, drei Schluck Bier und ein paar Züge von einer Zigarette an.

Deswegen war er irgendwann aus dem Sessel aufgestanden, hatte sich mit einer Flasche Bier in der Hand und einer Kippe zwischen den Lippen in den hohen weitläufigen Raum gestellt und zu der Punkmucke zu bewegen begonnen. Er tat es zunächst viel zu langsam für die schnellen Gitarrenriffs. Doch je länger er da stand und je öfter er die Fernbedienung aus der Tasche zog, um diesen einen Song erneut abzuspielen, desto schneller bewegte er sich, bis er schließlich wild umhersprang und dabei Bier aus der Flasche verspritzte. Der Song, von dem Boyle an diesem Morgen nicht genug bekommen konnte, war fast siebzehn Jahre alt und stammte von einer Band namens „Herbst in Peking".

Die Hoffnung ist ein träges Vieh
und nährt sich an der Staatsdoktrin

sang der Frontmann der Band. Boyle grölte jedes seiner Worte mit, während er durch sein Wohnzimmer sprang.

Die Band hatte den Titel einst aus Protest gegen ein System geschrieben, das seine Bürger hinter einer Mauer einsperrte wie Nutzvieh in einem Betonstall und den ausgefeiltesten Überwachungsapparat der Menschheitsgeschichte hervorgebracht hatte, um dafür zu sorgen, dass die Risse in jener Mauer niemals zu groß wurden.

Teddy und er hatten zu diesem Stück so oft in irgendwelchen Punkschuppen getanzt, dass der Song zu so etwas wie der Hymne ihrer Freundschaft geworden war. Aber die hatte einen Riss bekommen, der sich wahrscheinlich nie wieder kitten lassen würde. Hier barfuß in dem zerknitterten Anzug und speckigen Hemd zu dem Song durch sein Wohnzimmer zu springen, war Boyles Art, von seiner Jugend und der Freundschaft zu Teddy, die diese Jugend geprägt hatte, Abschied zu nehmen.

Der Götzendiener pisst sich ein.
Es könnte alles falsch gewesen sein.

sang Boyle. Und fürchtete sich dabei davor, dass es ihm so gehen könnte wie dem Funktionär in dem Lied, der eines Tages erkennen musste, dass er sein Leben lang aufs falsche Pferd gesetzt hatte.

Er sah plötzlich wieder Nybergs Leiche vor sich. All die dreckigen Kompromisse, die er eingegangen war, hatten ihn wie rachsüchtige Dämonen heimgesucht und von innen her aufzufressen begonnen. Den Krebs, an dem er allmählich unter Schreien, Krämpfen und unerträglichen Schmerzen krepiert wäre, hatten nicht nur die Tausenden Zigaretten ausgelöst, die er in seinem Leben geraucht hatte. Sondern auch sein früherer Bullenjob und all das, was er an heimlicher Reue, tiefer Angst und immer neuem Verrat mit sich brachte. Und Boyle war womöglich auf dem besten Weg, dieselben Fehler zu machen wie er.

Er hörte die Türklingel erst, als der Song wieder einmal zu Ende war und er gerade im Begriff stand, die Replay-Taste zu drücken.

Eine Sekunde ergriff ihn Angst. Er hatte sich eine Menge Feinde gemacht und angesichts all der Scheiße, durch die er die vergangenen vierundzwanzig

Stunden hatte waten müssen, wäre es nur die Ironie der Ironie, falls da draußen jetzt irgendein Typ mit einer Sturmhaube und einem Eisen stand und darauf wartete, ihm eine Packung ins Gesicht zu verpassen. Ausgerechnet an dem Tag, an dem er seine Waffe hatte abgeben müssen.

Trotzdem machte er sich auf den Weg zur Tür. Schaute durch den Spion und öffnete sie dann.

Bellini trug ein enges, ausgewaschenes Denimkleid und eine riesige Sonnenbrille, die sie in ihr lockiges Haar geschoben hatte. „Mann, Boyle. Mein Polizeireporter hat gesagt, dass du im Knast bist."

Boyle blies eine Wolke Zigarettenrauch über Bellinis Kopf hinweg gegen die Treppenhausdecke und blieb breitbeinig in der Tür stehen. „Die Journaille, immer vorne dran bei der wirklich wahrsten Wahrheit", sagte er.

Bellini verzog abfällig ihren Mund. „Du stinkst."

Boyle lachte. „Was willst du?", fragte er.

„Sehen, ob's dir gutgeht. Was ist das für 'ne bescheuerte Frage?!"

Boyle nickte und gab ihr die Tür frei. „Komm rein."

Bellini zögerte. „Um was zu tun …?", fragte sie vorsichtig.

„Wie wär's mit … ficken?", sagte Boyle.

Bellini nahm ihre Sonnenbrille aus dem Haar und drehte sie ein paar Mal an ihrem breiten dunklen Bügel. „Ficken ist nicht ganz mein Stil. Aber eine Runde vögeln wäre drin", sagte sie.

Boyle trat die Zigarette aus und legte seine Arme um sie. Bellini vergrub ihren Kopf an seiner Brust. So standen sie einige Zeit eng aneinandergeschmiegt in der Tür.

„Was war das für ein wirklich übler Song, den du da vorhin gehört hast?"

Boyle hielt Bellini weiter fest umschlungen, aber antwortete nicht. Er dachte an einen der Verse des Lieds: *„Wir leben in der Bakschischrepublik. Und es gibt keinen Sieg."*

Wir danken der Band Herbst in Peking für den Abdruck von Auszügen aus „Bakschischrepublik“.

Pendragon Verlag
gegründet 1981
www.pendragon.de

Veröffentlicht im Pendragon Verlag
Günther Butkus, Bielefeld 2017

Lektorat: Eva Weigl
Umschlag und Herstellung: Uta Zeißler, Bielefeld
Foto: mauritius images / VMill / Stockimo / Alamy
Gesetzt aus der Adobe Garamond
ISBN 978-3-86532-585-3
Gedruckt in Deutschland